한국문인협회 시분과 사화집

한국시인 대표작 1

🏛 韓國文人協會 · 청어

다시 쌓은 시문학사 금자탑

문 효 치
시인 · 한국문인협회 이사장

작년에 우리 한국문인협회에서는 『한국시인 출세작 1』을 발간하여 한국 시문학사에 하나의 작은 금자탑을 쌓은 바 있습니다.

시문학사는 문자 그대로 시의 문학사로서 여러 좋은 시들이 하나하나 걸러져서 하나의 거대한 시의 역사를 이루어내는 것입니다. 그 첫 번째 과정이 바로 이러한 체계적 정리작업입니다.

이러한 자료 정리가 시문학사를 이루는 가장 중요한 기초작업이 되기 때문입니다.

이번에 한국문인협회에서 『한국시인 대표작 1』을 발간함으로써 지난해의 '출세작(데뷔작)'에 이어 더욱 큰 의의를 지닌 시문학사 금자탑을 쌓게 되었습니다. '대표작'이야말로 말 그대로 한 시인의 시세계를 대표하는 시로서 그 한 편의 시가 가지고 있는 의의는 대단히 크다고 할 수 있습니다.

한마디로 말하자면, 이 눈부신 사화집은 '빛나는 시'들의 집합체, 그 자체입니다. 무려 568명이나 되는 대한민국의 시인들이 쌓아올린 시 업적의 화려한 결정체입니다.

이 사화집에는 다양한 빛깔과 맛의 시들이 여러 가지 특별한 뉘앙스를 보여주면서 함께 어우러져 있습니다. 그에 따라 모두 다 그 나름대로의 의미를 지니고 있게 마련입니다.

특히 이미 어느 정도 평가를 받고 있는 중진 원로시인들보다 아직 참신하다고 할 수 있는 신인급 시인들이 대거 참여한 것은 더욱 뜻 깊은 일입니다. 왜냐하면

양적으로 적지 않은 시인 천국시대에 신진시인들이 혼자서 문단의 주목을 받는 기회를 얻는다는 것은 지극히 어려운 일이기 때문입니다.

그러므로 이러한 특별한 자리에 아직 잘 알려지지 않은 신진시인들이 스스로 참여함으로써 각자 자신의 목소리를 만천하에 확실하게 드러낸다는 것은 아주 중요하고 뜻있는 일이 아닐 수 없습니다.

지난해에 발행한 『한국시인 출세작 1』이나 이번에 새로 기획한 『한국시인 대표 작 1』은 이렇게 신진시인들의 특별한 잔치 마당을 마련한다는 데에 더 큰 그 기 획 의도가 스며있습니다.

다시 말하자면 한국문인협회 신진 회원들에게 골고루 문학사적 기회를 나누 어주자는 우리 나름대로의 깊은 뜻이 담겨있습니다. 한국문인협회의 정기간행 물 『월간문학』과 『한국문학인』 외에 좀 더 색다르고 뜻 깊은 자리를 여러 신진시 인들에게 나누어주자는 것입니다.

다행히도 여러 시인들이 적극적으로 참여해줌으로써 이번 기획이 이처럼 성 공적인 성과를 거두게 되었습니다. 한국문학의 미래를 위해서도 여러모로 뜻있 는 일이 아닐 수 없습니다.

그야말로 우리 문단이 모두 자축할 일입니다. 앞으로도 계속해서 이러한 훌륭 한 시문학사 금자탑이 한국문인협회의 이름으로 세상을 향해 더욱 높고 크게 쌓 아지게 되기를 기원합니다.

다시 문화적 사건

정 성 수
한국문인협회 시분과 회장

저는 지난해(2015)에 저희 한국문인협회 시분과에서 처음으로 기획 발간한 사화집 『한국시인 출세작 1』을 가리켜 하나의 '문화적 사건'이라고 얘기한 바 있습니다.

이번엔 작년에 이어 우리 한국사회와 문단에서 다시 한 번 문화적 사건을 맞이하게 되었습니다. 즉 한국문인협회 시분과에서 역시 처음으로 기획 출판하는 사화집 『한국시인 대표작 1』이 바로 그것입니다. 참여하신 여러 시인들과 함께 기뻐해도 좋을 것입니다.

이번 일을 추진하면서 작년 사화집보다 시인들의 호응도가 예상 외로 높아서 놀라움을 금치 못했습니다. 아마도 이번 기획이 각 시인의 '대표작'이기 때문인 것 같습니다. 사실 시인 누구나 자신의 대표작을 스스로 고르기란 생각보다 그리 쉬운 일이 아닙니다.

그럼에도 불구하고 568명이나 되는 많은 시인들이 자신의 대표작을 들고 이 특별기획에 참여했다는 것은 그야말로 대단한 문학적 성과라고 하지 않을 수 없습니다.

등단한 지 얼마 안 되는 신인들로부터 중견, 중진, 원로시인에 이르기까지 다양한 시세계가 펼쳐지는 이 시의 축제는 다양성과 함께 설익음과 농익음이 하나의 역동적 변주를 이루어내는 거대한 시 오케스트라가 아닐 수 없습니다.

적지 않은 시인들이 참여하다보니 생각지도 않았던 여러 가지 사소한 실무적 일들이 발생하게 되어 발행 일자가 예정보다 늦추어지게 되었습니다. 이 점 대단히 죄송하게 생각합니다.

『한국시인 대표작 1』은 문자 그대로 대한민국 현역 시인들의 '대표작'을 한 곳에 모은 특별한 사화집으로서 그 문학사적 의의가 크다고 아니할 수 없습니다. 한 마디로 말하자면 이 사화집은 한국 현대문학 시문학사의 가장 중요한 일부의 한쪽을 자연스럽게 담당하고 있기 때문입니다. 이 책은 문학사적으로 중요한 자료가 될 뿐만 아니라 개인적으로도 소중한 자산이 되는 뜻 깊은 사화집입니다. 이런 귀한 자료가 지금이라도 빛을 보게 된 것은 우리 문학이나 문단을 위해서 퍽 다행스러운 일입니다.

이 사화집이 우리 대한민국 시문학사와 함께 오래오래 보존될 수 있도록 하기 위해 좋은 책을 만드는 데 최선을 다했습니다.

책에서 가장 중요한 덕목 중의 하나인 본문 종이도 기나긴 세월의 부대낌 속에서 전혀 변질되지 않도록 종이에 돌가루로 코팅한 최고의 품질을 사용했습니다. 편집도 문인협회와 출판사 디자인 팀이 협의해 최선을 다했습니다.

이 사화집이 탄생되는 데에 임애월 편집위원의 노고가 컸습니다. 이 자리를 빌어서 고마움을 전합니다. 또한 편집에서 출간에 이르기까지 여러 모로 수고한 '청어출판사'의 이영철 대표에게도 감사의 말씀을 전합니다.

지난해의 『한국시인 출세작 1』과 함께 이번의 『한국시인 대표작 1』이 한국문인협회의 긴 연륜과 함께 앞으로도 계속 이어져서 상재되기를 빕니다.

또한 이 사화집에 실린 훌륭한 시들이 잘 번역돼서 세계 각국에 널리 알려지게 되기를 빕니다. 시인 여러분, 오래오래 좋은 시 많이 쓰십시오!

차 례 (가나다순)

겨울 전봇대

오늘도 수년의 생으로
그 자리에 묵묵히 서 있는 너는
시린 바람 소리마저
발끝으로 흡입한 채로
어둠을 끌어안고 서 있지

간절한 기다림은 따뜻한 바람인데
쏴한 어둠을 떨쳐 버리려고
속살까지 부벼대는데
때론 누더기도 걸쳐보지

생의 노숙자로 여기저기 기웃거린 바
람들
너에게 덕지덕지 걸쳐진 구인과 구직
광고로
가끔은 뚜렷이 쳐다보며 만져보기도
하지

그리고는 잠시 머물다가 가버리지만
때마다 너는 또 다시 멍청히 서 있지

가끔은 눈길조차 멀리 해버린
시린 바람들이지만
노란 물세래도 받곤 했으나
그래도 네 머리 위에서는

환한 불빛을 언제나 바람들에 비추고
있잖아

그래
너는 바람들에게 희망이야
그리고 꿈이야

 강계희

2013년 《문학시대》로 등단
자광재단문학상 등 수상
한국문인협회, 강남문인협회
한국문협낭송 문화진흥위원, 남포엠문학회 회원

법성포 부르스

바람이 산등성이 아래로 해를 밀어 넣는다
산등성이를 기어오르는 갈대꽃들은
뉘엿뉘엿 지는 해를 바라보며 허연 갈기를 흔들고 있다
갯벌은 하루의 고단함을 슬며시 풀어놓으며
삐져나온 마지막 햇살을 깔고 드러눕는다
젖어드는 짠 바람 물고
엮어진 굴비들이
어둠 속으로 천천히 걸어 들어간다
밤바다 휘황찬란한 크루즈를
목 늘여 바라보면서
한숨으로 꼬들꼬들해져 가는 지느러미로 투덜댄다
만찬장에 노릇노릇 구워진 리듬을 선보일 그날이 올 것인지
바다바람이 수놓은 별빛을 쓰윽 끌어당겨
뜬 눈으로 검은 밤의 스텝을 밟는다

 강명수

2015년 《월간문학》으로 등단
천강문학상, 동서문학상 등 수상
〈미당문학회〉 동인

오후 5시와 6시 사이의 북천은

오후 5시와 6시 사이
북암리 옆으로 꺾어져 흐르는
북천에는 그녀가 있다

구름이 내려와 앉는다
하늘도 내려와 앉는다
투명한 그녀의 속살이다
화안한 그녀의 잇속이다
버드나무 그늘에 앉아 발을 담근다
송사리 버들치 모래무지들이
발가락 사이를 파고든다
보송보송한 솜털이 흔들릴 때마다
온 몸으로 전해오는 이 감촉
간지럽다

버드나무그림자 서둘러 물속에 내려
서면
물비늘 일으키며 흔들거린다
그녀도 흔들거린다
그림자가 그녀의 그림자를 마구 흔든다
어지럽다
어디론가 그녀가 사라졌다
첨벙첨벙 물속을 휘저으며 그녀를 찾
는다
얼굴로 목덜미로 그림자의 그림자가

튄다
온 몸으로 전해오는 이 냉기
차갑다

아직도 북천을 떠나지 못하는 옅은 그
림자 하나
물속을 헤집으며 그 무엇을 찾고 있다

 강별모

2010년 《월간문학》으로 등단
한국문화원 창작공모전 은상
대구일보 경북문화체험 공모전 대상 수상

14

흘러간 사람

우린 피 팔고 대바구니 짊어지고
헌종이 집게로 줍던 때의 사람들이었지

소매를 스치는 인연도 다했는지
너는 길 건너에서 걷고
나는 버스 안에서 창을 통해
본 것이 마지막이었다

안개 사라지듯이 헤어진 네가
연줄 실 같이 긴 세월 풀어졌는데
오늘도 몇 번을 그리고 있다

하짓날 장맛비가 바람에 실려
가리지 않고 뿌리니 적셔진 새 가지가
늘어졌다 제 자리 찾기를 이어 가고
있구나 너도 내 같이 이런 후미진 날은
옛을 지금으로 바꾸어 보렴

네가 준 것은 태산이었는데
내가 준 것은 찐쌀 한 줌이었다

깜깜한 어둠 속에서 반딧불이 반짝이듯이
지난 우리를 반짝여 보렴

 강봉중

2008년 《시와 수필》로 등단
시집 『강물 되어 흐르리』 등
한국문인협회 회원
한맥문학 동인

가을 여행

떠나는 것은 돌아오는 것이라면서
익숙한 것들과 결별(訣別)을 선언하고
먼 산 먼 하늘가로 야무지게 떠나보지만
몸뿐
어디 마음까지 훌쩍 떠나지던가

여름내 자란 풀잎에서
썩어나는 아버님의 저린 땀 냄새 그립고
영겁의 세월동안
군데군데 쌓인 우리들 흔적이 보고 싶어
이 골목 저 골목 더듬어
소곤대는 이야기에 귀를 기울여보지만
생각뿐
어디 정겹고 따스한 정 느껴지던가

변화에 무심한 영혼을 흔들어 깨워
낯선 곳에서 한 송이 들꽃을 보며
일상을 애써 잊어보지만
마음뿐
어디 닥지닥지 붙은 더께 훌훌 털어지던가

 강성오

1996년 《한맥문학》으로 등단
서울 장위초 · 염리초등학교 교장 역임
서울특별시 교육청영재교육실무추진단장
초등수학참고서 21권 저술

소난지도의 영웅들

여기 당진군 난지도리 소난지
작은 섬

햇살이 쏟아지는구나
바다는 말이 없구나
하늘도 고요한 천둥소리를 삼켰구나

보리쌀 한 톨 녹봉으로 받지 못해도
착하고 여린 아비들은 맨손으로 싸웠
느니라
한 손에 농사짓던 곡괭이 들고

밭 갈던 쟁기도 빼앗기고
동산에 복사꽃마저 빼앗겼다
어린 것 밥 달라고 조르는 울음소리에
아비는
귀를 막고 나라의 울타리 지키러 길
떠났다
면천, 화성, 서산, 홍주에서 아비들
모여들었다
화승총이며 창칼, 몽둥이 들고 모였다
바다 가운데 작은 섬에 몸 숨겨
현해탄을 넘어, 소난지 바다까지 넘
어오는 왜적과
싸웠느니라

작은 섬이 흔들렸다
놈들의 조총에 우리 아비들은 힘없이
쓰러졌느니라
피 토하고 휘청거리며 울었다, 바다도
둠바벌 바닷가에 묻혔던 영웅들은
묵은 쌀 한 톨 받아보지 못했다. 녹
봉으로.
바위에 이름 석 자조차 새기지 못했다
ㅡ나, 아무개는 여기 소난지도에서 장
렬히 싸우다 죽는다ㅡ 라고

어떤 물줄기는 소난지도로 흘러와 섬
을 감싸고 돌았다
고기잡이 그물에 님들의 시신 건져
올려졌다
어떤 임은 물고기의 밥이 되었다
여러 해 해풍을 이기지 못한 님들의
뼈 바닷가에 나뒹굴었다
바다로 둥둥 떠가던 님은 가던 길 멈
추고
섬을 말없이 돌아 의병장의 명령을
기다렸다
ㅡ의병장님, 나 바다로 떠내려가도 이
땅을 지킬 것이유.
고요한 아침이 열리면, 여기서 다시

모여 횃불처럼 일어나는 거지유?-

님들이 의병총*, 한 곳에서 잠든 날
바다도 울었다
발 한 짝만 묻힌 아비, 팔 하나만 묻힌
아비도 있었다

님들이시여
100년이 지나고
1000년이 지나도
님들의 고운 넋 잊지 않으렵니다
바다 건너
여기 소난지도에 묻히신 영웅들이여
이름 없이 묻히신 아비들이여

*소난지도의 영웅들: 2006년 8월 15일 SBS TV
에 방영된 드라마 제목이기도 함.
*의병총: 석문중학교 교직원과 학생, 주민들이
뜻을 모아 바닷가와 나무 밑에 나뒹구는 유골
을 수습하여 봉분을 봉축하여 의병총을 만듦.

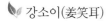 강소이(姜笑耳)

본명 : 강미경(姜美京)
2013년 《시문학》으로 등단
시집 『별의 계단』 『철모와 꽃양산』
시민이 드리는 호국특별상, 한중문학문화예술상 등 수상

한국문인협회, 한국시문학문인회 회원
현대시인협회 사무차장

배꽃이 눈처럼 내리는 고향

봄날
하얗게 핀 배꽃이
처음 내리는 눈처럼

어머니의 바쁜 걸음에
소쩍새가
피먹진 울음을 토해내며
밤을 지키고

초승달도 기다리다
산 넘어 가 버리면
그 자리에 멈추어

연분홍 빛
진달래가
가슴 설레게 한
고향

 강신기

2014년 《문학미디어》로 등단
시집 「배꽃이 눈처럼 내리는 고향」 등
한국문인협회 회원, 서울아버지합창단 단원

꽃잎이별

그때 그 느낌
설렘
모든 추억들을
이젠 가슴속 깊은 곳에
묻겠습니다.

고요히 흐르는 강물에
작은 물결들이 가슴에
애잔한 그리움으로 안겨옵니다.

귓가에 들려오는
고운 선율도
내 몸 안 세포줄기에 따라
온몸구석구석
빈틈없는 눈물 빛으로
가득 메웁니다.

그대와 나
되돌릴 수 없는 시간 속으로
떠나가고 있지만
언제나 깊고 넓고
바다 같은 마음으로
그대!
힘들고 지칠 때
쉬어갈 수 있게

그이를 위해 마련하지만

우리의 만남처럼
설레는 마음으로
그대 곁에 머물 수 없는 꽃잎

멀리서 바라보고 아껴주며
따뜻한 마음 안아줄 수 있는
소중한 인연이었다는 기억
사라지지 않는 사랑의 향기마저
그대 곁을 떠나갑니다.

이별은 너무 아파서 어쩌나
이별은 슬퍼서 한없이 울며
가슴 아파 온몸이 저려옵니다.
사랑하는 이여!
부디 아프지 말고 건강하소서.
아름다워서 행복했나이다.

🌿 靑竹 강영석

2012년 《문학시대》로 등단
시집 『초원의 별이 되어』 『가슴 깊은 샘』 등 3권
문예사조 본상 수상, 한국문인협회 회원
2000년 '신지식인' 선정됨

20

노인정의 경관

봄바람 흩날린 꽃 빗속에
유모차 밀고 가는 노파의 뒷모습
황사, 미세물, 스모그 현상 강바람 타고
홀로 선 적막감 시달린 두 주먹
흥건히 쥐어준 땀방울 송알송알 맺
힌다.

가쁜 숨소리 몰아쉬는 가파른 비탈길
헉헉 턱 차며 경로당 울안으로 모이
고 있다.
흩어진 마음자락 설핏 달래주는
궁색스런 얘깃거리 서로 오순도순
얼굴 이마 주름 한 금씩 반지르르 펼
치며
화기애애한 분위기 만들어진다.

백발 노구들 편안한 위로의 기로에
꽃다지 열매 주렁주렁 우애의 도가
니 속
형제자매들 활력소 기쁨의 샘물
두레박질 퍼 올린 시원한 우물물 한
모금씩 마셔가며
자유자재의 구김 저버린 아름다운 황
혼을 맞이하다.

깊숙한 동정 따스한 사랑의 온정 깃
들고
싱그러운 5월의 꽃향내 한 아름 안고
소주 한잔으로 애석한 서글픔 말끔
히 씻어
따스한 정 주고 받는 경관의 표상이다.

굳건한 정신력, 의기양양 행복풍광
빛 찾아
인생 여정의 세파에 무수한 질곡 넘
나든
겹겹 산중 순수한 뒷받침 후회 없는
삶 터전
노랫가락소리 하늘 높이 뜬다.
오늘도 노인정의 밥솥 포근하고
훈훈한 김 모락모락 피어나고 있다.
찬란한 연둣빛 치장에 밝아온 여명
녹색 숲 향기 영원히 술렁거리고 있다.

 강영순

2002년 《문학시대》로 등단
시집 『雪原의 사랑』, 『枯木에 꽃 피었다』 등 3권
한국농촌문학상 본상, 현대문학사조작가특별대상 등 수상
한국문인협회, 국제펜한국본부, 가톨릭문인협회 회원

흑조

흔들리는 눈동자 속에 감춰 둔
절개 잃은 더듬이
서둘러 돌아가는
뒷모습조차 가슴 에이던 밤
보호색이 될 수 없음이
스미고 스미어
하얀 숨소리 뱉어 내며 스스로 위안했다
슬픈 배역을 맡았을 뿐이다

투명한 생각은 바수어 버리고
몸을 적시는 정갈한 기억조차 베어내며
원시적인 생각이 편하고 좋아서
묵묵히 너의 삶을 닮아 가리라
아픈 나를 스스로 껴안는 일,
어수선한 기억들을 말리는 일,
마약 같은 너를 외면하는 일은
부푸는 꿈 조각을 철저히 떼어내는 일이다

사흘 밤낮을 울고 나면 그뿐,
절망의 분자로 남지 않을 것을,
묵묵히 너를 버릴 수 있을 것을,
사랑했으므로

 소란 강옥희

2016년 《창작과 의식》으로 등단
시집 「별보다 고운 눈물 내 안에 가두고」 「흑조」 등

도마

어머니의 도마
푹 파인 눈물의 분화구를 본다
지난한 삶을 다져낸 칼의 흔적
한 생애가 지나간 자리를 본다

새벽마다
도마소리에 섞이던 기도 소리
일리아드 오딧세이보다 긴 시
판소리 열두마당보다 벅찬 노래
어머니의 그런 기도를 먹고
신명나게 세상을 뛰어다녔다

세상의 도마가 모반의 난타를 치고
패착(敗着)의 한수를 놓을 때도
자식의 고통마저 눈물로 버무리는
어머니의 도마는 성자의 제단이었다

어머니의 도마
깊고 뜨거운 사랑의 분화구를 본다
무수히 날카로운 세월의 흔적 위로
고요히 고이는 눈물샘 하나를 본다

 강외숙

2009년 《시민신문》 신춘문예 당선
시집 「내 영혼의 초록쉼표」 등
제10회 이은상문학상, 녹조근정훈장 등 수상
한국문협모국어위원회 감사, 계간문예 이사, 문예사조문협 부회장 등

페테르부르크의 백야

여름궁전 분수의 화려한 물줄기도 끊어
졌다.
한 여자의 날카로운 비수에 찔려
이제는 삼류가 되어버린 오페라의 한
장면처럼
가슴이 찢어져 피를 철철 흘리며 죽고 싶은
꿈에 잠긴 한 사내가 백야의 거리를 걷
는다.
수많은 종교문답은 있었으나 무엇 하나
구원은 없고
죄 아닌 것이 죄가 되는
까라마조프의 형제들 같이 이해할 수
없는 백야다.
먹장 신비 속의 별들도 다 사라진 페테
르부르크의 백야다.
푸쉬킨은 바람난 아내 때문에 결투를
신청하고
격정의 생을 마감하였다. 어리석도다.
삶이 그대를 속였구나.
항구의 골목에는 결투를 신청할 필요
도 없는
밤의 꽃들도 더러 눈에 띠나
나는 사랑할 수가 없다.
낮과 밤의 경계도 없는 미망인데
사랑에 무슨 만남과 이별인들 있겠는가.

러시아여, 러시아여, 러시아워처럼 분
주한 러시아여!
나는 망명한 백계 러시아의 여자처럼
눈 덮인 고향의 벌판을 못 잊어
이국의 어둡고 침침한 복도에 달린
백열등 알전구의 얇은 유리를 손톱으로
으깨며
뼈가 저리도록 흰 눈길을 걷듯 뽀드득
뽀드득
향수를 달래던 소리를 듣고 싶구나.
고향을 떠난 망국의 백성들은 그저 허
무를 안고
눈동자가 없이 희부옇게 눈을 뜨는 밤
이다.
혁명은 이 도시에 와 화려함을 맛 본
톨스토이나 레닌에게서 싹텄다.
페테르부르크처럼 화려한 혁명은 없다.
혁명 때문에 망한 사람도 있고
깃발처럼 펄럭이는 사람도 있다.
혁명은 낮인가 밤인가.
혁명은 곧장 선동을 앞세우지만 음모의
밤이다.
밀약과 같은 음모가 없이
어찌 선동선전이 이루어지겠는가.
나는 이런 날에는 어쩔 수 없이

에미르타쥬 겨울궁전에 가서
역대 러시아 황제들의 초상화를 본다.
잘 다듬은 콧수염의 사내들과
한 결 같이 풍만한 가슴의 황비들을
본다.
그 속에는 남편을 죽이고 여제가 되어
스물 두 명인가 세 명의 남자를 품에
안은
에까제리나 여제도 있다. 슬프지만
어머니의 품에 안길 수 없는 나는
남자를 에까제리나보다 더 잘 아는 창
녀의 품에 안기리라.
러시아여, 러시아여, 마야코프스키만
이 혁명아이더냐.
이사도라 던컨과 살다 자살한 에세닌도
한때 연애도 하고 혁명을 노래한 열혈
청년이었다.
백야의 밤일수록 오로라를 꿈꾸는 사
람들은
오로라의 꿈에 젖은 창녀들처럼
혁명은 헐레발을 베개로 삼고 자더라도
페테르부르크 항구에서 꽃을 피우리라.
하지만 밤은 밤답게 오지 않았고
새벽은 밝지 않았다.
새벽은 알에서 깨어나듯 밝지 않았다.

죄 없이 돌아서는 사람 누가 있으랴.
써도 써도 남는 죄 같은 백야만이 있
구나.
이해할 수 없는 백야와 같이
이해할 수 없는 아름다움으로 세워진
페테르부르크다. 봄이 와 꽃 피듯이
아름다움은 때로는 한치의 오차도 없는
무자비한 노동의 착취에서부터 오고
혁명은 그 판을 뒤집는 실패는 성공의
어머니
어김없이 찾아오는 백야와 같다.
미망의 깨우침이다. 깨우침의 미망이다.
손바닥 뒤집듯 하는 거와 판의 면들은
같다.
늪지는 늪지대로 그냥 두는 것이 낫다.

저편 어디에는 아직도 뒤척이며 잠들지
못하는,
잠들지 못하는 사람들의 뜬눈의 괴로움이
오늘도 잠들지 못하는 정교회 예수와 같
이 있도다.

 강우식

1966년 《현대문학》으로 등단
시집 『사행시초 2』 등 다수

녹슨 철조망

세월이 많이 흘렀다
제 구실 하려면 새로 손 봐야 할 것이다
아니 차라리 내버려 두는 게 나을지 모른다
운 좋으면 만세를 불렀을 것이다 하지만
잘 못하여 지뢰라도 밟으면 끝장이 아닌가
무수한 생명이 덧없이 사라지는 모습을
묵묵히 지켜본 내가 아닌가
나를 가운데 두고
뼈아픈 사연들이 넘쳐흐른다
피눈물 흘리며 애타게 불러보는 이름이
한줌의 바람이 되었다
간절한 꿈들이 한조각 구름이 되어 떠돈다
시간이 없다 안타까운 일이다
깃발은 찢어질 듯 펄럭이고
세찬 비바람이 소리 내어 운다
어미 잃은 산양
앞 다리가 잘린 멧돼지
죄 없는 고라니가 폭사한다
마치 우리의 피맺힌 절규를 보는 듯하다
언젠가
녹슨 철조망이
녹아내리는 날이 있을 것이다
희망을 버리지 말자

 강진구

2007년 《공무원문학》으로 등단
시집 『강물은 빛이 되어 흐르고』 등
고양문인협회 이사
중앙신학대학원대학교 외래교수

그 섬을 주고 싶다

그 섬에 그를 데리고 가
그 섬을 주고 싶다
아직 살아보지 못한 섬을 그에게 주고
나는 섬을 그리워하고 싶다
그 섬에 외로이 서있는 등대도 그에게 주고
등대에 앉아있는 갈매기도 그에게 주고
나는 다만 등대의 꼭대기에 흐르던 구름
손수건만한 구름이나 뜨다가 바라보고 싶다
그 섬에 동백이 피고 동백이 지고
그 섬에 꽃송이 바람에 굴려 다니는 날
나는 그에게 한 통의 편지를 쓰리라
잠못 이룬 잠들이 다시 깨어나고
흐르던 구름이 멈칫, 머뭇거릴 때
나는 그에게, 꽃보다 아름다운 그의 이름 앞에
한 통의 편지를 쓰리라
그 섬에 가 닿는 파도를 떠서, 사무치는 가슴의 소리
편지를 쓰리라

 강희근

1965년 《서울신문》 신춘문예로 등단
시집 『바다 한 시간쯤』, 『우리들의 새벽』, 『새벽통영』, 『그러니까』 등
조연현문학상, 펜문학상 등 수상
한국문인협회 부이사장, 경상대학교 명예교수

시인

종은 제 몸을 때리며
청아한 소리 토한다

누군가 때리는 자 있어
소리로 살아 종이 되었다

맞을수록 넘치고 번져
오래 맴도는 여운

나 누구에게 예배당 종처럼 맞아
청아한 제 소리 낼 수 있을까

스스로 울음으로 날아 가
미몽을 깨우는 종소리 될 수 있을까

🍃 강희동

1999년 시집 『기억 속에 숨쉬는 풍광 그리고 그리움』으로 작품 활동
시집 『손이 차가워지면 세상이 쓸쓸해진다』 『지금 그리운 사람』 등
경기시인상, 경기문학인 대상, 율목문학상 등 수상
한국현대시인협회, 국제펜한국본부, 한국경기시인협회 회원
글밭 동인

이곳에 살리라

아름다운 이곳 흙에 살리라
유기농산물이 풍성해 살기 좋고
사시사철 들꽃들이 피어나며
종알종알 새들이 노래하는 곳

시원하게 지나는 하늬바람은
동네방네 새 소식을 알리고
떠가는 뭉게구름 새털구름은
아름다운 고향풍경 전해주는 곳

지천에 자라는 산나물 뜯어
아침저녁엔 힐링음식 나누고
밤이면 마당에 멍석 깔고 누워
니별내별 별바라기 할 수 있는 곳

꿈과 낭만이 있는 내 삶의 터
상상력과 이상을 키워주고
아름다운 사랑을 일깨워 주는
괴산에서 맛깔나게 살리라

 경달현

2014년 《제3문학》으로 등단
괴산문학회 홍보이사 역임
시인마을, 제3문학 회원
괴산군 소수면사무소 근무

청춘의 약속

청춘이란!
척박한 환경에 도전하는 고독한
선택의 갈림길에서―
반짝이는 눈시울에서―
실패를 두려워하지 않는 자신과의 약속
미래의 꿈을 가꾸어 세상의 감동과 변화를
주도해 가는 도전 속의 설레임 뿐이다

청춘이란!
그것은
거칠은 대지에 비교할 수 없는 대자연의
위대한 생명처럼
무엇으로 비교하거나 나누는 대상이 아니라
흔들리며 일어서는 좌절이 없는 용기
차별적 창의와 열정으로 빛나는 상상의 미래로
나아가는 것

저마다 다채로운
내일의 눈부신 변화에도 바람같이 일어서는
절망을 극복하는 대지의 늘 푸른 주체일 뿐
어느 청춘이 더 이상
외로울 시간이 있다 하겠는가

 고광수

1999년 《산악신문》, 2007년 《한맥문학》으로 등단
한국문인협회 회원, 한맥문학 동인회 부회장, 한국문인 산우회 부회장
환경문학 편집위원 역임, 한국통일문인협회 운영이사

마라도

최남단
마라도는
푸른 하늘과 바다가
오누이처럼 다정하다

등허리엔
억새가 바람을 핀다
머리가 하얗도록
바다와 젊음을 보낸다
벌초한 할머니 무덤도
언제나 바다를 내려다본다

마라도의 바다는
차라리
한 장의 유리거울이다
돌을 던지면 깨질 것 같은

 고광자

1995년 《순수문학》으로 등단.
시집 『바다의 시인이 되어』 『작은 것에 만족을』 『비양도』 등 14권
영랑문학상. 서포문학상. 공무원문학상 등 수상
한국문협 마포지부 고문. 국제펜한국본부 이사. 대한민국공무원문인협회 회장 역임

연가

너를 볼 때마다
내 마음은
한 방울 눈물이 된다

앳되이 떨리는 어느 여인의
가느다란 허리만큼
고이 모두어 피는 코스모스 연모(戀慕)

그보다 더 아프게 망울지는
당신의 눈
향기론 과육의 술이 된다

하늘을 보면 더욱 키가 크고
바다를 보면 더욱 가슴이 열리는
당신은 또 하나의
나의 왕국

어느 공주의 손가락 위
비취반지의 눈동자 속
클레오파트라의 피먹은 꽃이 된다

잿가루 속에 다시 살아나는
불사의 날개같이
당신을 향해서만
비로소 빛을 얻는

나는 당신의 해바라기

태양 다시 떠오르는
당신을 향해
나는 지금
반쯤 손을 들고 있다
반쯤 실눈을 뜨고 있다

🌿 고성일

2013년 《ASIA서석문학》, 《한국시》로 등단
시집 『어제는 꽃 오늘은 나무 내일은 별』 등
녹조근정훈장 등 수상
한국문인협회 회원

고인돌

돌침상 길게 누워 옛사람 기다린다

봄 맑은 햇살 가을 추슬 비 지난(至難)한 계절에

등을 맞댄 동면의 영혼 철부지들의 풀언덕

할아버지 언테두 코골고 있다

 고수진

2006년 《한울문학》으로 등단
한국문인협회 강화지부 부지부장
강화보건소 정신건강증진센터 '시 읽어주기' 강사
인천시 '강화도 고인돌 역사문화' 해설사

고립된 자(者)와의 산책

그는 갔다
지적공사에서도 측량할 수 없는 곳으로

그의 여자는 아직도 머물고 있다
살아있는 땅 위에서

그는 고립되었고
그의 여자는 소외되어 가는데

별이 징검다리가 되어주던
그 밤

그는 그리움으로 오고
그의 여자는 외로움으로 간다

새벽이 올 때까지
짧은 산책, 긴 침묵

그는
잡히지 않는 바람일 뿐

 고옥귀

2011년 《문학과 현실》로 등단
시집 『작은동네』 등
원주문인협회 회원

꿈 찾기

모래바람 속에 길 찾아 일어서는
낙타의 다릴 보았니
굽혀진 다리 곧추 세우고
힘줄을 세우는

물을 찾아 마른 땅 질주하는
코끼리의 날렵한 걸음을 보았니
짓누르는 무게 참으며
땅을 박차고 내달리는.

눈 덮인 설원을 오르는
표범의 발톱을 보았니
외로움 접어 감추고
한발 한발 산정(山頂)을 오르는

넘어지고, 문드러지고
쓰러지고 난 후에야
꿈은 들꽃처럼
피어날지니

침묵하라
그리고 한발 한발 주어진 길을 행군
하라
익숙함 버리고
낯선 내 몸 깊이에 침잠하여

흔들림 잠재우고
사막의 달을 올려 보라.

꿈은 하늘 등 뒤
빛살로 내려올지니

 고용석

2013년 《문학미디어》로 등단
한국문인협회, 중앙대문인회 회원
문학미디어 편집국장. 문학미디어작가회 사무국장
서울여자상업고등학교 교장 역임

가족

그들 사이엔
은유(隱喩)의 자리가 없다.
나뭇가지 위에 흔들리는 작은 새의
떨리는 두려움이 있고
가을마당에 말리는 붉은 고추처럼
눈에 선한 그리움이 있다.
간절한 눈망울들이
집안의 어둠을 밝힌다.
탯줄은 오래 전에 끊어졌지만
엄마의 목숨 속을
끝없이 돌아가고 있다.
엄마는 세파(世波)에 떠내려가면서
젖을 먹이고 있다.
고통에 담금질한 사랑만이
가족을 지켜냄을 알고 있다.
슬픔의 힘을 또한 알고 있다.
아빠가 어두운 부엌에 내려놓는
식량(食糧)은 축제의 풍악으로 울린다.
자나깨나
손에 손을 맞잡고 가족이 추는 원무(圓舞)는
세상을 떠받히는 고리가 된다.
그들이 나날이 먹고 마시는 일은
하느님에 대한 절실한 기도이며
세상의 축제에 대한 봉헌(奉獻)이다.

 고창수

1965년 《시문학》으로 등단
시집 『파편 줍는 노래』, 『몇 가지 풍경』, 『원효를 찾아』 등 다수
시문학상, 정문문학상, 시인들이 뽑는 시인상 등 수상

냉장고에서 바다를 꺼내다

수협달력 속에는
12월의 바다가 등대를 껴안고 있네
냉장고는 이명처럼 파도소리를 내고
난 등대를 바라보며 냉장고를 열지
젊은 날의 어머니가 청어를 한 대야
이고
측백나무 울타리를 돌아 집으로 오지
냉장고 속에는 청어 등으로 바닷물이
흘러내리고
난 냉장고에서 이명처럼 파도소리를
듣네
어머니가 청어대야를 섬돌에 내려놓자
난 냉장고에서 청어 등줄기 같은 바
다를 꺼내지
청어의 희고 둥근 배가 수평선처럼
휘고
수평선 흰 금을 가르자
높은 파도가 출렁이며
붉은 바다의 내장이 쏟아지네
어머니는 청어를 섬돌에 쏟으며
허공을 몇 걸음 밟고
난 젊은 어머니처럼 고개를 뒤로 돌
리지
평생 등에 진 바다를 내려놓지 못해
바다 속 어느 고샅으로 흘러들다

지느러미 한번 마음껏 흔들어보지 못한
어머니의 한 아들을 생각하고
난 냉장고에서 이명처럼 파도소리를
듣네
어머니가 쏟아놓은 청어는
푸른 물살 넘실거리며 섬돌을 가로
지르고
난 고개를 돌려 항구를 바라보지
냉장고에는 항구의 불빛이 고향집 창
문처럼 환하고
싱싱한 겨울바다가 빙점에 떨고 있네
청어 등으로 시퍼런 물이 굽이쳐 흘
러내리고
분홍색 노을이 내려앉는 해안선 따라
어머니가 노래처럼 파도에 발목을 적
시네
냉장고는 이명처럼 파도 소리를 내고
난 바다가 가득 찬 냉장고를 가졌다네

 공계열

2002년 《시인정신》으로 등단
시집 「살구씨 속엔 살구나무가 있다」 「냉장고에서 바다를 꺼내다」 등
한영시집 「매화 이야기」
시인정신작가상, 강원펜번역작품상, 노천명문학대상 등 수상
한국문인협회 회원, 국제펜한국본부 회원, 강원문학 이사, 강원펜 이사

뿌리

나는 가리라
더 깊은 어둠 속으로
너의 푸른 아침을 위해
이슬이 상쾌하게 반짝이는
삶의 난간을 지탱하기 위해
나는 가리라
나에게 배당되어지지 않은
부드러운 흙을 더듬어 가며
민망하지 않을 정도까지 염치없게
춤추듯 미끄러져 너의 줄기를 키우리
이 생에 돌아온 이유는
너를 만나는 것
이백 여섯의 뼈로 키운 열매하나
아들아,
나는 가련다
거죽을 벗어 두고 떠난다 해도
군더더기 없이 어둠을 찾아
더 깊이 내려가련다
너의 꽃과 열매를 위해
어둠 속 길은 내가 감당하련다.

 공현혜

2010년 《서정문학》 《현대시문학》 으로 등단
시집 『세상 읽어주기』 등. 한국서정문학대상 수상
한국문인협회 서정문학연구위원
경남PEN, 경북문인협회, 경주문인협회, 통영문인협회 회원
한국문학신문기자

내 삶을 물으면

때로는 웃고
때로는 울었지
생각해 보면
울은 날이 더 많았다고.

너무 아프고 힘들어
때로는 자포자기해
모든 것을 내려놓고 싶었지만
담장이를 바라보며 변했다고.

손잡을 데 없는 높은 담벼락
어디라도 기어오르는 집념
보이기 싫은 곳은 감싸주고
쉴 곳도 내어 주는
그런 삶을 그대처럼 살겠다고.

충만한 열매를 맺기 위해
숨 막히는 나날이라도
주저앉아 뒹굴기보다
쉼 없이 오르고 또 오르리라.

 곽종철

2011년 《대한문학세계》로 등단
시집 『마음을 흔드는 잔잔한 울림』 『물음표에 피는 꽃』 등
창작문학예술인협의회 및 대한문인협회 이사. 한국문인협회 회원
한국기술교육대학 객원교수

스쳐가는 삶이었던가

완행열차 멈춰선 이름 없는 간이역.

내 젊은 날
역마살 끼어 마음 헛짚고
깨지 못하면 갇힌다며 헤매고 다닐 때도
나는 이 역을 찾았던가.

해빙의 물소리가 한결 가벼이 휘돌던 그날
마음 깊은 곳 슬픔까지 데불고
내 설 길 찾아 헤매일 때도
이 역에 왔었던가.

넓디넓은 넉넉한 길을 두고
아무 역에서나 내 삶 다독거리며
바람, 별, 하늘, 자연 데불고
때 되면 하늘역 가고 싶었다.

갈 곳도 오라는 곳도 없이
달빛과 별빛 따라
하염없이 가고 가고 또 가던 내 삶
그 업장 다 어이할꼬.

이 저녁 비는 내리고
역마살 다독이며 추억한다

내 살아온 삶이
그저 스쳐가는 삶이었던가.

 곽춘진

2013년 《한비문학》으로 등단
시인과 사색 동인, 한국육필문예보존회 시인부락 동인
부산문인협회, 한국문인협회 회원

글자

크고 또렷하게 쓴 ○자
해바라기는 이 한 자에 일생을 바친다
해를 간절히 사모하면 해 모양을 한 글자가 몸에서 나올까
어떻게 보면 그림 같고
상형문자 같아서
그 글자가 어떤 뜻의 글자인지 알 수 없다
해만 읽어주면 된다고
하늘에서 읽기 좋은 자리에 써놓은 ○자
언뜻 보면 한 자지만
자세히 보면 여러 자, 한 권의 책이다

점자책을 읽듯이 해가 한 자 한 자 손으로 짚어가며 읽는다
얼마나 여러 번 읽었는지 손때까지 묻었다

 권숙월

1979년 《시문학》으로 등단
시집 「하늘 입」 「가둔 말」 「새로 읽은 달」 등 12권
시문학상, 예총예술상, 경상북도문화상, 김천시문화상 등을 수상
한국문인협회 김천지부장, 한국문인협회 경상북도지회장 등 역임
김천신문 편집국장

유년의 고향

노오란 들판 새파란 하늘
새털구름 뭉게구름 그린 듯 고웁고
팔랑팔랑 손짓하는 미루나무

싸릿가지 끝에 앉았던
고추잠자리
쨍한 볕 살 타고 나르는
빨간 꼬리
따라잡겠다고 내닫던 날들
무명필 하얗게 펼쳐진 들길

논둑 길 따라
사뭇 내달리면
시원스런 개울물 소리
바윗돌 자갈돌 뒤집으며
첨벙첨벙 재잘대던 아이들

그리운 벗들이여
메뚜기 톡톡 튀던 들판
벼 숲을 헤치며
너도 뛰고 나도 뛰고

강아지풀에 다닥다닥 꿰어
노을이 내려앉은 어스름 길
통치마 자락 적시며

돌아오는 이슬 젖은 들녘

잠자리 나래 사이로 비치는
투명그물 빛 하늘이 그리워
용수철처럼 튀어 오르는
유년의 추억들

웬일인가요
가는 세월에도 뜬금없이 내닫는
내 유년의 달음박질.

 雲影 권오정

2011년 《서라벌문예》로 등단
시집 『꽃 청산 언덕에 올라』 『무심천에 바람 불면』 등
청주시직지상, 매헌문학상, 연암문학예술대상 등 수상

짜장면

짜장면 한 그릇
먹는 모습이 하도 맛있게 보여
너무 즐겁고 행복해 보여
나도 한 그릇 시켜 먹었다

밍밍하고 느끼한 맛
그만 젓가락을 놓아버렸다
"무슨 짜장면이 이래!"
맛있기는커녕 실망스러웠다

다들 맛있게 먹고 있는데
왜 나는 실망하는 것일까
짜장면이 다른 것일까
죄 없는 짜장면만 탓하고 원망했다

깊은 생각 끝에 얻은 정답
오히려 그 이유는 간단했다
그들은 배고픈 사람들
맛과 배부름에 감사하고 만족하면서
즐겁고 행복하지 않을 수 없는 사람
들이고
나는 산해진미 다 먹어 배부른 사람
맛에 취한 미뢰가 짜장면의 소박한
맛을 알 턱이 없음이라

행복도 마찬가지
작은 것에 만족하고 감사하며 즐거우
면 행복인데
크고 많은 것 가졌으면서도
또 욕심해서 무얼 찾으려고 여기저기
허둥대는 사람들
행복하면서도 그걸 모르는 바보들이
너무 많은 세상이다.

겸손하고 소박하게 살면 되는데
감사하고 만족하면 그게 즐거움인데
그것도 모르는 사람은
하루쯤 굶었다가
짜장면 한 그릇 먹어 보아라!

 권우용

2010년 《문학예술》로 등단
수필집 「아버지의 새벽편지」 등
남강산악회 회장. 경남시인협회 회원. 한국문인협회 회원

새

보이지 않는 것에 온 몸을 맡기며
새들은 날아오른다
오, 바람 속의 새여
자유자재의 날개여─

새들은
오늘 필요한 양식을
오늘 즐겁게 찾아 먹을 뿐
지상에 먹을 것을 쌓아놓지 않는다

모든 굴레 벗어 버리라고
누더기와 지푸라기 훌훌 털어버리라고
가벼워야 솟아오를 수 있다고
새들은 노래하고 노래하며 맴돌다가
아득한 점으로 사라져간다

새들의 주검을 땅에서 볼 수 없는 까닭은
죄 없는 그것들을 은밀한 통로로
하늘이 모두 불러들이기 때문이다

보이지 않는 것에 온 몸을 맡기며
오늘도 새들은 날아오른다

 권이영

1991년 《심상》으로 등단
시집 『천천히 걷는 자유』
한국시인협회 심의위원, 교류위원장 역임

어떤 윤회

추락의 몸부림은
또 다른 기약이었다.

그 전까진
바람인들 구름인들 우거짐인들
기다림 같은 인고의 시간이었으나
떠난 후에는
안타까움 속에 자리하는 포기(抛棄) 같은 작은 너그러움이
공간 속에 또 다른 공간을 만들어 그 여백을 남겨두는 것이었다

어느새
함박눈이 송이송이 날리는
동면의 시기를 지나
약간의 온기가 퍼질 무렵

문득 쳐다 본 앙상한 나뭇가지 사이로
솜털 같은 시간들이 지나가고 있었다.

 권장섭

2002년《시현실》로 등단
한국문인협회 회원, 시현실문인회 회원
한국불교문인협회 이사

인동초

아파트 벽을 기어올랐다.
태풍이 몰아치는 세상
지지대를 휘감고
하늘 향해 올랐다.

벌레 약을 친 날
가지들이 벼랑 아래로 새파랗게 뻗더니
흰 꽃들이 향기 피우는 새벽
철사 지지대를 간신히 잡고 있는
인동초 넝쿨

검은 점퍼에
우유팩을 든 남자
목회생활 십 년째
교회 벼랑
종탑 위에 하늘빛이 어리어 있다고
우유배달하며 살아가는 우리 목사님

 권희자

1999년 《자유문학》으로 등단
시집 「잠시 머물다 떠나야하리」 「별빛으로 오시는 어머니」
동시집 「아가는 꽃」
자유문학상, 문학세계시문학상, 김시습문학상 등 수상
한국문인협회, 국제PEN, 한국현대시인협회, 자유문인협회 회원

별은 시(詩)가 되어

별을 사랑하여
꿈과 사랑과 희망의 별들
아름다운 이름들을 불러봅니다

신비하고 경이로운 존재들이 모여
별을 빛나게 해주는 일로
5월의 푸름을 흠뻑 머금은 축제가 열
렸습니다

축제에 초대받은 별들과
화려한 옷을 입은 행성들이
축제의 불꽃놀이에서
허공에서 펑펑 터지는 노래가 됩니다

별을 사랑하여
별빛의 반짝임이 출렁거릴 때마다
퍼덕이는 별의 심장의 소리를 듣습
니다

오늘도
별은 훈훈한 마음을 한 아름 안겨주
고 돌아갑니다
나는 얼핏 별의 모습을 보았습니다
얼굴이 발그레해져서
수줍은 고백을 하는 그의 모습을 보

앉습니다

한 뼘의 거리도 까마득하기만 했는데
별을 사랑하기에
색색의 꽃들이 모여 화사한 생기와
화음을 만들어 내고
나도 그처럼
별들의 세계에 빠졌습니다.

오늘도 별은 시가 되어 밤하늘을 수
놓습니다.

 김건배

2011년 《한맥문학》으로 등단
한국문인협회, 한국시인연대, 한국기독시인협회, 아산시인회 회원

뜸북새는 울지도 않았다

사람들 앞에서
도시의 뭇사람들 앞에서
뜸북새는 울지도 않았다.

고향 논에서
점심나절과 저녁무렵을
뜸북 뜸북 울어
때를 알려주던 뜸북새가

때로
갓 심은 모를
엉망으로 밟아 농부의
애를 태우기도 하던 뜸북새

제기동 경동시장에
얼굴이 새카맣게 탄
농부에게 잡혀와
뜸북새는 울지도 않았다

사람들 앞에서
도시의 뭇사람들 앞에서
뜸북새는 울지도 않고
고향의 먼 하늘만
바라보고 있었다

 김건일

건국대문인회 초대회장역임
사랑방시낭송회 회장
한국문인협회 부이사장

연탄재

담벼락 귀퉁이에 널브러져 누운 채
숭숭 뚫린 눈으로
드높은 하늘 바라본다

아궁이 속 빨갛게
타오르며 이글거릴 땐
가마솥 뚜껑이
더덩실 춤을 추었는데

검은 머리 하얗게
푸석한 몸뚱이로
다소곳이 밀려나더니
빗방울 하나에 비시식 숨을 죽인다

골목길 움푹 패인 진흙탕에 보내다오
하이얀 뾰족구두에 뜨겁게 으스러지리

 김경명

2008년 《문파문학》으로 등단
한국문인협회, 창시문학회, 문파문인협회 회원
한국생산성본부 전문위원, 한국폭스보로 이사, 마샬엔지니어링 대표역임

춘(春)

그리워
얼멍얼멍
허한 가슴입니다.

초한 속 순백 꽃
바람 되어
오롯한 보고픔 묻어 둡니다.

차마 놓을 수 없는 빈잔
덩그러니
봄을 기다립니다

 松虎 김경숙

2007년 《한울문학》 으로 등단
서정문학대상. 과천시장표창장 등 수상
한국문인협회 회원

타임캡슐

시간도 삭혀 두면
똬리 트는 역사 될까
한 시대 흔적들을 땅 속 깊이 묻고 싶어
화강암 용기에 담아 차곡차곡 쟁여둔다

슬픔도 즐거움도
아로새긴 그 세월을
천 년처럼 오래도록 꿈꾸는 듯 뒹굴다가
어느 날 비바람 털고 미라같이 일어날까

 김경순

2008년 《문예사조》로 등단
국제펜한국본부, 한국현대시인협회 회원
한국문협 대외협력위원, 문학신문문인회 부회장

서시

새날 뜨는 새벽을 열어라
솟아오르는 해 덩이를 품고
햇꿈을 지식 밭에 심어라

찬란한 날빛 숨을 마셔라
예리한 두뇌 뛰어난 솜씨로
진한 재주를 길러라

참된 슬기의 거름을 주어라
땀이 배인 높은 기술 거두어
앞선 누리 만들어라

영근 알음 넋 속에 담아라
새롬이 별처럼 빛나는 이룸
보람찬 삶에 주어라

🍃 송암 김관형

1993년 《한계례문학》으로 등단
저서 『기술시창작론의 요람』『지재권법』 등 28권
국민포장 등 수상
서초문협 부회장 역임, 한국현대시협 지도위원, 불교문학회 고문
특허청 심사관, 명지대교수, 대통령국정자문위원

해국(海菊)

꽃잠 든 얼굴이 눈을 뜨면
별바라기가 된다

갯바위 틈에 기대어 선
바다를 향한 낮은 추임새
누가 이 밤에도
흔들리며 노래를 부르는가

산다는 것은
부딪치며 어우러져
맑은 화음을 만드는 일

밤바다에 내리는 별빛
파도 소리와 몸을 섞는다
보랏빛 맨발
그 여자

 김교희

2004년 《포스트모던》으로 등단
한국문인협회, 경북문인협회, 경북여성문학회 회원
의성문인협회 부회장

백지가 되려하오

점 하나도
소홀히 할 수 없는
당신 앞에서

푸른빛 되었더니
바다인 듯 출렁대고
빨간빛 되었더니
태양처럼 이글거려
타는 노을 잉걸불 되어
어찌 하라고

뿜어 올린 보랏빛
아니
검은빛 하얗게 스러지는
백지가 되려하오

점 하나도
차마
함부로 할 수 없기에⋯⋯

 김귀자

2000년 《믿음의 문학》으로 등단
시집 『백지가 되려하오』 동시집 『반달귀로 듣고』 등
한민족문학상, 천강문학상, 세종문학상 등 수상
한국문인협회, 국제펜한국본부, 한국동시문학회 회원. 미래동시모임 동인회장

화응(和應), 절정의 하모니

빙그레 웃는
향기 중의 으뜸은 사람이라지만
새 소리 물 소리 바람 소리 두레 반상

잡초 있어 꽃인데
돌 있어 옥인데
돌로 꽃으로 돌아 앉아 목 쉬는 일—

하릅 송아지 천연히 엄마 부르듯
형형한 빛 수탉의 목청 어둠을 쫓듯
돌도 꽃도 너도 나도 한 음절의 노래로
가슴이 대답하는 화응, 절정의 하모니
눈물이겠네 눈물이겠네 이 지상 천국이겠네.

 김규은

1991년 《월간문학》으로 등단
시집 『냉과리의 노래』 등 다수
미래시시인회 회장, KBS 아나운서 역임
한국여성문학인회 이사

비무장지대·1
—야간매복

S능선이 먹칠로 채색되고
마의 계곡 토굴 속 뱀들이 마구 울어댄다
후미진 매부리코 북녘 오성산 718GP
49개의 스피커 알알이 박힌 사각 벌집들
이따금씩 적막을 집어삼키고
어둠이 눈알을 굴리며 별을 따먹는다
사각사각 다가오는 풀잎소리
개머리판에 앉아서 오줌을 뿌린
매복병사의 두 눈알은 비좁은 풍경만 마신다
후다닥, 노루 한 마리가 놀라서 뛴다
느슨하게 풀린 내 손바닥 나이론 신호줄
시꺼먼 몽구스병사의 조반메뉴는 도루묵이다
모순을 먹고 자라는 비무장지대
밤의 사자코를 어루만지던 군화발 위로
동녘에 돋는 빛의 탄알이 박히면
어둠은 장렬히 전사한다

 김기원

1979년 《현대시학》으로 등단
현대시학회 회원
한국스토리문인협회 회장 역임

부부차

여보, 당신
오색빛 차를 우린다.
마시고 또 마셔
다향만리 다르이 없네.

당신 같은 바람이 불고
당신 같은 파도가 치고
당신 같은 다향을 풍기고
당신 같은 멋 차를 마신다.

여보, 찻잔을 잡고
하늘에 해, 달, 별, 은하수
밤새도록 쳐다보았으니
밝게 푸른 천상 밖에 있네.

당신과 마시는 차 한 잔
마음 가르침이 문장 되고
어질고 믿을 수 있는 기백
숨결의 함성 어둠 밝히네.

차 맛 모르고 살아온 50여년
삼생일미(三生一味)를 느낄 뿐
세상 넓어도 찻맛은 하나
차밭 가려고 찻잔 잡는 길 부푼다.

 김기원(진주)

67년 문학의길
1994년 《시와 시인》 《문학21》로 등단
시집 「나 차밭에 있네」 외 7권
국민훈장모련장, 문화관광부장관상, 대법원장상, 매월당문학본상 등 수상
한국차학회, 한국공무원문협 고문, 한국문협, 국제펜한국본부 이사

한강

대한의 심장에
푸른 동맥으로 꿈틀거리며 흐르는
겨레의 젖줄 아리수

태백산 검룡소에서 솟아
천이백오십리 장구한 물길 위에 수천
녹곡의 옥수를 모으고
칠호 구강을 합하여 넉넉히 나누어주
어도
장엄한 북독

단군천웅이 동이국을 열기 이전
억겁년 흘러온 창조의 물줄기
광막(廣漠)한 대지를 갈아엎어 제국의
길을 열고
고요한 밤 청연 속에서 생명을 잉태하
던 사평도

유구한 역사가 한수 푸른 물결 위에 질
풍노도로 흐르고
고구려 백제 신라 쟁패의 북소리
초인 영웅들의 우렁찬 호령을 삼키며
제왕들의 이글거리는 눈빛을 대수 속
에 적시었다

녹색을 심는 평온한 농부
은어 황어가 노니는 어라연(魚羅淵) 계
곡에
아우라지 뗏사공이 아리랑을 부르며
휘돌아가고
경강의 어부는 빛을 건지었다

뗏목이 흘러가고
돛배가 흘러가고
거함이 흘러갔다
민초의 한을 씻으며 아기의 탯줄을 씻
으며
어김없이 찬란한 아침이 이하에 날마
다 솟았다

쪽빛 수면 위 구름 두른 바위산 시선마
다 선경인 충주호
일출이 황금 꽃을 흔들며 소망으로 솟
구치는 내륙의 바다 소양호
대적을 일거에 삼켜 깊은 바닥에 잠재
운 파로호(破虜湖)가
비축의 힘을 열수에 열고

두물머리에서
북한강 남한강이 어우러져 한강이 되듯

너와 나 칠천만이 남북통일의 축배를
들리라
축복의 노래 육대주에 울리리라

사랑하였다
이 땅 위에 삶을 갈구하던 백성들을
거대한 한용 욱리하
용의 눈 여의도가 밤하늘에 번뜩인다

무궁한 청사는 사리진에 녹아 있고
문명을 꽃피워 기적을 높이 세웠다
대한의 역사를 대양으로 끝없이 끝없
이 이끌며
저 도도히 굽이쳐 흐르는 한강

*구강(九江): 동강, 서강, 평창강, 주천강, 섬
강, 남한강, 소양강, 홍천강, 북한강
*칠호(七湖): 파로호, 춘천호, 소양호, 의암호,
청평호, 충주호, 팔당호
*청연(靑煙):안개
*한용(韓龍): 한국의 용
*장엄(張弇): 넓고 깊은
*한강(漢江)이름: 경강(京江), 대수(帶水), 북독
(北瀆), 사리진(沙里津), 사평도(沙平渡), 아리
수(阿利水) 열수(洌水), 왕봉하(王奉河), 욱리
하(郁里河), 이하(泥河), 한산하(漢山河), 한수
(漢水),

 김기진

시집 『일출처럼 노을처럼』 『한강』 등
광명시장상, 대한민국사회공헌 대상, 대한민국지역사회공헌 대상 등 수상
'시가 흐르는 서울' 회장, 한국문인협회 재정위원

깨라

도공이 도자기를 깨는 일은
저 스스로 불가마가 되려는 일

너도
네 길에서

너다운
네가 되려거든
네 주먹으로

네 껍질을 깨고
네 틀을 깨는 일

꽃눈이 꽃봉오리를 터트리듯
네 멍울을 터트려야 네 빛을 볼 수 있나니

도공이 도자기를 깨듯
술꾼이 술독을 깨부숴버리듯

너도
너답게
너를 깨는 일

 김기화

2004년 《문예사조》로 등단
시집 『산 너머 달빛』 『고맙다』 등
경찰공무원 정년퇴임(대통령표창 수상)
온글문학, 미당문학, 석정문학, 경찰문학, 우리시회, 현대불교문인협회
완주문인협회, 전북문인협회, 한국문인협회 회원

부활의 아침

까마득한
어둠의 터널

귀머거리 가슴으로
스러져가는 패배감에 떨고 있던
순간들을 털며

미명(未明)에 일어서는 말씀이 있네.

얼음장 밑에
꿈틀이는 난기류
주저리로 백옥의 열매를 잉태하여
오늘 하늘이 열리는
개화의 함성이 터지는 아침

만져지는 못자국에
천 길의 아픔을 삭이며
초대 교회 신조(信條)를 낳은 도마여

그대의 순교는
이 땅에 세워져가는
에덴의 아침

 김남구

1991년 《시조문학》으로 등단
시조집 「솔바람 속에 피는 꿈」
시집 「노루오줌 풀」, 「마음의 창을 여는 세상풍경」 등
'한국시' 문학대상 수상
한국문인협회, 한국시조시인협회, 관동문학회 회원

합창

우매하도다 혼자만 소리 높여 노래하는 그대들
어찌 그대들만 목소리인가 높은음자리표는
언제나 불안한 것 우리 조심스레 소리를 내자

우리들 살아가며 마침내 깨달을 것은
세상은 독창이 아니라 합창인 것을
그대 목소리가 암만 좋아도 그대 혼자 튀어나오면
모두가 죽는 법 아아 합창은 나 혼자가 아닌
우리 모두의 하아머니요

모쪼록 우리 가슴을 열자 가슴을 열고 마주 앉는 연습
가슴을 열고 손을 잡는 연습이나 열심히 하여보자
그러다 보면 사람냄새 아주 많이 날 것이다
그러다 보면 사람냄새 하나도 안 날 것이다

🌿 김남웅

1965년 《현대문학》으로 등단
시집 12권, 수필집 5권, 소설집 5권, 기타 9권
광명시민대상, 경기도문화상, 녹조근정훈장 등 수상
문학21 · 문예사조 주간, 지구문학 편집인 역임

한국문협 이사 · 경기문협회장 · 한크협회장 역임
한국문협 저작권위원, 한국민족문학가협회장, 한국문학
신문 고문 · 논설위원

산새

소나무 숲이 우거진 내 고향 마을에는
산새들이 언제나 우리를 지켜본다.
겉으로는 바다 같이 파랗게 보이지만
바람이 조금만 불어와도 우수수 떨어지는
솔잎처럼 언제 질는지 알 수 없는
작은 목숨의 사람들,
옹기종기 모여서 등허리에 땀 흘리며
천년이라도 살아갈 듯이
욕심을 내던 사람들,
그러나 어느새 바람 탄 솔잎처럼 떨어질 때엔
여기에 이른 것이 한 없이 아쉬워서
만장(輓章)을 지어 앞세우고
꺼이꺼이 우는 자식들 뒤따르게 하며
하늘에 알리듯이 펄럭이는 상여 속에
묻히어 가던 그 마을의 사람들,
산새는 언제나 그들을 보고 있다.
그들이 떠나서 어디로 가는지도
산새는 모두 알고 있다

 김년균

1972년 이동주 시인 추천으로 등단
시집 「사람」 「하루」 「자연을 생각하며」 등 다수
한국현대시인상, 윤병로문학상, 윤동주문학상 등 수상
한국문인협회 이사장 역임

능수벗꽃

선암사 호숫가에
능수벗꽃 한 그루
누구를 기다리다
저리 목이 길었을까

애가 타서
목마르면
물 한 모금
머금고

향 풀어
보낸 기별
아직도
못 닿았나

오지 않은 누군가를
기다리다 기다리다
지난 바람 붙들고
늘어진 모가지 모가지

 소정 김능자

1994년 《문학춘추》로 등단
시집 「하얀 민들레」, 동시집 「청새알」
아동문예문학상 등 수상
한국문협, 광주문협, 전남문협 회원, 시인협회 이사

춤추는 오륙도

새파란 수평선 위
점과 선이 서로 만나
부지런히 그려지더니
모양을 나타낸다

밀물이면 다섯 섬
썰물이면 여섯 섬
볼 때마다 엇갈려
그래서 오륙도인가

망망대해 거센 파도
홀로 감내하면서
민족 수호신으로
오늘도 오륙도는
춤추고 있다

 김달현

2001년 《문학21》로 등단
부산남구문인협회 회장
부산시인협회 부회장. 부산문인협회 이사

고향 마을

아련한 고향 꿈속에서 그리던 곳
그토록 보고 싶고 가고 싶은 곳
마을 어귀 반가운 이정표가 반기네

코 흘리며 어머님 손잡고 따라온 곳
내가 살던 꽃피는 산골 모운동
산새들 소리에 반가운 나비

환영에 춤을 추네요.
자연 속에 그림 같은 마을 밭
흙냄새 청정 공기가 가슴을 맑게

그리던 산천에 꽃들 푸른 하늘
높이 나는 새들 들녘 아지랑이 속에
춤추는 나비야 우리 함께 살자

구름이 머무는 곳
모운동 자연과 함께 살리라

 야천 김대식

2006년 《서라벌문예》로 등단
시집 「바라만 보아도 아름다운 당신」 외 3권
윤봉길문학우수상. 조지훈문학대상. 정공채문학대상 등 수상
한국문인협회 홍보위원, 부산시단 이사

너에게로 가는 마음의 기차

가슴이 전달이 되는 시간이 있다
말로 표현이 되지 않는 부분에 대하여
어찌할 바를 몰라 할 때
나에게 화를 내보지만
가슴을 열어 보일 수 있다면
제일 좋겠다
좋겠다
정말

그럴 수 없는 가슴이 터질 것만 같다
마음을 전달 할 수 없는
침묵을 어찌하여야 할까
말보다 더 깊이 묶이는
우리 시대의 길을 가야 하는데
말은 저만치 떨어져 있고,
마음은 다가서지 않는 외로움으로
하얗게 서있다

한 가지만 기억하고 가야한다
너에게로 나는 향하고 있다
너에게로 가는 마음의 기차는
날마다 새벽에서 저녁까지 출발한다
출발한 기차는 돌아오지 않고
또 다시 출발시키는 발차역만
내 마음에 있다
한 가지 사랑으로

 김대응

2004년 〈스토리문학〉으로 등단
시집 「너에게로 가는 마음의 기차」 「폭풍 속의 기도」 등
한국문인협회 회원, 현대문학사조문학회 회원
예수향기교회 담임목사, 한국침례교회역사연구회 회장

부부

하늘이고 땅이올시다.

하늘은
그 넉넉한 빛으로 땅을 적시고

땅은
그로 하여 늘 큰 가슴으로
보듬어 가꾸나니

아!
하늘과 땅 태초에 하나여서

진정
사랑이 넘치는 부부는
강을 이루어 바다로 흐르나니

🌿 혜산 김동원

1995년 《문학공간》으로 등단
시집 「오지항아리」 「추억의 강」 「빈자의 노래」 등
시선집 「느티낭구 사랑앓이」
충북문학상. 제천시장상. 다산문학상. 칠레대사상 등 수상
한국문협 상벌제도위원. 제천문인협회 회장역임

지구 위에서

지구는 둥글어서
항상
마음 넓고 포근한 맏며느리다.
천지창조의 한 가운데서 생성된 아늑
한 어제
그리고 또 어제

지구는 심장이 녹아간다
북극의 거대한 심장과
남극의 냉철한 심장이
녹아내려 흘리는 눈물이
오대양에 모여들어 일으키는 반란
그것은 거역할 수 없는 천재지변
우리가 창조해 낸 자업자득이다.

하늘 끝까지 솟아오른 불기둥의 엄청
난 위력과
갈라져서 들어내는 검붉은 속살이
세상을 불태우고
치솟는 열기를 피해
노랑 물고기 파랑 물고기가 천만길을
거슬러 올라
독도의 근해에서
해운대 앞바다에서 길을 방향을 상실
했다.

포근한 물길 따라 하염없이 와서는
길을 잃고 헤매는
열대어의 슬픈 눈들

지구는 언제나 말이 없어서
무엇을 말하는지 모르는 어리석은 사
람들
가슴이 아프고
숨이 막히고
팔 다리 가슴속이 잘리고 파헤치는
아픔이 있어도
지구는 언제나
묵묵히 제 갈 길을 가고 있다.

 김동주

2013년 《국보문학》으로 등단
한국문인협회, 부산불교문인협회, 부산가람문학회 회원
시조문학문우회 회원

인도 여행 12박 13일

류시화 시인은 인도여행을
하늘호수로 떠난 여행이라고
어떤 여행이었길레?…
가족 친구들 염려에 조금의 긴장과
더 큰 설레임 기대를 안고
부처님의 나라로 떠나는 여행
2015년 11월 인도여행 12박 13일

박물관 금탑 부처님의 진신사리 앞
수천 년 만에 만난 부모님인 양
뜨거운 환희의 가슴으로부터
걷잡을 수 없는 눈물이 흘러내렸다
삶이란 자신이 선택한 길을 가는 것
어두움과 밝음의 길로 빈손 등불하나
더 밝게 비추어 주시던 맨발의 길

부처님은 어느새 우리를 앞장서
보드가야 금강좌에 앉으시고
광명에 눈부셔 합장하고 명상에 들면
산치대탑에 이르러
환희의 승무 온누리에 불심 한마당
옛이야기 사랑과 미움 인간사 듣는다
참자유의 길 동행하여 지혜로 회향하는

마야부인, 수잣타, 말리부인, 승만부인,
연화부인, 연화색비구니, 마등가, 바
사타
그들의 후예들이 구름옷(Saree)입고
무지개다리를 놓고 있다
귀의한 마음에 흔들어 주는 손끝으로
마른 눈물로 빚어진 자비의 웃음으로
빈 발우 같은 눈동자들 무소유의 아픔
으로

부가사의한 꿈속 신기루
타지마할은 보석으로 치장한 젊은 왕비
야무나(Yamuna) 강을 사리로 휘감고
영원한 그리움의 빛으로 서 있다
누구나 왕이고 왕비가 아니던가
남김없이 다 주어도 아깝지 않은
서로의 길에 타지마할을 선물하자

무질서 속의 천연스런 질서
소음 속의 신비스런 침묵
삶속에 의심 없이 살고 있는 죽음
미완성 속의 기원 같은 만족
먼지 속의 우주가 되는 어린 눈동자
햇빛과 달빛으로 넉넉한 문 없는 문
서로에게 무심한 소와 양, 개들과의
동행

꼭 한번은 가 봐야 할 나라 인도
호수에 하늘이 내려와 노니는 곳
부처님의 길을 묻는 불심을 챙기지
않고는
떠나지 말아야 할 인도
갠지스 강에서는 오온이 다 멸하여
분별심과 불이(不二)법문이 두고 온
바람소리
13일 순례길 모두 강물이었다, 흐르
는……

인태한 무수, 보리수, 사라수 나무
상카시아 보석 사다리 영축산으로 출
렁이면
곧 태어날 불국토 태양빛 예사롭지
않나니
기원정사 죽림정사 금빛 찬란하고
아잔타 엘로라 석굴 사자후로 진동
하여
향실마다 전단향 피워 염화미소 뵈
옵고
내 기도 고이 접어 세세생생 전하리다

沈香 김말분

2005년 《詩와 수필》로 등단
시집 『내 마음 어떻게 전할까』 『빛으로 사랑으로』 등
신서정문학회 회원, 한국불교문인협회 부회장
한국불교문학 편집위원

그 단칸방 시절

병천의 지붕 밑
그 비좁던 단칸방 시절
가끔 그때가 생각난다

푸른 꿈을 안고 유학을 떠났고
끝이 안 보이는 어둠을 견디다 못해
시드니로 이민을 떠났던
나이든 나에게는
그래도 그 좁은 방이
현세보다는 행복했다

낡은 툇마루에는 항상
참새똥이 더덕더덕 붙어 있고
밤이 이슥하면
화롯불에 둘러앉아 재갈거리다
호통치는 엄마 소리에
이불 속으로 숨으라고 소리치던 형
소르르 잠들던 시절

마을 앞에는
빨래하고 송사리 잡고 푸덕푸덕 멱 감고
지친 발걸음들이 쉬어 가는
정다운 개울이 있었다

병천 장날이면 늘
가난한 사람들이 모여
찐빵이며 도토리묵을 만들어
아우내 장터로 향하고
순대국밥을 먹으며
이웃집 안방까지 들여다보던 그곳

 김명동

2008년 《좋은문학》으로 등단
시집 「내 아들아」, 「그 단칸방 시절」 등
호주크리스찬리뷰 편집인, 호주한국문학협회 부회장 역임

반사된 햇살은 그늘 안으로
들어오지 않았다

솜털 하나 남기지 않고 다 주었다고 생각했는데
지나고 보니 너무나 많은걸 얻기만 했다

고3 딸아이의 이유 없는 반항을
묵묵히 받아 넘기고
휘적휘적 찾아온 어머니 묘 앞엔
그렇게도 까탈부리던 내 유년이 삐쭉거리며 서 있는데
어머니는 여전히 등을 쓸어 주신다

살다 보니 이리도 쉽게 알 수 있는 것들이
왜 그렇게 어렵고 힘들게 느껴졌던가

눈부신 시간들은 너무나 빠르게 지나가
행방을 알 수 없는 빛의 전설이 되어
그렁그렁 눈자위에 걸리고 마는데

우린 또 얼마나 많은 슬픔들을
소풍길에서 만날 것인가

 김명숙

2003년 《문예사조》로 등단
시집 『바람, 그 뒷모습도 바람인가』 등
한국문인협회 회원, 문예사조문학회 회원

꽃과 나그네

가도 가도 끝이 보이지 않아
되돌아갈까 망설이다

길가에 피어있는 이름 모를 꽃
한참 보고 있는데

얼굴만 보지 말고
냄새만 맡지 말고

깊은 겨울 맨발로 견디고
꽃다운 꽃 되어

모든 이의 미소되려고 한
마음 보라한다

낙심하던 나그네, 부끄러워
신발 끈 다시 조여매고 힘차게 걸었다

 김문한

2013년 《문파문학》으로 등단
시집 『그리움 간직하고』 『바람 되어 흘러간다』 등
문파문학회 회원, 한국문인협회 회원, 성남문인협회 회원

연어의 길

살아있음은 아름다워
죽음 같은 질곡에서도 한 줄
빛나는 광휘

동편의 해 돋아 물속 골짜기마다
굽이치는 찬연한 빛의 아름다움
오묘한 색으로 채색되는 바위틈
저 싱싱한 관능.
번쩍이는 비늘의 건강함
퍼덕이는 젊음의 한 무리에서
무지개가 돋는다.

그러나 세월은 가는 것
머잖아 삶의 의미, 사색의 때가 오나니

서늘한 바람길 하늘에 열리고
새들 높이 날고 코발트빛 물길 흔들
리면
오래전 맡았던 향기에 이끌려
천 날이 된 기억이 살아난다.
전신을 격동시키는 오관의 소리
아, 가야하는 길
무수한 폭포를 뛰어 오르며 작살과
위험을 넘어
꼭 가야하는 길,

비장한 시작과 마감의 모천(母川).

죽을힘을 다하여 기어이 살아 돌아가
목숨의 그 첫 줄기에 제 속의 생명들
다 풀어놓고
다독이고 다독이며
어미를 먹고 꼭 살아남아 대천으로
가거라.
그 영롱한 것들을 위해 어미는
제 몸을 누이는 것

어미와 어미의 어미 그 어미의 어미
아득한, 처음의 어미처럼
천천히, 천천히 거기에 눕는 것
생이 아름다움은
살아있음에 있어 죽음을 생각하는
순간마저
빛나는 광휘였음을

그러나 마침내 삶보다 더 깊은
주검의 광휘!

 김미옥

2007년 《시와 글 사랑》으로 등단
시집 「흔적 속의 흔적」 등
한국문인협회, 한국현대시인협회, 경북문인협회,
포항문인협회, 포항시인협회 회원.

장지에서

멀다 해도
한 사나흘쯤이면
그래, 사흘이면 오갈레라

떠나는 자
훌훌 저어 떠나고
쉰 목소리의
남는 자 일뿐

지친 가슴에
소리 없이 쌓이는
오, 바람이여

평토제
취한 걸음
섧도록 밟거니

앞서거니 뒤서거니
눈물로 젖은 산
바로 저 너머

작은 꽃의
씨앗 하나
손금에 와 묻힌다

 김미윤

1986년 《시문학》 《월간문학》으로 등단
시집 「녹두나무에 녹두꽃 피는 뜻」, 「흑백에서」 등
마산시문화상, 불교문화상 수상
마산문인협회 회장, 마산예총 회장 역임
경남문학관 관장, 경남시인협회 회장

뒤돌아 앉은 시간을 가진
—華芳寺에서

붓꽃도 차마 제 빛으로 피어나지 못하고 있는
요사체 마당이 온통 적막이다

오래된 팽나무의 이끼에 살이 오르고
멀구슬꽃향기가 막무가내 올라오면
배고픈 마음 곁에서 차마 떠나지 못했던 바람만은
희미해져가는 경전을 물끄러미 바라보았겠다

수직의 바위 앞에 멈추어선 내 등 뒤로
아침햇살이 동자승처럼 잠시 폴짝이다 멀어져간다

산 아래 마을에서는
오월햇살이 보릿대와 나란히 익어가는 중이고
뒤돌아보면 세상은 여전히 서먹한 풍문으로 가득하고,
향기를 나누곤 하던 사람은 떠나서
오래도록 가슴으로 돌아오지 않는다

아무도 안계세요……
전생에서 이승을 부르는 소리처럼 아득해진다

마음을 빳빳하게 다림질한 뒤라도
다시 이곳에 이르지는 못하겠다

 김밝은

2013년 《미네르바》로 등단
한국문인협회 편집국장
미네르바 편집위원

바다로 가자, 내일은

열병 걸린 지구 위에
숨죽인 화산이 경련하니
전쟁터 시신처럼 널브러진 조개껍질

시커멓게 타들어가는 소금갯벌에
시력 잃은 태양은 어둡고
오염된 가슴은 숨이 막힌다

복수 차오른 지구는
오물처럼 해일을 토해내고
바다는 거대한 양수를 뱉어 놓고
게거품 뻐끔거리는 갯벌에서 한숨을
쉰다

만선 어선마다
환경 재앙의 돛을 올리고
고래가 로또처럼 잡히는 여기는
어제의 바다가 아니라는 걸 증명하려
도장 찍는 공사라며 두 얼굴의 지구를
항해하지만

허탕만선으로 헛웃음치기 일쑤이니
누구보다 이른 아침 해를 건져내며
노래하는 저녁놀과 함께 붉은 볼웃음
짓는 건

오래전 옛날이야기라 하여야 할까

참 다랑어 그물에
우연히 로또를 만나 으쓱한 돈벌이도
손익을 따져보면 실익이 없어
마도로스 어깨가 축축 처진다

한줄기 담배연기처럼 사라진 옛날이
야기
골초도 담배 끊는 삼각파도에
바다의 재앙을 쓸어버리고

첫날 같은 새아침 맑은 바다
햇살에 반짝이는 모래사장으로
깃털처럼 가벼운 눈꺼풀 바람에 날리며

은빛 머릿결 출렁이며 바다로 가자
내일은 한려수도 만나러 가자

수족관 돌고래야 바다로 가자

🍃 보배 김백경

2009년 《문예춘추》로 등단
시집『바다로 가자 내일은』
국제문화예술상, 허난설헌문학상, 불교문학상 등 수상
윤봉길의사기념사업회 지도위원 독도사랑국민연합 사무처장

한국현대시인협회, 한국문인협회, 국제펜한국본부 회원
환경문학회 부회장, 백두산문학회 사무처장, 고흥문학회
사무국장

사금파리의 꿈

일상을 탈출하는 순간
태어난 목숨
칼날을 쥐고 엎드려
보석이 되고 싶은 욕망으로
온몸을 몽그린다

밤마다
별을 향한 기도는
진주 빛 눈물로
이슬방울 일구어 내고
하늘 내려앉은 물 속
굴절되는 습관은.
아침 햇살 아래 찬란히 일어설
무지개를 그린다

다시는 깨어지지 않을
꿈을 꾸고 있다

 김보림

1989년 《문학공간》으로 등단
시집 『사금파리의 꿈』 『꼬옥 돌아 갈란다』 『행복 한 점 더하기』 등
영랑문학상 수상
한국여성문학인회, 기독교문인협회 이사

저수지의 달

　그해 우리 동네 저수지에 달이 알몸으로 들어왔다 경숙 이모가 빠져 죽었다던 그날 밤, 떠오른 달빛이 수면 위로 가득했다 저수지에 달이 환하면 처녀가 죽어 나간다고 엄마는 혀를 끌끌 찼다 내 몸이 열리는 것이 두려웠다 몸에 가시달린 붉은 꽃이 처음으로 피었다 몸을 찌르는 꽃들 저수지로 달려 나가 남몰래 수면 위를 바라보았다 칠흑 같은 수면 엄마 처녀가 되는 일이 무서워요 네게 이제 눈썹달이 들어 온 거란다 점점 차오르는 네 몸 안에 있는 달을 아무에게나 보여주면 안 된다 여자는 자기 몸 안에 소중한 달을 몸에 하나씩 품고 사는 거란다 가난한 집은 고향에서 처녀가 되지 못하지, 내 몸은 타향에서 만월로 차올랐다 출렁이는 아들 둘을 낳고 몸에서 달이 조금씩 기울어져간다 몸에서 빠져나간 달이 고향 저수지에로 가득 차오르자 건너 마을 처녀가 사라지기 시작했다 저수지 수면 위에서 흰 비늘을 털고 있는 무수한 달들.

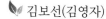 김보선(김영자)

1991년 《문학공간》으로 등단
시집 「문은 조금 열려 있다」 「아름다움과 화해를 하다」 「푸른 잎에 상처를 내다」
경기도문학상, 경기시인상 등 수상
한국경기시인협회 이사, 국제펜한국본부 회원

흐르는 물처럼

나는 어디든지 갈 길을 가야 한다.
흐르는 물처럼

누가 가라하지 않아도 가야 하고
오라하지 않아도 가야 한다
누가 등 떠밀지 않아도 가야 하고
이끌어 주지 않아도 가야 한다

살아서도 죽어서도 영원히……

순리대로 가야 하고
끊임없이 가야 하고
정직하게 가야 하고
부지런히 가야 하고
성실하게 가야 하고
깨끗하게 가야 하고
겸손하게 가야 하고
의연하게 가야 하고

힘들어도 넉넉하게
나이 들면 들수록
멋지고 유연하게

낮은 곳을 향하여
더 넓은 곳을 향하여

더 깊은 곳을 향하여

만남도 사랑도
흐르는 물처럼 살아가야 하는데
때로는 이방인이 끼어들어
가는 길 막으려 한다

그래도 나는
자연에서 왔으므로
자연으로 가야 하고
자유로이 가야 한다

흐르는 물이니까

 김복래

2013년 《화백문학》으로 등단
시집 「흐르는 물처럼」
한국문인협회, 화백문학회, 가온문학회 회원

민들레 홀씨

하늘을 우러른 간절함으로
하얗게 센 머리털엔
생명을 담고

그 작은 꽃술마다
어제 오늘과 내일이 모여 살지

그 마음에는
무쌍한 변덕이 숨었어도
너와 나의 봄은
그저 설렘이 아니냐

거친 바람이 불기 전에
널 품으리니
순한 가슴으로 안겨오려므나

 김봉겸

2012년 《코스모스문학》으로 등단
한국문인협회 회원, 한국크리스천문학가협회 부회장
검사 · 판사 역임, 변호사

고백

노을 타고 간
순한 달이 웃고 있다
밤마실 가는 길 함께하며
슬쩍 바람결에 비밀 있다며 고백한다
길게 하품한 바람은
가을 하늘 가득 채우며
꽃자리 그리움 타고
빨간 앵두알처럼 예쁜
누이 입술에 가을이 스며 있다

 김봉균

2013년 《문학세계》로 등단
광화문사랑방 공로상 수상
한국문인협회, 한국현대시인협회, 영암문인협회
한국통일문인협회, 세계문인협회, 광화문사랑방시낭송회
목란문학, 시와수상문학, 예촌, 시마을 회원

눈꽃처럼

나 눈꽃처럼 누리에 내리고 싶다.
온통 순수 그 자체로
사람들 마음까지도 사로잡고
감탄하는 위대한 힘의 소유자
나 눈꽃이 되어
그대 가슴으로 날아가련다.

해처럼 눈부신 밝은 세상
펼쳐진 산하 곳곳마다
하늘의 은총도 쌓이고
구석진 골짜기에도
가파른 달동네에도
희망의 눈꽃이 내려와
그대들 가슴을 달래 주련다.

하지만 힘겹게 언덕 오르는
우리 동네 꼬마녀석들
눈썰매 타며 넘어질 듯
즐거운 비명 소리 지르는
나 그런 눈꽃이 되고 싶다.

 김봉철

2000년 《문예한국》으로 등단
시집 「하늘엔 구름 떠가고」, 「눈꽃처럼」 등
한국문인협회. 태안문학, 시도, 문예마을 회원

아버지

밤새 무릎이 쑤신다고 뒤척이더니
아침이 창가에 와서 기침하니
정립한 하루를 연다.

헐렁한 바지에 매달린 열쇠는
출근한다고 쩔렁거리며
집을 나선다.

수십 년 가꾼 터 밭에
잔재를 갈무리하며
심어 놓은 그리움들이

활짝 핀 코스모스가 되어
반갑다고 손 사례에
굵게 패인 골짜기에 바람이 이는데

이순이 되어
생일날 안부 물어 오지 않는 자식이
어른거린다고 헛소리 하더니

가벼워진 몸무게는
빈 지게가 되어
오솔길을 걸어가고 있다.

 김사빈

2004년 《창조문예》로 등단
시집 「내안에 자리 잡은 사랑」 「그 고운 이슬이 맺히던 날」
「안개비가 내리면 편지를 쓴다」 등
현재 호놀루루문인협회 회장, 하와이 한인기독교한글학교 교장

해바라기

해바라기 앞에서 그를 닮은 햇살과 마주한 추억이 새롭다
곱게 한복을 차려입은 어머니의 치맛자락을 부여잡고
한껏 멋을 부린 삼남매는 그렇게 얼굴을 찌푸리고
흑백사진으로 남았다

희망의 상징으로 남은 꽃술은 꿀벌의 엉덩이와 닮아 있다
고흐의 무너진 애증의 흐트러짐이 배여든 씨앗처럼
노란 잎들이 넓어질수록 그 끝은 멀어져만 가고
마침내 헤어져 흩날린다.

다시 찾은 어린 날의 그 공원에서 비를 만나려는가.
흐려지는 눈동자를 가로지르는 빗줄기는 마침내
씨앗마다 맺히고 눈물처럼 빗방울이 맺히고
하늘을 올려다보는가.

우리가 꿈꾸던 세상은 늘 건들거리며 흔들리고
어떤 게 진실이고 어떤 게 거짓인지 모르는
값진 세상의 천박스러움에 회의가 남고
기어이 뒤돌아서려는가.

미련스러운 해바라기의 해는 한 번도, 단 한 번도
해바라기만을 위해서 비춰준 적 없는 해는
조금도 미안해할 이유도 없는 해는
오늘도 바라기를 기억하는가.

🖋 김사윤

2007년 《자유문예》로 등단
시집 「돼지와 각설탕」 「가랑잎 별이지다」 등
황금천문학상 수상
한국문인협회 회원, 대구문인협회 회원

비빔밥

내 몸그릇에
바람 한 자락
강물 한 줄기
별빛 한 조각
파도소리 몇 개
푸성귀 같은 사랑 몇 줌
갈대의 울음 같은 그리움 몇 술
몇 번의 상처 속에 피었을 꽃송이도 몇 개쯤
고명으로 얹어놓고
붉은 고추장 같은 내 삶의 밥 한 공기
넣어 비비면 한 그릇 뚝딱 만들어지는
비빔밥

마지막으로 눈물로 만든 참기름
몇 방울을 넣으면
비로소 완성되는 비빔밥
참 맛있는 삶이었는가

 김 산

2007년 《한올문학》으로 등단
시집 『덩나무 어머님』, 『상처있는 나무는 다 아름답다』 등
한국문인협회 회원, 한국기독교문인협회 회원
수원 유신고등학교 국어교사

북악산
– 서울 성곽에서

사십 년 긴 잠에서 깨어났다. 들풀의
함성
산등성이 바람 소리

빛바랜 성곽
왕조 비애가 이끼처럼 서려있다

세월 흐름 속 녹슬어 버린
기억의 공간

시대마다 상이(相異)한 돌담 형체
병풍처럼 드리운 발아래
왕궁의 그리움이 살아 숨 쉬듯 빛나는
설화가 있다

멀리 남산을 바라보는
수도 서울의 모태인 북악산
성곽 밑 민들레 홀씨조차 자유롭게 날
아드는

저 빛 푸른 가슴
이름 모를 들꽃 하나 수줍은 미소 짓
는다

북녘 사람들아 창의문으로 오르자

남녘 사람들아 숙정문으로 오르자

촛대바위 환히 불을 밝히자

백암 정상에서 만나 얼수덜수 안아보자
이념의 벽을 뛰어 넘어 실컷 울자

역사 앞에 사죄하고 어깨동무하여
저 요동 벌판을 다시 찾아

후세에게 넘겨주자. 후세에게 넘겨
주자.

🌿 김석기(金錫基)

2004년 《한울문학》으로 등단
시집 『영혼 속에 젖어드는 그대』 『순풍에 돛 달고』 『부활의 꿈』 등
금오문학대상, 한국현대문학100주년 기념문학상(계관상), 한국문학신문 기성문인문학대상 등 수상
한국문인협회, 국제PEN한국본부, 서울시단 회원, 청하문학회 이사

바람소리

아득한 그때부터 불어온 바람소리
가슴이 없는 귀는 듣지를 못합니다
그래도 바람은 먼 눈길로
끝까지 어디서나 하늘로 남고
바다로 달려와 바다 바람으로
여전히 불어서
흘러가는 한 조각 흰구름에 걸린 그리움이
바다로 데려 왔습니다
수없이 밀려와 산산이 부서지는 파도에
조금 눈이 뜨여서 일렁이는 파문
지금까지 숱하게 보고 들어
도사린 꿈틀거림은
물거품입니다
저 바다가 되어 달려와
당신에게 부딪히는
노래를 들어요
그리하여 가슴에 귀가 되어요
농부의 흙손이 미소 지어 주고
풀잎에 침묵이 반가와 하도록
그렇게 살다가 조용히 사라지는 삶
소라 껍질의 속삭임을 들어야 합니다

 김석호

1999년 《한국교단문학》으로 등단
시집 「바람꽃 피는 초원」 「나무새의 날개」 동시집 「엄마가 제일 예뻐야 해」
한국교단문학상, 한올문학상, 아동문학세상문학상 등 수상
한국시인협회, 한국문인협회 회원
연세대학교(원주) 사회교육원 시창작 강사

문신을 읽다

에스프레소 진액 사이로
수런수런 소요하는 의암호를 바라본다
태양으로부터 가장 멀리 떨어져 있는
햇빛 물에 젖지 않는다
물 내 짙은 나무 볕에 타지 않는다
벌거숭이 파문이 등고선을 그리는 사이
초록색 날개를 가진 부유물이
물수제비를 뜬다
물바람이 물을 긷는다
한 겹 한 겹 일렁일 때마다
세상이 걸어놓은 주술로부터
비밀은 기적처럼 귀를 연다
변신을 모르는 문신 무늬가 된다
더운 바람 속을 레일이 달린다
아픈 살 멀어진다

 김선아

2007년 《문학공간》으로 등단
시집 『문신을 읽다』 외 1권
한국문인협회, 한국시인협회, 한국여성문학인회, 부산문인협회, 부산시인협회 회원.
부산여성문학인협회 회상. 『여기』 편집주간. 부산불교문인협회 이사

떠나가는 가을

모과나무에 손풍금 소리가 걸렸다
찰랑이는 가을 잎새에 매달려
손풍금 소리가 도레미를 연주할 때
팽그르르 잎사귀 하나가 떨어지고
참새 두어 마리가 짧게 미파솔을 우짖고는
포르르 하늘을 난다
모과나무 잎 끄트머리에 걸린 손풍금 소리처럼
청정한 시골집 풍경
가을은 그렇게 모퉁이를 돌아
잠시 모과나무에 걸렸다가 짧은 여운을 남기고
하늘로 떠나간다

 김선옥

1987년 《심상》으로 등단
시집 「오후 4시의 빗방울」, 「모과나무에 손풍금 소리가 걸렸다」 등
한국문인협회, 한국시인협회, 국제PEN한국본부 회원

지리봉 가는 길

길가로 늘어진 나무 한 가지
지팡이로 후려쳐
처참하게 잘려나갔다
그렇게 부서진 나뭇가지는
영원히 이어지지 못한다
지팡이로 후려치지 않았다면
시원한 바람에 덩실덩실 춤도 추고
비 오는 날이면 목욕도 하고
아침 이슬과 입맞춤도 했겠지
그 나뭇가지
모진 바람에 꺾이는 것이야
어쩔 수 없다 하지만
나로 인해 무참히 잘려나갔다는
생각을 하니 미안하다, 미안하다
내가 후려친 나뭇가지는
땅에 떨어져
오고 가는 등산객들에게
짓밟힌다
그 나뭇가지는 누구도 원망하지 않는다
조금 불편해도
부러뜨리지 않았더라면 좋았을 것을

못생긴 나뭇가지가 나무를 지킨다는 사실을
진즉에 알았더라면 좋았을 것을

🍃 김선우

2008년 《문예사조》로 등단
시집 『길에서 화두를 줍다』 등
경기도문학상, 황금찬시문학상, 한국글사랑문학대상 등 수상
오산시인협회 회장 역임, 한국작가동인회 부회장

바람의 시

적막한 이 가을밤
애처로운 별무리
사랑으로 고뇌하던 나를 닮아
길게 떨어져 간다
수 천 번씩 수런대는 소슬바람
행복한 과거를 위하여
죽은 자의 영혼으로 파고드는
그 바람 또 분다

 김성기

〈한맥문학〉으로 등단
시집 『바람의 시』 등
한국예술신문문학본상, 시와수상문학상 등 수상
한국문인협회, 국제펜한국본부 회원
시와수상 편집이사, 파란풍경마을앱문학, 파라문학, 산월문학 회원

내 고향 언덕

내 고향 언덕에 봄바람이 불어와
우리의 가슴속엔 언제나
어머니가 있습니다.
천 리 길 떠나 언덕 넘어 돌아오는
자식들 보고 싶어 한달음에 달려와
어서 오라 껴안은 어머니

너와 나의 마음에 숨결이
새겨진 고향의 사랑이네
괴로우나 즐거우나
태풍이 불어와도 그리운 그 언덕
잊어 본 적이 없네

오늘도 들떠 있는 마음을
깊어가는 가을밤 하늘에 하얗게
웃고 있는 저기 저 보름달을
품고 또 품어보는 어머니 사랑
어머니사랑

찔레꽃 향기 나는 내 고향 언덕은
흔들림 없는 뜨거운 사랑으로
아름다운 꽃을 피우고 있네
아름다운 꽃을 피우고 있네

 김성대

2005년 《호남투데이》 신춘문예 당선
시집 「사랑이 머물다 간 자리」 「진달래꽃」 등
대통령 표창 등
한울문학 호남지회장 역임, 국제펜한국본부, 한국문협, 전남문협 회원,
나주문협 부회장, 서울일보 호남취재본부국장

꿈꾸는 겨울나무

하늘 캔버스 속
쇠스랑이처럼 뻗은 가지

서설(瑞雪)이 내려 입맞춤하던 날
한 입 베어문 수밀도(水蜜桃)
마른 나무의 긴 떨림
아직도 못 잊어
빈 가지는 간간이 흐느끼고 있다

찬바람 비켜 세우고
시린 발끝으로 버티며
서설을 기다린다

 김성영

2009년 《심상》으로 등단
한국문인협회 회원, 심상문학회 회원
한국미술협회 회원, 한국토요화가회 자문위원

외갓집 가던 길

개구쟁이
아이놈 외갓집 가던 길
황토빛 붉은 산노을이 내려와
초가지붕 하얀 연기 밥 짓는 산동네

해거름
산모롱이 돌고 돌아서
동구 밖 서낭당 가까워지면
돌탑 아래 전설이 걸어 나오고

땅거미
내려앉은 당산(堂山) 골짜기
산밤나무 동산엔 휘영청 밝은 달
부엉새 부엉부엉 노랫소리 구성져

징검다리
앞장서 건너갈 때는
시냇물 재잘재잘 어서 가자며
마중 나온 삽사리 달랑달랑 짖더니

 김세창

2008년 《詩와 수필》로 등단
시집 「나무와 풀꽃들 속살대는 밀어로」 외 시문집 3권
국제펜한국본부 회원, 한국문인협회 회원, 케이티문예인회 회원
부산 사하전화국장, 경남 고성전화국장 등 역임

정중동-중(靜中動-中)

조금씩은 걷고 싶었다
처음부터 헛딛는 발걸음을 예비하면서
그래도 이 세상은 걸어가 볼만한 것일까
어지럽다 문득 그대여
나와 풀꽃들과 가장 잘 어울리는 걸음걸이는 어떤 것일까
흔들리는 나무 곁에서
사랑은 걸음마로부터 이어지지는 않겠지
청정한 수맥 몇 모금은
깊지 못한 사랑의 뿌리에서
얼마만큼의 절망이 눈물로 흐르는가
목덜미까지 차오른 허탈
짙게 깔린 안개, 이제사 걷히는가 했더니
또다시 방황하는 어둠 속 영혼
그대여, 그래도 조금씩은 걷고 싶었다
어차피 기진한 눈매들이 허우적
내게로 집중하는 시선
한 걸음 한 걸음
내 육신 속 피마르는 고뇌를 뱉으며
제 눈물의 얼룩을 지우리라
누군가 지금 막 허물려는 나의 성(城)을 위해
나는 걷고 싶다 걷고 싶다

 김송배

《심상》으로 등단
시집 「물의 언어학」 등 10권. 평론집 「감응과 반응」 등 5권
시창작법 「김송배 시창작교실」 등 2권. 산문집 「지성이냐 감천이냐」 등 4권
윤동주문학상, 조연현문학상 등 수상
한국문인협회 시분과회장. 부이사장 역임

곡절

　반원 모양의 나무가 달을 안고 슬픔에 차 있다 굽어보니 내 얼굴이고 멀어져가는 당신 얼굴이다 얼굴이 사라진다 내가 아닌 당신이 저수지에 비친다. 나무의 뿌리가 반만 물에 담가 있다. 백만 년 동안 나무의 등만 바라보듯 곡선처럼 휘어져 다시 돌아오기를 꿈꾼다. 멀리 떨어져 바라보니 나무는 내게 배를 내밀고 반만 돌아온다. 앞뒤를 다 보여줄 수 없어서 한쪽 그늘만 보여주고 사라진다. 물은 반만 차있다 나무도 반만 가린다 녹조를 띄우고 기다린다. 늙어가는 나무의 속이 뚫려 있다 패인 나무속에 들어 가 한쪽을 바라본다. 사라진 반달의 기억, 슬며시 멀어지다 건너온 당신, 물에 반만 비추고 돌아선 곡절이 내 안에 있다.

 김송포

2013년 《시문학》으로 등단
시집 『집게』 등
현재 '성남FM방송' 진행자

기저귀

당신에게 갈아 채워준 기저귀
한 장씩 접어 쌓아 올린다면
나이테로 켜켜이 자라 있을 터.

앙상한 뼈로 솟은 나무 한 그루
실뿌리까지 상한 몸으로
다함없는 사랑의 품속을 드리운
당신을 차마 잡을 수 없습니다

이젠 슬며시 정신을 놓으셔도
당신의 밑동을 은빛 도끼날로 찍듯
무섭게 정을 뗀다 해도
피붙이의 혈맥에 키우신 나무는
사계절 푸른빛을 떨칠 것입니다

새가 울음의 공명통으로 지저귀는
작별에 흩날리는 벚꽃 사이로
못내 외줄기 바람 길을 따라 가셔도
눈물로 징검돌을 놓지 않겠습니다

기저귀 채워주며 주고받던
그 눈빛만 쌓아 올려도
하늘은 저리 높지 않을 터.

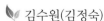 김수원(김정숙)

2006년 《순수문학》으로 등단
한국문인협회 회원, 인천문인협회 회원
징검다리 시동인 회장

에움길

지독하게 맑은 봄날 오후
담벼락의 경계조차 지워버린
담쟁이 그 푸른 물결 속으로 빨려 들어가는 듯했는데,
물색 맞은 여자의 웃음마냥 요란한 전화벨 소리에 그만
끝없는 낭떠러지로 추락하고 맙니다.
떠남이 이렇듯 평범한 일상 속에 일어날 수도 있다는 걸 몰랐습니다.
사람이, 사람이 봄날 꽃잎 지듯 그렇게 떠날 수도 있다니요?
준비되지 않은 이별이란
길을 가다 갑작스레 지독한 회오리바람에 휩싸여
두 눈에 모래가 가득 고여 눈물도 흐르지 못한 채
아뜩하기만 합니다.
이별의 짧은 인사말도 없이 영산홍 붉게 타오르는 언덕길을 지나
남은 자와 떠나는 임의 마지막 경계선
레일을 타고 예약된 아궁이 앞으로 미끄러져 가면
불과 10미터도 안 될 것 같은 그 거리가
명왕성보다 더 먼 사연이 될 수 있다는 걸 몰랐습니다.
너무나 아득해서, 잠시 피어오르다 사라지고마는
사막의 신기루와 같은 시간이라고 간절히 믿고 싶었습니다.
철문이 열리고 한 치의 머뭇거림도 없이
예약된 두 시간 속으로 당신은 걸어가십니다.
세상에 태어나 78년의 삶을
단 두 시간 만에 소멸시킬 수 있음을 멍하니 바라보다
이제는 눈길조차 외면당한
공중전화 부스 같은 막막한 시간을 견디며
닫힌 문 안에서 타오르고 있을 당신과 함께

지금까지 살아온 제 맘속 세속의 모든 것들이 불길에 다 타버리는 것 같았습니다.
전광판에 불이 들어오고 세상에서의 마지막 이름이 불러집니다.
철판 위에 남은 잔해를 회색빛 옷을 입은 무표정한 사람들이
아무렇게나 만든 쓰레받기와 닳아빠진 몽당 빗자루로 쓸어 담아
간이 방앗간으로 향합니다.
살아온 삶이 고추보다 더 맵기라도 하셨던가요?
세상에 단 한 장밖에 없는 보물지도를 품은 듯
처음보다 턱없이 작은 모습으로
또다시 레일을 타고 그 먼 길을 돌아서 나오십니다.
이 소중한 별들을 어디에 뿌려야 할는지요?
가슴에 남긴 이 한은 또 어디에 묻어야 할는지요?

 김수화(김천)

2003년 《자유문학》으로 등단
시집 「햇살에 갇히다」
경상북도여성문학상 수상
한국문인협회 회원, 경상북도여성문학회 회장, 김천문인협회 사무국장
생각하는 글쓰기교실 운영, 논술토론 강사

귀가

먼 길 걸어온 캄캄한 골목
문패 없는 집 앞에서 서성인다
떠났던 아침의 흔적은 어디에도 없고
담 넘을 듯 자라난 라일락과 전신주 사이엔
그림자가 없다

까맣게 태운 하루는 보라의 꽃 뭉치 뒤로 숨자
지상의 기다림 들을 말끔히 다려놓는 땅거미
더 이상 지상의 구겨짐들
낮은 곳으로 숨어들 수 없다며
저녁 풀벌레는 징하게 운다

한해살이 집 다 짓고 별을 품기 위해
와이셔츠 단추를 푼 남자
이젠 어깨를 흔든다
여기까지 걸어온 모든 발은
닳을수록 무거워지다가
달을 헝겊으로 싸맨 그믐의 문패 앞에서
다시 맨발이 되고 있다

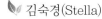 김숙경(Stella)

《순수문학》으로 등단
시집 「시월애(詩月愛)」 「백지 도둑」 등
영랑문학상 수상
캐나다 에드몬톤 얼음꽃문학회 회장
국제PEN한국본부 회원, 한국문인협회 회원, 한국현대시인협회 이사

토담집

내 고향 동막골에
토담집 한 채 지어 놓고

청솔가지 꺾어다가
타닥타닥 아궁이에 불 지펴 놓고

가마솥엔 쌀밥 향기
풀풀 퍼지는 부엌에서
누룽지도 눌려가며

시우님들 불러모셔
간재미 찜에 미산 막걸리 나누며
시향에 흠뻑 젖고 싶네

*동막골 : 보령시 주산면 동오리.

 김 순

2010년 《조선문학》으로 등단
국제펜클럽, 한국문인협회 회원
한국낭송문화진흥위원회 부위원장
시낭송가

우는 농

머리맡에 놓여 있는
오동장롱이 밤만 되면 웁니다.

오동장롱은 어머니가
시집오실 때 해오신 거랍니다.

장롱 속에는 돌아가신 아버지가 입던
입성도 들어 있었습니다.

오밤중에 홀로 깨면
따닥 따닥… 장롱 우는 소리에
소름이 끼쳐

장롱을 할머니 방으로
옮겼으면 싶어도
청상(靑孀)인 어머니는 한밤중에 몰래 일어나
우는 장롱을 어루만지는 것이었습니다.

장롱에 아버지의 넋이 깃들어 운다는
점쟁이의 말을 듣고 나서부턴
장롱에 흠이 질까봐
장롱 옆에서 나를 못 놀게 하셨습니다.

 김시종

1967년 (중앙일보) 신춘문예 시조 당선
시집 37권, 수필집 4권
경상북도문화상, 서울신문향토문화대상 등 수상
문경중학교 교장 정년퇴임, 국제펜한국본부 경북지역위원회 회장

차천(車川)에서

겨울해가 숨어서
울다가 저물었는지, 비는 뚝 그쳤고
무엇을 감출 수 있는 어둠은
늘 다정하게 왔다
더러는 오고 더러 떠나지만
저녁부터 속삭였던 별들이 뭍으로 내려와
소금쟁이처럼 놀다가 물빛 아래 숨는 새벽
반갑지도 서럽지도 않은
만남과 이별이 다시 깨어나는 곳
차천, 평야가 물을 마시면서
하루가 열린다

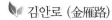 김안로 (金雁路)

본명 金海道
2004년 《시사문단》으로 등단
한국문인협회 회원
KJH 중국/몽골 현지법인 대표 역임

겨울 그 뒤

가진 것 모두 내어준 들녘
정처 없는 바람만 떠돌다
빈터에 부려놓은 쉼표들
삭풍 견딘 억새는
휘청대는 몸뚱이 추스르며
살 오를 날 기다리고
소금빛 대란 지나간 자리엔
늦잠 깬 눈석임물에
다람쥐 마른 입술 축이는데
숨소리 낮추었던 풀꽃들도
두런두런 외출을 준비한다

우듬지로 철드는 세월은
뿌리 깊은 나무의 나이테에 새겨둔 채
보낸 이의 빈 가슴에
떠난 이의 기별서린 작설 향 삼삼하면
잎 먼저 꽃피우는 노루귀 소식 미덥다
겨울 그 뒤엔…….

 김애순

1995년 《문학춘추》로 등단
시집 『오동꽃 필 때면』 『겨울 그 뒤』 등
전남문학상 수상, 시더나무문학회 사무국장 역임.
전남문인협회·광주문인협회 이사, 시류문학회·문학춘추작가회, 한국문인협회 회원. 전남문학 편집장

대한민국 임시정부

상하이 마당로 306롱 4호
십각목 변미류의 소라게
지금 그곳에
애국지사님들의 초상과
박제된 애국심의 액자도
함께 걸려 있다
머무는 사람도
방문하는 자도
모두가 이방인
그럼에도 친숙한 공간

거기 지금도
생존을 위한
물과 빛 공기와 소금
넘치기도 하고
부족할 수도 있는
극단적이고 변화무쌍한
무한 스트레스의
조간지대

아직도 그들
공포영화나 '전설의 고향'을 볼 때처럼
빼꼼히 눈만 남기고
둘러 쓸 이불이나 어머니 치마 같은
혹은 곁눈질 할 눈자루 들락일 만큼

몸에 딱 맞는 뚜껑 같은
집 하나 장만하려
전쟁 치르듯 살아 가야할
삶의 소라게

 김애희

2010년 《문파문학》으로 등단
시집 「물벼락」
한국문인협회 회원, 세종시 시낭송회 회원

아바타

지난 겨울에는 한강 팔당의 큰고니들이 나를 대신하여 강물 종이에 시를 써 주었다.

올 봄에는 한강 둔치의 개나리 진달래 목련 벚꽃들이 다투어서 허공벽지에 시를 써 주고

올 여름에는 산과 들의 나무와 숲이 싱그러운 푸른 숨결로 하늘종이에 시를 써 주고 있는데

아바타가 무엄하게 나를 넘어 앞서려 한다.

"아바타여, 이제 게 섰거라!"

 김여정

1968년 〈현대문학〉으로 등단.
시집 『겨울새』 외 13권. 시전집 2권. 시선집 3권. 수필집 3권. 시해설집 2권. 번역시집 1권 등.
대한민국문학상, 월탄문학상, 한국시협상, 공초문학상 외 수상
한국여성문학인회 부회장 역임, 하남문인협회(한국문인협회 하남지부)창립 초대회장
중등 교장 정년퇴임. 한국여성문학인회 고문. 하남문인협회 고문

달빛 비상금

숲속의 나무 벤치는
집을 찾는 내 영혼의 방,
따뜻한 우주의 가슴이다.
이 온화한 우주 가슴에 별이 내려와
사색을 하고
다람쥐 가족이 책을 읽는다.
파랑새가 진달래꽃 노래를 사랑의 악
보로 옮기고
안개비가 앉아 모과차를 마신다.
미루나무가 언 손을 녹여 시대의 잠
언을 쓰고
신이 휴가를 오시어 국화차를 마신다.

하늘의 어머니가 여기서 자고 가셨다.
가시며, 달빛을 비상금으로 주고 가
셨다.
그 달빛 비상금으로 나는 시집을 샀다.
목마른 풀잎들 내가 읽는 글로 수혈
을 받고
아픈 사람들, 그들의 상처에서 모란
꽃 핀다.
나비들, 나의 시 낭송에 오색 꿈의 날
개 펴고
복숭아나무가 꽃신을 신고 살구나무
와 혼례를 한다.

사슴부부가 새끼를 안고 가족사진을
찍고
풀꽃이 모짜르트의 음악으로 화장을
한다.

이 후박한 어머니 가슴의 벤치,
물기 진득한 달빛이
함박눈 함박눈처럼
가난하고 외로운 풀, 돌, 새, 사람들
을 포용해준다.
포근 포근 안아준다.
꼬 옥 안아준다.

어머니가 주고가신 달빛 비상금으로
나는 어머니에게 읽어드릴 시를 썼다.

 김영호

1991년《현대시학》으로 등단
시집 『당신의 초상』, 『무심천의 미루나무』, 『잎사귀가 큰 사람』 등
저서 『한용운과 휘트먼의 문학사상』, 『문학과 종교의 만남』 등
하와이주립대 초빙교수, 워싱턴주립대 교환교수
숭실대학교 영문과 명예교수

꽃이 필 때까지

나비야 기다려다오
아름다움아

하늘에 가득 찼구나
기다리는 마음

너에게 빛만 닿으면
찬란하게 피고 말 꽃봉

무정하다고
소리치지 말게 해다오

웃어도
웃음의 표정이 없을,

불어도 헛부는 흔들림아
소리를 낸들 무슨 값어치가 있으랴

 김옥녀

1989년 《동양문학》으로 등단
시집 『수수밭』 『목이 쉬도록 너를 부르면』, 『낮달』 등 5권
전북 익산시 해맞이 축시 낭송인, 익산단오제 축시 낭송인

절구질하는 여인
—박수근의 독백

그때는 목숨 부지한 것만도 천만다행이었다네
그래도 아침 햇살같이 웃으며 저녁 새소리로
재잘거리며 가난도 식구라고 함께 살았다네

목구멍이 포도청이라 외인부대에서
흘러나온 천막쪼가리에 남루한 동네를
흰옷 입은 사람들을 널어 놓았지

악착같이 살아남아라 속으로 빌면서
그래서 그런지 펼쳐진 풍경들이 하나같이
나를 닮은 화강암 그 빛깔이더군

맨발에 아기업고 절구질하는 저 여인이
누구냐고 묻지는 말게

*〈절구질하는 여인〉: 박수근의 작품명.
절구질하는 여인은 박 화백의 아내라고 함.

 김완성

1984년 《한국일보》 신춘문예 시조 당선
1991년 《문학세계》 신인상 당선
시집 『시인의 길』, 『겹』, 『마침표의 침묵』 등
현재 강릉원주대 평생교육원 교수

물방울의 노래

뚝뚝뚝…….
너의 몸에서 하늘이 열린다.
그 소리 소리,
그 하나 하나의 열림이
제각기 청명한 하늘이 된다.

초롱초롱한 눈빛으로
환하게 열린 하늘 속,
방울방울 저마다의 소리 끝에서
풀잎은 가꾸어지고
풀잎은 무성해져
뜰안 가득
우리의 눈을 갖게 하고,
우리의 귀를 갖게 하고.

이 세상에서 가장 가녀린 물방울아,
그 외로운 작업,
그 서러운 하늘이 있기에
너는 오늘도 그 작은 노래를 멈추지는 못한다.
비록 작은 너의 목소리지만
너는 영원한 노래로
우리에게 남는다, 남는다.

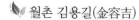 월촌 김용길(金容吉)

1975년〈현대시학〉으로 등단
시집 『그리움아 그리움아』 등

북악스카이라운지

구름 같이 무너지고 싶은 날
북악에 올라라
잠시 머물다 돌아가는 바람도 만나고
힐끗 한눈파는 별빛도 가깝다

스카이라운지 위스키 빛은
언제나 투명하지만
현실을 차단하는 절단기 같은 것

황홀해 지고 싶은 날
북악에 올라라
여인이 없어도 숲의 숨결이 곱다
자는 듯 일어나는 머ー언 한강도 보인다

불면의 밤이면
북악스카이라운지에서 술잔을 들자
머무른 입술마다 꽃빛인데
불면인들 꽃 속에 타버리지 않을까

 김용언

1977년 《시문학》으로 등단 (문덕수, 김종길 선생 추천)
시집 『사막여행』외 7권
시문학상, 평화문학상, 영랑문학대상 외 다수 수상
서울여자간호대 도서관장, 한국문인협회 시분과회장 역임
한국현대시인협회 이사장, 국민대, 서울여대, 대전대 문창과에서 문학강의

재동 백송

1
두 줄기 몸통은 눈 기둥처럼 하얗고
그늘진 잎은 날아갈 듯 푸르다

육백년 흐르는 피 청록의 꽃을 피웠는데
뜨거운 넋은 백옥의 옷을 입다

정녕 살아있어도 숨결 멎은 듯하고
죽어서도 살아 성성한 자태(姿態).

2
살라는 법 받들어서
죽으라는 명(命) 지킬까

희로애락 부귀영화
하느님이 베푸는 은혜

해 우러르며, 은하수 품어 안고
억만광세(億萬光世) 누리고자.

*서울 齋洞 헌법재판소 정원 안에 있는 유명한 백소나무

 김용주

2009년 《자유문학》으로 등단
시집 『사과가 그립다』 등
한국문인협회, 전북문인협회, 장수문학회 회원
국제펜한국본부(전북지역위원회), 열린시문학회 행촌수필문학회 회원

한낮, 개심사에서

바람이 솔숲 사이로 지나갔습니다
풍경 끝에 달린 물고기 꼬리를 보았지요
구름이 몇 번인가
모였다 흩어집니다
노스님 오수에 든 시간
세심연(洗心淵)의 수련도 졸고 있습니다
툇마루 밑
적막에 섞인 누렁이가
귀찮은 듯 꼬리를 몇 번 흔들 뿐

새물내 나는 빨래처럼 펄럭이는
법어(法語)를 찾아
일백여덟 계단을 걸어온 숨소리만
북소리보다 더 크게 울립니다

 김운기

2001년 시집 『그대에게』로 등단
시집 『곡부 지나며』 외 다수
미당 서정주문학상 수상
한국문인협회, 한국시인협회 회원

항아리

머리에 달을 이고
아니 오신 듯, 다녀가소서
산사의 처마 끝에 매달린 풍경 울리거든
바람결에 그님이 스쳐갔다 여기시라기에
천봉당 태흘탑 아래서 합장하노라니
노오란 옷을 입은 소년이 나타나
운무 드리워진 능선을 가리키네
마음 한 곳을 비우고
몸 한 곳도 열어두기를
귀한 인연으로 빚어진 삶인데
알몸으로 와서 조각조각 깨질 때까지
골고루 채우고 비워보기를
큰 바위 속에서 흘러넘치는 감로수로
청정심 되어 시나브로 비우리라하니
새로운 법열이 새록새록 밀려드네

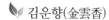 김운향(金雲香)

1987년 《表現》으로 등단
시집 『구름의 라노비아』 등, 소설집 『바보별이 뜨다』 등
한국문인협회, 국제PEN한국본부 회원
한국현대시인협회 이사, 종로문인협회 이사, 한국문인산악회 회장

아침 햇살

오랜 장마 끝
사무치게 그리운 햇살
움츠린 몸을 창가로 향한다.

따사한 아침햇살
손끝에 시리도록 여리고
밤새워 얼어붙은
작은 가슴을 안아버린다.

눈이 따갑도록
신비의 레일을 깔고
줄줄이 가슴에 스며와
어느 사이 무지개를 탄다.

빠질 듯이
빠질 듯이
한 줄기 햇살에
두 발로 일어서서
온 누리를 줄 타듯
핑크빛 춤을 춘다.

 김원배

1989년 《동양문학》으로 등단
대한민국공무원문학상, 세계계관시인문학상, 현대시문학상 등 수상
인천대학교 퇴임

마라도

누구신지
떠나지 말라, 마라 마라라 하는
어디선가 보았을 것만 같은, 더불어 솟아나고만 싶은
그래도 와리지* 말라, 마라, 마라라고
말라, 마라라 하는 어감은 왜 그토록 부정적인지
어쩌다 부정은 한 점 긍정이 되었는지
사바의 끝자락에 부딪히는 해탈한 누님의 거센 오줌줄기, 그 곁에서
은밀하게 파도의 긍정을 엿보다가
적멸의 법칙 같은 외로움만 남아서
세상 으스러질 만큼 제발 떠나지 말라고, 마라, 마라라고 외치다가
우주의 초신성인 듯 발광하며 들앉아있는
큰 시인의 그늘 한 쪽.

* 와리지 – '서두르지'의 제주어

 김원욱

1993년 《문단》으로 등단
시집 「그리움의 나라로 가는 새」 「노을에 들다」 등

나의 이력서

서울대학교를 안 나왔습니다
미국 유학도 못 갔습니다
먹고 살기도 힘든 세상에서 살았으니까요
기독교 장로도 못 되었습니다
일요일도 하루 종일 일했으니까요
시골 초등학교만 빼고 중, 고등학교, 대학, 대학원
12년 꼬박 야간에만 다녔습니다
그래도 사람들은 나를 두고 박사, 교수, 시인이라고 불러줍니다
여학교의 단발머리 여학생 제자 천 명
영남이공대학의 국어수업 받은 제자 이천 명
영남대학교와 대구대학교 국문학과에서
연극과 문화를 배운 제자 천 명
대구한의대에서 배우 제자 육백 명
포항공대 제자 사천 명이나 되지만
지금은 다 어디서 무엇을 하는지……
청구 푸른마을 4층 아파트
우리 집 방구들 위에 혼자 누워서
허무한 이력서를 다시 써봅니다

 김원중

1953년 《서울신문》 신춘문예로 등단
시집 『별과 야학』 『과실 속의 아가씨』 『별』 등
수필집 『하늘 만평 사 뒀더니』
경상북도문화상, 예총예술대상 등 수상
한국문인협회 고문, 한국시인협회 자문위원, 포스텍 명예교수

울 엄니

오늘은 울 엄니 장에 가신 날
신장로 질경이 발 아래 깔고
징검다리 건너서 엄니 보러가는 디
시간은 더디어 해는 중천인데
알사탕 생각에 군침만 흐르네~!

자치기 한바탕 느러지게 놀고
대청 문 들어서니 엄니 목소리
사과 한쪽 물고서 미소 짓는 누님~!

얼른 방문 열고 엄니 얼굴 쳐다보니
기다린 미소가 입으로 닦아와
사과 가득 체워서 얼른 먹어라~!

그 기분 지금도 생생하건만
엄니는 어디메 안 계시는가
내 나이 육순에 한으로 맺혀
이제사 메아리친 울 엄니 목소리
엄니~엄니~울 엄니 어디 있당가~~~!

 김유명

2002년《한맥문학》으로 등단
황길신도시건설 회장
건국대학교 행정대학원 원우회장

연어

나이 들면 추억을 먹고 산다 했다
그런 말이 가슴에 가득 자랄 쯤
고향이 그리워 눈물이 앞을 가렸다

어린 시절 그리워 가슴이 뛸 때
바다가 그리 낯선 곳인 줄을 몰랐다
그래서 그 먼 길을 목숨 걸고 달려왔다

집에 오면 누군가 반가워할 줄 알았다
여기가 어딘지 머물렀던 기억만이 아련히
고향은 간데없고 낯설음만이 가득하다

무엇이 사무쳐 거친 강물을 거슬러 올라가나
너를 무작정 사랑하고 죽는 길이 기쁜가 보다
애처로이 바라보는 달님만이 새벽을 재촉한다

 김유진

2006년 《문예춘추》로 등단
한국문인협회, 국제PEN한국본부, 한예총 회원
한국사진작가협회 회원

염화미소 · 1

연못 속 연꽃 한 송이
구름밭 귀퉁이에 폈네

밤하늘별에서
너럭바위까지
묵언의 향기 환하다

두 손 합장에
고요한 천심동자
염화미소로 화답하네

 김은수

2003년 《시사문단》으로 등단
시집 「모래꽃의 꿈」, 「하늘연못」, 「염화미소」 등
한국문인협회, 경북문인협회, 대구문인협회, 달성문인협회 회원
의성문인협회 부회장, 21세기생활문학인협회 회장

쑥부쟁이 꽃

숨겨도 숨겨도 감출 수 없는 마음
속속드리 빼앗아 간
쑥부쟁이 꽃 피어
들길에 서 있다

새파란 하늘에
선녀의 옷깃 같은 꽃

기다릴 사이 없이 옆에 왔다가
돌아보면 저만큼 걸어가는 뒷모습

애틋하고 절절한 가을날의 고백
해맑은 얼굴로 설레게 했어요

분홍 저고리 풀색 치마 입고
걷다가 지치면
업어 주고 싶은 마음
들녘에 서 있는 사랑 이야기

행복하세요
행복하세요

 김이대

2009년 《자유문예》로 등단
한국문인협회 회원, 한국시인협회 회원
동해남부시 동인

연어 캔

연어 캔을 딸 땐
그 속에 고이 잠들어 있는 한 일생을 깨우지 않도록
주의해야 해요

연어를 놓아주세요
소파에서 빈둥거리지 말고
세찬 물살로 연어를 돌려보내 주세요
연어의 뱃속엔 역류하는 세계가 들어 있어요
그것은 아름다운 파문,
연어는 자초(自招)하는 물고기예요
예정된 그 죽음의 행로를 잘라야 해요

강은 포기를 모르죠
강을 포기하는 것은 연어가 아닌 우리들이니까요
흐르거나, 솟구치거나 한
연어의 꿈
폭포수를 거슬러 오르던
힘찬 꼬리가 달린 우리들의 꿈 말이에요

연어 캔을 딸 땐
한 생애가 이룩한 파문이 쏟아지지 않도록
주의해야 해요

 김인숙로사

2012년 《現代詩學》으로 등단
한국현대시인협회작품상, 열린시학상 등 수상
관동대학교 겸임교수 역임

팽이

나는 돌고 싶다
도는 것은 나의 숙명

누가 나를 힘껏 때려주세요.
매를 맞지 않으면
일어설 수도
돌아갈 수도 없는 나

나는 돌고 싶다
더 빨리
더 아름답게
팽글팽글

쓰러지고 싶지 않아
넘어지고 싶지도 않아
어떠한 채찍도
어떠한 아픔도
내가 돌 수만 있다면
더 빨리
더 아름답게
철판에 박힌 못같이
쓰러지지 않고
서 있는 것같이
돌 수만 있다면
나는 모든 것을 이겨낼 수 있어

팽 팽 팽
나는 돌고 싶다

 김장출

2001년 《창조문예》로 등단
시집 『마라나타』 『나는 너에게 무엇이 될까』 『팽이』 등
대통령근정포장, 한국장로문학상 등 수상
한국문인협회, 한국기독교시인협회, 한국기독교수필문학회 회원

각혈

누군가를 만나고 헤어지는
세상의 흔한 사랑이란 것도
알고 보면 각혈과 같습니다

세포에 스민 원시의 유전자
그 존재의 가장 깊은 현기증이
끝내 토해진 것이니까요

그러기에 주고받는 넋두리도
사실은 차가운 반목이 아니라
진한 열애의 통증일 것입니다

시를 써내려 가는 것도
시공을 배회하던 오랜 서정이
붉다 못해 퇴색한 각혈이구요

아플수록 해맑은 뇌리의 파동
그 고적한 체념으로 노래하다가
더는 어쩔 수 없는 눈물이니까요

그래 또한 모난 시어마저도
사실은 언어의 산물이 아니라
영혼이 짓이겨진 봉숭아꽃입니다

세상의 모든 진실이라는 것은

저마다 끝없는 근원의 실체를
체득해가는 몸서리 입니다

사랑도 시도 또 그 무엇도
더는 내 속에 억누를 수 없는
생명의 피비린내인 것입니다

그러기에 한 음절의 기도도
짐짓 무심한 것 같은 눈길도
모두가 각혈과 같을 것입니다

살다보면 사람은 누구나
오래도록 더는 어찌할 수 없는
무언가가 가슴속에 있습니다

그대가 알건 모르건
나 홀로서 껍질을 깨야 하는
그러다가 문뜩 터뜨려지는

슬픔이나 아픔이나 그리움
그 영원부터의 오랜 연민으로
모두가 살아가는 것입니다

 김장환

2010년 《코스모스문학》으로 등단
시집 「영원이 오는 하루」, 학술지 「설교 커뮤니케이션」
대한예수교장로회조은교회 담임목사, 커넬출판사 대표
Kernel University 국제객원교수(Th.D D.Ed)

석류

가을에 매달린 긴장된 고요
푸른 하늘 향한 아이들 돌팔매가
구름위로 올라간다
운동회 보물 박 터뜨리기

젖무덤 바라보던 몹쓸 느낌이
목구멍으로 꿀꺽 넘어간다
실신한 구슬땀 흐르며
붉은색 아픔이 조금씩 열린다

그의 입은 벌어져 있었다
몇 개의 이빨에 벌레가 끼고
흐르는 침 사이로
잇몸이 보였다

구급차에 실려 온
아버지의 주검을 뉘인 기억이
가득 박혀 있는
열매

 김재준

1998년 《문예사조》로 등단
시집 「이발소 근처의 풍경」 등
한국농촌문학상 수상
수레자국 동인, 한국문인협회 회원

벽시계

벽시계가 우릴 내려다보고 있었다
당신의 흰 머리카락이
유난히 반짝이던 밤

나는 시계를 쳐다보고
"자네가 없었으면 우린 아직 젊을 텐데"

시침(時針)이 성큼성큼 걸어갔다
분침이 총총걸음으로 따라갔다
해와 달을 치켜 업으며
구슬땀 닦으며
나날에 살아가는 부부같이

똑딱똑딱
사이좋게 목숨을 경영했다
참 질서 있게 열심히
생업에 종사하는구나

봉헌하는 순정이 참 보기 좋다

똑딱똑딱
무상(無常)의 밀어여

 김정원

1985년 《월간문학》으로 등단
한영시집 「분신」, 「虛의 자리」「삶의 지느러미」 등 다수
민족문학상, 소월문학상 등 수상
한국문협, 국제펜한국본부 회원, 여성문학인협회 이사
성균관대, 명지대 강사역임

주머니에게

어머니는 밥상이 아니었을까
어머니는 아랫목이 아니었을까
어머니는 등 굽은 사과나무가 아니었을까

그래

이 살
저 살
꺼내먹이시는

어머니라는
허공,

그 무량한 주머니!

 김 종

1976년 《중앙일보》 신춘문예 당선
시집 『장미원』 『밀불』 『그대에게 가는 연습』 『간절한 대륙』 등 11권
신동아미술제 대상, 작품 개인전 14회
대한민국동양서예대전 초대작가, 한국추사서예대전 초청작가
국제펜한국본부 『펜문학』 편집인 및 간행위원장

원(圓)

후줄근한 햇볕이 쏟아지고
적막이 흐른다
동지나해 공해상의 태양은
살을 태우듯 열정적이다
바람 한 점 없는
모두가 잠든 고요 속
일엽편주 선상 모퉁이에서
바라보는 시커먼 바다는
폭풍전야와 같이 두렵기도 하다

해가 바다에 기울어지면
나를 점으로 둥그렇게
점점 밝아져 오는
복어 잡이 어선들의 집어등은
새로운 삶의 시작을 알린다
바람소리에 묻혀오는
낡은 노랫가락이 숨 가쁘게 지직이면
여린 감정은 눈물샘이 열리고
때마다 내리는 빗줄기는
나의 눈물이 되어
우의를 타고 내린다

격전의 밤이 지나고
해가 뜨면서
조업의 마침표를 찍으며

찾아오는 평온은
살아 있다는
살아야 한다는
시그널을 보내온다

 김종각

2014년 《시사문단》으로 등단
빈여백동인문학상 수상
한국시사문단작가협회 회원, 빈여백 동인

지리산

산이
산을 깔고 앉아
산 위에 산이다

구름은
산을 안고 돌다
산마루에 머물고

바람은
골을 따라
산등을 밀고 간다.

앉아도 산
서도 산
가도 가도 산인데

하늘과 바람과 구름이
함께 어울려
산 위에서 넘실거리니

묵묵히 뻗어 누운
산도 흥겨워
거대한 산맥이 꿈틀거린다.

 김종두

2001년《문학세계》로 등단
시집 『새벽이 열릴 때』외 2권
한국문인협회 자문위원, 경남 창원문인협회 이사
국제펜한국본부 경남지역위원회 부회장 역임

내 뼈가 걸려 있다

내 몸이 한 장의 필름으로 분리되어
판독기에 걸려 있다.
검고 희멀건 채색에 담긴, 앙상한 늑골들의 빗살 구조,
그 중심부로 휘어져 내린 척추.
골반은 육중한 내 육신을 힘겹게 지탱하며 예까지 왔다.
한 번도 너에게 고맙다는 인사도 없이
이 나이까지 용케 버티어 왔다.
문득 낯선 사람이 불을 끈다.
캄캄한 어둠 속으로 내 몸은 감춰지고,
젊은 사나이의 카랑카랑한 목소리가
최후의 심판을 준비한다.
나약해진 내 의식은 두려움에 졸아들고.
생명이란 것이, 육체란 것이 내 의지로부터
이렇게 쉽사리 떨어져 나갈 수도 있는 걸까?
그의 논고가 神처럼 무서워진다.
혹시 뻥 뚫린 허파, 퉁퉁 부은 간덩이가 안막을 덮어오는데,
창백한 벽면을 타인처럼 바라본다.
그곳엔 선고를 기다리는 내 뼈들이 기도처럼 걸려 있다.

 김종섭

《월간문학》으로 등단
시집 『환상조』 등 11권. 산문집 『동백과 산수유 사이』, 시감상집 『시의 오솔길 따라』
윤동주문학상, 조연현문학상, 여산문학상, 경상북도문화상 등 수상
경주문협 및 경북문협 회장. 한국문협 부이사장 역임
한국문협 자문위원. 국제펜한국본부 이사. 한국시협 상임위원

그땐 몰랐네

긴 터널 지나 숨 고르는
그대와 함께한 여정
회한이 될지 그땐 몰랐네

내 안의 그대 존재
사랑이 얼룩진 시간들
그리움이 될지 그땐 몰랐네

그대에게 못다 한 정
이제 다 내려놓고 가는 길
아픔이 될지 그땐 몰랐네

찬바람 겨울비 우산 속
앙상한 나뭇가지 하나
정든 그 길을 걸어 가네

 김좌영

2010년 《문파문학》으로 등단
시집 『그땐 몰랐네』
한국문인협회. 한국문인협회 용인지부, 시계문학회 회원
문파문학회 이사

참회록

환한 밤 달맞이꽃과 마주 앉아 열 손가락을 펴고 봉숭아 꽃물들이듯 손가락 끝마다 불을 붙이면 촛불로 타오르는 정념 하얗게 벼린 칼날에 튕겨 솟는 시퍼런 불꽃 꽃송이 송이 사이로 흔들리는 달빛 속에서 손가락은 촛농으로 녹아내리고 아이는 아침이슬 같은 눈물로 애타게 애타는 사랑을 노래한다

아, 나도 열 손가락에 불을 붙여야지
그리고 더 애타게 애타는 기쁨으로 기도한다

하늘을 담은 맑은 유리쟁반에 꽃물 한 방울 동그라미 번지듯 햇덩이 떨어져 노을로 번진 바다 소복한 여인 빈 하늘 출렁이는 수평선으로 눕는다 검은 머리채 물결 위에 너울로 일렁이고 속살 아스라한 무명치마에 주홍빛 물들면 옷고름 스르르 풀고 저고리는 치맛자락에 끌려 발 아래로 흘러내린다 꽃노루 향 모락모락 피어오르는 벌거숭이 몸결따라 나이 세며 봉우리마다 촛불을 켜면 불꽃은 핏물을 먹고 뽀얀 몸둥아리 화알활 태우고 태운다

아, 나도 그대 곁에 누워
하늘 가득 쏟아지는 이슬 환희를 노래하는 슬픈 눈망울로
슬프게 더 슬픈 노래 부른다

바람이 실어온 모래밭에 수수만개 돌탑을 쌓고 황금물 입힌 탑돌 위에 가부좌하고 앉아 소나기 눈물을 흩뿌린다 봄장마 지나간 대 숲에 새 순 솟아나듯 눈물 젖은 돌탑이 숲을 이루고 모은 두 손 앞세우고 걷는 아낙의 치마품으로 기도는 뱀처럼 꼬리를 감춘다
용트림하는 하늘이 모래구름으로 온 세상 가릴 때 와르르 우레로 무너지는 돌탑들 늦봄 바람에 쏟아지는 꽃비 속에서 노승은 돌무더기에 묻혀 피투성이로 울고

동자승은 폭 좁은 장삼 소매로 노승의 피눈물을 닦아낸다

아, 나도 저 돌무더기 속에 묻혀 동자승의 손길로 눈물을 닦아야지
눈물이 피눈물이 멎을 때까지 닦아내야지
뗏목을 지어 수수 십년 흘러 온 강물 위에 띄우고 향 짙은 편백나무 장작으로 집
을 짓는다 온 몸의 터럭을 뽑아 새끼를 꼬아 흔들리는 여울마다 허리에 감는다
향로에서 피어오르는 실연기가 편백향 가득한 방안에 안개 그윽하게 드리우면
후우 화로의 불씨를 살린다 잉걸 불꽃은 때 절은 장삼을 벗기고 발가락 끝에서
피어올라 정수리 위 훠어이 훠어이 씻김굿 무당 소맷자락으로 펄럭이고 네 다
리는 아직도 굶주린 살로메의 몸짓으로 불꽃 가르며 춤춘다
겨우 한 줌 재 물결 위에 흐르고 기름내 젖은 향기 구름타고 나부낀다 물소리
잦아들어 아스라한 징소리 다시 둥둥 울리면 구슬픈 소리 한바탕

아, 나도 그 집에 들어야지
그리고 고개 숙이고 덩실덩실 한바탕 더 구슬프게 구슬픈 춤을 춰야지

 김준기(여울)

2003년 《포스트모던》으로 등단
시집 『여울에 띄운 주홍글씨』
수필집 『교장의 그림자』 『여울 섶다리에서 부르는 노래』 등
한글학회, 한국문인협회 회원. 교육연구관. 교장 역임.

모두 모두 흘러가면 그만인데

사랑도
미움도
모두 한가지로
흘러가면 그만인데

사랑도
미움도
할 수 없는 그런 때
언젠가는 오니까

비와 눈처럼
바람과 구름처럼
흘러 흘러가는 우리

모두 나그네 같은 삶

그래
모두 흘러가면 그만이지

서로 미워하지 말자

날마다
우리가
사랑으로
살아간다 해도

무릇
생명이 있는 것은 반드시 끝이 있는 것

 온솔 김증일(金增溢)

1996년 《한맥문학》으로 등단
한국문인협회, 관동문학회, 해안문학회, 강원문협, 강릉문협 회원
해륙문화 편집장역임, 2005년 공무원 정년퇴직

고샅길

잠결에 사르륵 사르륵
눈이 내리는가 싶더니
고샅길에 종종걸음
어머니 발자국

　물동이 정화수 찰랑찰랑
　두 손 놓고 새색시 걸음
　얼은 손등 불며 불며
　고샅길 어머니 첫 발자국

객지 아들 하숙비 마련
이 곳 저 곳 눈치 살피며
고샅길 몇 고팽이 돌아
허둥지둥 누비는 발걸음

　서울에 몸져누워서도
　고샅길 못 잊어
　가련다 되뇌이던 어머니
　고샅길 계실런가, 아들 눈물진다

 昭光 김지용

2011년 《현대시선》으로 등단
서울신문 편집부장, 문화일보 편집국 부국장
동인지 『수레바퀴』 발간

미래

모든 답을 지니고 있는 미래라는 이유로
질풍인 듯 노도인 듯 피나게 그렸던 것이
허공을 잠시 물었다 놓는 덩굴 꽃의 한바탕
몸부림에 지나지 않았다면
곱게 빗겨진 어느 한 날을 위해
상처입고, 헤어지고, 잃어진 마음과 말들은
가슴속에 통증의 무게만큼 무덤으로 남았으리라

무시로 이는 파도를 재우기 위해
등에 떨어지는 설핏한 햇살을 짓쩍게 주워 담아
그늘끼리 발등을 비비어 상처를 아물리면서
참아도 참아도 퍼석퍼석 나오는
낙엽 같은 웃음은
차라리 덫에 걸린 사향노루의
적막을 깨우치는 울음 같은 것

등대의 반짝이는 빛이 세력을 잃고 파닥거리는
물결마루 언저리에
옥(獄) 하나 지어 그 안에 짠하고 뜨거운
괄호안의 말처럼 가슴 샘 가두어 놓고
겉절여진 문명으로, 눈 못 감는 미래여!
물에서도 가라앉지 않는 그림자처럼
너는, 그래 웃어라 웃어

 김진동

2006년 《문학세계》로 등단
한글문학상대상, 한국작가상, 방촌문학상대상, 소크라테스문학상 등 수상
경기문협 윤리위원장, '시와 숲길공원' 운영위원회 회장

흑룡이 나르샤

-부활

밀물은 인간이 길들인
미래의 시간이다
파도는 어제의 아픈 상처를 밟고
달려 와 몸을 일으킨다
거북손이 바위를 붙들고
피를 뚝뚝 흘릴 때나
소라가 수많은 뿔을 세우고
해초들의 신음 소리를 듣는 것도
썰물에 부서지는 당신의 슬픔을
안아주기 위해서다
남태평양 심연에서부터
새카맣게 솟아오르는 용암은
해룡의 자궁이 잉태한
거칠게 쌓아둔 해풍의 알이다

해풍은 알을 사랑하고
알은 벌거벗어 고독한 여인을
용암과 용암 사이 한 그루 소나무를
인간의 순한 욕정까지도 사랑하고
폭포처럼 쏟아지는 별들과도 입을 맞
춘다

비갠 후
사람과 해신 사이
여의주를 훔친 흑룡이

용머리* 해안을 안고 승천하는 것을
본다

*용머리 해안~서귀포에 있는 해안

 김진태(광주)

2013년 《문학예술》로 등단
한국문인협회 회원

가위 바위 보

주먹다짐 시비하지 말고
가위, 바위, 보!

네 것, 내 것 욕심내지 말고
가위, 바위, 보!

미워하는 주먹보다
모든 허물 덮어주는 보자기가 더 좋아

행복과 평화스러움이란?
빈손으로 잡아주고 사랑함이 아니더이까

 모산 김진태

『시와 시인』으로 등단
한국문인협회 이사, 국제펜클럽 회원

단추를 달면서

작업복에 단추를 달면서
아내는 잠시 엄마의 나라에
머무르곤 한다.

땀에 젖은 나의 추억이
떨어져나간 난간 위에 놓이고
어머니는 때때로 영혼의 질긴 올실로
나의 계절에 색감 고운
수를 놓으셨지.

생활이 그림책이었던 나날의 뒤에
나는 작업복에 업히어
그림자 없는 비인 거리
그 가로수 밑을 배회했었다.

아내는 가끔씩 불안해하는 다 큰 아
가를 위해
싱그런 동화를 짜기도 했지만
아무래도 뒷맛이 야린
일상의 눈치를 감추려 했다.

가을은 저만치서 잠자리를 날리고
나는 그 울타리 안에
부재의 해바라기를 심고 있었지.

지금은 기억의 바늘도 녹이 슬고
꿰맬 수 없는 마음만
세월을 단다.

작업복에 단추를 달면서
아내도 나같이 꿰맬 수 없는 마음과
시간의 옷깃을 여미겠고-.

 김창근

1970년 《조선일보》 신춘문예 당선
시집 「미납편지」 「겨울에 세우는 묘비」 「동해남부선」 외 다수
시전집 「단추를 달면서」 논저 「문학의 원리」
봉생문화상 수상
부산시인협회 회장, 동의대학교 대학원장 역임

통일로 코스모스

너희들 여태 여기서 떠도느냐
작년에도 여기서 모가지만 늘이더니
한가위 아니라도 거닐고픈 그 거리
어째서 귀향열차 남으로만 가느냐

파편 맞아 죽은 이는 빨간 꽃으로
배고파 죽은 넋은 하얀 꽃으로
벼 익어 누런 들판 너희 논 버려두고
여지껏 피난살이 끝나지 않았느냐
어째서 귀향열차 남으로만 가느냐

이 길 따라 하루면 가고 남을 마을 두고
코스모스 야위어 가는 슬픈 넋이여
해맑은 햇살 속 한가위 달빛 속
너희들 여태 여기서 떠도느냐
어째서 귀향열차 남으로만 가느냐

 김창완

1973년 〈서울신문〉 신춘문예 당선
시집 『인동일기』 『금빛바다』 『봄이니까』 외
오늘의시인상, 윤동주문학상 등 수상
조선일보 출판부장, 한국문예진흥원 이사 등 역임
반시 동인

142

아침에 읽는 시

책갈피에서
허브 한 포기 뽑아든다
줄기마다 올망졸망 시어(詩語)들이
이파리로 달려 있고
씹으면 향긋한 언어의 색깔들이
내 정신을 말갛게 헹궈낸다

 김철교

2002년 《시문학》으로 등단
시집 「사랑을 체납한 환쟁이」 등 5권
산문집 「영국문학의 오솔길」 등 6권
배재대학교 경영대학장, 현대시인협회 부이사장 역임
(현) 배재대학교 명예교수, 심재문예원(心齋文藝院) 대표

꽃 속에 내가 피네
-세계적 꽃단지

노랑. 빨간. 흰백. 주황
미나리 아재비꽃*
4월의 찬연한 햇살을
볼웃음에 머금고
흐드러져 피었나니
플로라*의 춤사위가
오색의 물결이어
꽃 속에 내가 피네

어느 영문 모를
연인의 환생(還生)이기에
내 마음 얼쑤 안아
꽃노래 부르고자
들바람에 너울노는고

황홀함에 몰입하다
까무룩 초점 잃는 렌즈
모르새 꽃들은
육안으로 살몃 스며
지천으로 피여 나는
칼스배드* 화훼단지
꽃꽃~ 꽃의 파노라마여

홀연
꽃 속에 내가 피었네
미나리 아재비꽃이 되어

* Carlsbad City L.A 'Flower Field' 04. 05. '16
* Ranunculus : 4.5월 계절꽃
* Flora : 희랍신화 '꽃의 여신'

 김탁제

2004년 《문예운동》으로 등단
시집 『문득 생각이 나시거든』
미주펜문학상, 암웨이청하문학상 등 수상
국제펜한국본부 미서부지역위원회, 미주한국문인협회, 재미시인협회
재미수필가협회, 한국문인협회 회원

깨지를 마오, 이 잠에서

임이여 깊은 잠에 드셨거든
깨지를 마오, 이 잠에서
이 잠에서 깨시면
빛난 두 눈에
슬픈 이슬 맺힐까봐 두렵습니다.

임이여 깊은 잠에 드셨거든
깨지를 마오, 이 잠에서
이 잠에서 깨시면
예쁜 두 볼에
슬픈 얼룩 생길까봐 두렵습니다.

임이여 깊은 잠에 드셨거든
깨지를 마오, 이 잠에서
이 잠에서 깨시면
하얀 두 발에
슬픈 흙이 묻을까봐 두렵습니다.

임이여 깊은 잠에 드셨거든
깨지를 마오, 이 잠에서
이 잠에서 깨시면
고운 입술로
슬픈 노래 부를까봐 두렵습니다.

살며시 일어나 방문 나설 때
옆에서 재깍재깍 가는 시계가
당신을 깨울까봐
두려웠지만
깨지 않는 당신이 미웠습니다.

 김태경

2011년 《한울 문학》으로 등단
한국문인협회 회원, 계간문예작가회 회원, 시마을문학 동인

산책길

아카시아 꽃이
흐드러지게 핀 5월
산책길은 그저 의미 없는 웃음만이
미학의 언저리를
수없이 맴돌고 있었다

어느새
마누라는 어린 애기가 되어
수줍음에 소녀처럼 낯 붉히고
맥주 한 잔 권하는데
후생에 다시 태어나면
당신과는 절대 만나지 않겠다며
눈시울 붉게 적시던
아내의 푸념

가난에 찌들려
살아온 세월만큼
여보 값진 남은 여생
남의 눈치 보지 말고
진실만큼 소중한
허튼소리 한 마디 내뱉고
아쉬운 속마음 묻어둔 채
단절된 바램을 엮어
빛나는 화석 꿈 어루만지며
곱게 곱게 살아갑시다

 김태룡

1974년 「시문학」으로 등단(모윤숙, 신동집, 문덕수 3인 추천)
문예(부원)문학상, 단국문학상, 한국농민문학대상 등 수상
국제펜클럽한국본부 이사 및 경기펜 부회장 역임
현대시협지도위원, 농민문학회 심의의장

해남 물고구마

나는 붉은 황토를 툭툭 털고 일어나
냉수로 시원하게 샤워를 한다

그리고, 팔팔 끓은 사우나탕으로 들어가
내 몸이 흐물흐물할 때까지 찜질을 하고 나면
나른한 내 몸을 누군가가 끌어안고 겉옷을 벗긴다

노오란 나의 나신(裸身)을 그대의 부드러운 손으로
요리 저리 만지며 혀로 핥고, 자근자근 씹고, 빨면
온몸이 사르르 녹아내린다

그대와 사랑에 취해 행복을 느끼며
달콤한 사랑에 빠져 잠드는
나는 행복한 해남 물고구마다

 해송 김태옥

2012년 《한맥문학》으로 등단
시집 「내 마음의 노래」 「떠도는 별들의 이야기」 등
서예작품집 「海松書畵」
녹조근정훈장 수훈
국가공무원 서기관 퇴직

아침 정경

아침 햇살에 부끄러운 낙엽
시원한 바람은 잡초와 놀고

숨어 우는 아침 새소리
내 가슴에 정겨운 그림을 그린다.

지척(咫尺) 호숫가 외로운 노인
물새 재롱에 먼 자식을 잊고

구름 한 점 없는
섬나라 아침

부유하는 시간은
물처럼 수초사이로 흐른다.

 김학균

2008년 《모던포엠》으로 등단
저서 『더 멀리 나라 밖 여정 그리고 세상 풍경 속으로』 『해양 적조』 등
모던포엠 문학상 수상
전 해양수산부 남해수산연구소장, 일본 교토대학교 객원교수
제15차 국제적조회의 조직위원장, 현 (사법)수진회 회장, 한국해양대학교 강사

바둑 한 수

거울 안에 낯선 사내가 무심히 흐르고 있다
기억상실증에라도 걸린 걸까 그는 지금 깊은
시간의 우물 속을 자꾸 들여다보며 묵정밭에 뛰노는
메뚜기의 뒷다리를 생각하며 쯧쯧 혀를 차며 슬퍼하고 있다
어린 시절 냇가 풀밭에서 어렵게 잡은 메뚜기
무심히 두 다리 끊어 풀숲에 그냥 힘껏 내동이 쳤던 일을
그러나 마주앉은 사내는 달의 분화구까지 여유 있게 살피며
꽃 진 자리에 돋아날 꽃잎의 개수를 찬찬히 세고 있다
얼마나 시간이 흘렀을까 일순간이 억겁을 등에 업고
이글이글 타오르는 기억의 순간들이 지나간 후였다
세월이 쓸고 가다 남긴 감각기관이 균형을 잃었나
우주의 지각판 위에 뜬 희고 검은 무수한 지구들이
혼돈의 와중에서 무참히 뭉개지고 있다
십자가의 대못보다 아팠던 가슴의 벌레들, 폐허의 흔적들은
지나온 생의 화엄경 속으로 쪼르르 보내야만 한다
우리의 자화상 속에는 인간 그리고 조그만 동물새끼가 있을 뿐
소싯적은 이기는 것을 탐하여 얻은 것이 없었고
항상 상대를 경계하기에 칠흑같이 지쳐 있었다
나를 모르고 오르고자 했던 꿈의 언덕에서
그 얼마나 좌절했던가
살을 깎는 위험한 욕망의 태산 앞에서도 자꾸 뒤돌아보며
단 한 번도 버리고 떠나지 못했고, 단 하루도 떠나서 잊지 못했다
허허실실 그때, 오체투지의 그 고비에서
나는 죽어도 패로 버티어야만 했었다
대마를 모두 죽이는 한이 있어도 결단코
죽음의 진검승부를 걸어야만 했었다

 김학산

1999년 《월간문학》으로 등단
교원문학상, 노산문학상 등 수상
한국문인협회 관악지부 회장

탄생설화

물줄기 뿜으며 태어난 아이들

대륙의 귀퉁이 반도의 나라에서
단군이 신화로 내려앉고
들까마귀 우짖어
백성의 나라 민족이 태어났다

전설을 고향처럼 가슴에 묻으며 내려
온
반 만 년의 기록 속에
남으로 남으로 내려와
빛나는 강물위에다 새로운 신화를
창조한 것이다

이제는
강물을 거슬러 산맥을 거슬러
신선한 귀향을
대륙 쪽에 머리 두고 꿈꾸어 볼 일이다
기골이 장대한 후손을 두어 영화롭던
대륙의
초원을 누빌 일이다
하류로 바다로 이어지는 그곳에
삼각주 풍요로움을 다독거려
새로운 성을 꿈꿀 일이다

다시 태어나도 서럽지 않은
이 땅에서
이제는 쓸만한 일들을 만들어 그대들
에게
후손들에게 남겨줄 일이다

 김한선

1991년 《월간문학》으로 등단
시집 『안개는 섬으로 간다』 『내 안에 내가 갇혀 있다』 『잊는다는 것은』 등
한국문인협회 회원, 비시 동인
필명 김영희, 김민조

풀꽃으로 우리 흔들릴지라도

우리가 오늘 비탈에 서서
바로 가누기 힘들지라도
햇빛과 바람 이 세상 맛을
온몸에 듬뿍 묻히고 살기는
저 거목과 마찬가지 아니랴

우리가 오늘 비탈에 서서
낮은 몸끼리 어울릴지라도
기쁨과 슬픔 이 세상 이치를
온 가슴에 골고루 적시며 살기는
저 우뚝한 산과 무엇이 다르랴

이 우주에 한 점
지워질 듯 지워질 듯
찍혀있다 해도

 김현숙

1982년 《월간문학》으로 등단
시집 『쓸쓸한 날의 일』 『꽃보라의 기별』 『물이 켜는 시간의 빛』외 5권
윤동주문학상, 후백문학상, 한국문학예술상 등 수상
연화복지관 관장, 송파문화원 시창작 강사역임
현, 문예대학 강사, 한국시인협회 회원

강남의 하루하루

지난밤 못다 태운 피로를 달고
어두운 터널,
칼바람으로 파고 나와 남쪽으로 간다
사는 게 뭔지,
살기 위해 걷어 올린 3막 2장,
인연 따라 강남으로 옮긴 일터
조기 출근이 서툴다
사각의 빌딩 떼 틈새로
고개를 꺾어야 보이는 희뿌연 하늘,
그 위에 나의 무거운 하루를 얹힌다
긴장한 탓인가,
예민한 시간은 진종일 가슴을 휘젓건만
3막 2장은
오늘도
내 몸을 불사르라 재촉한다

 김현숙(안호)

2012년 《문학세계》로 등단
소정문학회 감사
한국문인협회, 중랑작가협회, 문학세계문인회 회원

푸른 창가에서

먼지가 추억처럼 희미하게 쌓인
오래된 공간 속에
물감 냄새가 빛바랜 청바지처럼
털털하게 배어 나오고 있었다

반질반질 닳아있는 나무 계단을 지나
아치형 창가에서
오늘도 가진 것을 하나씩 비워가는
노교수가 오래된 축음기를 틀자
갈색 나무를 닮은 따뜻한 목소리가 나온다

언젠가 먼 이국땅을 배경으로
훤칠하게 서 있는
그의 꽃 같은 젊음이
작은 액자 속에서
바람처럼 미소 짓더니, 이내
나무계단을 가볍게 내려간다

아이비 넝쿨 우거진
푸른 정원에
햇살 가득 내리고

먼 길 향해 집을 나서기 전
그가 연보라 싱그런 붓꽃을 모아
십자가 앞에 기도드리고 있다

 김현순(청주)

2003년 《문학저널》로 등단
시집 「긴 치마를 입고 들길을 걸어보라던」
한국문인협회, 청주문인협회, 내륙문학 회원

전송

누군가, 모래언덕을 전송하기 시작했다

그러니까, 내가 모래와 인터뷰를 하고
내 왼발이 내리지도 않는 모래 비를 맞
고 있다는 것이다

혼잣말로
취재에 응하는 발자국,
알고 있었나,

나는 45도, 경사의 언덕을 사랑했다
낭떠러지를 좋아했다

이유 없이 전깃불이 두리번거리고
긴꼬리원숭이가 검은 연기처럼 사라
졌다

나는 미아가 되어갔고
빌딩 사이 강물을 따라 숲으로 갔다

그걸 방향이라 불러도 될까
자꾸만 바람 소리가 났다

지평선을 허락하지 않는 맨발이
모래사막을 지나는 중이다

사실, 내가 그렇게 속삭였다

내 등 뒤로 펼쳐지는 날개타고
하얀 새털구름을 만지려 했다

이렇게, 누군가의 전송은 이어지고 있
었다

 김현신

2005년 〈시현실〉로 등단
시집 『나비의 심장은 붉다』 『전송』 등
시와세계작품상 수상

백두산 천지에서

아하!
바로
이곳이
그리던 산

님 보고자 가는 길이
하 그리도 장애가 많아
마음 졸이던 이 땅

발길 닿자
피솟음치듯 뭉클하게 터지는
애국가, 아리랑, 통일의 노래
붉어진 눈시울에
내 깃발 하나 휘날릴 수 없어
폭포에 던지는 설움의 덩이

황포강, 동해, 양자강 물처럼
개성이 강해 합치지 못해도
백두산, 장백산, 고구려의 흙은
어우러져 산을 이루다
그리움 푸석돌 되어 굴러 내리는데

인간사 엉킨 대로 천지 속 숨겨진 수
천 년
둘러선 열여섯 봉우리 그 중 우뚝 선
세 봉우리 중 하나
장군봉 아래 보이지 않는 내 님의 줄
기 북녘의 땅

아하!
천지가 막고 장군봉이 가려
그길, 담 넘어도 볼 수 없어라

소리라도 들리는가
사랑하는 혈육, 아들 딸의 이름
장군봉 향해 목매인 저 노인의 절규

쭉 뚫린 길은 저 너머인데
상해, 심양, 연길 지나 돌아 돌아서
일송정, 해란강 역사의 그림자 보며
앞모습 못 보면 뒷모습이라도 보리라
했건만
아무리 보아도 내 님이 아닌 걸 어이
하리

옷자락을 감아도는 님의 정기
가슴 찢어지며 돌아서는 내 마음 모
른 채
한 많은 두만강 두고
흐르지 못하는 눈물 또 한 번 울먹이며

이제 가면……
그나마 언제 또 만나리

천지는 한민족의 눈물
선조의 혼이 천지에 모여
기이한 괴물의 전설로 심연에 숨었
다가
우리 만나는 그날에야 보는 이에게 보
여지려나

마음대로 부르지 못하는 님의 이름아
천지는 천지인데 고구려도 빼앗기고
장백산이란다

쇼팽의 이별의 노래
가시리 엇시조가 휘감겨드는 그날
쭉 뚫린 길로 아리랑 부르며
님의 품에 안길 그 날은 언제
천지의 폭포, 압록강 두만강 걸쳐
한반도로 흘러넘칠 그날은 언제

 김현찬

1993년 《시 2001》로 등단
한국현대시인협회, 기독시인협회, 착각의 시학 회원
한국식물화가협회, 문파문학회, 서초수필, 현대수필문학회 회원
새문안 교회지 편집인

달팽이 예찬

조급한 마음에 삶이 고달프거든
자작자작 비 오는 날
풀숲 길로 오라
사랑도 눈물도 몰라 메마른 마음
버석대거든 촉촉한 숲길을 거니는
달팽이를 보라
깨어지고 부서짐을 두려워 않고
발길도 재촉하지 않는
달팽이의 은근과 끈기를 보라
삶이 사막이거나
온실이거나
자작자작 비 내리거든 풀숲 길로 오라
삶이 사막이거나
온실이거나
그대 마음의 숲에 나무를 심으라
달팽이가 은신할 수 있게

 김현희(은하)

2009년 《서정문학》으로 등단
시집 『달팽이 예찬』
한국문인협회 회원, 문학낭송가회 회원
신안문학회 동인, 네이버문학밴드, 다솔문학 리더

우포사계(牛浦四季)

우포에서 봄을 봅니다.
토평천* 버드나무 새포롬한 숲 사이로
노랑어리연꽃물이 진하게 배어들고
장구애비 휘저어놓은 물
장다리 물떼 새가 물어 나르는 오후
개구리밥 위에 살포시 앉은 봄이
자운영 꽃을 목에 두릅니다.

우포에서 여름을 봅니다.
장재마을 동편 하늘이 눈부시게 푸르고
왕버들 수림마다 게아제비 잠듭니다.
우항산(牛項山) 전설이 자라풀처럼 자
라 나무갯벌이 되었다면
천년잉어 전설은 가시연으로 자라 무
엇이 됩니까?
중대백로 그림자들 사이로 스민 여름이
물옥잠 꽃으로 마냥 복에 겨웁습니다.

우포에서 가을을 봅니다.
물억새 서러움이 층층이 마름 껍질을
깨는 사이
낯선 철새들이 벌써 겨울을 두드립니다.
생이가래 뜨락에 석양이 굽이지면
서편 사지포늪*에서는 나붓나붓 바람
이 차오릅니다.

밤눈 어두운 소금쟁이 길을 비추는 늦
반딧불이도
마름 뾰족한 침에 다쳐 상처가 깊을 때
황조롱이 외로운 눈빛 같은 가을은
벌써 주매마을 하늘처럼 깊어만 갑니다.

우포에서 겨울을 봅니다.
물억새 숲 따오기 붉은 뺨 같은 엄동
(嚴冬)에
애기부들 꽃술 같은 따오기 다리로
토평천 물을 막고 서면
행여 봄이 빨리 올 것 같습니다.
떠나는 기러기 발자국 찾으러 서럽게
나갔다가
박새와 눈 맞아 돌아온 도요새같이
육천년의 만남과 헤어짐을 우포에서
봅니다.

* 토평천: 경남 창녕군 대지면에서 우포로 들
어가는 개천
* 모래늪벌: 창녕 우포늪을 이루는 네 개의 늪
가운데 하나로 사지포늪을 말한다.

김형덕

2010년 《문학사랑》으로 등단
현대시문학 신인상 수상
번역가

죽은 나무의 언어

딱딱딱 저 소리는 어디서 오는 걸까
왔다가 메아리져 어디로 가는 걸까
유성 같은 의문들이 새록새록 파고든다

숲속에 딱따구리 입하나 만들어 가자
죽어서 딱딱딱딱 살아 우는 저 공명 소리
천년을 쉬지 않고 메아리를 만드는가

살아서 못 다한 말 당신께 전하고 싶어
머루꽃 시어들을 송알송알 토해내며
행복하길 원하거든 숲으로 오라한다

모든 것 놓아두고 잠깐 쉬러오라 한다
숲속을 거닐다 보면 북소리 들을 테니
생과 사가 둘이 아닌 *천고(天鼓)의 울음소리

*천고(天鼓):도리천 선법당에 있는 북, 치지 않아도 저절로 소리를 낸다는 하늘의 북.

 인묵 김형식

2015년 《불교문학》으로 등단
시집 「그림자, 하늘을 품다」 등
한국문인협회. 국제펜한국본부 회원. 윤봉길기념사업회 지도위원
불교문학 홍보위원. 백두산문학 부회장. 고흥문학회 회장

꽃을 다시 보면

가지 하나에서
잎이 열리고 꽃불 진다는 게
사뭇 다른 말 같아
눈치 없이 물어보고 있습니다

하루 밀치고 나서면
갈래 길 한쪽에 모개로 걸어
뒤태 기웃거리지 말라 하시던
어머님 말씀 깜박 잊고
대낮에 어둠같이 허덕입니다

꽃을 다시 보면
저 많은 일들이 어찌 다
같은 가지에서 이루어지나요

 김형오

2003년 《시문학》으로 등단
시집 「하늘에 섬이 떠서」 「풀씨를 심는다는 것」
한국문인협회회원, 미주문인협회 이사

당신과 함께 살아가는 법

나는 당신이 보내온 단어 하나하나를
손가락으로 어루만져요

손가락에서 자라나는 쉼표와 마침표
그리고 세로로 내려온 구부러진 획에까지도
아침의 공기를 담아 주었습니다

겁 많던 나의 글자가
당신의 단어와 만나
작은 오솔길을 만들었지요

당신 눈동자에 들어 있는 내가
내 마음에 들 때까지
나의 시선을 당신이 사랑할 때까지

당신과 내가 바라보는 세상을
깍지 낀 서로의 손안에 담은 채
설명하며 살아가요

나,
오늘도 여전히
당신을 향해 가는 길 위에 서 있네요

 김화수

2015년 《문학저널》로 등단
시집 「나와 악수하기」
저서 「치매예방을 위한 인지의사소통놀이」
역서 「언어장애와 의사소통 장애」 「언어발달」 「언어발달 장애」 등 국제문화예술상 수상
국제다문화의사소통학회 회장역임, 한국언어치료학회 이사, 대구대 언어치료학과 교수

버팀목

산 나무가
죽은 나무에게 의지하고 있더라
허접한 어깨도
누군가에게는
한생을 비빌 언덕이 된다는 것
또 누군가는
내 투박스런 어깨에도
포근하게 기대려할지 몰라
죽은 나무도
한창 때는 산 나무였을 테지만
생전에는
존재의 가치마저 무시당했을지
누가 알아
망자들은 심심하면
산 사람들을 울린다
산 사람이 망자를 울렸다는
이야기를 들은 적이 없는데
근자에 개업한 장례식장 화단에도
죽은 나무들이
산 나무들을 보듬고 있더라
산 나무들이
죽은 나무들에게
살가운 위로를 받고 있는 것이다
망자는 영정사진 속에서
활짝 웃고 있는데
산 사람들만
속절없이 꺼억꺼억 울더라

🌿 김환식

2005년 《시와반시》로 등단
시집 『산다는 것』 『낯선 손바닥 하나를 뒤집어 놓고』 『낙인』 등 7권
칼럼집 『매일춘추 영남CEO칼럼』
한국문인협회, 한국시인협회, 대구문인협회 회원

우리 글 한글

보라 우리는
우리의 넋이 담긴
도타운 글자를 가졌다

역사의 물결 위에
나의 가슴에
너는 이렇듯 살아 꿈틀거려
꺼지지 않는 불길로 살고
영원히 살아남는다
조국의 이름으로 너를 부르며
우리의 말과 생각을 적으니
우리글 한글 자랑스런 자산

너 있으므로
아버지를 아버지라 쓰고
어머니를 어머니라 쓰고
하늘과 땅과 물과 풀은
하늘과 땅과 물과 풀로
떳떳이 쓰고 읽고 남길 수 있으니
이 아니 좋으랴
이 아니 좋으랴

비둘기 오리 개나리 미나리
붕어 숭어 여우 호랑이
우리말로 부르고 적고 배우니

그 아니 좋으랴
그 아니 좋으랴

사랑하는 얘기도 마찬가지리
서로를 이해하고 그리워하는 정을
마주보고 말하듯 가슴에 담긴 대로
꾸밈없이 아름다이 전하고 간직하라

세상에서 제일 어려운 게 중국 한자
그 문자 들여다가 써왔었다
한자로 억지 표기하던
이두문자도 있었다
그러나 그 어느것도 내것과는 멀어라
읽고 쓰고 표현하기
정녕 힘겨웠니라

우리 글 한글
백성 사랑하는 그 한마음으로
명민하신 임금 으뜸글자 창제하시니
소리글 한글 고마우셔라 세종대왕
온 백성 배움길 열어주시어
침침한 눈과 귀 안개를 거두고
바르게 쓰고 바르게 읽으며
우리의 얼을 지키고 가꾸니
의연하여라 솟구치는 힘

배움과 쓰임이
한길 사랑으로 이어져
빛나는 한글 문화의 꽃을 피운다
역사의 유장한 흐름 위에

 김후란

1960년 《현대문학》으로 등단
시집 『장도와 장미』 『따뜻한 가족』 『비밀의 숲』
서사시집 『세종대왕』 등 12권
현대문학상, 월탄문학상, 한국문학상, 펜문학상 등 수상
대한민국예술원 회원.

한국문인협회, 국제펜클럽 한국본부, 한국시인협회 고문.
자연을 사랑하는 '문학의 집. 서울' 이사장.

김유정역(驛)

길 떠났던 언어들
가쁘게 되돌아와
자리 푸는
떡시루 같다는 실레마을
김유정 숨결 쏟아낸다.

잘 다녀오라는
인사말 정겨운데
금병산 자락에 엎드려 있는
봄·봄의 봉필이 영감 마름집
바람과 눈물과 한숨
그 긴 시간 엮어
기억들 하나 둘 줍고 있다.

대합실 한 귀퉁이
필통으로 눌러둔
원고지 몇 권위에 놓인
유난히 밝은 노란 동백꽃
햇살 한 자락 졸고 있다.

쏟아지던 싱싱한 언어들
김유정 문학 보듬고
아름드리 느티나무 숲 만들어
오가는 이 반기는 역사(驛舍)
오늘도 부푼 마음

철길로 내달린다.

*경춘선에 있는 소설가 김유정 실명을 붙인 유일한 간이역

 김훈동

1960년대 《시문학》으로 등단 후 2015년《계간문예》로 재등단.
시집 『雨心』 『억새꽃』외 다수
한국농민문학상, 수원문학 대상, 한국예총예술문화 대상 등 수상
수원문인협회 회장, 수원예총 회장, 한국예총 감사 역임.
현재 대한적십자사 경기도지사 회장

고백

고요한 산자락을
겹겹이 감싸고 앉은 안개가
걷히기만을 기다리다

뭉실 피어나듯 격한 그리움
아린 상처가 되어 남았다

점점 짙어만 가는
산안개 탓만 할 거냐고

말을 해야만 아는 거냐고

 김휘열

2002년 《문학세계》로 등단
시집 『아침』『반추』등
문학21문학상, 에피포도문학상, 문학세계문학상 수상
한국문인협회 회원

너가 간 가을에

발밑에 구르는 낙엽을 본다
새파란 하늘을 본다
온통 출렁이는 숨소리를 듣는다

마침내 잃어버린 기억을
오한 같은 불빛이 시늉을 하는데
청신한 나프탈린의 취기를 느낀다

〈시그널은 시인의 눈동자인가요?〉
〈아니. 당신은 현기증을 일으키는구료〉

너가 간 길머리에서
해바라기를 안다는 것. 얼마나 외로운
인생의 순교자인가를 되뇌어 본다

저기 뉘라도 창문을 열자
아무 거리도 회화도 없이. 이렇게
낙엽을 안고 다소곳이 달빛에 서면

발밑에 구르는 낙엽이 있다
새파란 하늘이 있다
온통 출렁이는 숨결이 있다

 남구봉

본명 남기진
1958년 〈자유문학〉으로 등단
한국문인협회 감사역임

카푸치노

대학 친구들과 카페에 들어갔다
어둠을 밝히던 별들과
함께 흘린 땀과 눈물이
카푸치노 거품 속에 섞여 있다

나는 언덕에 누워
쌀밥 같은 구름을 바라보았다
학생들이 영차를 외쳐가며 스크럼을
짜고
운동장을 돌기 시작했다
가지런히 잘린 정원수 위로 새까만 머
리들이
꼬리를 물고 모여들었다
주린 배와 손에 쥔 영장을 걱정하던 나도
대열로 흘러들었다
모두들 강물에 모여든 물방울처럼
급류처럼 교문을 빠져나갔다
의사당 앞에 모인 목들은 쉬어있었
지만
우리는 달군 쇠처럼 뜨거웠다
돌아오는 길가의 사람들은 갓 핀 꽃이
었고
교정에 뜬 별들이 머리 위에서 빛나고
있었다

우리가 피 흘렸던 거리를
인공의 물줄기가 흘러가고
가슴이 부푼 여학생들이 깔깔거리며
지나간다
오지 못 한 친구의 생사를 걱정하고
흘러간 사랑을 더듬으며
생활이 길들여놓은 말들을 주고받을 뿐
아무도 정치를 이야기하지 않았다
어색한 침묵이 흐를 때면
우리는 카푸치노를 입에 가져갔다
살아온 날들이 카푸치노 거품처럼
꺼져가고 있었다
다시 만날 수 있을까
그때까지 몸조심하자는 말을 남긴 후
우리는 낙엽들처럼 흩어졌다

교정의 밤하늘은 옛날보다 멀었다
잘 살다 돌아왔는가
건강은 괜찮은가
애들은 잘 크는가
그 옛날의 별들이
눈물처럼 빛나고 있었다

🌿 남상진(南尙鎭)

2010년 《문학저널》로 등단
시집 『카푸치노』
한국문인협회 남북문학교류위원

조국

님이 죽어 잠든 이 땅
피 묻은 묘비 아래
절규하던 조국의 함성이
해마다 흰 들꽃으로 피어나고

내가 살다 묻힐 이 땅
피 끓는 청춘 아래
소원하는 조국의 합창이
가슴마다 통일로 나아간다.

우리 지켜야 할 이 땅
푸른 하늘 새의 목숨처럼
붉은 심장이 영광스러운
아! 내 조국의 영역(靈域)이여

 남재현

2008년 《한맥문학》으로 등단
시집 『계절의 소리』 『악국 가는 길』 『가을 너만 가렴』 등
한국문인협회, 국제펜클럽 회원

내 거인 줄 알았는데

거리를 걷다 내게 **떨**
　　　　　어
　　　　　　지는 눈송이를 보았다
백조처럼 살포시 내 손바닥에 자리 잡는다
웃으며 하늘을 바라본다

고개 숙여 그 아름다움에 입 맞추려 하니
사르르 찬 기운의 액체로 변해버린다.

내 것이 아니었음을
내 거인 양 행복했던 마음에
웃음이 난다

 남태현

2010년 《문학예술》로 등단
한국문학예술가협회 서울경기지회 사무국장 역임
한국문인협회 안산지부 사무국장 역임
안산시 도서관운영위원

매화의 계절

울타리 아래 꽃씨 뿌리고
새싹 기다리는 재미와
날마다 넝쿨 곰지락대며 자라는
행복함과 즐거움을 이제는 만날 수 있겠다

봄 냄새
솜사탕처럼 가득한 날
겨우내 파랗게 볼 얼던 사람
오두막 내 작은 마당으로 살짝 불러야겠다

눈처럼 고운
꽃향기 같은 참한 내 사랑
봄 기다리는 곳에 몰래 오면
낙동강 물길 휘돌아 산자락에 매화가 피고

굽이굽이 산길에
꽃샘추위로 숨던 아지랑이
아직 열리지 않은 내 창에 몰려와
하얗게 매화 바람결에 흩뿌릴 준비를 한다

 노민환

2005년 《자유문예》로 등단
한국문인협회, 창녕문인협회 회원
문학의뜰작가협회 이사 겸 부산경남 지회장

에덴아 너는 가고

에덴아 너는 가고
나는 타향 길에서 끝도 없이
헤매고 있다

네 곱던 두 볼에 흐르던 미소,
아롱진 눈물방울도 이제는
모두다 낙엽처럼 이울고
나는 첩첩산중 한 점 까아만 바람으로
남아
뼛속 깊은 추위로 사무치게 떨고 있느니

에덴아 너는
이 세상 끝 어느 벼랑에
한 떨기 바람꽃으로 숨어 있느냐

에덴아 너는 가고
나는 이 땅에서 눈멀고 귀멀어
너의 모습 보지 못하고
너의 목소리 들을 수 없다

다만 오늘도 나는
방향도 없이, 뜻도 없이
산지사방 너를 찾아
단풍으로 물들고 백설로 뒤덮일 때
까지

지친 걸음걸음을 내딛노니

걷히지 않는 이 어둠은 어디서 오고
아침은 또 어디서 올 것인가

험산을 넘고 바람 센 강을 건너
비명처럼 노을 지는 들녘에 다다라
보랏빛 아픈 가을꽃바람 자거든
에덴아 너는
그 동산 밖 첫 산고의 울음처럼
가까이 다가오려므나

그리고는 말해다오
한탄과 저주의 뒤 달 같은 그리움으로
타버려 재가 된 내 빈 가슴의 젊음을,
첫눈 내리는 하늘 끝에서 달려오던 너
의 꿈을

내가 죽어 네가 산다면
내가 죽어 내가 산다면
아편꽃 같은, 핏속 울음 같은 달콤함
으로
내 가슴에 송이송이 피어나라
에덴아 너는

 노유섭

1990년 《우리문학》으로 등단
시집 「햇빛 피리소리에 어깨 겯고」 「원으로 가는 길」외 7권
우리문학상, 한국현대시인상, 계간문예문학상 등 수상
한국현대시인협회 부이사장, 한국문인협회관악지부 회장 역임
국제펜한국본부 이사, 한국예술가곡연합회 부회장, 기독교문인협회 이사, 아름다운서당 교수

지구를 향한 빛
-訓民正音

창문 열고
빛 들어오게 하는 소리
자연이 공평해
누구나 찾는 사람 막지 않는다

하늘天 땅地 사람人 손잡고
사람이 발음 기관마다 입 맞추니

잠자는 선화공주처럼
발음 기관마다 깨어나
서동의 신부가 될 수 있다

어금닛소리牙音   ㄱ ㅋ   ㆁ
혓소리舌音   ㄴ ㄷ ㅌ ㄹ
입술소리脣音   ㅁ ㅂ ㅍ
잇소리齒音   ㅅ ㅈ ㅊ △
목소리喉音   ㅇ ㆆ ㅎ

두 영토 하나의 영혼으로 동화
짐든 두레박 없는 우물가
백성들 생명수 먹이는
선계의 손길

세계에서 550년 앞선 성군(聖君)
디지털 시대 예견한

백성의 글 창제 하제 하셨느니

종횡무진 마음 전할 수 있는
종달새의 아름다운 노래
지구를 향한 빛이다

 노정애

1998년 《지구문학》으로 등단
시집 『지구는 미령하시다』 외
세계시 가야금왕관상 수상
한국문인협회, 국제펜클럽 회원, 세계시문학회 이사

붕어빵 서설

붕어빵은
사찰에서 떨어져 나온 풍경이다

한평생 처마 끝에 매달려 큰스님 말씀에
귀 기울이며 지복을 누리더니
거푸집에서 눈을 감고 와선 중이다
그럼 선사들처럼 게송을 남기고 열반에 드시는 걸까
물음표가 꼬리에 꼬리를 물고 내려와 헤엄친다

지난 봄
햇빛을 파종할 때
도량 넓은 보살이 던져 준
도꼬마리 씨앗 하나 바람에 날린다
나는 말랑말랑하고 따뜻한
한 말씀을 듣기 위해 긴 행렬에 참여했으나
바람 경전은 해독할 수 없는
보이지 않는 길로 나를 안내한다
바람에게도 길이 있을까
소리의 길을 찾아 걸음 재촉하는데
참새떼들이 몰려와 야단법석이다

가벼운 바람의 기척에도
지느러미를 흔드는 물고기 한 마리
지금 득음 중이다

 라기주

1994년 〈조선문학〉으로 등단
시집 『누수된 슬픔』
한국문인협회 회원, 한국현대시인협회 회원

목련꽃 사연

아지랑이도 술 취한 봄날
그대가 보내준 고운 햇살로
하얀 꿈 꾸었습니다

진액 같은
속 깊은 순정으로
그대에게 다가가는 날

꽃구름
흐드러진 웃음으로
새록새록
가슴 훤히 열겠습니다

행복한 순간은
별도 달도 숨고
바람도 눈을 감았습니다

불붙던 사랑의 꽃불
그건
전 생애에 감춰진
춤사위였습니다

 류금선

2006년 《문학21》로 등단
시집 『목련꽃 사연』, 『풀잎에 스미는 초록 빗방울』 등
한국문인협회, 노원문인협회, 서정문학 회원

목련화야!

목련화 봉오리가
터질 듯 부풀리다
어제 밤 봄바람에 간지럼 탔었는지

옷고름 풀어 헤치고
해죽 해죽 웃다가
봄꽃들 뒤질 세라 훌러덩 옷을 벗고
우유 빛 속살 내어 웃으며 반겨주니

내 어찌
바쁘다 해도
그냥갈 수 있으랴.

어여쁜 네 모습을 눈 속에 담았다가
그림을 그려볼까 짧은 글 지어볼까
무엇을
해본다 한늘
너를 어찌 따르랴.

 靑岩 류기환

2009년 《한맥문학》 《옥로문학》으로 등단
텃밭문학상, 한국공무원문학상 등 수상
한국문인협회, 한맥문학동인회, 한국공무원문학회 및 텃밭문학 고문
실버넷뉴스 편집위원, 유어스테이지(yourstage) 우수리포터

연인들

북한강, 남한강이 한곳에 만나는 양수리
한 쌍의 연인들이
400년 묵은 느티나무 그늘에서
옛 시인의 고향시를 읊어본다.

이곳을 찾았던 옛 시인들
향수처럼 스며드는 한강수 마주보며
그윽한 시정을 새겨본다,
양팔 벌려 고목을 품안에 안으면서

흘러간 노래들은 물결에 젖고
말없는 강물은 힘겨운 역사 간직했건만
연인들의 사랑은
짙은 장미꽃 향기처럼
마음속에서 홍조되어 피어오른다.

냉 녹차 마시며 나누던 옛 이야기
모두를 행복한 추억으로 남기고
강둑 따라 걷는 그 발걸음은
5월의 푸른 꿈을 타고
하얀 뭉게구름 위를 걸어가네.

 류선모

2010년 《문학과 의식》으로 등단
저서 「한국계 미국작가론」 등
청계문학상, 전국우수도서상 등 수상
재외동포재단 자문위원, 송파시문학동인회 회장, 경기대학교 명예교수
국제펜클럽한국본부, 한국문인협회 회원

굳이 말한다면

삶과 죽음을
너무 깊이 생각하지 말자
삶은 내가 숨을 쉰다는 것이고
죽음은 내가 숨을 쉬지 않는다는 것이다
그렇다 한들
그렇게 단순히 생각하지는 말자
삶은 주변에 사람이 모여든다는 것이고
죽음은 주변에서 사람들이 떠난다는 것이다
그러므로 굳이 말한다면
살아 있는 한
죽은 거나 다름없는 삶 살지 말자는 것이다

 류수인

1996년 《한국시》로 등단
시집 『그리움도 재산이다』외 9권
노산문학 대상, 대한민국스타예술 대상, 오륙도문학상 등 수상
한국시낭송문학회 회장, 한국문인협회 서정문학 연구위원

서향나무
-천리향

얼마나 그리웠으면
천리나 달려올까

긴 겨울 지나
꿈속 임 찾아
천리 길 바람 타고 훅 달려왔네

연둣빛 봄날
소녀의 싱그러운 미소 닮은
연분홍 꽃 입술

칠흑 같은 밤에도
단번에 맛볼 수 있는
그대 매혹의 향기

천리 밖에 있어도
마음 가까이
아름다운 그대 향기
나 꽃이 되는 봄

 류인순

2012년 《문학세계》로 등단
시집 『바람 소리 그리운 날엔』
세계문학상 수상
문학세계문인회, 한국문인협회 회원

우중일상(雨中日常)

창문 밖 빗방울이 기웃대는 오후에
쪽파의 하얀 속 살 정갈히 다듬어서
파전에 막걸리 한잔 어찌 아니 좋을쏜가.

뜨락에 모란꽃은 속적삼 비에 젖고
처마 밑 낙숫물은 권주가를 부르는데
시 한 수 막걸리 한잔 어찌 아니 즐거우랴.

 백촌 류제욱

2005년 《한울문학》으로 등단
시조집 「세월아 가려거든」, 「한 그루 매화 심어」 「미망」 등
한국문인협회 회원

사별

항상 그렇듯이
있는 곳이 다를 뿐

지금도 마찬가지
있는 곳에 있을 뿐

 리영숙

1996년 《문예사조》로 등단
시집 『안개 소리』 『슬픔은 진실을 만나게 한다』 『그곳에 간다』 등
한국문인협회 회원, 국제펜클럽한국본부 회원

소래포구

무작정 기다리지 않고
어디론가 떠나고 없는 바다
어시장에 쏟아놓고 간
그녀 가을이 물통 속에서
소용돌이친다
광어의 납작한 침묵과
뱀장어의 긴 몸부림이 함께
뒹굴며 비린내를 토해낸다
모든 걸 놓고 간 바다
그녀를 잠시 잊고
사람들은 두 셋 또는 네댓이
환한 햇볕을 두르고 앉아
한동안 바다를 씹었다
야금야금 그녀 속살을 먹었다

 리형

2005년 《조선문학》으로 등단
시집 『빛이 쌓이는 해구海丘』
한국문학예술대상 수상
한국문인협회, 한국시인협회, 한국사진작가협회 회원, 송파시 동인

사람 냄새가

오를 때는 몰랐네
그것이 행복인 것을

그냥 움켜지려
무엇에 쫓기듯이
철대문에
구름 위로

어느날
내려오면서 보았네

꽃이
이웃들이

마냥 고마웁고
눈도 커진다
가슴도 넓어진다

이제사 사람냄새가 나네

 맹기영

1999년 《문학21》로 등단
박두진 선생님께 師事.
시집 「그 마음이 그마음」, 「그냥 잊히지 않는 그것이」 외 다수
한국문인협회 회원. 국제PEN 회원

목수라는 이름으로

나는 목수다
굵은 팔뚝과 거칠고 거친 손마디와
누르죽죽한 얼굴과
그 주름과
주름살 뒤에
다듬지 못한 나무들과
비스듬한 기둥들과
문짝과
백 모서리쯤에 세워둔 나의 세월과
세월을 대패질하는 대팻날과
날선 톱과
먹줄과
먹줄통(筒) 같은 것
나는 먹통이다
먹통 같은 나의 길이다

 문경훈

2010년 《한맥문학》으로 등단
한국문인협회 인문학콘텐츠개발위원
한맥문학가협회 회원, 제주도 애월문학회 회원

악양루

악양루 절벽 숲속길로 들어서니
악양루는 안 보이고
옛 아라가야 순라꾼의 말발굽 소리의 남강과
여항산 맑은 오줌발이 돌아와 옛 왕도를 적시고
합수하는 여기 두물머리

넓은 북쪽벌 저쪽
남강 건너 먼 연산(連山)은 눈썹 아래지만
두보(杜甫)의 기침소리는 안 들리고
오제봉 현판 글씨는 의연하다

절벽길 한 걸음 한 발자국 조심조심 내려와
함안 들의 풍요를 안은 장제(長堤)에 서서 뒤돌아보니
악양루는 숲속의 꽃이구나

* 두보(杜甫) : 두보의 5언율시 「악양루」가 있다. 눈 앞에 장대한 동정호(洞庭湖)를 둔 악양루에 두
보가 오른 때는 768년 겨울, 두보 57세 때다. 이 숙원을 이룬 지 2년 후에 두보는 별세했다. 나는
이상옥, 이상규, 권충옥 시인들과 2006년에 함안의 악양루를 찾았다

 문덕수

1956년 《현대문학》으로 등단
시집 「선·공간」, 「새벽바다」, 「문덕수시전집」 등 다수
논저 「한국모더니즘시 연구」, 「시론」, 「한국시의 동서남북」 등
한국문화예술원장 역임
홍익대학교 명예교수, 예술원 회원

질화로

당신이 앉았거나 누웠던
자리 옆에
언제나 함께하던
질화로를
고향집 헛간에서 마주하던 날
깨어진 테두리보다 더
흐르는 검은 땟물이 서러워
가슴을 뜯으며
울었습니다.

지금도 부삽으로 다독이면
그대로 살아나는
불씨는
애써 감추고
깨어진 테두리만 탓하며
흐르는 검은 땟물은
끝내 닦아 내지를 못하였습니다.

아버지.

 문상원

013년 《한맥문학》으로 등단
시집 「잔설」
한국문인협회 회원

눈물꽃

추운 날은 덥다 하고
더운 날은 춥다 하는
어머니는,
아침마다 한 살씩 나이테를 지운다

고양이처럼 살그머니 다가와
책상 위에 요구르트를 놓고
그림자처럼 사라지는
백발의 아기,

제발 혼자 드시라고 내놓은 딸기,
그걸 주머니에 넣고 자식들을 부른다
빨간 물이 짙게 밴 주머니를 펼치며
열없는 색시처럼 짓는 미소

받는 걸 잊었나,
주는 것만 기억하는
해질 무렵 산마루에 서성이는 노을 같은
어머니 마음에 솟아나는 눈물꽃

 문연자(안별)

2012년《문학세계》로 등단
세계문학상 수상, 소정문학회 이사
한국문인협회, 중랑작가협회, 문학세계문인회 회원

기다림

까치가 울었다
마당을 쓸었다

빈 뜨락 위로
마른 잎이 내려앉았다

해는 기울고
아무도 오지 않았다

 문인선

1997년 《시대문학》으로 등단
시집 『천리향』외 2권
한국농촌문학상, 백호낭송대상 등 수상
한국문인협회 중앙위원, 연제문인협회 회장, 국제펜클럽한국본부 회원, 불교문인협회 감사
경성대학교 외래교수

연꽃

하늬바람도 멈춰서는
고고함

화염(炎天)에 풀어내는
여망의 숨결

가냘프게
흔들리는 꽃에
녹아내리는 무아경
아름다운 경탄이었다

부푼 꽃잎에
진노랑 연밥에
정령(精靈)의 신비가
불꽃처럼 피어나고

신선한 바람이 이는
세인의 가슴에
조용히
가부좌의 음영이
스며든다

 소산 문재학

2009년 《한맥문학》으로 등단
시집 「삶의 풍경」, 「빛의 그림자」, 「마음의 창을 열면」 등
한국문인협회 회원

손녀딸과 가야금

어버이날이라고
온 식구들 모여 저녁식사들 하는데
손녀딸 가야금 타주네

다소곳이 앉아
가야금 타는 손녀딸의 손놀림
빠르기도 하네

아리랑 노랫가락 연주해 주네
진도아리랑 가락도 연주해 주네
꽃 타령도 연주해 주네

어려서는 한집에서 함께 살며
온갖 재롱 다 부려주더니
어느새 고교생이 된 손녀딸

오늘이 어버이날이라고
제 키만큼 큰 가야금
메고 와

조상님 얼 담긴 가야금 타주는 모습
가야나라 공주님이시네
신라나라 공주님이시네

 문종환

2006년 《한맥문학》으로 등단
한국문인협회, 국제펜클럽한국본부 회원
한맥문학가협회 이사, 노원문인협회 고문
효봉무역 대표이사 역임

나는 굽 없는 신발이다

그때는 뾰족 구두로 똑, 똑 소리 나게 걸었는데
나이가 들수록 신발 굽이 낮아진다
그저 높낮이 없이 바닥이 평평하고
언제 끌고 나가도 군말 없이 따라 오는
편안한 신발이 좋다

내가 콕, 콕 땅을 후비며 걸었을 때
얼마나 많은 사람들의 가슴을 해지게 했는지
또닥거리며 걸었을 때,
또 얼마나 많은 이들에게 가슴 저리게 울렸을지
굽을 낮추면서 알겠다
신발이 닳아 저절로 익숙해진 굽은
굽 높은 신발이 얼마나 끄덕거리면서
흔들흔들 살아가는지 말해준다

이제 나는
온들 간들 소리 없고 발자국도 남기지 않는
하얀 고무신이고 싶다
어쩌다 작은 발이 감깐 다녀올 때 쏘옥 신을 수 있고
큰 발이 꺾어 신어도 이내 제자리로 돌아오는,
나는 굽이 없는 신발이다

 문차숙

1990년 《詩文學》으로 등단
시집 「사랑은 저지르는 자의 몫이다」 「앞지르기」 「나는 굽 없는 신발이다」 등
국제펜클럽 회원, 한국문인협회 인문학콘텐츠개발위원장
대구가톨릭문인협회 회장, 대구시인협회 부회장 역임

비천(飛天)

어젯밤 내 꿈속에 들어오신
그 여인이 아니신가요

안개가 장막처럼 드리워있는
내 꿈의 문을 살며시 열고서
황새의 날개 밑에 고여있는
따뜻한 바람 같은 고운 옷을 입고

비어있는 방 같은 내 꿈속에
스며들어오신 그분이 아니신가요

달빛 한 가닥 잘라 피리를 만들고
하늘 한 자락 도려 현금을 만들던

그리하여 금빛 선율로 가득 채우면서

돌아보고 웃고 또 보고 웃고 하던
여인이 아니신가요

 문효치

1966년 〈서울신문〉〈한국일보〉 신춘문예 당선
시집 「칠지도」 등 다수
국제PEN한국본부 이사장 역임
현재 한국문인협회 이사장

태극기

조국의 상징 태극기를 보면
경건하게 옷깃이 옷깃이 여며지고
벅찬 감격으로 눈시울이 젖는다
반만 년 유구한 역사의 힘줄
고난과 시련을 슬기롭게 이겨낸
얼마나 자랑스러운 그 깃발이냐

한류의 눈부신 문물을 싣고
한 분야의 정상에 정상에 올라서서
세계 어디서나 펄럭이는 태극기
소중히 간직하다 국경일이면
집집마다 대문 위에 내거는
그 정성 그 정성 방방곡곡
되살리고 싶다 되살리고 싶다

 민문자

2004년 《서울문학》으로 등단
부부시집 「반려자」 「꽃바람」
칼럼집 「인생에 리허설은 없다」 「아름다운 서정가곡 태극기」 등
한국문인협회 낭송진흥위원, 한국현대시협회 홍보위원, 우리시 이사
한국작가회 회원, 시사랑노래사랑 부회장

의롭게 가신 임 앞에
―목은(牧隱) 선생을 기리며

강물이 애달픔 속에
출렁거렸습니다

어이타
여강(麗江) 푸른 물
한으로 서려

하늘도 잠시
쉬었다 가는가

검푸른 물 굽이굽이
울며 흐르네

모질도록 짓밟힌 삶
피맺힌 멍

처절한 죽음 앞에
두 임금 못 모시고

의롭게 가신
임이시여

외로움에 적신 몸
한기(寒氣) 무엇으로 녹였을까

아! 그 서러움
그 아픔

속 깊이 찢긴 마음
무엇으로 달랬을까

 민병재

2010년 《생활문학》으로 등단
시집 『하얀 수국』
수필집 『건청궁의 가을』 『그 겨울이 그립다』 등
성북문창회 회장, 청계문학 수석부회장, 서정주시맥회 회원

우화

내 피의 절반은 곰일세
내 피의 절만은 호랑일세

나는 이 땅의 죽음.
나는 흙이다.

내 피는 흘러 흘러
일렁이는 밤바다.
벼랑에 부딪쳐
즈믄 해를 거듭해온
저 바다는 나의 것이다.

쓰러진 나무둥치에
싹은 터오르고
시들은 싹 위에
곰팡이는 피고
죽은 곰팡이 위에
바람은 일고
떨어진 바람 끝에
흙은 눈 뜨고.

나는 알고 있다.
나는 이어가리라.
나는 피어가리라.

나는 기어오른다.
내 피는 뻗어 열 손가락
열 손가락으로 앞을 마고
나는 올라간다
이 끝없는 낙하의 층계를
이 끝없는 상승의 층계를.

 민용태

1968년 《창작과 비평》으로 등단.
시집 『시간의 손』 『시비시』 『ㅅ과 ㅈ사이』 외 다수
스페인어 시집 『비는 11살』 외
스페인 '마차도 시회상', 2016 Mihai Eminescu 세계시인상 등 수상
스페인왕립한림원 위원. 고려대 명예교수

재회의 약속

열여덟에 시집온 엄마는 이듬해
누이를 낳아 품다가 스무 해 만에 놓
아주고는
넉넉지 못한 집으로 보낸 게 못내 안
쓰러웠다

코스모스 흙먼지 뒤집어쓴 신작로
버스 트럭이 덜컹대는 자갈길 이십 리는
고개 너머로 시집간 누이와 만나는
엄마의 유일한 즐거움이었다

장에 나온 엄마는 싸전으로 향하고
누이는 싸전 앞을 두리번거렸다

손목시계 없이도
언제나처럼 그 시각 그 장소에서
5일씩 묶었다가 푸는 이야기보따리

한동안 눈과 입이 바쁘고 난 뒤
장바닥을 한 바퀴 도는 동안
엄마의 허리춤에 돌돌 말린 쌈지가
산달 누이의 허기진 입술에 아낌없이
열렸다

파장과 함께 준비하는 헤어짐

어둠에 쫓겨 재촉하는 발걸음
전깃줄로 엮은 누이의 장가방엔
외할머니의 마음까지 무끈하다

지척에 딸네 집과 친정을 두고 장날만
손꼽던 둘은
눈감는 날짜를 손 없는 날로 잡아두었다

시월 스무하룻날은 누이의 기일
시월 스무이튿날은 엄마의 기일
나란히 걷는 모습이 자매 같던 모녀
지금도 유구장터에서 장날마다 두 분
만나시겠지

 박근수

2006년 《자유문예》로 등단
한국문인협회 모국어가꾸기위원
문학의뜰작가협회 사무국장

가을 편지

여름 문턱을 지나는 길목
가을 편지가 왔다

그리움이 소복이 쌓인 낙엽
슬픔과 서러움
한잎 두잎 만지작거리며
가슴에 쌓인 외로움
푸른 잎은 떠나가고

붉게 타오르는 단풍잎
햇살무늬 만들어
가을 들판에
노랑 물감 드리고

싸늘한 바람
옷자락 맴돌며
애달픔과 그리움만이
마음 가지 끝에 매달려
흐느낀다

 박기임

2005년 《창조문학》으로 등단
창조문학대상 수상
국제펜클럽 회원, 한국문인협회 상벌제도위원, 현대시인협회 권익위원
창조문학 이사, 말씀과문학 이사, 한민족평화통일문인협회 운영이사

신탄진 도서관 언덕길에서

우산 받쳐 들고 홀로 걸어갑니다.
멀고도 가까운 이 언덕길 위에서
목련 개나리 진달래처럼
우수에 젖어 배회하는 추억,

신탄진 도서관
폴 폴 폴 라일락 짙은 향기
은모래 빛 신부 같은 기쁨이 있습니다.
첫날 밤 아픔 같은 것
이 언덕 길 위에서 만나고 싶습니다.

꽃잎처럼 걷고 싶어 안달난 시간
비는 사랑스런 눈빛을 연신 던지고
꿈길 따라 라일락 가지 스쳐가듯
조약돌 다리 건너듯 저 멀리
비 내리는 언덕길로 사라졌습니다.

빗방울 장단소리 여전한데
그대 웃음소리 향기처럼 사라지고
우수에 젖은 눈빛으로 이 길 걸어가면
그만, 잊혀 질는지요,
이 언덕 골목 끝에서.

 박대순

1989년 《우리문학》으로 등단
시집 『축복이 되고 싶다』 외 다수
대전문학상 등 수상
한국문인협회 회원, 계간문예 중앙위원
대덕문학 회장, 대전백석신학교 부학장

지리산 예찬

굽이굽이 펼쳐 끝이 보이지 않는 첩
첩 산은
병풍처럼 천지를 감싸고 있구나

근원을 알 수 없는 거대한 구름 광풍은
깊고 푸른 청 바다 하늘에
흰 파도의 거품으로 퍼져 나고 있구나

아! 장관이로다
웅장하다
천하의 명산이로다
그 어떤 것으로도
네 모습의 장엄함 담을 수가 없구나

너 지리산아
죽어서도 장승처럼 숨 쉬는 고사목은
무엇이더냐
한 되어 죽어도 포기 못 할 그리운 임
의 사무침이더냐
살아 천 년 죽어 천 년, 반성의 가르
침이더냐
강인한 삶의 애착이더냐

앞에 가로막는 이 큰 바위들은 무엇
이더냐

가슴의 서린 한의 억지이더냐
묵묵히 천 년의 사연 지키기 위함이
더냐

너 지리산아
나는 네 앞에서 기쁨이구나
나는 네 앞에서 슬픔이구나

너의 웅장함에 나는 미물임을
너의 가르침에 잘못 살았음을
너의 가르침에 겸손함을

 박막례

2009년 《한맥문학》으로 등단
한국문인협회 회원

그 섬

빈 하늘
시려

눈 감으면
밀려오는

바닷가
그 섬

노을빛
익어가는 그 언덕

애지게 흔들리던 그 해당화는
지금도 피어 있겠지

닿을 듯
아득-한

그 섬

 박명규

2013년 《문파문학》으로 등단
한국문인협회 회원, 시계문학회 회장 역임, 문파문학 운영이사

청개구리는 운다

청개구리들은 운다
거짓말해서 운다

엄마에게도
아빠에게도
거짓말을 해서 운다

개구리 넌
거짓말은 안했던가?
돈파리를 먹었던가?
해 아래 비밀은 없나니
하나도 없다네

나처럼
애통하며 울어라
용서를 빌어라

* 돈파리 : 정당한 돈 거래가 아닌 똥파리 같은 더러운 거래를 말함

 박명수

2013년 《한맥문학》으로 등단
한국문인협회 회원

템플 스테이(Temple stay)

산그늘 깊고 물소리 드높은 가을 산사에
시간과 제도에 꽁꽁 묶였던
내 혼의 태엽 잠시 풀어 놓았다

성난 듯 솟구치는 기계소음과
모바일 속도에 쫓기우는 시장논리도
저만치 잠깐 밀어놓았다

마음 속 잔결 이루는 잡동사니들도 쓸어버리고
한층 높아진 하늘 한번 호젓이 바라다보면
상수리나무 스쳐온 바람 속에서
이상한 새소리가 살가운 춤을 추며 다가온다

태어나고 죽고 사랑하는 생사윤회가
아지랑이처럼 허망한 것이라고
길 떠나가는 잎새들이 귓속말로 건네주지만

가을산은 오늘 한번 크게 뒤척이고 다시 편안히 눕더니
니르바나의 미소 한 아름을 내 가슴에 안겨 주더라

 박명자

1973년 《현대문학》으로 등단
시집 『아흔 아홉의 손을 가진 4월』 등 14권
관동문학상, 조연현문학상 등 다수 수상

감나무 아래서

아침이면 감나무 아래
소복이 별들이 쌓이던 때가 있었지
누가 볼세라
서둘러 줍곤 했어

치마폭에 담기만 하면
별은 온데간데없고
감꽃만 가득하던 걸
그만 울었던가, 기억나지 않아
사소한 일이야

흙벽에 걸린 감꽃 목걸이가
꼬들꼬들 마르고
손톱만한 감 알이 주먹만한 달이 될
즈음이면
곧 시골학교 운동회가 가까워왔다는
거야
할머니도 삽사리도 담장의 늙은 호박
까지도 기다리곤 했지
감 한 광주리 소금물 항아리에 담그면
하룻밤 만에
세상에서 제일 단내를 품은 달무리
가 됐어

수북이 쌓인 달 중엔 유난히 떫은 놈
도 있었지
가끔은 치마폭 땡감 얼룩이 칠칠하게
남기도 했고
더러 신의 죽비처럼 지붕을 치며 떨
어지던 낙과도 있었지
하지만 열 살 즈음의 떫은맛이란 대게
하룻밤 만에 감쪽같이 없앨 수도 있
었던 거야
이제 온 마을이 달 보퉁이를 들고 만
국기가 날리는 학교로 내달렸지
거 봐, 참 사소한 일이지

보름달을 먹고 자란 감나무 집 막내딸
고 코딱지만 한 어린 것이
시집을 가고 달덩이를 낳은 일도
사소하기 짝이 없는 일이야

'필승'
세월이 흘러
고놈의 달덩이가 감나무처럼 성큼 자라
우람한 팔뚝으로 거수경례를 하는 일은
하 참, 너무나 사소하여 눈물이 나

그 군화가 졸병 월급 아껴 사온 홍삼
액에서

알알 찝찔한 맛이 나는 것은
아직도 달이 되지 못한 떫은 것들의 반
란일까
별이 달을 낳고 달이 달을 낳는 지구
의 일
그 기막힌 사소함 때문일 거야

수억 년 별을 낳고
수억 년 달을 낳고
여자들이 뒤꼍에서 수억 년 배가 아
플 때
사소한 것들은
철썩거리며
파도소리를 내곤 했지

사소한 것들은
언제나 목이 메었던 거야

이지러져도
말없이 차오르는
저 달을 봐

사소함이란
얼마나 질긴지
얼마나 눈부신 아우성인지

🌿 박미림

2003년 《문예사조》로 등단
2016 《조선일보》 신춘문예 동시 당선
시집 『벚꽃의 혀』 수필집 『꿈꾸는 자작나무』 등
어린이책 『사계절 자연이 궁금해』
한국문인협회 회원, 서울재동초등학교 교사

여행 · 4

뱅기를 놓치고
(이러다 언젠가 나도 놓치고)
졸지에 집시가 되어
상상으로 건너는데 도하* 건너는데
도하도하 도하가 오류로 뜬다
도하가 도화(桃花)로 꽃 필 리 없고
은혜언니 같은 노랑머리가 씰룩거리며 지나간다
나의 계획은 쉰 적이 없지만
자유가 자유를 속박하고
여행사에서 전화가 오고
전화기를 통해 전달되는 이녁의 불안은
저짝까지 당도하지 않을 것이고
애당초 삶이란 게 수상한 거지만

삶아,
이 중생을 어데로 데려가려는 거니?

너는 상상을 초월하는구나
초능력자구나!

* 도하 : 카타르의 국제공항

 박미현

2005년 《문학저널》로 등단
시집 『일상에 대한 모독』
동서커피문학상 수상
한국문인협회 회원, 한국문인협회 부천지부회원

도시의 오후

도표처럼
정시한 아스팔트에
태양의 중량이 상승하는
오후 3시 – 빌딩의 음영
탕아는 골목으로 돌아 빠졌다

몽롱한 청각
어차피 계산기는
무수한 숫자를 안고
탄식의 궤도 위를 미끄러져야기에
여기 허세의 전율
목구멍과 혓바닥과 이빨이여

종래
살의를 품은 도시

독아에 절망한 노구가 쓰러진 거리엔
영구차의 횡 폭이 태풍처럼 우세하고
인제 이만 살자고 포기한 청춘에
장문의 유서는 뇌까려졌다

요염한 암시의 멸망처럼
인간은 완전히 욕망의 노예가 된
아포레의 선물

참회와
스르르 맥없이 늘어진 동공으로
오늘도 탕아는 선회하며 놀아났다

 박민석

2011년 《한국문학세상》으로 등단
저서 「나뭇가지에 걸린 서러움」
한국해외문화교류회 부산·경남 지부장
한국문인협회 회원, 한국문학세상 회원
한국사이버문인협회 회원, 아시아문예진흥원 회원

산목련

어디서 날아왔을까
저 많은 하얀 새들

따사한 햇살 내리고
실바람 잎들을 간질이는
산골짝 한 그루 나무에
하얀 새 떼 앉아
무슨 사연 저리 흥겨운지
소잘 소잘 소잘……

하얀 새 떼 바라보면
하얀 마음 되고
스르르 미소가 피는데

수려한 삶의 시간 끝나면
인연들과 작별하고
어디론가 모두 날아가겠지

 박범석

2003년 《문학시대》로 등단
시집 『소나무 세상』
한국문인협회 회원

수몰지의 달빛

달빛 숨소리
하얗게 부서지는 그 곳
촌로의 외로움이 깊다
두레밥상 가운데 두고
희망을 키우던 곳
어둠속으로 숨어 들었다
갈라지고 부서진 흙탕물
떠난 이들의 한(恨)서린 마음인지
오래도록 거르지 못해 혼탁하다
외지를 떠돌다 찾아든
고향 땅 쳇거리
달빛에 물속은 더욱 검다
삐그덕 거리는 소리가
힘겹게 언덕을 오른다
갯골 아제 있니껴
아래 마 돌미댁 아제다
바람 한 점 없는 고요한 강 둔치
그와 그는
쓴 담배 하나 나누어 피우며
한기 가득한 물의
둘레를 바라볼 뿐 말이 없다

🌿 박병래

2003년 《문예사조》로 등단
경상북도여성문학상 수상
한국문인협회, 경상북도여성문학회, 경북문협, 안동문협 회원
한국문인협회 안동지부 부지부장

KTX 타고 대관령 넘어가자

떠나야 한다
산중턱 초가집 불빛 어느새 멈추고
한 줄기 태양 서성거리는 설원으로 달려가자
외로운 폭설과 바람 만나는 백두대간 중턱에
바다와 호수가 초침과 같이 동반하는 도시로

푸른 소원 들고
솔향 강릉으로 가자
세계가 요동치고
한반도가 춤을 추는
대관령 너머
우리 모두 강릉으로 떠나자 떠나가자

사임당 이이 불러주는 오죽헌 대숲소리 들으러 가자
선교장 방짜수저 두드리는 소리 들으러 가자
가시연꽃 피고 지는 습지공원 지나
오문장 우뚝 서서 길 맞이하는 난설헌 생가터로
가자, 떠나가자
솔잎 향기와 문향 향기가 어우러진 도시로 달려가자
꽁꽁 언 횡계 땅 너머로

떠나자
떠나가자
푸른 소원 들고
우리 모두 솔향 강릉 땅으로 가자
KTX 타고 가자 떠나가자

 박복금

1999년 《한국시》로 등단
시집『초당골 바람의 말』외 4권
강원문협작가상 등 다수 수상
관동문학회 부회장, 강원대학교 교양학부 외래교수

여름 소식

미세먼지 옷 입은
봄을 빨아서
마당에 널은 날

굽은 허리 쭉 펴고
초여름 하늘에 손을 뻗었다

성큼 잡히기에
달려가는 바람 당겨와
귀밑에 걸어보니
소낙비들의 수다가 한창이다

어느새
수다 장에 먼저 가 앉아있던
날 다람쥐 딸아이
우산 장화 한 몸 되어
흥에 빠져있다

도르르 돌아가는 우산 둘레길
폴짝 팔짝 뛰노는 깍지발 따라
빗방울이 꼬리 물고 매달려
동글 뱅글 6월이 춤을 추고

모녀의 발뒤꿈치 간지럼 태우는
젖어 피는 여름이
어여쁘다

 박상경

2007년 《문학시대》로 등단
한국시인협회 회원, 한국문인협회 회원
현 KBS 성우, 한국성우협회보 편집주간

동백에게 말하다

이미 내 알고 있었다.
모진 겨울이 슬며시 가면
기다리던 동백은 피고 지고
이어 뒤늦게 몇 송이 더 피리라는 것
그리고 그것마저 지리라는 것
어렵쇼, 정말 기다리던 동백은 피고 지고
이어 뒤늦게 핀 꽃마저
어김없이 피다가 지더라
그래, 미친 동백에게 말한다
어느 날 오는 듯 가려거든
차라리 피지를 말지
풀어헤친 옷매무새 고쳐 입지도 못한 채
몸서리치듯 꽃잎 떨구고
어디로 서둘러 떠나가는 지
네가 머물던 자리에는
세상의 모든 재만 쌓여 있더라

 박상렬

1991년 《문예사조》로 등단
대통령표창, 황조근정훈장 수여
서울중부, 남부교육청 장학사, 서울시교육청 인사담당장학관
서울시서부교육청 교육장, 서울미성, 대곡초등학교 교장

달맞이꽃 연가

어둠 속 팔다리를 펴고 누워
그대가 헤는 별을 본다
나뭇잎에 이는 바람소리
자욱히 출렁이는 사랑의 초가을
어쩌다 하늘 한 조각
눈물 같은 사랑을 하고
물오른 가지에 봄이 안기듯
바람소리 같은
그대의 숨소리를 듣는다
맑고 고운 가슴에
한 자락 별자리로 남아
꿈길 헤매이는
그리움의 안개
삼동 견뎌온 마음이
물결되어 얼굴을 묻는다
아, 살아있음의 아름다움
맑은 하늘이 고와서
초록으로 번지는 눈망울

 박상일

1965년 《서울신문》 신춘문예 입선
시집 「그림자 잠을 깨고」 등 10권과 시선집 「구더기의 꿈」
대전문학상, 대전광역시문화상, 한성기문학상 등 수상
한국예총대전광역시연합회 부회장, 한국문인협회대전지회 부지회장 역임.
현재 현대시연구소 소장, 문화한밭 주간

우주의 꽃

원시화구 대폭발의 불바다에
우뚝 선 삼라만상
광년의 무한질주 피조물 모두가
산산조각의 어둠으로
우주팽창의 끝에
결국 사라짐이 아니던가?

은하수 고운 밤하늘 별들에
태고의 전설을 들어보라!
무량겁의 조화 속 블랙홀 뒤편
광활한 불바다를 헤엄쳐
축복의 생명을 얻은 우주의 꽃님들이여!
찰나의 향연일지언정 향기 그득한
아름다운 꽃으로 – 기쁜 탄생을
맘껏 노래하고 춤을 춰라

우주가 억겁의 산통 끝에
피워낸 고귀한 꽃밭에서
생명으로 존재하는
피조물 군상을 호령하는
당신이 우주의 꽃이다

 박상철

2014년 《현대문학사조》로 등단
현대문학사조작가회 총무
한국문인협회 회원, 전남문인협회 회원, 완도문인협회 회원
해초섬전복해물나라 대표

213

용사의 소리

저기
밀려가 멈추어 천지를 진동시킨
우렁찬 함성들의 외침은
오늘을 지켜가는 생명의 핏줄
그 자체이어라

찬바람 스쳐간 능성이엔
진달래 빨간 환희를 보이고
고향을 말하는 낯익은 새들의 노래는
푸르름 키워가는 용사의 사기
그 자체이어라

골짜기,
계곡,
맑은 물,
모두는 숨찬 용사의 목을 축인다

저 너머 산허리 한숨에 달려와
땀에 얼룩진 용사의 옷깃을 말리고는
잔잔히 멀어져간 온풍
정녕 오늘의 평화를 말하는
그 자체이어라

 박상태

2001년 〈한맥문학〉으로 등단
시집 『커피잔에 머문 노을』 등
노원아고라예술분과 회원

자작나무를 심어 놓고

멀리서 보면
빙하의 길을 걸어온 천년의 침묵 같은
가까이 보면 우유빛 피부 고운 여인
지나는 백두루미 가을 구름도 아름답다한다

물안개
그대 감싸 안고
산허리 돌아가는 은빛치마 넘실거릴 때
질투의 탑을 쌓다가 허물다가
온 밤을 뜬 눈으로 지새우기도 했으리라

섬진강 칠 백리
가을 길을 걷다가 나도 몰래 강물로 훔쳐 보았네
묘령(妙齡)의 햇살로 가슴높이 비틀고 서서
실오라기 하나 없이 속곳 내리는 네 출렁 가슴을

지난 세월 불러다 옛 이야기 자장가로 듣는다

소나기 가파른 산등에 초록 잎 자수(刺繡)를 놓아가며
붉은 하늘 손등으로 가려가며
그대 가는 허리 안아 업고 심던 땀방울 저 산비알에
걸린 초록땀방울

* 산비알 : 산비탈

 박성기

2011년 《아시아서석문학》으로 등단
시집 『자작나무를 심어놓고』, 『나붕이는 경선으로 간다』 등
이시아서석문학상 수상.
광주문인협회 이사, 광주시인협회 이사, 전남시인협회 회원
한국문인협회 회원, 아시아서석문학 부회장, 풍류문학회 회장

가을 시첩(詩帖)

처서
불현듯 맨살 스치는 바람에
붉은 잎 져서 구르니
가을 방금 내 앞을 지나갔구나.

백로
대롱대롱 달린 갈잎파리
떨구는 이슬 차가워라
노을 비낀 강(江) 내려놓고
물수리 떼 울며 높이 뜬다.

추분
푸른 천공(天空)에 사라진 건 무어냐
마음 켜켜이 구름이었던
덧없는 생애 하나
사무친 그리움들 꿰어
들국화 향기로 맺혔더냐.

한로
트인 산길에 만엽(萬葉) 흩어 날고
소백산록의 자욱한 군무(群霧)
칠신(七神) 기화(氣化) 춤사윌 재니
죽계구곡 물소리로
적막 더욱 오묘하고 깊어라

상강
과포밭이 눈(眼)을 묻었구나
추운 밤안개 흐느끼며
빈 가지에 걸어놓은 눈물이
설화(雪花)를 여네
잠 못 들어 늦은 만월을
긴 소매로 가려보니
지난 세월 접어둔 꿈들이
뭇 별을 수놓았네

🍃 취운재 박성철(朴聖喆)

1977년 《현대시학》으로 등단
시집 『향연』, 『군조』, 『불협화음 삼중주』 등 다수
경북문학상, 경희문학상, 행촌문학상, 매월당문학상 등 수상
한국문협, 한국시협, 흰뫼시문학회 회원, WAAC 종신회원

볼레로*

빗줄기가 쏟아졌어요

장마가 어둠의 가면을 쓰고

불 꺼진 창가에 걸터앉는군요

퍼붓는 빗소리를 뚫고

그대 오는 발자국 소리 쿵 쿵

몽당발로 마루를 찧으며 다가 왔어요

대체 그 오랜 기다림을

어디에서 헤메었나요

똑같은 발소리 조금씩 증폭되고

연이어 고조되는 초조함으로

기억의 층계를 거슬러 올라가면

내 미망의 떨림도

한 음계씩 더 긴장하고

무심히 지낸 일상에

눈이 멀어버린 나의 불안은

절정에 도달하지요

내 심장의 고동이 터질 것 같아요

다가오고 다가오고 끝없이 다가와도

왜 그대의 그림자는 나에게 닿지 않나요

*Bolero-모리스 라벨 작곡

 박수중

2010년 《미네르바》로 등단
시집 『꿈을 자르다』, 『볼레로』, 『크레바스』 등
미네르바 시예술아카데미상
대학낙산문학회 회장

절정기

이팔청춘
어디에도 구겨진 곳이 없다
그때를 놓치고 나서야 알 터이니!

저 치악산 단풍이 저번 주가 절정이란다
뚝 뚝 떨어지기 전에는
고운 물결에 취해 아름답지만
설치는 바람에 날리는 낙엽 같은……

돈은 빌려 쓸 수 있지만 몸은 빌려 쓸 수 없어
동작은 가리킬 수 있지만 표정은 가리킬 수 없어
외길
무서운 속도이기에 이탈할 수도 없다

고동치는 심장소리 우주의 음악으로 들릴 때
거침없는 장엄한 물줄기가 흐를 때
최고의 절정기는 멈추지 않는다
절정기가 지나면
노련한 꿈속에서 어수선한 길바닥이다

🍃 박순남(초야)

2001년 《시와 시조》로 등단
시집 「아버지와 소금」 등
동백문학상작가상, 시와창작문학상 등 수상
산다촌문인회 사무국장, 한국편지가족 강원지회장 역임
한국문협 상벌제도위원

처방전

속이 따갑다는 김 선생은 내시경, 기침 심한 아란이에겐 칭찬과
코푸시럽, 화 못 다스려 속이 아픈 약국집 며느리는 차 한 잔과
하드록, 우울증에 빠진 몸짱 모델에겐 장미꽃과 바리움, 불면증
심한 취업 준비생 경수 씨에겐 시 한 편과 자낙스, 유방 절제술로
한쪽 가슴이 없는 희주 엄마에겐 힘 있는 악수와 셀렌Q……
손을 씻고

늦은 밤
불빛조차 지친 진료실에서
나를 위한
오늘의 마지막 처방전을 쓴다
파릇한 시의 잉태를 위한,
건강한 출산을 위한,
습작(習作) 수액 주사
용량 제한 없음

你我 박언휘

2012년 《한국문학신문》 신춘문예로 등단
저서 『박언휘 원장의 건강이야기』, 『내마음의 숲』 외 다수
대한민국사회봉사대상, 올해의 의사상, 장영실과학상 등 수상
시인시대 발행인, 한국문인협회 회원, 국제PEN한국본부 이사
한국의학문학학회 부회장, 한국의사시인협회 감사, 한국의사수필가협회 감사 등
박언휘종합내과 원장

삶이 곧 애증인 것을

누군가를 지독히 미워하면 지옥이고
누군가를 지독히 사랑하면 천국이랬나?

그럼 난 어쩌란 말이냐
지독스럽지 못한 내 미련함은
대체 어쩌란 말이냐!

이건 아니다, 미련함이 죄는 아니다
그래서도 안 될 일이다

천국이든 지옥이든 간에
형편 따라 설렁설렁 넘나들면서
내 삶에 마냥 감사하련다

🌿 박얼서

2003년 〈전북일보〉신춘문예 당선
'문예가족' 동인

서툰 봄

너에게 다가가고 싶은데
산 위에서 내려다보면
저 밑에서
봄이 꾸물거린다

애벌레 같은 강물이 꿈틀꿈틀
새순을 갉아먹고
길게 자란 햇살은
시장한 산들의 아침거리가 된다

너에게 다가가고 싶은데
기억보다 이미 잊힌
내 사춘기에 스쳐 가버린 그 애 때문에
말도 꺼내보지 못한 주저
올 봄엔 뿌리내리자고
구근덩어리 같은 다짐에 물 적셔 틔운
내 궁극의 다가가 지지 않은 미적거림

출발이 늦은 게 아니라
피어버린 소심이 발목 잡는다

너에게 다가가고 싶은데
속내 감추려는 어설픈 위장이
또 한 번 새 옷으로 갈아입는다
바람에 날리는 옷자락은 너에게 다가

가는 또 다른 위장

서툰 의도가
매년 반복되면서
곧 들킬 것만 같은 내 봄의 어설픔

그래도
내 마음 항상 그대로 신록처럼 너를
에워싸고 있는 건
알고 있니?

 박영대

2002년《서울문학》으로 등단
한국민족문학상 수상
한국문인협회 회원, 국제펜한국본부 회원
한국현대시인협회 회원, 흰뫼문학 동인

부부

은쟁반 위 옥구슬
청량 언품도 절제
호수 빛 목소(目笑)로
자녀 양육이 정서적
화사 분위기 조성으로
금슬화음 열창 지속적
지존섭리에 감사로
아집 없는 해로행보를

 박영덕

1998년 《문학세계》로 등단
시집 『얼굴 없이 얼굴로 살아』 외 4권
한국시인협회, 한국문인협회, 한국수필가협회 회원
환자사랑선교사역원장 겸 원목

울고 있는 빛

빛이 울고 있다

봄을 알리는 개천가
버들강아지 털 사이에서
빛이 잔잔히 울고 있다

여름 백사장
화진포의 모래 틈에서
빛이 뜨겁게 울고 있다

무주 구천동 구월담 계곡
떨어지는 물 가운데서
빛이 하얗게 울고 있다

물거품을 토해내며
빛은 온종일
목 놓아 울고 있다

가을 날
도시의 한 복판에서
외롭게 떠도는
고추잠자리의 날개를 스치며
빛은 울고 있다

산골 외딴 골짜기에 떨어지는

낙엽의 서러운 몸부림 가운데
빛은 서럽게 서럽게 울고 있다

추운 겨울바람은
밤 새워 칭얼거리고
빛은 육각형의 눈 속에서
차겁게 울고 있다

 박영률

1967년 《중앙일보》로 등단
시집 「한줄기 바람되어」 외 다수
한국시문학상, 목양문학상, 한국기독교문화예술대상 등 수상
한국문인협회 홍보위원, 국제펜클럽 회원, 한국시인협회 회원
서울문협 이사, 마포문인협회 회장「하나로 선 사상과 문학」발행인

이런 남자

여기, 이런 남자 하나 있습니다
시인 김종삼처럼
허름한 헌팅 모자를 쓰고

쓰레기처럼
젖은 삶의 이파리를 쓸고 있는
그는 결코,
백발백중 명사수도 아니고
기생오라비 같은 그런
미남은 더 더욱 아니지만

영혼은 언제나 맑은
종소리로 울고
간절한 여운은 가슴속을 파고든다

어눌한 말씨로 토닥토닥 정을 뿌리고
강한 척도 해보고 약한 척도 해보고
음악에 맞춰 어깨춤을 추다가
신산한 생의 여로에 그만 눈물도 보이다가

어느 한 날
가뭇없이 가고 말 것을 너무 잘 알고 있는
그런 한 남자를 잘 알고 있습니다

 박영수

2002년《문학저널》로 등단
시집 『세월의 강』 『천년을 부는 바람』 『별이 전하는 말』 등 다수
문학저널창작문학상, 이육사 문학대상, 라이너마리아릴케문학상 등 수상
국제펜클럽 회원, 한국문인협회 문학사편찬위원

와, 단풍 봐라

1
와, 단풍 봐라

사내한테 쫓겨
바위틈에 숨은
저 – 언년이
얼굴 좀 봐라

일 저지르고
불콩불콩 타는
저 – 어린년
볼때기
빛깔 좀 봐라.

2
와, 단풍 봐라

불끈 불끈
화통 터진
저 – 사내
얼굴 좀 봐라

불 지르고
저도 타는

저 – 얼간이
눈동자
빛깔 좀 봐라

 박영춘

2000년 《시마을》로 등단
시집 『들소의 노래』 『아스팔트위에 핀 꽃』 외
산문집 『마음나들이 생각나들이』 외
한국창조문학대상. 한국공무원문학옥로문학상 등 수상
한국문인협회 회원. 한국공무원문학협회 회원. 평생학습관 강사

새아침

새 아침을 맞으며
다시 꿈을 꾼다
아무런 일 없었던 것처럼
하얀 종이 위에
그림을 그려 본다
지나간 것은 지나간 대로
소중한 보물처럼 간직하면서
몸속에 감춰진 아픔이
소름 돋치듯 치밀어 올라도

다시는 다시는
목 놓아 울지 않으리
하얀 새아침을 맞으리라
나 꿈을 꾸며
오선지 위에 멜로디 되어
살아나리
어제처럼 살아나리

붓끝에 떨구는
까만 먹물 같은 날
지나가 버리니 소중한 걸
아무렇게나 살았어도
그리워하면서
아침에 눈부신 태양을 바라보며
꿈꾸듯
또 다시 새날을 맞으리라

 南溪 박영희

2009년 《한맥문학》으로 등단
한국문인협회, 양평문인협회, 수필사랑 회원
현대시서화연구회 회원

여름, 저녁노을

하루를 건너온 저녁햇살이
내 아끼는 나무 한 그루
땅 위에 눕혀갈 때
나도 들판에 누우며 나무를 바라본다
제 스스로 크지 못하고
저녁 무렵에야 땅 그늘로 자라는 나무
나는 나의 나무를 안아 준다

나무가 따뜻해진 기억을 열 때
나는 나무 끝에 올라
하늘 허공으로 내가 사랑한 것들을
목 놓아 불렀던 것인데,
풀잎 일으키며 바람처럼
기억의 골짜기를 돌아
아파한 것들만 서편하늘에
붉게 나타난 것이어서
나도 푸른 잎들 다 노을에 집어던지고
촘촘히 붉어지고 있는 것이다

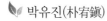 박유진(朴宥鎭)

1990년 《국방일보》, 2005년 《한국문인》으로 등단
저서 『나무들의 숲』
한국문인협회 회원, 대구문인협회 회원, 대구시인협회 회원

움직임의 이미지
- 저녁 풍경

갯바닥을 지렁이로 쑤시고 다니던 생
애라도
눈부신 저녁이야
물개암나무 수천의 잎새를 흔들며
하늘로 자라고 있어
빛은 길에 풀어져 내리고 바람결에 마
구 흔들려
그럴 때 달라지는 빛의 얼굴 속에
지난 날 영상들이 지나가곤 해
저 소리가 들려
강물에 노을이 빠질 때
가슴에 번지는 그리움의 파문
나는 그대가 그립다
어둠에 묻힌 풀섶에 노을이 불길 댕기네
풀잎, 구령을 붙이며 일어서는 풀섶은
첫햇살을 밟아 내게로 다가오는 그대
를 닮았어
황혼녘이야 눈을 감고도 촉감과 느낌
으로
들여다 볼 수 있는
강물이 뿌리를 내리는 재빠른 움직임
갈대를 오르다 떨어진 갈게의 몸부림
물방개가 공중에서 물속으로 발을 옮
길 때
출렁, 저녁 움직임의 이미지가

내 안에 떨어져서 파문이 일어나
저녁은 이제 강둑을 지나 풀섶에 누울
자세야
길에 고인 마지막 빛 내 비밀을 훤히
비춰
강바닥에 진흙으로 쌓인 외로움을 헤
치고 걸어와 봐
어두울수록 빛나는 돌이 있어
내게서 스쳐 지나간 아픔이
오랫동안 서로 부딪히고 껴안고 뒹굴
다가 된
갯바닥을 지렁이로 쑤시고 다니던 생
애라도
눈부신 저녁이야
물개암나무 수천의 잎새를 건드리며
노을이 넘어지자
내 눈에 가라앉는 저녁 풍경

🌿 박은혜

《월간문학》으로 등단
기독신춘문예 가작
시집 『비에 갇힌 숲』
통일창작동화 특별상 수상
동화 『하랑이 메콩강 대모험』 등

소시장에서

가난을 풀어가는 길은
너를 소시장에 내놓는 일이다
한숨으로 몇 밤을 지새고
작은 아들쯤 되는 너를 앞세우고
마을을 나선다
너는 큰 아들의 학비로 팔려간다

와자지껄 막걸리 사발이 뒹군다
소시장 말뚝만 서 있던 빈 터
찬 달빛이 무섭도록 시리다
헛기침같은 울음으로
새 주인에게 끌려가던 너의 모습,
밤사이 이슬만 내렸다

우리집 헛간은 적막에 싸이고
아들에게 쓰는 편지글에
손이 떨린다
소시장에서 울어버린 뜨거움
아들아, 너는 귀담아 들어라
오늘 우리 집안의 이 아픔을.

 박이도

1962년 《한국일보》 신춘문예로 등단
시집 「회상의 늪」 「바람의 손끝이 되어」 「안개주의보」 등 다수
대한민국문학상, 편운문학상 등 다수 수상
한국기독교문인협회 회장, 경희대 국문과 교수역임
창조문예 주간, 조지워싱턴대 교환교수

시, 왜 쓰는가

가슴으로 뜨겁게
뜨겁게 이글거리다가
치솟아 오르는
스스로의 표백(表白)이어라

서로가 공명할
메아리치는 울림
사람의 마음
마음 움직이는 감동일레

비우고 채움이
날로 새로움이고
작은 항아리 덜 차는
모자람도
지족(知足)의 여심(餘心)이어라

바람 휘도는 청천(晴天)에
부서지는 깃발 하나
시(詩)가 태어나는 감흥
여기, 우리들의 심상(心像)일레

*스스로의 표백(自己表白)="왜 쓰는가"에 대한 나의 변명

 박일동

1970년 《동아일보》 신춘문예 당선
시집 『시실리의 봄』 『연화문』 『불확실시대에 산다』 등
희곡집 『달래아리랑』 『곰』 등
한국문학상, 동양문학상, 한맥문학대상 수상

장미

사랑이 깊어
하얀 마음 붉게 물들인 뒤
이 계절 내내 향기를 마셔도
갈증은 가시지 않네

그대의 젖은 눈
빈 가슴에 박혀
상처가 깊을수록
꽃잎은 더욱 붉어 가고

마음의 상처
화농이 짙어져
향기로 토하다 못해
밤마다 가시로 돋아나
내 사랑을 찔러 아프게 하네

 박일소

2002년 《한국문인》으로 등단
시집 『꽃 아래 마음의 거울 놓고』 『하늘로 보내는 편지』 『꽃을 먹는 남자』 외 다수
문학공간 작품상, 한국미소문학상 대상, 시와수상문학 대상 등 수상
국제펜한국본부 회원, 한국문협 진흥재단설립위원, 한국현대시인협회 이사
시와수상문학회 회장

사람이 위안이다

살다보면
사람에 무너지는 날 있다
사람에 다치는 날 있다

그런 날엔
혼자서 산을 오른다
해거름까지 오른다

오르다보면
작은 묏새 무리 언덕을 넘나든다
그 서슬에 들찔레 흔들리고
개미떼 숨죽이는 것 보인다

그림자 없이 내려오는 숲속
순한 짐승들
어깨 비비는 소리 가득하여

사람에 무너지는 날에도
사람은 그립고
사람에 다치는 날에도
사람은 위안이다

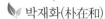 박재화(朴在和)

1984년 《현대문학》으로 등단
시집 『도시의 말』 『우리 깊은 세상』 『먼지가 아름답다』 외 다수
기독교문학상, 성균문학상, 茶山금융인상 등 수상

영산강

춤을 추다가 보면
춤은 저 혼자 흐르고 있다

몸에서 새가 나오는데
어느 새
몸은 저만치 떼어두고

춤사위와 춤사위가 저희들끼리
생각은 저만치 떼어두고

생각이 만들던
구음과 구음들끼리 흐른다

날아가다
춤을 추다가 보면
흐르는 것들은 흐르는 마디에 가서
시 한 구씩 적어놓고
다시 흐른다

몇 번을 돌다가 휘돌다가
다시 접어 나가다 보면
갈대 무성한 하구가 한편의 시가 되고
춤의 어느 절정에 이르다 보면
날개와 날개가 저희들끼리 흐른다

하구에 그 질편한 노을도
새 한 마리가 되어
강물에서 바다로 날아간다

 박정이

2009년 《경남일보》 신춘문예 당선
2011년 《문학시대》 소설 등단
시집 『오후가 증발한다』외 다수
시담, 현대문학신문 주간. 시선, 미래시학 편집위원
한국시인협회 회원, 시산맥 시회 감사

자화상

세월의 무게에
자꾸만 허리가 휜다
안구는
기능을 상실한 채
활자를 더듬거리고
골 깊은 손등에
산등성이처럼 일어난 혈관들
좁아진 가슴에는 허욕의 부스러기만
전장 터의 주검처럼
흩어져 있다
불면의 모서리에
기억의 불빛은 흐릿하게 가물거리고
이제
한 뼘만큼
남은 삶의 자락
그 끝에 맺히는 작은 이슬방울

 박정필

2000년 《예술세계》로 등단
시집 「숨죽여 뛰는 맥박」 외 3권
수필집 「경찰관 시인 세상이야기」 외 2권

비빔밥

잘 버무려진 것은
나눌 수가 없다

사랑도
잘 섞어야
쉬이 갈라서지 않고
설겅설겅
얽혀 산다

도무지 어우러질 것 같지 않은
콩나물 육회 김 녹말묵 쑥갓과
밥이

한통속에서
내놓고 버무려진 비빔밥은
그러니까
알짜 철학이다

 박종명

2010년 《심상》으로 등단
시집 『사랑 한번 안 해본 것처럼』
심상문학회 회원, 한국문인협회 회원
서울초중등문학창작교육연구회 '해토머리' 동인

탱자

벙거지를 쓰고
판돌이가 댓돌에 누워 있다.

판돌이는 판돌이
덕석말음에 터진 볼기짝을 흔들며
춤추는 판돌이

과수원 울타리에
탱자가 열렸다.
무찔린 자의 아픔이
안으로만 맺혀
노오랗게 물든
탱자가 열렸다.

 박종해

1980년 《세계의 문학》으로 등단
시집 『소리의 그물』외 10권, 시와 산문선집 1권
이상화시인상, 성균문학상, 대구시협상, 예총예술대상 등 수상
울산문인협회 회장, 울산예총 회장 역임

진눈깨비

그 옛날 우리 할배 얘기는 이러했다
옛날에 한 선비가 세상을 불평하다가
어느 날 자고나니 호랑이가 되었다
할 수 없이 산속 깊이 들어갔다
산길을 걸어가는 친구를 멀리서 보고
내가 호랑이가 아니라 아무개라고
어흥! 말을 해보았으나
친구는 놀라 달아났다

그대는 허공에 대고 불평을 했던가
충막무짐(沖漠無朕)한 가운데
문득 하얀 눈이 되었다
할 수 없이 허공을 떠나왔다
어디로 가는지도 모르는 낙하
부딪치며 뒤엉키며
나부끼며 나풀거리며
혼돈 속에서
천방지축 내려왔다
그대는 눈이 아니라 아무개라고
몸짓으로 말이라도 하는가
자네의 말을 듣는 이 없네

고독 고독 고독……
고독은 수행일러라

탐욕도 내려놓는가
미움도 내려놓는가
어리석음도 내려놓는가
무심히 내려앉는
진눈깨비의 착지(着地),
하얀 형체를 벗어 버린다

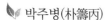 박주병(朴籌丙)

2014년 《문학세계》로 등단
시집 『한계령』
학술서 『周易反正』 외

물망초

물망초가
강가에서 나를 잊지 않고 피어있구나

그리움이
흘러가는 강가에다

너를 두고
그냥 갈 수가 없어

내 이름 새겨넣고
은하로 간다

물망초가
여름밤에 나를 기억하고 있구나

우리들의 사랑을
망가트린 그날을

그대로 두고
그냥 갈 수가 없어

너의 그림자 앞세우고
은하로 간다

 박준상

2002년 〈지구문학〉으로 등단
저서 『박준상 감성시』 외 14권
대한민국예술인대상 외 다수 수상
한국문인협회 회원

홍시

툭!

가슴이 철렁

우주가 떨어진다

빠알간 햇홍시 하나

제 색깔 못 이겨,

그 우주 맛있게 통째로 삼키는

이 가을

 박준영

1998년 《한글문학》으로 등단
시집 『도장포엔 사랑이 보인다』 『동물의 왕국』 등 4권
한국문인협회, 한국시인협회, 국제펜클럽 회원
KBS TV본부장, 대구방송사장, SBS편성제작본부장 등 역임

아버지의 섬

모진 세월을 견뎌온 아버지의 섬
날이 어둡기 전 갈무리 뱃고동소리
풍어제를 올린 배들은 그물을 싣고
놋 소리를 흥 얼 이며 출어한다.
돛을 달고 노를 젓는 챗배 멸치잡이
눈이 부시도록 환한 *보길도 밤바다
*예송 짝지를 떠난 멸치잡이 배
가스 불을 밝히고 여기저기 흩어진다.
어부는 휘우듬한 장대를 물밑으로 넣다.
격전지 *남양군도 밤하늘을 비웃듯이
멸치를 유인하는 선수 불 잡이
횃불에 몰려드는 은백색 멸치 떼가
밤바다에 비치는 불빛과 어울려 장관
을 이룬다.
배 밑의 멸치 떼를 몰아내는 함성소리
덤장그물의 고수 기창 잡이는
바다 손으로 그물을 들어 올린다
무지몽매한 멱부리수탉 걸창 잡이
멸치들을 사정없이 닦달한다.
노잡이는 배의 어긋남 없는 구실을
한다.
어기야 디야 멸치풍년 얼씨구 성화가
났네.
*풍장소리 삼중창이 보길도 밤하늘을
뒤흔든다.

만선으로 귀항하는 멸치잡이 챗배
머흘 하지만 외롭지 않은 바다
가마솥 식솔들도 깃발을 높이 든다.

*보길도: 고산 윤선도의 어부사시사의 섬[유적
지: 세연정.낙서제.동천석실 등이 있음]
*예송 짝지: 보길도 예송마을 갯돌밭 해수욕장
*남양군도: 태평양 전쟁 때 일본군에 의해 강
제 동원되어 한인들이 많은 목숨을 잃었던 곳
(부친께서 남양군도 이야기를 많이 들려주었음).
*풍장소리: 배가 멸치로 가득 차 들어올 때 부
른 소리

 박진구

2009년 《한맥문학》으로 등단
한국문인협회, 텃밭문학, 보길향우회 회원

바늘 길을 베고

비둘기 소리 후즐근히 젖는
진종일 비 오는 날이면
엄마는 반짇고리 난전처럼 펼쳐놓으시고
베게모를 만드셨습니다
쓰다 남은 색색가지 자투리 천으로
모자이크하듯 베개모를 만드셨습니다
호박꽃이 담장을 밝게 비추면
어울려 피는 엄마의 여름 꽃밭
뒤웅벌이 윙윙거리며
화답을 합니다
작은 조각이 어울려 그려낸
머리맡의 아름다운 세상
티베트 스님의 만다라 같은
무념(無念)의 공간이 자리잡습니다
이쪽과 저쪽이 다른 색으로 맞이한
가지런히 오고 간 바늘 길을 베고
나는 꿈을 꿉니다
향기로운 꽃 속에 포근히 잠자다가
길속에서 길 찾는 꿈을
먼 길 헤매다가
돌아오는 꿈을

 박찬선

1976년 《현대시학》으로 등단
시집 『돌담쌓기』 『상주』 『세상이 날 옻을 먹게 한다』 등
흙의문학상, 자랑스러운 경북인상 등 수상
한국문인협회 부이사장, 상주고등학교 교장

거미

외로이 밤새 집을 짓는다.

나의 거미는 끈기 있게 집을 지켰다.
창문이 찢겨나갔다. 다시 달아야 한다.
기둥 줄이 끊어졌다 집이 송두리째 기운다.
다시 시작한다. 묵묵히

저무는 하늘에 희망을 얽어 짜던 너
그믐 어둠 속에도 쉬지 않았다.
한밤 내 비바람에도 포기하지 않았다.

너는 근심을 모르기에
절망도 하지 않는 외로운 가장(家長)

검은 밤이면 더욱 정성껏 집을 가꾸고
아침이슬 금강석으로 만다라를 베풀어
정좌한 채 태양을 예배하는

아, 내가 한없이 부끄러운 고승(高僧)

*만다라曼茶羅 mandala : 법계의 완미, 장엄한 덕을 관상觀想하고 숭경하기 위한 상징(그림이나
장식 등)

 박찬욱

1997년 《순수문학》으로 등단
부부시집 『愛山試帖』
중등교사, 교장, 성공회대학 강사, 성공회서울교구 사제 역임

오월

한 해의 허리춤에
청산이 들어앉고

새들은 창공이
넓디넓다 하며
암수 비상하는데

생명을 품어 안은
풍요로운 모성의 오월(五月)이라
공손히 부르건만

혹여 나만 소중히 여기는
나오(吾)가 될까
조심스레 오월에 발을 놓느니

 박찬현

1990년 《문예사조》로 등단
한국문협, 국제펜클럽, 한국현대시인협, 한국학술저작권협회 회원
백지(白紙)문학 동인

달빛 속삭임

구름에 가려진 달빛은
아련한 추억 하나 머금고

비스듬히 열린 창가로
소리 없이 찾아들어

상념의 밤을 헤매다 지친
만신창이 영혼을 위로하고

차가운 너의 속삭임은
애무의 황홀함에 젖어

메마른 너를 끌어안고
깊은 밤 속으로 스며든다

 훈석 박창묵

2008 《한맥문학》으로 등단
시집 『사색의 빈 배』 등
국가모범공무원청백리상 수상
한국문인협회 문학사료발굴위원

옹이

늙은 소나무들이
바짓가랑이를 걷고 구부정히 서 있다
남양군도까지 걸어야 했던 희미한 기억
패인 관절 헐은 상처 아물지 않은 채

흐른 세월만큼
통증도 가라앉을 시간 한참 지났는데
선명하게 남아있는 도끼자국이
스치는 바람에도 통풍처럼 아린다

빼앗기고 잡혀가고 꼬드겨 간
처녀들 허벅지에 수인 같은 인두질
그 숲은 아직도 깊은 신음소리
살아남은 할머니들이 끼억 끼억 울고 있다

수액마저 쥐어 짜인 소나무들이
주일대사관 앞에서 1035번째
물대포를 맞으며 버티고 있다
스크럼 뒤쪽에서 응시하고 있는
단발머리 소녀의 얼굴에서
뚝뚝 빗물이 흘러내리고 있다

 박채호

2009년《현대시문학》으로 등단
현대시문학작가협회 회원

그림자

헛기운으로
어둠 속에 가라앉아 있다가
빛살로 더불어 오는 몸
무게도 두께도 없는 것이
뼈대인들 있을라

눕는 몸으로
빛보다도 빠르게 앞서다가도
뒤에서는
나보다도 더 느린 동행
한낮에는
발부리를 움켜쥐고
도둑
가슴 조이듯
발밑으로 옥아든다

애초엔
어둠 쪽으로만 겹치는 빛살의 무늬이다가
언제부터인가
햇볕 따라 유령처럼 오는
숨결 없는 분신
너는
나의 품질 중 어느 것이냐

 박철수

2009년 《문학춘추》로 등단
시집 『그 유월의 그믐밤』

삶의 얼굴

삶은
양파 벗기기.

하루 분의 껍질들을 습관처럼 벗겨내도
변화 없이 평범한 나날의 연속.

'무언가 화끈하게 좋은 일 없을까?'
'무언가 새롭고 신나는 일 없을까?'

그러나, 이제야 깨달았네.
삶의 과정들을 거의 다 벗겨버린
지금에 와서야.

삶의 진짜 소중한 알맹이는
무심코 벗겨버린 그 껍데기들 속에
일상의 얼굴로 숨어 있었다는 걸.

 박현자

2001년 《한국시》로 등단
시집 『감꽃 목걸이』 『삶의 오솔길』 『할매도 사람이다』 등
노산문학상. 서초문학상 등 수상
한국문인협회. 국제PEN클럽. 한국여성문학인회 회원
현대시인협회. 서초문학인회. 문학의 강 이사

부두(埠頭)의 꿈

검푸른 새벽빛 속 서서히 잠깨는 바다
파도는 달려와 검은 개펄에 지친 꿈 풀어놓고
저 멀리 만선을 꿈꾸며 떠났던 어선들 돌아와
새벽 부두에 펄떡이는 꿈 쏟아놓는다.

빛을 찾는 사람들이 여는 연안부두 공동 어시장
먼 바다의 기억을 더듬으며 물고기들 번득 번득 지느러미 세우고
부두 앞 교회 종소리
먼 바다의 꿈을 찾아 푸르게 헤엄쳐 간다.

삶의 비린내 안개처럼 자욱한 어시장
눈부신 아침 햇살 내려올 때
가슴마다 꿈을 안고 집으로 돌아가는 사람들.

 박현조

1998년 《문학공간》으로 등단
시집 『가슴에 꽃이 필 때』 등 11권, 소설집 『대선 감질』
공무원문학상, 한국시인연대상 등 수상
한국시인연대 부회장, 한국문인협회 회원

248

이별 그 뒤에

짝사랑으로 가슴앓이 하다
돌아 올 수 없는 먼 곳으로
여행을 떠나버린
어머니

추억 한 장 없어
더 가슴 시린 나날들이
한으로 남아

나 떠난 후에
텅 빈자리 따듯해지게

오늘도 내일도
아이들의 웃음을 찾아
종종 걸음을 친다

 박혜선

2010년 《대한문학》으로 등단
시집 「이별 그 뒤에」 등
한국문협 회원, 글빛 동인

크게 울었단다

음력 유월 한가운데
땀과 피. 양수 범벅으로
어두컴컴한 방구석 산파도 없이
혼자서 산고의 몸부림치며
대자리 방바닥에 나를 낳을 때
양손 움켜쥐고 쪼그린 다리
나는 크게 울었단다

흉년들고 쌀이라곤 왜놈들이 강탈해
가니
어떤 고통보다 배곯은 고통만큼이나
할까
보리죽 개떡 피죽 쑥 뿌리 피사리까지
짐승보다 못한 삶 질긴 목숨 연명 위해
몸조리도 못하고 퉁퉁 부은 몸 치마로
감추고
보리타작이며 모내기 한창 바쁜 철
왜 하필이면 42년 6월 15일인가

어머니 속옷바지통은 한 가운데 찢어
진 삼배속옷
풀 먹인 꼬장주 사타구니 살이 닿아 피
가 났다니
해방맞이 기쁨도 잠시 6.25 전쟁으로
피난 갈 생각 또 울고

휴전이 될 때까지 말린 꽁치 같이 자
라온 나
어머님이 들려준 이야기다

왜정, 해방, 6·25, 4·19, 5·16
62년 6월 24일 내 나이 20살 대학 2
학년
어머님은 파상풍으로 돌아가시고
65년 청룡부대 월남전 참전
한 생을 이렇게 살다보니
지금도 고엽으로 시달리고 있는데
어찌 울지 않았겠는가
큰 소리로
큰소리로

*꼬장주: 경상도 지방 방언 고쟁이 한복에 입는
여자 속옷의 하나
*피사리: 경상도 지방 방언 직미로 벼과에 속한
곡식 좁쌀처럼 생겼다
*피죽: 나무껍질

🌱 박희익

1964년 《문학춘추》로 등단(미당 추천)
시집 「별을 닮은 황금 꽃」 외 10권
아시아서석문학대상 외 다수 수상
한국문인협회. 국제펜클럽 회원

홍매화를 봅니다

핏빛으로 아프게 핍니다
눈물이 날 만큼 봄을 납니다
나는 관심에 응시하니
그이는 나를 그냥 응시합니다

일지매에서
이지매에서
삼지매에서
사지매에서 핏똥을
쏟아냅니다

가지 가지에서
생살을 찢으며
핏빛으로 아프게 핍니다
봄을 납니다
난, 이 봄에 관심에 응시합니다

 방극률

2001년 《문예사조》로 등단
시집 『꽃으로 피어 사는 동안은』 외 3권

해를 안자

산에도 들에도 생명들의 기지개
봄을 맞는 새싹들이
얼굴 내어 놓고 해를 안고 웃는다
아지랑이 제비 등 타고 노는

상생의 이 계절에
뒷짐 지고 어슬렁거려도
주름만 지는 우리네 허울들
쪼그라진 문 활짝 열어

들바람에 나를 씻고
싱그럽다
순양의 저 해를 안고 웃어라
잊어가는 나를 찾아서

 여농 배갑철

2005년 《문예시대》로 등단
시집 「파종」 「들」 「열매」 등
낙동강문학상, 새시대문학작가상 등 수상
강서문협, 부산문협, 한국문협 회원, 부산시 강서향토사연구소 위원
부산시 강동농협조합장, 농협전국화훼협의회 부회장 역임

안부

잘 지내고 있나요
당신의 하루는 어떤가요
여전히 햇살은 빛나고
수채화 빛 눈부신 아침
나의 오늘은 당신으로 인해 숨을 쉅니다

편안한가요
당신의 시간은 어떤가요
계절 색 더해지는
짙은 커피향의 오후
나의 상념은 당신으로 인해 깊어갑니다

무릎담요 꺼내 놓은 날
당신의 어느 하루가 궁금합니다

아프지 말아요

 배귀선

2012년 《문학저널》로 등단
시집 『회색도시』
한국문학신문 최우수작품상 수상
한국문인협회, 한국불교문인협회 회원
마중물문학회 동인

벚꽃

허공 끝에
눈물들이 그렁그렁 맺혀 있다

울컥울컥
참았던 눈물이 터지고
한 순간의 격정도 없을 곳에서
세상을 보는 건
꽃으로 피어 날 그 생명 때문인가
만삭의 어미가 되어 버린 나무여

하루가 지나면 더 많은 눈물들이 터지고
하루에 하루가 지나면 어미의 태반처럼
솟구치며 터져 내리겠지
봄날의 산고는 절정이 되고
고단한 사람들은 너의 곁에 모여 들 것이다

터울 없는 아이들은
해마다 잉태되어 그 품 안에서 살다 가고
해마다 뜨거운 눈물이 가지 끝에서 터지면
그 날 꽃 내가 나겠지

 배막희

2012년 《서정문학》으로 등단
한국문인협회 회원
서정문학 운영위원

만장(輓章)

백장의 천이 있다고
다 만장이 될 순 없다

한 죽음을 적셔 허공을 펄럭일 때
산발한 채 흔들리며 혼을 어루만질 때
천은 비로소 한 개의 만장이 된다
살아있는 바람으로
죽음을 견인해 간다

텅 비어있는 뼈대의 뒤란을
집집마다 내력처럼 두고 있던 시절
마을에 사람이 죽으면
듬성듬성 푸른 대나무를 베어갔다
대밭엔 늘 장례의 일정이
빽빽하게 들어차 있었다
죽은 자를 위해 층층이
관을 짜고 있었다

살아있는 대나무가 한 일생을 매달고
푸른 숨 죽이며 죽은 사람을 끌고 갔다
꽃들이 산을 오르는 철에도
단풍들이 산을 내려오던 계절에도
바람의 문장으로 마을을 벗어났다

그때

죽은 바람소리를 듣고 싶다면
죽은 대나무 곁에 서 있어 보라
죽고 나면 바람의 귀도 어두워져
더 큰 소리로 운다

벽처럼 서서 싸늘하게
칸칸마다 관을 지닌 채 운다

🌿 배 영

본명 배종영
2014년 《시현실》로 등단
매일시니어문학상 수상

그곳에 가면

반달이 앞치마를 벗고
스르르 사립문을 열어 줄 때 즈음
별빛을 음계 삼아
냇물은 노랫가락을 만들고

덜 익은 산딸기 내음과 함께
불어오는 솔잎의 향기는
사랑의 전설을 남기도록 벗이 되어준 그곳

가랑비 되어 텐트 위로
떨어지는 열정의 산물들은
이루지 못한 사랑의 그림자

다시 그곳을 찾을 때는
잊지 않고 받아오리라!
아직 유효한 사랑의 확인서를……

 배윤희

2006년 《한울文學》으로 등단
한내문학상, 한국민족문학상 등 수상
한국문인협회 서정문학연구위원
글과나무협동조합 창립이사, 한국버닝문화협회 보령교육원장

안부

안부가 몹시도 궁금합니다
그 궁금함 속에는
아마도
나 그대 생각하듯
그대 마음속에
나로 가득한지가
궁금한 게지요

종일
그대로 지새움하는데
그대도 그러한지가
궁금한 게
염치없는 짓일까요

아니면
마음 한켠이라도
나의 자리 있다면
참 좋겠습니다

 소소 배정규

2011년 《현대시선》으로 등단
시집 『품는 다는 것은』
미소문학상 수상
한국문인협회, 관악문인협회 회원
한국미소문학 운영이사, 백제문학 부회장, 시가흐르는서울 운영이사

독도

뭍에서 머언
수평선 넘어
해조음에 잠을 깬
단애의 돌섬

조국의 간장 끊어
닻을 매고
오천년 사직을 이은
초병의 늠름한 기세

여기, 이 땅을 지키다
가신님의 혼을 묻어
절해고도의 한을 지우나니

장한 막내 독도여
나의 강토여!
의지하여 조국은
너를 믿는다

 월호 변우택

2012년 《백두산문학》으로 등단
시집 「살면서 느끼면서」 「독도사랑 30년」 「내 죄 사함을 위하여 내 인간 사랑함을 위하여」
기행문집 「原州氏先祖歷史文化探訪記」 등 다수
한국문인협회 회원, 한국시조사랑시인협회, 서초문인협회, 강동문화예술원 회원
문학의강, 백두산문학협회 회원, 한국평화통일문인협회 부이사장

콩코지*

식품 발효실을 지날 때
어머니 냄새

이 한 철
온 몸을 에돌아
뜨는 내음
콩코지 내음
비공 타고 혈액 속에
잔잔히 녹아 흐르는
이 가을
어머니 계절
체취와 사랑 돋아난다.

아궁이 활활
햇살처럼 번지는 장작불에
가마솥이 달아오르고
홍시처럼 익어가는
콩
어머니 손맵시에
고른 메주덩이
지푸라기 몇 가닥에
고이 매달려
박쥐겨울잠을 잔다.

아스페르길루스 오리재*

한 겨우내 비는 마음
사랑에서 지워지지 않는다.

어머니 사별 후
식품발효실을 지나갈 때면
콩코지 냄새는 예나 다름없으나
눈빛 고운 어머니의 자리엔
열풍건조기 돌아가는 소리
세상을 흔들고 있다.

*콩코지(콩kojii): 종균을 배양시킨 덩어리
*아스페르길루스오리재(aspergillusoryzae):
　황국균〈(黃菊菌)-메주를 띄우는 균〉

 변재열

1981년 《현대문학》으로 등단
시집 『겨울바다』 『보이지 않는 강』 『노을강 아리아』 등 9권
충남도문화상, 대전문학상, 한성기문학상 등 수상
국제PEN한국본부 남북교류위원 역임
백지시문학회 회장, 대전시인협회 회장

풀잎의 고요

낮아져서,
한없이 낮아져서
풀잎에 부는 바람이 될까요

물처럼 바람처럼 낮아지면
가벼운 생이 되어
흐르는 구름으로 떠다닐까요

광활한 세상
오직 당신의 지순한 사랑에
젖고 젖으면서
내가 살아갈 수 있다면
가슴은 기도로 열려있는
길이 될까요

길가엔 향기에 젖어있는
작은 풀잎들이 깃털처럼 흔들리고
멀리 묻혀서 사는 사람의 마을
닫혀있던 문들은 활짝 열리겠지요

낮아져서
끝없이 낮아져서 내가 머무는 곳
풀벌레 소리에도
여린 눈물 자국을 남기며
떨고 있는 누군가의 말소리 들리겠지요

🍃 변종환

1969년 《문학시대》, 《白地》로 작품활동 시작
시집 「水平線 너머」「풀잎의 잠」「松川里에서 쓴 편지」 등 5권
산문집 「餘滴」 등 2권
한국문인협회 이사, 국제PEN한국본부 이사, 한국현대시인협회 이사

부산진구문화예술인협의회 회장, 한국예총부산연
합회 감사
부산광역시문인협회 회장, 부산시인협회 회장 역임

백로

성스러운 자들이 모였다
흠 없이 새하얀 모시옷을 입었다
희생으로 제물 된 의지의 님
순교의 언덕에서
향기 없는 백합으로 피었다가
여름날 공중에 때 아닌
서늘한 흰눈으로 날린다.
딴 세상을 가진 금단의 족속들은
천상의 진주문을 바라보는 별개의 무리
시들지 않는 면류관을 쓸 축복받은 무리

 빈명숙

1993년 《문예한국》으로 등단 (박화목 추천)
시집 「야외사막」 외 5권
대전시인상 등 다수 수상
한국문협 회원, 국제펜한본부 회원, 대전PEN 부회장

삶의 연속성

과거는 언제나 그리움의 생활이 연속되고
현재는 언제나 부족함의 생활이 연속되고
미래는 언제나 기다림의 생활이 연속되고
삶은 사랑을 베풀어가는 생활이고,
아름다운 꿈으로 연속된 생활이다.

 빈봉완

2013년 《국보문학》으로 등단
시집 「영원한 향기」 등
한국문인협회 회원. 국보문학협회 수석부회장
한남대학교 객원교수

정남진에 가면

천관산 자락
신동마을 바닷가 주작새 온기에 젖어
살고 싶다

안개 자욱한 새벽이면
가슴앓이 섬이 보이는
그 언덕에 순수 순정 이를 기억하네

바닷물이 파르스름할까
그 마음의 물이 파르스름할까
내게 물들이고 스며드는
잔잔한 수평선 너머 걸거침 하나 없는 고요한 바다

사랑한 사람만이 볼 수 있다는
파랫빛 바다
슬픈, 파르스름한 빛깔이
내게 물들어 간다

저 출렁이는 파도
등 뒤에 서 있기만 해도 푸른 물이 들어온다
그 바다빛
그런 사랑,
출렁 출렁인다 끝도 없이

 사홍만

2006년 《문학춘추》로 등
시집 『어머니의 바다』
전남시문학상 수상
한국문인협회 전남문협 부회장, 전남시인협회 회장, 문학춘추작가회 이사
장흥군 수산업협동조합장

뿌리에게 말을 걸다

잠시 눈 감았을 뿐
길은 세상을 향해 열려 있었다
뼈마디 통증을 호소하기까지
발걸음 평원을 걷고 있었네

아린 고통의 무늬마저 지워내는 뿌리의 내력
사계절 혼신으로 몸부림 하더니
허울만 멀쩡한 껍데기를 안은 채
꽃보다 환했던 지난 시간 돌아본다

심오한 표정 곧추 세운 까치발
뿌리에게 말을 걸듯
눈빛 허공 향해 의지 불태우고 있다
동행의 걸음만으로도 위안이 되던
툭 불거져 나온 옹이만이
지난 시간 대변해주는 듯하다

인고의 세월도 비껴가던 숙명의 몸부림
대지를 움켜쥔 손마디 거룩하다
생의 길목 어디쯤 옹골진 둔덕을 만나기 전까지
뿌리의 분투는 가늠조차 못했던 일이었으리

한 자락 깊은 사유만이 햇살 아래 뒹굴고
계절은 또 그렇게 깊어갈 것이다
서로 손을 맞잡고 등을 기댄 채

 서귀순

2004년 《문학21》로 등단
한국문인협회 회원

신발을 닦다가

모처럼 신발을 닦다가
그동안 신다 버린 신발이 몇 켤레나
되고
또 그걸 신고 얼마나 걸었을까 생각
하다가
문득
내가 신발을 신고 다닌 것 아니고
신발이 나를 신고 다녔다는 사실을
깨달은 날
현관에 벗어 논 신발이
운수납자위의 잔금 손바닥으로 보이
기 시작했다
분명
처음에는 아장걸음으로
봄바람 속을 걸어 다녀서
딛기만 해도
말랑말랑한 꽃신 자국뿐이었는데
십문 쯤으로 커지고 나서는
아예 한쪽으로만 닳는 뒤축 때문에
중심선에서 벗어난 궤적을, 맴맴
헛바퀴 도는 어처구니가 됐는데
이제는 헐렁해지기까지 해서
바람도 신어보다 가는 것
어느 선을 타야 정답일까 생각 해 보
지만

그게 그것이 될 것 같은 고향 길이
다른 하늘까지 가는 습신 아닌
그냥 없음으로 멈춰 서는 것이 제일
이다 싶은데
알파고 만으로는 안 될 성 싶다
이별이 제 궤도를 벗어날 수 있을 때
세상 전부가 해탈도 하겠지만
아직 화산이 여드름처럼 터지고
지진에 흔들리기나 하는 상태로서야
이 신발이라도 귀하게 모실 수밖에
팔은 아파도 침 발라가면서 열심히
닦았다
거울처럼 비취는 것은 없어도
제법 반들거린다

 서봉석

2002년 《한맥문학》으로 등단
경희문인회 회원
한국문인협회 회원

해돋이

임은 성군(聖君)이로소이다.
어둠을 물리고 행차 하오리까?

여기저기에서 신음소리를 죽이며
달의 폭정에 시달리던 세상만물이
온 밤을 지새우며 임을 기다리던
지난밤은 너무 길었습니다.

조용히 술렁이기 시작한 바다에서는
온갖 물새들이 소금물에 양치를 하고
말끔한 얼굴로 비상을 준비하고 있습니다.

문 밖에선 밤새 불침번을 섰던 파도가
이제 푸르른 도포로 정장을 하고
너울너울 춤을 추며 수평선 위에 도열하였습니다.

바다 속에서는 온갖 물고기들이
지느러미를 가다듬고
순라를 돌 차비를 하고 있습니다.

바람은 구름을 다듬질하여
맵시 있는 휘장도 드리웠습니다.
자~ 이제 납시지요.
저 멀리 갯가에서는 행차하실 물목에 갯바위까지
하얀 거품을 내며 닦아내고 있습니다.

처음부터 그 웅장한 위용을 뽐내지 마시고
서서히 인자한 모습을 드러내십시오.
수평선에선 환영의 붉은 물결이 넘실거리고
지평선에선 환희의 붉은 구름이 온 세상에
임의 왕림을 고할 것 입니다.

백성들의 눈을 속일 수는 없습니다.
붉은 곤룡포에 화려한 옥좌에 앉아서
지난밤의 달의 폭정을 상기 시키는
치졸한 짓을 하지 않아도
세상만물은 새날이 왔음을 알고 있습니다.

임은
모든 것을 가리고 홀로 빛나던 달처럼
세상만물 위에 군림하지 마시고
돌보지 않아 잡초가 우거진 묘지도
비루먹은 강아지가 뒤지던 쓰레기통
하물며 암모니아 냄새가 코를 찌르는
시궁창까지도 마다하지 마시고
그저 밝게 드러내시기만 하면 됩니다.

임은 가만히 있어도 새날이 왔음을 알리는
성군이로소이다.

 서부련

2003년 《참여문학》으로 등단
한국문인협회 회원, 21C한국시인회 이사

아버지의 발

침대 아래 무릎을 꿇고
조그만 물그릇에 담긴
아버지 발을 씻겨드린다

넓은 바다 마음껏 누비다
어항 속에 갇힌 물고기
비누질 살살 간지럼 태워
통증 잠시 웃음으로 바꾸어 본다

어릴 적 아버지 발은 큰 군함만 했는데
내 손안엔 굳은살로 딱딱한 작은 금붕어
맑은 물로 헹구며 걱정을 씻어본다

인공산소로 유지되는 작은 어항 속 삶이라도
내일 또 내일 아버지 발을 씻겨드리고
어제를 용서 받고 싶다

 서선아

2006년 《한국문인》으로 등단
시집 『4시 30분』
동남문학상 수상
한국문인협회 60년사편찬위원, 문파문협 회원, 동남문학 회원

동무

묘한 설레임 속
흙담 담쟁이 넝쿨 넘어
추억이 사립문을 연다

복사꽃잎 떠내려간 줄 모르고
도깨비다리에서 할미꽃과 눈 맞추고
금성산성 진달래 꽃길따라
소풍가던 동무들

키 작은 갈대 숲속에
바람이 이는 시간들
푸른 노래 부른 그 시절 그리워
지금은 머리에 잔설을 이고 있는 우리들

추월산 비친 달빛
옛 생각이 대나무 숲을 흔드는데
돌아가기 어려운 세월의 강

 서선호

2003년 《백두산문학》으로 등단
황금찬문학상, 스웨덴아카데미문학상, 중국두만강문학상 등 수상
한국문인협회 남북문학교류부위원장, 국제PEN한국본부 회원
한국현대시인협회 이사, 백두산문학작가회 회장
경희대학교 공공대학원 외래교수

한티의 낙엽

설운 영혼 찾으려
한티 늦가을 숲속에 들다

아직도 푸른빛 남아 있는 갈잎들
참수의 칼날에 떨어져 나간 머리처럼
속절없이, 속절없이 떨어진다
파르르~ 소리 없는 소리로

나무와는 이별이다, 죽음이다 그러나
결코 사라지는 것은 아니다
새 세상으로 떠나는 거룩한 몸짓!

찬 서리, 눈보라
말없이 다 받아 안고
새봄에 피어날 푸른 새 생명을
잉태하리니

나는, 오늘
한티의 한 잎 낙엽이 되라

* 한티: '큰 고개'란 뜻으로, 경북 칠곡군 동명면에 소재하는 조선시대 천주교인 순교지.

 서영림

2014년《문학세계》로 등단
한국문인협회 회원. 경북일보 문학대전 동상 등 수상
예인문학 편집장, 공인노무사

특별함에 대하여

1.
낙엽은 말이 없다
바람이 말을 걸기 전에는

낙엽은 말이 없다
사람들이 밟기 전에는

낙엽은 말이 없다
메마른 대지가 서러울 뿐
흐르는 세월을 막을 수 없기에

2.
바람이 말을 걸기 전에는
아무도 너에게 관심이 없었고

사람들이 밟기 전에는
아무도 너의 말을 듣지 못했다

낙엽은 말이 없다
메마른 대지에서 흐느끼고
수줍은 낙조 아래에서 부서질 뿐

3.
낙엽은 아무것도 아니었다.
어느 가을에 의미를 부여하고
낙엽이라 부르기 전까지는

🍃 鹿井 서영석

2011년《문학광장》으로 등단
시집 『당신에게 부치는 편지』 『물이 되고 공기가 되고 별이 되리』 『시간의 향기』 등
경기도문협공로상, 이해조문학상, 경기도의회문학공로상 등 수상
한국문인협회, 포천문인협회, 문학광장, 마홀문학회 회원
시와창작, 포엠스퀘어 동인

271

가을

바람
휩쓸고 간 자리
세월 그림자
설다

늦가을
비 내린다
갈숲에서 푸드득
들새 한 마리
길 잃은
철새

머언 산
땅거미
밀려온다

 서정남

1988년 시집 《그날이 오면》으로 작품 활동 시작
시집 7권, 종합문집 1권, 수필집 1권, 소년소녀세계문학 번역서 등 11권
한국현대시인협회 지도위원, 한국문인협회정책개발위원, 서초문협 회장 역임
국제PEN한국본부 이사, WCP/WAAC 회원, 법무사

푸른 신호등

푸른이라고 하면서 늘
녹색을 생각했지

요양병원에 누운 어머니는
내가 가서 휠체어에 태우고
휴게실에 마주 앉아 쳐다보는 걸 좋아했지

푸른 깃발이 창가에 흔들리는 걸
잘 기억하고 있었어
묻지도 않았는데 간호사가
할머니가 자꾸 이상한 말을 해요
어머니가 이야기 하는 건
꿈속 같은 미래를 이야기하기 때문
푸른 꿈을 말하는 입속에서
소상한 잎들이 자라나고 있었지
그래서 어머니의 손은 잎맥처럼 다 푸르러지고
노란 아령으로 운동을 하거든
잎들이 가지에서 펄럭일 때
잎맥들을 통해 맑은 피가 흘러나오는 걸 봐

저 길 너머 푸른 신호등
휠체어를 밀고 가는 한 할머니
어머니, 저 길 끝에서 푸른 손을 흔들고 있네

 서정문

1990년 《우리문학》으로 등단
시집 「화랑대」 「푸른날개」 등
동원대, 성결대 외래교수 역임, 연성대 겸임교수

편백나무 숲을 지날 즈음

당신의 뒷모습을 읽는다
어깨 위에 켜켜이 내려앉는 어둠,
왼쪽 어깨가 기운다

생의 모서리가 닳은 만큼 헐거워진 당신이
허리를 양손으로 받친 채 절룩이며 걷는다

푸른 숲 모퉁이를 도는데
오른쪽 어깨에 내려앉는 어둠,
두 개의 어깨가 캄캄하게 기운다

삭정이 같은 발목을 지나
복수 차오른 불룩한 배를 지나,
주름 깊게 파인 검은 얼굴 지나
몇 올만 남은 머리칼까지
덕지덕지 어둠이 엉겨붙는다

짓누르는 어둠의 무게에 당신이 휘청거린다
아득한 곳으로 저물어간다

나뭇가지에 찢긴 비닐봉지가 날리고
지구의 한쪽 귀퉁이가 휑하다

박제된 당신의 시간 속엔 내가 신작로처럼 길게 닿아 있다

 서주영

2009년 《미네르바》로 등단
한국문협 회원

아~ 빈집이었지

간밤에 꿈자리에서
고향집을 그리다가 깨어났다.
누군가가 기다릴 것 같은
고향집을 향하여 쏜살같이 달려간다.

고갯길도 단숨에 넘고 잘도 달린다.
고향집을 반시간은 재촉하여 도착하였다.
열려 있을 줄 알았던 대문이 잠겨져 있다
얼른 열어 제치고 들어선다

인적이 끊긴 지 오래된 앞마당에는
낙엽만이 나뒹굴고 있다
아버지는 몇 해 전 하늘나라로 떠나셨고
어머니는 몸이 아파 도시로 떠나셨지

그런데도 왜 이렇게 달려온 거지
아버지가 보고 싶어서
어머니가 반겨주실 것 같아서……
돌아서는 눈가엔 눈물이 흘러내린다
맞다…… 아~ 모두가 떠난 빈집이었지……

 石花 석용호

2009년 《모던포엠》
시집 「허공에 꽃잎 파문을 빚다」 「석정원 뜨락에 꽃잎이 파문을」 등 다수
체신부공무원. 한국도로공사 33년 재임

아버지 집은 따뜻했네

겨울이 오고 있다

L.A. 다운타운
브로드웨이 거리의 밤
고층빌딩 벽을 기댄
냉장고 비인 상자 집들 들어선다
갖은 영화와 수난
신문지 깔고 누운 노숙자들
잠이 들면 옛 꿈이 보일까
어제의 풋 돈냥
회개의 씨앗 되어 터 오르고
울을 넘던 웃음소리
가슴에 여울져
아버지 집은 따뜻했는데
돌이키는 귓가에 울리는 새벽 종소리
거리의 교회에서의 아침
샌드위치에 목이 멘다
하룻밤 집이 된 상자 위 모서리에
누가 붙였을까 노란 리본 하나
기다리는 아버지 마음 되어
햇살로 번져가고 있다

겨울 걱정이 쌓인다

 석정희

1999년 Skokie Creative Writer Association에 영시 등단
시집 「문 앞에서」 「나 그리고 너」 「The River」 「아버지 집은 따뜻했네」 등
한국문학예술상, 대한민국문학상, 에피포도문학상, 세계시인대회고려문학상 등 수상
한국문협, 국제펜한국본부 회원, 미주크리스찬문협 사무국장
미주문협 편집국장 역임, 한국문협미주지회 회원

나의 세레나데여!

첫 눈에 반해버린 장미빛 사랑
설명이 불가능한 눈멀어진 사랑.
아담, 베르테르, 로미오처럼
백만 볼트 사랑전류에 감전되어
오장육부가 전율하는 배필의 사랑.
신이 맺어준 천생연분의 사랑이오.

우리 사랑은 아담과 이브의 사랑
내 살 중에 살이요 뼈 중에 뼈로다.
에덴에서 꽃과 나비 인연으로 만나
꽃 위에 나비가 살포시 포개 앉아
사랑의 꿀침 달콤하게 박았으니
신이 맺어준 천생연분의 사랑이오.

뼈와 살이 만나 한 몸 이룬 사랑
아담과 이브의 영원한 배필사랑.
그대가 내 품에서 행복해 하듯이
나 또한 그대 품에서 행복하다오.
신이 맺어준 천생연분의 사랑
망부석처럼 주검까지도 사랑해야지.
무덤에서도 나란히 누워 소곤거릴
오! 그대를 향한 나의 세레나데여!

 석송 석희구

2011년 《크리스찬문학》으로 등단
한국문인협회 회원, 한국기독교문인선교회 임원
국민일보 신춘문예 주관 및 예심위원
경인신학대학 교수, 계양제일교회 담임목사

울음

구도(求道)의 길 떠나는
아들 손잡고 우시던 어머님
새벽길 뻐꾸기 소리와 함께
울었습니다

배고파 보릿고개 넘지 못하는
헐벗은 산야에 할 수 없이 우리는
부처님 손에 호미를 들게 하고
울었습니다

부정선거 다시 하라!
비 오듯 총알이 퍼붓는 속을
넘어져도 전진하는 젊음과 함께
울었습니다

민주주의 찾는 길에
몸 바친 망월공원 혼자 거닐며
후퇴하는 민주주의 생각에
분함을 손에 쥐고 소리 없이
울었습니다

부엉이 바위에서 그간 온갖 물의(物議)
혼자 모두 책임지고 떠나간
추모 49재 함께 목 놓아
울었습니다

수 만년 흘러내린 4대강 곳곳에
산소 부족으로 죽어가는 한없는 생명들
답답하고 안타까워 발 구르며 지금도
울고 있습니다

지행일치(知行一致) 양익양륜(兩翼兩輪)
"지식과 도덕성은 양 날개 양 바퀴와
같다!"
청소년들의 사람됨을 소리치고 다녔
는데
갈수록 험한 세상 어버이를 해(害)하고
자식을 버리는 지경까지 왔으니
목매인 울음 그칠 수가 없습니다

분단 60년 허리 잘린 국토 위에
헤어진 부모형제 아직도 눈 부릅떠 싸
우고
권력유지 수단으로 한쪽은 종북! 한쪽
은 반동!
벌벌 떠는 공포 속에 통일의 암담함
이제는 양쪽 모두
눈물이 마르고 있습니다

보고 듣고 가고 오고
울지 않을 수 없는 현실 앞에

이 못난 남편 만나 50여년 고생하다
몹쓸병 얻어 세상 떠난 아내에게
"참으로 그간 고생 많이 하였소!" 라는
말 한마디 못한 것이
영원한 울음이 되어 버렸습니다

울기 위해 태어난 운명인가
울지 아니하면 아니 되는 운명인가
이제는 어떤 운명이라도 좋습니다
이 울음이 모두의 아픔을 씻을 수만
있다면
세세생생 피할 수 없는 울음이 아닙
니까

 烽山 선진규

2011년 《한국현대시문학》으로 등단
한국불교문인협회 회장, 한국불교문학 발행인
한국문학축전 총괄본부장, 만해사상실천연합 대표
한국문인협회 재정협력위원장, 봉화산정토원 원장, 동국대학교대학원 겸임교수

하얀 겨울

찬 서리
하얗게 나뭇잎 덮고

토끼와 다람쥐
도토리 알밤 찾아다니는
하얀 겨울이 왔구나.

화롯불 가득 담아
밤 서너 개 넣어 두었다가
사랑하는 손자
호 불어 까줘야지.

🌱 草芽 설경분

2014년 《문학세계》로 등단
한국문인협회 회원, 대전문협 회원, 계룡지회 이사
한국시낭송협회 사무국장, 들꽃문학회 홍보국장
1365시낭송봉사단체 회원

무학(舞鶴)은 날개를 접지 않는다

가난한 아버지가 짊어진 바지게 속에
반쯤 찬 2홉들이 무학소주병
춤을 춘다
백학(白鶴)은 날개를 펴고 수면을 가
른다
학은 날개를 접지 못했다

봄날 아버지는
집 앞 무논에서 한나절 만에 허리를
펴고
쓰디쓴 소주 한 모금 허기를 달래고
계셨다
기다리던 새참은 간데없고
발목 꺾인 여식 담모롱이 기어나오자
침술 좋은 그 분 찾아
언제 어디서나 옷섶에서 긴 침 뽑아
들면
꺾인 날개도 바람을 타게 하던 그 분
찾아
맨발의 아버지, 논두렁길 따라 날아
가셨다

뻐꾸기가 목청을 가다듬으면서부터
아버지 잔등은 흙빛이었다
마을 일 보느라 읍내 출타하셨다가

노름꾼 좋아하는 구릿빛 와이셔츠
벗어주고 던져주고 축 처졌던 아버
지가
오르막길섶 주저앉은 혼기 찬 여식
앞에
백학의 날개를 좌악 펼쳤다
그 날갯죽지에는 홍초단내가 났다

내 나이 적 아버지, 그 잔등이 그리
운 날
무학산(舞鶴山) 시루봉 넘어 만날고
개 향해
마지막 숨을 모두었다
서마지기 문전옥토 지키지 못한 여식
이건만
달맞이고개 차오르는 이승의 바람 안고
훠얼 훠얼 날아오른 날갯죽지에는
홍초단내가 났다

 성갑숙

1996년 《문학춘추》로 등단
시집 「가마실 연가」외, 동화집「방죽거리 할아버지 나무」
전남문학상, 한국예총회장 공로상, 전남도지사 공로상 등 수상
한국문인협회 순천지부장 역임, 전남문인협회 이사

부엉이

이 마을 저 마을을 밤중에 기웃거려
초상 날 집 눈에 들면 그 쪽 향해 부헝부헝
제 어미
검뜯을 때도
부헝이로 울었다

크단 눈 부릅뜨고 남의 영혼 살피며
정(情) 찾는 부엉이가 삭혈하듯 부엉부엉
구애의 저음 통곡이 자그럽게 퍼진다

 성동제

1958년 〈새벗〉으로 작품 활동 시작
시집 『마중물 붓는 마음』, 『들꽃은 바람 먹고 핀다』, 『새벽이 열리는 뜨락』 등 9권
경희문화상, 한국문학비평가협회작가상, 재무부장관 표창 등 수상
한국문인협회 회원, 한국문학예술가협회 회원
한국시조문학 회원, 문학예술 서울·경기작가회 감사

기다림

매일 만나는 사이보다
가끔씩 만나는 사람이 좋다
기다린다는 것이
때로 가슴을 무너트리는 절망이지만
돌아올 사람이라면
잠깐씩 사라지는 일도 아름다우리라
너무 자주 만남으로
생겨난 상처들이
시간의 불 속에 사라질 때까지
헤어져 보는 것도
다시 탄생될 그리움을 위한 것
아직 채 벌어지지 않은
석류알처럼 풋풋한 사랑이
기다림 속에서 커가고
보고 싶을 때 못 보는
슴벅슴벅한 가슴일지라도
다시 돌아올 사랑이 있으므로
사는 것이 행복한 것이리라

 성백원

1995년 《문예한국》으로 등단
시집 「내일을 위한 변명」, 「형님 바람꽃 졌지요」, 「아름다운 고집」 등
오산문학대상, 경기문학작품상, 방촌문학상 등 다수 수상
한국문인협회, 국제펜클럽 회원, 오산문인협회 회장 역임

꼽추의 아픔

항상 미소 짓는
당신 앞에서
홀로된 아픔으로
슬피 울고 있습니다

무수한 별들이
각기 자기자랑으로
몸단장을 하지만
우리들은
그것을 편협하게 비교합니다

이 세상에
점(點) 하나라도
자랑스레 내세울 것이
전혀 없습니다

이러한 내 모습에서
풍기는 색다른 냄새가
당신에게는 역겨울지 몰라도
내게는 너무 소중합니다
어쩌면,
이 넓은 세상에서
살아간다는 것 자체가
죄인지도 모를 일입니다

신마저 버린
나의 인생은
어디가나 천대입니다

세상을 살아가는 동안
느낌으로 사랑하던 당신마저
나를 외면하고 갔습니다

그리도 못 쓸 육신이여
반기는 곳 오르지
외롭게 떨고 있는
한 조각의 흙인지도 모릅니다

 성성모

2002년 《공무원문학》으로 등단
한국문인협회 회원, 글의세계 이사, 구로문인협회 회원
한국공무원문인협회 사무국장
충남문화연대 공동대표, 미래리더연구소 대표
대통령직속 민주평화통일자문회의 자문위원

계란의 함성

남의 힘으로
껍질을 깨면
계란 반숙으로

자신의 힘으로
껍질을 깨면
병아리로 태어나

고이 잠든 영혼을
깨우기 위해
새벽 미명이면
피울음을 토한다

 성지월

1963년 《시와 시론》으로 등단
시집 『歸巢』 외 12권
예총경기지회예술대상 외 다수 수상
한국문인협회 이사 겸 이천지부 회장 역임, 상임고문
국제PEN한국본부 이사 겸 경기지역위원회 회장 역임, 상임고문
세계예술문화아카데미   제31회(2014)wcp세계시인대회 추대 계관시인

폭풍의 노래

바람이었네, 천둥이었네
가슴 깊은 모래펄을 쓸고 가는
가을밤의 폭풍이었네

고목 사이 손을 뻗으면
새 한 마리
슬퍼도 울지 않는 둥지였네

빗소리였네, 어둠이었네
뱃머릴 흔드는
사나운 흐름이었네

곤히 잠들었던 내 출항지
한 방울의 파문으로도
가라앉으려 하네

바람은 없었네, 어둠은 없었네
썰물과 밀물에 들고 나는
나의 길도 없었네

 성춘복

1959년 《현대문학》으로 등단
시집 『오지행』 『마음의 불』 『그림자놀이』 외 다수
월탄문학상, 한국시인협회상, 서울시문화상 외 다수 수상
한국문인협회 이사장 역임
현재 '문학의 집·서울' 이사, 《문학시대》 발행인

인생

나의 울음으로 왔다가
남의 울음으로 간다

일인칭으로 모였다가
삼인칭으로 흩어진다

물이다가 바람

생각은 서서히 삭음

 소재호

1984년 《현대시학》으로 등단
시집 『압록강을 건너는 나비』 등 다수
목정문학상, 성호문학상 외 다수 수상
전북문협 회장역임, 완산고등학교 교장역임
석정문학관 관장

아버지의 기도

아들아
네가 첫걸음 놓을 때
세상 모난 돌에 베이지 않도록
또 다른 사람들을 위해
그 돌 치우며 가는 사람 되라
머리 숙여 기도했다

딸아
네가 첫 눈뜰 때
꽃처럼 예쁘고 나무처럼 쑥쑥 자라
고운 심성 바른 몸가짐
사람과 나누며 살아가라
손 모아 기도했다

너희들은
세상의 빛
세상의 소금
제때 제자리에 쓰이도록
새벽이나 한밤중에도
무릎 꿇어 기도했다

 손민수

2003년 《신문예》로 등단
시집 「아버지의 기도」 「어머니의 땅」 「삶의 그림자」 등
한국문학예술대상, 청계문학상 등 수상
농협 이사, 송파시동인 회장 역임
한국문인협회 회원, 국제펜한국본부 회원

웃기돌 같은 그 여자

내 아내는 돌이다.
홍수로 패인 냇가에 지천인 돌,
그 중에 모나지 않는 둥글납작한 돌 하나가
울 집에 왔다.
고이 씻겨 베란다 양지 장독대에 얌전히 앉아 있다.
하늘 높고 햇살 따사로운 가을날,
아내는 예쁘게 채색된 콩잎을 따다가
한 움큼씩 쥐기도 담그기도 좋게 단을 묶고
옹기 항아리에 채곡채곡 넣어 간장을 붓는다.
콩잎이 간장 물 위로 뜨지 못하게 눌러두는 돌,
이 돌이 웃기돌이다.
시커먼 짠 간장에 온통 절이고 배여서 콩잎을 삭힌다.
콩잎과 똑같이 자신도 함께 몇 달 동안을.
하도 무뚝뚝 하길래 삼십 년을 돌아돌아 캤는데,
이게 아내아이가?
웃기돌 같은 그 여자!

 손수여

2001년 《문학공간》으로 등단
시집『반추』등 4권
국제PEN대구아카데미문학상 등 수상
한국문협 모국어가꾸기위원. 국제PEN한국본부 이사
대구문협 부회장. 대구대학교 교수역임. 예인문학 편집인

사랑, 그대 안으로

속살 꽃 피어나는
산동백의 눈을 보면서
처연한 살떨림을 알았네

문득, 기다리는 일도
이만큼의 시간이었던가

그저, 돋아난 만큼의 아픔이
마냥 신비로운
오로지 끊임없이 태어나는
세상의 정처를 얻으며

혼(魂)처럼 향수를 적신 흔적으로
절정을 기어오르는 혈관의 물소리

아직 바람 무거운 숲에서

누가
아침을 끊임없이 내려놓고 있는가

 손은교

2001년〈해동문학〉으로 등단
시집 『25時의 노래』 등
한국문인협회, 국제펜한국본부, 부산문인협회 회원
강변문학낭송인협회 부회장, 부산시인협회 부회장
한국불교문인협회 이사

유월의 고향

살구향 노랗게 하늘가에 흩날릴 때
보리누름 절정에 한숨짓던 울엄마

치잣물 풀어 놓은 듯 보리밭 일렁이면
지겟목발 두드리며 아리랑~ 아리랑 울 아부지

산천은 온전한데
그림 같던 동네와 인심은 어디로 갔는지

보리피리 목동은 백발되어 땅을 물고 서 있고
단발머리 소녀들은 꽃으로 피어
뭉개진 담장 아래 바람으로 내려와서
봉숭아 채송화 개나리 분꽃 이름으로 서 있다

 손정숙

2007년 《문학세계》로 등단
한국문인협회 회원, 경주문협 회원, 경북문협 회원

새벽바다 안개꽃

바다는 육지가 그리워 출렁이고
나는 바다가 그리워 뒤척인다
물이면서 물이기를 거부하는
모반의 용트림
용수철로 튀는 바다

물결소리 희디희게
안개꽃으로 빛날 때
아스팔트에 둥지 튼 갑충(甲蟲)의 깍지들
나도 그 속에 말미잘로 누워
혁명을 꿈꾼다.
돌아가리라, 돌아가리라.
덧없는 날들을 어족처럼 데리고
시원(始原)의 해구(海溝)로

우리가 어느 바닷가 선술집에서
불혹(不惑)을 마시고 있을 때
더위 먹은 파도는 생선회로 저며지고
섬광 푸른 종소리에 피는
새벽바다 안개꽃

 손해일

1978년 《시문학》으로 등단
시집 『떴다방 까치집』 등 다수. 평론집 『박영희 문학연구』 등
국제PEN한국본부 부이사장, 한국현대시인협회 명예이사장, 한국문인협회 이사
한국문학비평가협회 부회장, 서울대 총동창회 이사
농협대 교수, 시문학회 회장, 서초문인협회 회장, 농민신문 편집국장 등 역임

바람에 앉아

저 꽃에 벌과 나비가 수시로 놀다 가더니
솜털날개 달린 꽃씨가 주렁주렁
꽃대에 비눗방울모양 부풀어 있다
바람을 기다리려 길게 기린 목처럼 올라 와 있다

세찬 바람이 불면 저 씨앗은 정처 없이 날아가리라
아무 연고도 없는 아무도 도와주지 않는
생면부지의 땅으로,
몸부림치면서 스스로 터전을 잡고 정착하리라
까마득한 낭떠러지 절벽에 바둥바둥 달라붙어
혹은 시멘트로 둘러싸인 불모의 틈새에도 비집고 들어가
생명을 틔우는 그 절규 같은 숨소리를 우리는
한 번도 귀담아 들어본 일이 있는가

내가 들녘에 나와
이처럼 바람에 앉아 있는 것은
나도 저처럼 한 없이 날려가 어느 누구의 가슴에
육중한 대문 같이 닫혀 있는 그 심장에 뿌리를 내려
흔들려도 흔들려도 쓰러지지 않는
하나의 꽃으로
피어나기 위해서다

 송낙현

2011년《예술세계》로 등단
시집『바람에 앉아』
한국문인협회, 한국현대시인협회, 예술시대작가회, 강남문인협회 회원

산골 풍경

나는 어느 늦가을 지리산 줄기 한 산골에 들려
잠시 피로를 풀고 있었다.

가을 산에 내린 햇살 싸리꽃처럼 눈부시고,
산골 외딴집 할아범 평생을 눌러 산
묵은 토단집 앞마당에 토실한 삽살개 한가롭게 잠들어 있다.

뒤뜰 감나무가지엔 까치 한 마리
별처럼 매달린 홍시를 연심 쪼아대며 애타게 산울림 펴내고
장끼 한 마리 황급히 산등성 자르며 날고 있었다.

할아범 부엌 아궁이 청솔가지 불 지피면
할미 마음 더욱 넉넉해지고
방안의 호롱불 졸음 가득 채워 놓은 채
시렁가래 주절이 매달린 메주 쾌쾌한 냄새
어느 듯 노부부의 가슴 향기로 돋아나 있었다.

아들 딸 대처로 떠나보내고
밤이면 잊지 않고 편안을 기원하는 노부부
모락모락 노란 고구마 훈김마냥
보얗게 익어가는 마음 모처럼 잔주름살 펴내고 있었다.

부엉이 울어 애는 밤 이르면
꼬불꼬불 골 깊은 하얀 산길엔 과연 어느 뉘 찾아 올 것인가?

천년의 고요만이 깔려있는 이 산 길……

 송동균

1976년 《현대문학》(서정주 추천)으로 등단
시집 15권과 산문집 및 송동균 시 전집 등
한국문학상, 현대시인상 외 다수 수상
한국문협, PEN클럽 자문위원, 미당 시맥 운영위원

늦은 강가에서

어른이 되어서도 안달복달 보채던 딸은
사랑한다는 말 한마디 못 해 드리고
평생을 발자국 소리만 오롯이 기다리게 하였답니다
엄마는 늘 꿈꾸기를 바랐지만
딸은 그냥 이루어지기를 원했죠
아파도 안 아픈 척, 슬퍼도 안 슬픈 척
척 척 척
척으로 마음을 숨기며 세월을 흘리시던,

엄마가, 어느 날 갑자기 숨어버렸습니다

딸의 시간과 함께 강물이 되어
어디든 언제든 지켜보겠노라는 말씀 남기고
떠나간 엄마의 강가에서
사무친 그리움이 너울댑니다
－어서 와라, 잘 지냈니?
－엄마, 사랑해요!
살아생전 고백하지 못한 말,
목청 터져라 외쳐보아도
때늦은 후회만 불러옵니다
되돌리고 싶은 시간은 강물 따라 흐르고
엄마의 향기는 돌고 돌아 곁에 있는데
발만 동동 구를 뿐, 하염없이
엄마, 엄마, 엄마～～～

 송명섭(安烘)

2012년 《문학세계》로 등단
소정문학회 이사
한국문인협회, 중랑작가협회, 문학세계문인회 회원

세계는 지금

티그리스 유프라테스
강 사이

메소포타미아
풍부한 물
비옥한 땅
사막을 달구는 태양

석유와 가스가 세계로 공급되는
알라신으로부터
자연환경의 축복을 받은 땅
세계문명의 발상지 페르시아

또다시 전운이 맴돌고
대량 살상 뜻 없음을 확인하는 동안
온 인류의 반전시위 한창인 동안
UN의 만류도 아랑곳 않고

저항 없는 총성이 빗발치고

드디어

3개월로 예상했던 이라크전쟁
3주에 끝나고

무섭게도 무섭게도 조용히
침략자의 의도대로
세계는 흘러간다
강자는 법의 그늘에 숨어있고
강자들 앞에서는 정의도 심판도
침묵을 지키는구나

땅에 묻힌 아무것 없는
대한민국에 태어났음이

행운? 이려니……

 송문호(石影)

1994년 《장르문예》로 등단
한국문인협회, 국제펜한국본부, 한국공간시인협회 회원
한국문학예술가협회, 대구문인협회 회원

낙원 세우기

우리를 뒤덮은 머흔 구름 분열 속에서
한 번쯤 빠져나와 깨인 가슴으로 돌아봐야겠네

큰 재앙에 갇힌 지 얼마인가
생각 깊을수록 한숨 커지네
정녕, 본질 본 형상 아닐 것 같은
편 가르며 갈갈 찢겨 골병든 몸
주검 되어 떠내려가는 이념의 강 외면한 채
붙잡고 부추기는 불질 참회하고
싸움보다 센 사랑으로 아우러야겠네

이 땅 뉘라 얽히고설킨 핏줄 아니랴
이 강산 어디라 아늑한 삶터 아니랴
나보다는 너보다는 모두를 감싸는 화평 꿈 키우고
편 아니라 내몰고 몰아붙이는 앙칼짐 다듬어
맑은 심성 선한 품격으로 돌아가

아름답고 그리운 우리강산 품어
칠천만 그루 하나 되는 푸른 숲 아래
화음(和音) 퍼지는 낙원 세워야겠네. ㅎ

 송봉현

1998년 《문학공간》으로 등단
시집 5권, 수필집 2권
한국문학백년상, 대통령표창 등 수상
한국문인협회 이사, 국제펜한국본부 이사, 과우봉사단 이사
과학기술부 국장, 원자력안전기술원 상임감사

나목(裸木)

철따라 속살 보이고
삭풍에 몸을 떨며
나목의 모습이 애처롭구나.

어린 새싹 곱게 길러
한여름 파랗게 무성한 숲을 이뤄
새들의 보금자리 마련해 주었고.

윤기 흐르던 무성한 잎들은
노랑 저고리 빨강 치마 입혀
찬바람 따라 모두 시집갔노라.

지금은 눈보라에 맞서
참혹하게 꺾이는 아픔일지라도
새 봄의 꿈을 앓고 인고의 세월을 견디노라.

수많은 시련 겪으며
벌거벗은 채
이렇게 홀로 나목으로 서 있다.

 南村 송윤채

2003년 《문학공간》으로 등단
시집「봄이 오는 소리」외 다수
광주시문학상, 세계문학상 수상
한국문협 회원, 광주문협 이사, 광주시인협회 부회장 역임
중등학교 교장 역임

구멍 난 양말

양말도 옛날이 그리운 것이다

희미한 백열등 불빛 아래
무릎 곧추세우고 다소곳이 앉아
축 나간 전구를 끼우고 양말 뒤꿈치
기워주신 어머니가 그리워
눈물겨운 것이다

문구멍 뚫고 신방 엿보던 처녀총각처럼
뒤꿈치마다 뽕뽕 구멍을 뚫는 걸 보면

 송진현

2002년 《현대시문학》으로 등단
시집 『가나다라 마바사』 등
인권문학상 등 수상
한국문인협회, 부산문인협회, 부산시인협회, 연제문인협회
남강문학회, 경호문학회, 시림문학회 회원

아픔 없이 어찌 사랑을 알랴

먼길 가는 것이
영 이별은 아니리라
떠나가도
사랑은 사랑이다

구겨버리기 수만 번의
눈먼 날들

살을 베이는 아픔 없이
어찌 사랑을 알랴
어찌 사랑한다 말하랴

깊은 도심의 밤은 시름없이
이슬을 핥는다

잠시 차단된 만남도
새로운 기다림의 시작이리라

 송현숙

1992년 《문학과의식》으로 등단
시집 「꽃」 「아픔없이 어찌 사랑을 알랴」 「그 섬에 피다」 등 5권
성균문학상 수상

야생화

아낌도
바람도
바라는 이도 없는
어느 누구의 눈빛 하나 없어도

나는 피어야 합니다
곱게 피어야 합니다

흠뻑 아름다움 안고
고운 향기 가득 담은
아름다운 꽃으로

나만의 아름다움으로
만족할지라도
아름답게 피렵니다
곱게 피렵니다

한 송이 야생화로
사라질지라도

 송 희(우화)

2011년 《한국문인》으로 등단
국제펜한국본부, 한국문인협회 회원, 문학신문문인회 부회장
서울 중구의회 부의장 역임

토마토 소묘

헛간
묵은 퇴비로
잔손질 자분자분 쏟은 묵언의 열매다
만삭 반을 자르니 매혹적인 홍빛 살점
네 안
현란한 만리(萬里) 밖 비전을 꿈꾸며
비로소 출렁이다
담백한 질감 혀에 닿는 순간

아, 생은 뒤돌아
외면하고
달아두어 찜찜했었던
두고두고 옳았음에도
목 놓아 울어 보지 못한
진자줏빛 울음으로
지독히 목에 걸리던

그 아물지 못한 서릿발 같은 어둑한 뉘 마음에
이리도 붉디붉은 토마토처럼
간절한 순결로 닿는 생
뜨건 토종이고 싶다

 수예분자

1999년 《교단문학》으로 등단
시집 「그 숲 속 휘파람 소리」 「정지 문틈 사이」 등
남제문학작가상 수상
부산시협 부회장역임, 詩作 회장 역임
한국문협, 부산문협, 부산시협, 경남문학 회원

하늘색 읽다

바다는 의젓한 자세
맑고 밝은 마음가짐이다
새가 날 때 움직여 떠오르게 하는 힘
찬바람 몰아와도
푸른 파도는 잔잔하게 햇빛을 받아 내 앞에 다가온다

새가 하늘의 맑은 공기를 살며시 흔들듯이
바다는 끓는 마음일수록
유유히 흐르는 흰구름처럼
몇 겹 사랑의 상처마저 빼주려하지 않는다
물끄러미 바라보는 동화의 나라
춤추는 흰 돛의 의젓함
멀리 떠나온 나의 가슴 밑 하늘빛 사랑

바다는 먼 곳에서 큰 파도를 견디어
내 발 앞에 모습 떠올리려할 뿐
움직임으로 말하지 않는다
하늘 위 이건 바다야

 신광호

1960년 《시조문학》, 1978년 《현대시학》 추천완료
시집 「고지와 새」 「내 기억 속의 푸른 사랑」 「꿈의 그늘집」 「산길에 그리운 이」 외 다수
경희문학상, 자유시인상, 신문학상, 대통령 표창 등 수상.
국제펜한국본부 자문위원, 한국문인협회 자문위원, 문예비전 주간

유심사 터

잠 안 오는 밤
더러는 인기척 없는 새벽 으스름 때
대문밀고 나가면 바로 있는
유심사 터
우국인사들의 사랑방이었던 역사적
인 집
지금은 게스트하우스가 된 대문 앞에서
만해 한용운을 부른다
대문 앞에 3·1운동의 주역이란 팻말을
한번 쓰다듬고
유심잡지를 만들던 터라는 그 "유심"
이란 글자를 다시 쓰다듬고
선생님! 하고 몇 번 불러본다
승려도 남자아닌가
아니 그분은 님의 침묵을 쓰신 시인 아
닌가
흰 두루마기 옷고름을 매면서 대문을
여신다
손에는 먹물이 묻어있고 한 손에는 붓
을 들고
눈은 너무 깊어 한 열흘 잠을 쫓은 모
습이다
그거 다 두고 바람이나 쐬자고 하니
그거 다 두고 나가자고 하시네
뭐하는 여자인지 묻지도 아니하시고

아니 내 얼굴조차 아예 안보셨지만
우리는 계동 중앙고보 숙직실에 들러
운동장을 걷다가
여기서 백담사는 멀지요? 하니
그윽하게 그쪽을 바라보시기만 하다가
계동골목을 나란히 내려오고 있었다
이게 무슨 홍복인가
나는 제법 간이 커져
손이나 한번 잡자고 큰 맘 먹고 옆을
보니
봄 재촉하는 바람만 겨드랑을 파고 흐
르고 있었다

*중앙고등학교: 1919년 삼일운동의 도화선인
옛 중앙고보 숙직실이 그 현장이다. 학교 본관
동관 서관은 문화재로 근대역사의 한 페이지를
지키고 있다.

🌿 신달자

1964년《여상》으로 등단한 후, 1972년 박목월 시인 추천《현대문학》으로 재등단.
시집 『봉헌문자』, 『아버지의 빛』, 『열애』, 『살 흐르다』외 다수
수필집 『시인의 사랑』, 『나는 마흔에 생의 걸음마를 배웠다』외 다수
한국시인협회상, 영랑시문학상, 공초문학상, 대산문학상, 대한민국은관문화훈장 수훈 등
명지전문대학 문예창작과 교수 역임. 현재 한국시인협회 회장

그 여자

　새장 속의 새를 보면 그 여자가 생각난다. 샘물 마시기전부터 쪽박이 깨질
까 봐 눈부터 먼저 가리는 여자. 바가지는 물이 담겼으면 담긴 대로 가랑잎과
구름 태우고 물결 잦는 대로 뱅글뱅글 몸살비비며 돌 것이지 한눈팔러 어디로
잠깐 외출한대도 괜찮을 조신한 여자. 쪽박을 생각하면 가슴팍을 무시로 물어
뜯겨 날개 꺾인 새와 같은 그녀의 검푸르게 이끼 낀 눈빛이 생각난다. 삶의 코
뚜레에 꿰어 아무 말 못하고 눈만 끔뻑이며 되새김질만하고 세월 흘러 보내는
등신 같은 그 여자.

 신동명

1991년 《문예사조》로 등단
시집『이리와 꽃 좀 보시려우』외 5권, 수필집『사랑을 위한 변주』외 4권
한국문인협회「한국시대사전」자료집필 편집위원
경기대 사회교육원문예대학 강사역임

이름 값

콩이 업이라는 희한한 이름(豆業)
그래서 난 콩처럼 살아왔을까

거듭남에 따라 이름값이 달라지는 콩
받아먹고만 사는 시루 속 콩나물로
제 뼈와 살 볶고 갈아, 콩가루나 콩국으로
펄펄 끓어 간수에 엉긴 순두부로
변화를 거듭해도 만족할 수 없어

다시, 푸—욱 삶고 짓찧은 몸
쩍쩍 갈라지고 누렇게 탈바꿈한 메주
입춘지나, 금줄 두른 옹기항아리
짜디짠 소금물에서 뼛속의 진액이
새까맣게 빠지도록 칩거한 후
내 몸을 다독이는 것은 또 왕소금

이제까지 무던히 참고 견뎌온 삶
양지바른 곳에 그 무게를 내려놓자
드디어 상한가에 오른 나의 이름값

 신두업

2004년《문학세계》로 등단
시집 『바다가 있는 산』『끈 풀린 주머니』 등
강서문학상 수상
한국문협 진흥재단위원, 국제펜한국본부 회원, 강서문협 회원

사과나무

굽은 등뼈 마디에서 돋아난 갈비뼈를
오늘도 만져봅니다
지난 가을보다 무뎌졌어요
잘린 옹이에 새살이 붙을 때마다
상처를 아물기 위한 몸부림의 긴 시
간이 지났지요
어느새
살아나온 살점들이 껍질을 쓰기 시작
했어요
삼백육십날을 기다리고 나서야
도려 낸 살점이 다시 붙은 줄을 알 수
있었지요
온기가 사라진 살점들을 주름만큼이
나 주워 붙이고
돋아난 새 살 속에 수액이 돌 때야 비
로소
살아온 날 수를 헤아려 보았지요

철모르고 웃자란 가지
말라버린 뼈 사이를 허물며 하늘로
쏘네요
꺼져가는 별빛사이로 온겁게 누르는
어둠을 뚫고
그리움을 걸어 두었던 안산만큼이나
솟았네요

눅눅한 수액이 O형이었던가?
무딘 척추가 태음인이었던가?
나이에 걸맞지 않게 굽은 허리에
혀를 내밀듯 푸른 잎이 돋으면
과수원엔 달이 머물고 별들은 눈을
반짝였지
바람이 모인 가지 끝마다
당신의 둥근 얼굴이 달려있어요

무서리 내리는 밤에
새 살을 붙일 수 있기에
수피 깊숙이 감추고 살아갈 날을 세
어보며
까만 씨앗을 유서로 남기려
나무 일기를 쓰고 있어요

'오늘은 엉덩이 살점을 도려 붙였다'

 신세균

2014년 《문학사랑》으로 등단
충북 영동문인협회 부회장

잠실 밤개구리

잠실 밤개구리가 운다.
밤새도록 밤새도록 운다.
울음숲을 이루며 잠실잠실
실실실 잠실……
아파트가 더 들어서면
고향을 잃어버린다고 운다.
비 맞은 인디언물귀신처럼 운다.
아스팔트가 덮이면
변두리 산으로 쫓겨나
숨 다할 거라고 무한정 밤을 운다.

잠실 밤하늘을 원망이라도 하듯
순하디 순한 흙값이 금값임을
허공천에 대고 원망이라도 하듯
잠실 밤개구리가 새워새워 운다.
금구렁이들이 자꾸자꾸 몰려들면
이제 울 수도 없을 거라고 자꾸 운다.
울음시위와 울음화살로는
마른 번갯불로 빛나는 그림자 앞에서는
울어봐도 다 소용없을 거라고 자꾸 운다.
여름밤 인디언물귀신처럼 그리 슬피 운다.

🌿 신세훈(申世薰)

1962년 《조선일보》신춘문예 당선
시집 「思美人曲」「대장 부리바」「남이 다 하고 난 질문」 등 편역저 30권
시문학상, 예총예술문화대상, 청마문학상 등 다수 수상
한국문협 이사장, 국제펜한국본부 부이사장, 현대시인협회 이사장 역임. 홍익대, 명지대, 중앙대 강사역임
自由文學 및 도서출판 天山 대표, 민족문학인협회 남측 부회장, 한국자유문협 상임고문, 청마문학회 회장

끝이 없는 길

끝이 없는 길 위에서
내 삶과 만난다
그리움이여
세월에 벌겋게 문드러진
꿈을 만난다

끝이 없는 강으로 흐르다가
내 뼈와 만난다
그리움이여
생명의 아우성으로 번득이는
내 영혼을 만난다

오늘도 어제도
내 살은 내 땀을 만들고
내 뼈가 내 피를 돌린다
그리움이여
내일은 다시 내일로 다가오는구나

다시 끝이 없는
길 위에서
강으로 흐르다가
다사로운 자유의 바람을 만난다

 신소대

2004년 《시세계》로 등단
한국문인협회 홍성지부장 역임
홍성문화원 이사, 홍성역사인물축제 추진위원
충남문협 이사, 한국문협 해외문학발전위원

노-란 봄 편지

제 몸 온열로
쌓인 눈 녹였네
검불 헤집어 내민
다소곳 작은 얼굴 복수초
노-란 봄 편지로 보내주셨네
따스한 입춘햇살 은총이여

꽁꽁 언 땅
북풍설한 추위 속에서도
모태의 산통
가녀린
맑은 웃음 배시시
노-란 봄 편지
봄의 전령 보내주셨네

겨울 봄
그 사이
지난해에도
올해에도
순환하는
생명의 본성
위대한 흙의 갈망
평화만이 노랗게 꽃 피는 이 땅이기를

🌱 신정일(申貞一)

2012년 《한국문인》으로 등단
시집 『꽃빛 햇살』 『아버지의 묵언』 등
한국문인협회 회원

어머니와 바람소리

별빛 차가운 늦가을 낙엽 지는 창가
품속에 허락 없이 찾아 드는
싸늘한 바람

자식의 품속 그리워 찾아 왔을까
어머니 흔적 같은 향수 풍기는 바람
기운이 생겨난 듯
늦가을 끝자락을 붙잡고
어머님 소식을 바람에게 물어본다.

곁에서 딱하게 지켜보는 낙엽
한잎 두잎 바람에 흩날리다
우수수 떨어지고
저승계신 어머니
바람 속에 숨어들어
기막힌 낙엽에 파고들며
창문을 두드린다.

어머니 오신 흔적
귓가에 들려오는 반가운 바람소리
어머니 맞이하며 눈물 젖은 옷소매
어느새 바람은 왔다가
흔적 없이 사라진다.

 경산 신종현

2012년 《한울문학》으로 등단
시집 「엄마 없는 하늘 아래」 「달덩이 같은 어머니 얼굴」 등
서정문학대상 수상
한국문인협회 회원, 한하운문학동네 회원

여자의 바다

바다로 가자
지느러미를 흔들어
질펀한 가슴까지 출렁이는 여자를
거기서 만나자

바다가 함께 살자고 하면
오두막집 외등 켜고
발톱으로 바위를 움켜쥔 채
사랑을 노래하며 살자

바다의 거친 숨소리가 멀어지면
고래고래 퍼덕이는
여자의 속마음을
세상에다 막 퍼내자

*여자도(汝自島) : 전라남도 여수시에 있는 섬

 신지영

1998년 《문학춘추》《문학21》로 등단
시집 『바람 부는 날』 『당신의 바다』 외
저서 『설교의 신학적 근거와 형태』 등 3권
한국문협, 문학춘추작가회 회원, 전남시인협회부회장

시로 읽는 여수 추진위원장, 한국예총여수지회 부회장
한국문인협회여수지부 회장역임

손

왼 손이 오른 손에게
어쩌다 굳은살이 그리 박혔느냐 묻는다
오른손이 왼손에게
손등에 웬 주름살이냐 대꾸한다

헤어지지 못하고 동고동락해 온 두 팔
반쯤 벌려 손바닥 마주보고 서서
서로의 얼굴 주근깨 살피며
슬픈 그림자 짓는다

궁핍한 살림 무겁게 살아온 날들
켜켜이 굳어지고 첩첩이 쌓인 나날

눈길 보내오는 이 마다 않고 내민
넝마 거두어온 손길로 이 땅은 따뜻하였고
돌아앉아 계산기 두드리는 창백한 손
식은 땀 흘리는데

두 주먹 오므린 손 안엔
푸른 하늘 그득하다

 신표균

2006년 《心象》으로 등단
시집 「어레미로 본 세상」, 「가장 긴 말」, 「참꽃」 등 다수
고대문우상 수상
대구문인협회 부회장, 한국문협 달성지부 회장 역임
한국문인협회 대외협력위원, 도동시비동산운영회, 일일문학회 부회장

시인과 꽃

아름다운 것은 영원하여야 한다

비 개인 아침
들판으로 난 창을 연다
오! 무너질 듯 안겨오는 스타피스의 갈채여!
보랏빛 일색(一色)의 꽃송이가
환상풍으로 춤을 춘다

시인이여!
그대는 일생의 할 일을
꽃씨로 받들고 섰나니

아름다운 것은 영원하여야 한다

 신필주

1980년 《현대문학》으로 등단
시집 『아버지』 외 5권
이화문학상, 울산시장상, 울산시문화상 등 수상
「우향」 글모임 고문

물소리

날아오르는 욕망을 누르고
끝없이 솟구치는 갈망을 가슴속에 잠재운다
투명한 기억 굽이치는
흐르는 구겨진 골짜기 사이로
아린 상처 내려 설 때마다
기우뚱거리며 허둥대던 발걸음
낮은 곳만을 바라보며 달린다
아래로 바라보는 것만이 유일한 살길이다
푸른 강물 만나면
잠시 숨을 고르고 갈기의 땀을 닦아 낸다
가슴팍에 숨겨 두었던 구슬들
한 묶음 흩어 버리면
쓰르라미 울음 멎지 않는 저녁
하얀 물방울들이 함성을 묻고 있다
무릎 꿇고 깨어지던 날
물이랑 마다 하늘이 내려와 출렁이었다
자갈돌은 발자국으로만 남고
물결 속에 뼈를 감춘다
모진 바람의 회초리에 속살 다 터져도
넉넉한 바다의 품에 안길 때까지
나의 행진은 멈추지 않는다
부서지고 깨어지며 바람에 한 생을 맡기고
멍든 육신 달빛은 어루만져 주었다
별과 눈 맞추며 달려온 세월
부신 이마에 햇살 내려꽂힌다

🍃 심미지

1995년 《문학21》로 등단
시집 『물소리』 외
여성문학상 수상
한국문인협회, 부산여성문인협회, 부산시인협회 회원

새벽산길

새벽 네시 반이면
나는 꼭 산길을 걷는다.
눈, 얼음으로
미끄러운 때는 못하지만

손전등 켜들고 더듬더듬
여름철엔 일찍 밝으니
눈에 이은 산길

낮으막한 언덕에 올라
새벽별 바라보면
어수선한 마음은
별처럼 고요해지고

싸늘한 바람 가슴 깊이 마시며
옛적에 하던 보건체조 흉내 내면
흐트러졌던 육신이 추스려진다.

진달래 꽃 수줍게 웃고
아카시아 꽃향기 짙게 풍기는 속에
산새들 노래소리가
오늘을 즐겁게 열어준다.

배운 것 없어도
가진 것 없어도

젊음마저 없어도
이 순간이 좋아
새벽산길을 걷는다.

 심서섭

2005년 《순수문학》으로 등단
전기업체 45년 6개월 근무

아버지

나무가 쓰러졌다
지난밤 쿵 하고 넘어졌을 때
달빛만 잠깐 흔들렸을 뿐
알아챈 사람이 없다

지상에 뿌리를 내놓은 채 누워버린 나무
깃들어 살던 새들이 저만큼
쓸데없는 말들만 쪼아대고 있었다.

지나치게 곧은 성정 때문이라고도 하고
정작 자신에게 무심한 때문이었다고도 했다
깃들여 살던 자신들 때문이라고는
그 누구도 생각지 않았다

뿌리째 뽑혀 누워서도 전혀 말이 없는 나무
그 상처투성이뿐인 몸뚱어리를
지나가던 바람만 멈칫거리고 있다
무심한 달빛만 어른대고 있다

 심억수

2001년 《문예한국》으로 등단
시집 『물 한 잔의 아침』, 수필집 『억수로 좋은 날』, 『여물지 않은 곡식은 버려진다』
청주문학상, 충북우수예술인상, 충북예술발전유공자상 등 수상
청주문인협회장, 중부문학회장, 충북시사랑 회장 역임, 청주문화원 이사
한국문인협회 대외협력위원, 충북·청주문인협회 회원, 청주예총 수석부회장

강물은 바다로 쓸려가고

누가 불확실한 음률로
긴 노래를 부르네
그 노래는 내 머리칼을 흩뜨리고
귓전을 스쳐 방죽을 따라오며
강바닥에 쌓이네
내 힘겨웠던 날의
얼룩진 무늬도 함께 쌓이네

늑늑한 강바람이 강둑에 올라와
내 무거운 발자국을 따라 오네
사랑에 목숨 걸고 싶었던
숨은 날이 따라 오네
돌아보고 돌아보고

누가 날 부르는가
풋내 풀풀 나는 음성이 내 옷자락을 잡
네
열 번 스무 번 뒤돌아보아도
열 번 스무 번 아득한
물기 젖은 목소리

하구 쪽으로 흐르던 강이 흔들리네
구름이 강으로 흘러
강 가운데 조그만 모래톱에 모여 앉은
오리 떼를 덮치네

물 위에 이는 커다란 파문
파문에 떠밀린 강물이
하구로 쓸려가 바다에 이르네

강물이 바다로 쓸려간 뒤
방죽은 하구에서 끝나고
날 부르는 노래 들리지 않네

 심재교

1990년 《문학시대》로 등단
시집 「젖은 발이 꿈꾸는 날」 「다시 젖은 바다로」 「통로를 줍다」 등 5권
강원문학상, 관동문학상, 강원문화상 등 수상
한국문인협회 회원, 한국시인협회 회원

천상의 언어

사람들은
애기의 말을 알아듣지 못한다.

그렇게
간절히 외치는데도

우주 통역으로
듣는 말

아,
그것은 천상의 언어

이 세상에 홀로 온 외로움에서
엄마를 부르는 소리였다.

하루해가 저물고
달이 떴는데,

흰 구름은 제 갈 길을 가고
들판에 외로이 서 있는 나에게

무심하게도
찬바람이 분다.

애기가

세상 사람들이 알지 못하는 천상의
언어로
엄마를 부르듯이

나도 애기가 되어
이 대지에 홀로 서서
천상 사람들만이 알아듣는 천상의 언
어로

천상에 계신
어머니를 부르고 싶다.

🌿 심정욱

2014년《문학춘추》로 등단
시집 『봄빛 찬란한 푸른 들』
한국문인협회, 문학춘추작가회, 한국문협곡성지부 회원
광주문인협회, 광주시인협회 회원, 전남대학교 명예교수
한국통계학회 부회장

319

경계(境界)

가속하며 액셀러레이터 밟았다
폐렴 앓아도 모르고 지나간
나중에야 그 지독한 흉터로 알아내듯
수없이 지나간 세월
돌아보면 허둥대며 달려온
흔적뿐
분수 넘치게 탐내거나 누리고자 하는
늘 채우려고만 하는
온 힘을 다한다는 허울
과속으로 달리게 하는 원동력이다
욕심도 욕망도 잠시 늦추어 놓으면
아침에 눈 떠 감사할 일
조금만 둘러보면 고마움 일깨워주는
세상이 여유롭다
사는 것이란 빈틈없이 정성 쏟을 일이다
작은 안경도 두 손으로 받들어야 한다
쓰고 벗는 일에 정성을 앞세워야
한쪽으로 기울지 않는 법이다
여기저기 거기 자연이 그려대는 연둣빛
춘삼월 경계가 황홀하다

 심정자

2005년 《한울문학》으로 등단
시집 『시인의 수레』 『그리움의 무늬』 『그때 그 저녁』 등
한울문학상, 한울문학작가상 등 수상
한국문인협회, 가톨릭문인협회, 인천문인협회 회원

독도, 그대는…

새벽은 동해를 노래하고
장엄한 아침의 해
배달(倍達)의 동쪽 작은 섬,
독도에서 솟아올라
칠천만의 가슴에 불을 밝힌다

억만 겁 철석이며 지켜온
네 빈 정원에는
태고 적 겨레의 탯줄 속에 잉태한
생명의 울음소리 들리느니

분노의 눈물 삭이며
겨레여 일어나라 하네
억지의 도적떼 넘볼 수 없게
땅 끝에서 분연히 솟아올라
손에 손을 잡고
목 놓아 합창하라 하네

독도, 그대는 우리 땅
배달민족의 분신
동해의 깊이로 뿌리내려
형형(炯炯)한 혼불로 어둠을 사르고
이 땅의 빛이 되었느니
동방의 눈부신 희망이 되었느니

 안기찬

2007년 《아세아문예》로 등단
한국문인협회 회원
은행지점장 역임, 새누리당 중앙위원회 상임고문

동대구역에서

구부정히 휘어진 허리의 노파와
주근깨 얼굴 한 젊은 남자가
싸우고 있다.

마디 굵은 남자의 손꾸락이
노파의 보따리 속을 위협할 때마다
노파의 몸은 늘어져 휘청거리고
꼬깃꼬깃한 몇 장의 푸른 지폐
찢어질 듯 질려 가는데
누구하나 말리는 사람 없는
여기는 동대구역

멍하니 바라만 보던 역무원 하나
'열차가 들어오고 있으니 이제 그만 받으시라.'는
말을 흘리고
지루하고 이상한 싸움은 끝이 나버렸다.
황급히 개찰구로 사라져가는
노파의 실루엣

−아이구 야야! 고맙데이~
−작은 어무이! 잘 가이소~~

겨울 햇살 바람 쫓아 드리우는
동대구역에서였다.

 안용석

1984년 《가톨릭문예》로 등단
시집 『서랍속의 방』 『강가에 앉아』 외 다수
한국크리스천 문학상 수상
국제펜한국본부, 한국문인협회, 한국현대시인협회, 한국가톨릭문인회 회원
문예사조 편집장역임, 사상과 문학 자문위원

W-에게 부치는 시

우산을 함께 받던
품에 젖은 말들이 길을 내었습니다

꽃구름 보내던 정류장을 지나
어제와 오늘은
바람을 분질러 다리를 놓았습니다

아픈 그릇에 빗물을 받으며
아침이 오는 것은
다시 꽃불을 지펴야 하는
당신은 나의 의무입니다

빨간 숨결이
살 속의 단물이 되어
햇볕의 목청으로 밥을 짓자던
당신은 나의 창문이 되었습니다

 안익수

1972년 〈독서신문〉으로 등단
시집 「바람은 갈대를 꺾지 않는다」 외
한국시인협회, 한국작가회의 회원
「월간문학」 편집위원, 「제3의문학」 발행인 겸 주간

내 안의 우주

내 안에도 세상이 있다.
새가 있다.
노랑할미새가 있고 은빛 찌르레기가 있다.
쇠종다리도 있고 까치도 있다.
그 새들이 울어 늘 새소리가 난다.
물소리와 바람소리도 있고
해와 달과 별도 있다.
내 안에도 작지만 그런 우주가 있다.
하지만, 눈에 보이는 우주보단
훨씬 큰 우주이다.

너는 언제나 내 우주에 있고
너에게도 우주가 있다면
그곳에 나도 있었으면 좋겠다.
낮에는 티 없이 푸른 하늘의 해가 되거나
밤에는 부서질 듯 찬란한 별이 되거나
아기 손처럼 보드라운 바람이 되어도 좋고
향기 짙은 야생 들꽃이 되어
우연히 너의 눈길이라도 끌면 좋겠다.
내 안의 우주가 언제나
너로 인해 그렇게 아름답듯이.

🍃 안재동

《시세계》, 《시인정신》으로 등단
시집 「세상에서 가장 단단한 껍데기」 외 다수
무원문학상, 문학21문학상, 막심고리끼문학상 등 수상
수필·평론집 「당신은 나의 희망입니다」, 서평집 「내 의식을 흔들고 간 책」
한국문인협회 홍보위원, 한국현대시인협회 중앙위원, 한국문학방송(DSB) 주간

징검다리

눈 감으면 떠오르는
굽이굽이 흐르는 시냇가
진달래 곱게 물들던 봄날엔
엄마 손 잡고 깡충 깡충
건너뛰던 징검다리

따사로운 봄바람에
파릇한 새싹이 돋으면
동무들과 나물 캐러 바구니 들고
재잘대며 건너던 징검다리

햇살이 흐르는
여울목 빨래터엔
눈 시리게 흰 옥양목 올려놓고
시집살이 고된 한을 두드리는 새 색
시도
맑은 시냇물에 모두 씻어 버리고
건너뛰던 징검다리

산자락 비탈밭 갈고
꼴망태 둘러멘 주인 앞서
석양에 돌아오는 어미 소 따라
송아지도 졸랑졸랑 뛰어넘는 징검다리

갈대가 흐느끼는 가을 밤

돌아오지 않는 임 그리며
허전한 마음으로 홀로 건너는 징검
다리

시냇물이 흘러가듯
우리네 삶도 흘러 흘러.
동무들도, 송아지도, 그리운 임도,
언제나 보고픈 부모님도 모두모두 만
나보러
징검다리 건너 별나라로 가보자

 안종관

2013년 《화백문학》으로 등단
시집 『봄. 여름. 가을 그리고 겨울 』
가온문학회, 애월문학회, 한국문인협회 회원

꿈에 본 고향

들꽃이 언덕에서 꽃깃발 세우면

산새들 숲에서 봄 종을 울리네

바람은 수줍은 나그네인가

봄처녀 치마자락 스치다 놀랬는지

가던 길 멈추고 회오리 치네

어젯밤

꿈에 본 고향 같아 아리송하다만

아침에 눈을 뜨고 돌이켜 보았으나

못 가볼 고향이라 마음 슬퍼서

오늘밤도 꿈에 볼까 가보려 하네

 안주수

2014년 《한국문학예술》로 등단
한국문인협회 회원
문학예술가협회, 한국현대시인협회 회원

시계

서로 매치를 권해도
응하지 않는 전사들이
시간을 잘게 부수고 있다

시침 운동은 자전
분침 운동은 공전으로 다르건만
동그라미 안에 서면
서로 달려가는 신경전이다

가끔 시간을 너무 많이
베어물게 되면 동작을 멈추고
자전 공전 밖의 세계로 간다

그럴 땐 절대로 무너질 것 같지 않았던
덩치 큰 세상은 접합이 덜된
문고리처럼 불편하다

시간을 본 적이 없는데도
시간의 그늘 속으로 들어가 그 속에서
첨벙 거리고 싶어 스스로 돌아오지
않는
떠난 시간을 다시 불러들인다

시간을 잘라 고정할 옷핀을 끼워 주
술을 부린다

그리곤 여자 젖가슴 쳐다보듯
상열된 두 눈으로 시계의 꿈틀거림을
기다린다

나는 시간의 자세를 보고
느낌표를 그리기 위해
두 눈으로 연신 시계를 눌러 댄다

 안준탁

2015년 《서라벌문예》로 등단
한국문인협회 회원
전남대 무등원 편집장, 강남피부비뇨기과 원장

사랑하는 그대여

걱정하지 마세요
당신을 생각할 때면
이화(梨花) 꽃물처럼 흐르는
애수에 잠겨 떠도는 영혼에게 속삭이는
말이지요

슬퍼하지 말아요
연둣빛 나의 작은 새
샛별처럼 빛나던 두 눈에
그렁그렁 눈물고이면 내 마음도 아파
누워버립니다

아침햇살 비추는
그대는 바람의 연인
흔들어 깨우는 기도소리 명징해
사랑스런 당신 마음은 벌써
숲속정원이오

 안효진

2008년《시사문단》으로 등단
빈여백 동인

겨울나무

손에 쥔 잎을 모두 내려놓고
울안에서 깨끗한 생각을 키우는 나무
누군가가 버리고 간
사색의 뜰을 가꾸고 있다
속인만 자리 잡고 있다는 세상 속에는
그늘을 펼 수 없었는지
뜨거운 속을 꺼내 준 자리는
반듯하게 다듬어진 가슴이 있고
별이 옹이로 박혀 있다
하늘도 내려앉은 그 자리에서
나는 오래도록 서서
남은 여정을 내려놓기로 했다

 양경모

2013년 《문학시대》로 등단
시집 『열꽃의 홀씨가 되어』
한국문인협회, 관동문학회, 강릉여성문학회 회원

시를 점등하다
-첫눈

그리움이 내립니다
붉은 꽃사과 위로 수도자의 기도처럼
자분자분 내립니다
새의 울음도 아닌 것이
아른거리는 곡선을 그리며 잿빛 어둠속을 날아옵니다
그리움도 부풀면 하얀 털실처럼
보풀이 생기나 봅니다
그 보풀을 앙감질하여
뜨개질을 마친 내 털모자 위에 흰 꽃이 핍니다
잔가지 휘어지도록 밤새 눈은 내리고
나는 포근한 혀를 내밀어 몽환 같은 시를 점등합니다

 양길순

1996년 《문예사조》로 등단
시집 「꽃의 연대기」
물향기문학상, 시혼문학상 등 수상
한국문인협회, 오산시문학회, 담쟁이문학회 회원

휴전선

어느 이방인이
고향의 꽃씨를 심은
녹슨 철모에
하염없이 탄우가 내렸네

사랑하는 사람 부르는
마지막 한 마디를
삼켜버린 총구–
이 땅은 피와 눈물을 마셨네

모두 떠난 이곳에서
낡은 군화에 뼈를 묻은
젊은이여
그대 이름은 무엇인가?

풀잎 우거진 다리 아래
강물은 흐르고
흰 구름 산을 넘는데
한 송이 꽃으로 남았는가!

 양동식

1989년 《시문학》으로 등단
순천문학상 등 수상
한국문인협회 순천지부장 역임, 순천문학회 회장 역임

청자상감

간혹 가다가 지난밤처럼
꿈에라도 니가 보이는 날은
나는 물레에 앉아
묵묵히 상감청자(象嵌靑瓷)를 빚는다.

찰흙을 이겨
너와 나의 이루지 못한 사랑을 이겨
산뜻했던 네 자태를 성형(成形)하고

생애 내내 꼬깃꼬깃 가슴에 묻었던
추억 같은 것, 그리움 같은 것
인동문(忍冬紋) 쓰라림으로 긁어내고는
백토(白土)를 다져 무늬를 심는다.

잿빛 회한(悔恨)을 유약으로 발라
천삼백 도의 고열로 며칠 밤을 뒤척이
면
아련하게 살아나는, 아,
한의 비취색.

이루지 못한 사랑이란 언제나
비취색 겨울하늘 같은 것.

상감청자로 남아
영원을 흐느끼게 하는 것.

이승의 하늘 끝자락에 서서도
불러서 들리지 않는
그리움 같은 것.

 양명학

2004년 《문학예술》로 등단
시집 「나 쪽으로 열린 창문」, 「겨울 소리개」 등
울산시문화상, 울산문학상, 울산광역시민 대상 등 수상
한국문협, 한국시인협회, 한국문학예술가협회, 동해남부시동인회
울산문인협회, 울산수필동인회 회원

깜부기

밭고랑 속에 숨어있다가
이삭 패면
음흉하게 파고드는
깜부기를 뽑는다
하루 종일
벌판 이쪽부터 저쪽까지
뽑고 또 뽑아
파아란 이삭들만 남겨도
아침에 일어나면
밤새 이동해 온 병영의
초병처럼
총칼 번쩍이며 일어서는
깜부기
손가락을 찌르고 찔러도
너희들은 오직 깜부기일 뿐
햇살 속에서
당당하게 고개들어도
다시 뽑고 또 뽑는다

 양왕용

《시문학》으로 등단
시집 『갈라지는 바다』 『버리기, 그리고 찾아보기』 『로마로 가는 길에 금정산을 만나다』 등 다수
시문학상, 한국장로문학상 등 수상
한국문인협회 부이사장, 부산대학교 명예교수

여보

가슴에 붉게 던진
그 첫말이 잔잔히 파문으로 번졌네

짧은 그 한 마디에
사랑한다는
내 곁이라는
당신을 믿는 다는 마음이 다 들어있네

세상에서 가장 힘이 센 말

풋내 나고 수줍던 그 말이
어느덧 무르익어
당신이라는 말로 서로에게 화답을 하네

둘 사이만 부르는 여보!
이제는 둘이 아닌 하나가 되었네

풋감처럼 설익은 그 말
하루하루 그의 체온으로 무르익어
따뜻한 단물이 고이네

 양윤덕

2012년 《시와 소금》으로 등단
시집 『흐르는 물』 동시집 『우리 아빠는 대장』
한국문인협회 회원, 안양여성문인회 동인

사회봉사

시간의 흐름이 지나는 여울목
화창한 햇살이 반사하는 곳

내 마음
넉넉한 꽃바구니엔 행복이 피었다

내 영혼을 흔들던
동질의 베풂은 석양에 홀로 빛나고
긴 시간을 잊지 않은 채
오색 무지개처럼
찬란한 향기를 전해 주는 아침이면
세상은 빛나고

한 마리 새가 되어
분홍빛 하늘을 높이높이 날고 있다

 양주석

2010년 《한맥문학》으로 등단
시집 『하늬바람 좋은 날』
한국문인협회, 국제PEN한국본부 회원
아산설화문학 및 시인회 회원
종합행정사사무소 대표

검은 강물 위로

갠지스 강 새벽안개로 피는 사이
작은 꽃등 흔들거리는 대로
뱃전에 앉아 나도 흔들거린다

어둠 속
떠나는 자에게 던지는
이 세상 마지막 말처럼
갑자기 높이 치솟는 불꽃을 싸고
강물은 맴돈다

앙상하게 눈만 남은 사람이
누더기 옷을 걸치고
타다 남은 잿더미 곁으로 다가가고
개 한 마리가 붉은 눈으로
타다 남은 뼈 한 조각을 물고 달아난다

히말라야 설산에서 흘러온 빙하물에 풀려
죽은 자는 돌아가고
그 물로 사람들은 남은 흔적을 닦는다

경계가 무너진 여기와 저기
모두 어디로 향해 가는 걸까
나는 어디로 가는 걸까

검은 강물 위로 다시 아침이 떠오른다

 양채운

본명 양영분
2010년 《대한문학》으로 등단
시집 「봄·이야기」 외
국제펜한국본부 회원, 한국문인협회 회원, 글빛 동인

외로운 들국화

외딴 들길 언덕에
외로운 들국화 벗이 되어
부여안고 얼굴 부비면

닫혔던 마음 열고
그윽이 스미는 향기
옛 여인의 체취로 다가와

노란 추억으로 익어
들녘에 뒹구는 동심
한 아름 모아안고
고독을 뭉개는 지친 몸짓

소슬바람 스치면
푸른 숨결 토해내어
황홀하게 타는 석양노을

 양치중

1998년 《문예사조》로 등단
시집 「천년을 나는 학」, 「하얀 봄꽃 피는 날」 등
세계계관시인시문학상, 21세기한국문학대상, 전남문학상 등 수상.
전남시인협회 부회장, 강진문협 지부장 역임
온누리문학회 회장, 한국문협 협력위원

나무

팔짱을 끼고 있는 나무를 본 일이 있는가
만약에 나무가 두둑하게 팔짱을 끼고 서서
지나가는 거만한 사람의 뒤통수를 툭툭 건드려 본다거나
뜨거운 한낮에는 길가에 주저앉아
꾸벅꾸벅 졸기라도 한다면
나무처럼 사랑스러운 시를 결코 볼 수 없으리라고
노래한 시인은 없었을지 몰라
시인이 노래한 그 나무를 나는
사랑하지 않았을지 몰라

사람들이 길가에다 나무를 심는 것은
길을 가다가 문득 사랑 하나 기억하라고
나무 하나 쳐다보며 푸른 생각 키우고
나무 그림자만한 고요, 제 가슴에 들이라고
그래서 나무는 온종일 제자리에 서 있는 것이지
수많은 손바닥을 들어 일일이 손 인사를 건네고
그건 아니야 손사래를 치기도 하는
푸른 신호등이 되어야 한다고, 나무는

 엄순복

1999년 《한국크리스천문학》으로 등단
시집 「나무 그림자만 한 고요」
한국크리스천문학가협회 이사
푸른초장문학회, 한국문인협회 회원

길 잃은 새

이파리 떨어진 자리마다
아픔이 배어있다

푸르렀던 나의 정원
낙엽 쌓인 폐원으로 돌아간다

집 나간 새
돌아오기를 적심(赤心)*으로 기다린다

가을이 가고 겨울은 깊어 가는데
돌아오지 않는 새

나의 작은 새여
너무 멀어서

봄이 와도
꽃을 피울 수 없구나

*赤心 : 조금도 거짓이 없는 참된 마음

 韓山 여주현

황희문화예술문학상, 불교문학대상, 조지훈문학상 등 수상
한국문협 유적탐사연구위원, 국제PEN한국본부 회원
한하운문학회 회장, 신문예문학부회장 역임, 한국현대시문학연구소 이사
작가시선 고문, 보리피리 발행인

순리

싹트고,

꽃 피고,

잎이 피고 자라서,

영광의 열매 맺고,

단풍 들고,

낙엽이 지네.

무언의, 흐름 속에.

註 : 이는 길(道). 진리(眞理). 생명(生命)이리니……

 여학구

2009년 《한맥문학》으로 등단
시집 『바람으로 스치는 세월』 외 다수
한국문인협회, 한맥문학동인회, 한문학가협회 회원
계간문예 작가회 이사, 나라사랑한국문인협회 이사

성지순례

나를 가둔 자아(세육)의 벽장을 뜯어내고
무한대의 높은 새 우주를 향해 훨훨 날아 비상하는 것
그리하여 하늘 지성소에서 울려나오는 시온의 노래를 들어야 하는 것
찌그러진 거짓 아비의 피가 유전으로 전이된
몸속의 알레르기가 녹아내리고
새 살, 새 피, 새 생명력의 혼을 받아오는 것
한 생애의 한 번의 황홀감 그 거룩함의 파장이
가슴을 투영되어 오는 것
떠나야 하리, 덕지덕지 달라붙은 오염덩어리
자아로부터

 연규봉

2003년 《한맥문학》으로 등단
시집 「이 찬란한 가을아침에」
괴산군수 표창장, 한글문학상 등 수상
한국현대시인협회, 재림문학회, 괴산문학회 회원
문학신문문인협회 부회장, 한국문인협회 감사

도시 위의 낙타

사막이었나?
고비사막 한가운데
알지 못할 눈이 내리고
가지 끝에 매달린 추위
되돌아서는 따뜻한 오후

제 몸의 열 배 넘는 짐을 싣고
낙타가 찻길을 건넌다
푸른빛을 다 건너지 못하고
누런빛에 미끄러진 발굽
늘 그랬다는 듯 의연하다

가만 보니 혼자가 아니다
낙타의 짐을 밀어주는
어린 새 두 마리
그 퍼덕임, 재잘거림
붉은 신호등 눈감게 한다

실어야 할 짐이 있다는 건
어린 새와 발을 함께 묻을 수 있다는 것
물 고인 관절이 계단을 오르는 동안
어린 새, 빈 수레에 앉아
부려진 햇살을 주워 담고 있다

 오미경(안항)

2013년 《문학세계》로 등단
소정문학회 홍보간사
중랑작가협회 회원

아름다운 언덕

조용한 호숫가에 아담한 언덕
아름답고 부드러운 곡선을 그리며
하얀 백합과 빨간 장미꽃을 사이에 두고
언덕은 대칭으로 누워 입술을 맞춘다

좋은날 찬란한 바람이 불면
춤추는 물결 따라 언덕은 꿈틀대고
물결 따라 파도 타며
부드럽고 거칠게
조용하고 격렬하게
관현악을 연주한다
무용을 한다

황홀한 바람이 불고 간 뒤
숲이 우거진 골짜기엔 아지랑이 뽀얗고
방울방울 맺힌 이슬은 영롱하게 빛난다
밝고 높고 푸른 희망을 안고 언덕은 돌아눕고

비옥한 땅 아름다운 꿈꾸며
소리 없이 웃는 조용한 호숫가
아름다운 언덕에는
무한한 꿈과 신비로움이 있다

 오병욱

2005년 《문예운동》으로 등단
시집 「빛나는 태양을 그리워하며」
한국문인협회 회원, 한강시인연대 회원

술보다 더 독한 세월

그대는 술이 독하다 하셨던가요?
나는 세월이 더 독하더이다

술은 자고 일어나면 깨어 웃는데
세월은 갈수록 더 취해 오더이다

술은 술로 술을 풀 수 있지만
세월은 세월로 세월을 풀 수 없더이다

나는 술을 두고 가만히 살 수 있어도
세월은 나를 가만두지 않더이다

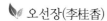 오선장(李桂香)

2009년 《스토리문학》으로 등단
시집 『사랑의 그리움 그대는 아는가』 외 104권
한국시민자원봉사회 봉사기장증 수상
한국문인협회 회원, 국제펜클럽 회원
표암문학 부회장 역임

자화상

전신이 검은 까마귀,
까마귀는 까치와 다르다.
마른 가지 끝에 높이 앉아
먼 설원을 굽어보는 저
형형한 눈,
고독한 이마 그리고 날카로운 부리.
얼어붙은 지상에는
그 어디에도 낱알 한톨 보이지 않지만
그대 차라리 눈발을 뒤지다 굶어죽을 지언정
결코 까치처럼
인가(人家)의 안마당을 넘보진 않는다.
검을 테면
철저하게 검어라. 단 한 개의 깃털도
남기지 말고……
겨울 되자 온 세상 수북이 눈은 내려
저마다 하얗게 하얗게 분장하지만
나는
빈가지 끝에 홀로 앉아
말없이
먼 지평선을 응시하는 한 마리
검은 까마귀가 되리라.

 오세영

1965~67년 《현대문학》추천으로 등단
시집 「바람의 아들들」, 「별밭의 도소리」 등.
학술서적 「시론」, 「한국현대시인연구」 등 수십 권

자화상

언제나 내 이마는 조부장한 숲길을 간다

생강나무 가지 내 두 귀에
산새들이 찌르르 울고 간다

길섶에 풀꽃들이 줄지어 웃는 콧잔등에 올라
빛나게 크게 웃는 입귀를 만난다

늘 그랬다
초사흘달인가 그믐달인가 눈썹달 한 금
파르르 떠는 내 실눈

지금 그 숲길에서 하늘을 본다
내 주걱턱이 향하는 산봉오리는 어딘가
발밑에서 조릿대 눈 터는 소리 사그락인다

이제 지평선이 가뭇이 어두워지는 너른 들
내 두 볼인 듯 펀펀한 그런 들에

수양매 한 그루 꽃구름 속
지천을 흔드는 봄날이나 보냈으면
그 향기 내 곁을 지켜주기나 했으면

🍃 오소후(吳素篌)

1993년 《문학공간》으로 등단
2001년 《무등일보》신춘문예 당선
시집 『좀꽃마리』, 『스미다』, 『한 점 블루』 등 다수
해남문인협회 최우수작품상, 광주PEN문학상 등 수상
『별숲』동인, 전국재능시낭송협회 고문역임, 전남과학대학교 겸임교수

나무는 달다

어깨가 무거워진 날
문득 나무 앞에 서다
흐린 시선으로 내가 한참을 올려다보아도
나무는 나를 거만하게 내려보지 않는다

딱딱하게 켜켜이 굳은 거친 피부
비와 바람 냄새 냉기와 열기
우박과 천둥이 찢어 놓은 무수한 가지 가지들도
원래 그 마음은 아니었다

어디 마음하나 놓았을까
어디 발하나 내딛을 디딤돌 있었을까

그저 속으로 속으로만 쓸어내린 회한의 눈물이
둥글게 둥글게 새겨놓은 연륜의 파문이여
다가가 안아보고 다가가 두드려 보고
이젠 다가가 맛을 볼지니 나무는 달다

조그만 미풍에도 시려하고 허위적 허위적
손닿을 곳 없어 다가갈 때
나무는 등걸 같은 껍질을 열고
오십 살 중년 나를 토닥이며
젖줄 같은 수액으로 울음을 달랜다

아, 그렇다 나무는 달다

 善佑 오인자

2007년 《한비문학》으로 등단
시집 『서리꽃이 필 무렵』 『나무는 달다』 등
미당서정주시회문학상, 한민족문화예술대전 통일부장관상 등 수상
한국문인협회 회원

봄은 돌아눕지 않는다

네가 생명의 이름으로 와
세상에 씨를 뿌리고 빛을 비추니
만물이 생기가 넘치는구나

봄
참으로 위대하다
잠자는 영혼을 깨우고
쓰러진 땅을 일으켜 세우며
푸름으로 아름다운 삼라만상의
그 자태는 봄이라 했던가

아지랑이 속에서 해맑은 얼굴을 씻고
초록 숲에서 뜨거운 기상을 얻어
네가 처음 온 것과 같이 비추어지리라

이제 너의 이름은 빛이라 하리라
바람을 불러들이고 땅을 후려치게 할
초록 들판은 더 이상 말을 하지 않는다

어느 날
고요 속에 눈을 뜬 4월의 눈동자를
너의 따뜻한 가슴으로 안아 다오

기개를 떨치며 용맹의 봄으로 쓰러지는
푸른 들판의 생명이 끈질긴 사유의 질

곡에
가슴을 내어 준다

봄은 돌아눕지 않는다
모든 것을 포용한 거대한 빛의 근원
이다

오종순

2008년 《문예사조》로 등단
시집 「봄은 돌아눕지 않는다」
국제문화예술상 수상
한국문인협회 낭송문화진흥위원

영원히 가슴에 피는 꽃
—미당선생 탄생 101주년을 맞아

고즈넉한 질마재
바람이 흔들어
내 마음 질마재 고갯길에서
더 넓은
파르라니 물든 청보리 향에
숨을 깊이 들이킨다

선운사 동백은 얼굴 지워버린 무표정한 촌색시
장미는 잎 사이로 수줍게 피어 외출한다
멋지게 립스틱 바르고
누구와 첫선 보려는가
소쩍새는 기다렸다는 듯 훠이 훠이 난다

옛 자취
문향(文香) 물씬 풍기고
님의 얼굴 환하게 비친다
가슴꽃
저리도 누구의 마음 흔들어 되는가

노란 국화는
서로 얼굴을 붉히며 속삭이고
님의 발자취 영혼의 불꽃처럼
영원히 가슴에 핀다

 오 청

2009년 《순수문학》으로 등단
시집 「어머니의 가슴」 「아버지의 등지게」 등
순수문학상, 한국기독시인협회 작품상 수상
한국문인협회 회원, 한국기독시인협회 감사
미당시맥회 총무

황혼에 대한 묵시

그건 깊은 가을
먼 바다를 향해
강물 굽이돌아 흐른
노을 진 강가
갈대에게 길을 묻는
한줄기 바람이어라

 우덕호

2008년 《문학미디어》로 등단
실로암문학대상 수상

친구

세월이 흘러 모습은 변해가도
나이마저 잊은 우리는
반가운 코흘리개 초등 친구라 한다네.

친구야 한잔 들게나
불판의 안주가 채 익기도 전에
건배를 외쳐대는 반가운 친구들.

무슨 하고픈 말 그리 많은지
삼삼오오 모여 앉아
하하 호호 재잘거리며
시간 가는 줄 모르고 이야기꽃 즐겁다.

오늘은 가장도 아니요
아이 엄마도 아닌
그저 추억 속에 반가운 친구들.

 우상현

2007년 《한울문학》으로 등단
시집 『인생무상』 『인연의 세월』 등
한울문학 언론인문인협회 부회장

윤회(輪廻)의 흔적

여섯 자 백송나무 관(棺)
아무리 둘러보아도
아버지의 당당하던 모습은 없다
크디큰 허무함이다

영원의 집 지을 재목이라시며
창호지 겹겹 바르시던 관재(棺材)
예고된 이별이며 슬픔의 흔적이었다
삶을 마감하는 원천의식으로
싸느란 땅에 흙을 덮는다
이 근원적인 슬픔이여

삶은 윤회라는 굴레로
구속을 강요받는다
슬픔은 이승의 영원한 정표다
시간은 칼날을 무디게 만들었어도
무딘 칼날에 묻어나는
선명한 순수의 선혈(鮮血)
시간이라는 개념만으로
치유될 수 있을까

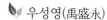 우성영(禹盛永)

2006년 《문학공간》으로 등단
시집 『지평선에 머무는 마음』 『여백지우기』 『인연 익히기』 외 다수
국무총리상. 문교부장관상. 경기도문학상 등 수상
한국공간시인협회 회장. 한국시인연대 회장. 한국문화예술연대 원장 역임
경기헤럴드신문 논설위원

진달래

동토에 얼어붙은 그리움
돌아설 수 없는 사랑이기에

거친 파도 먼 바다 건너
아지랑이 품속에 안겨

남풍에 꽃가마 타고 온
아릿다운 순정의 봄처녀

설레인 마음 못 참아
버선발 벗어 던지고

분홍빛 수줍은 얼굴
슬기로운 천사의 미소여

 위맹량

《한국시》로 등단
시집 「먼 훗날」 「우연히 듣다」 「내 누님 시집가던 날」 등
세계시문학상 수상
한국문인협회 회원, 한국현대시인협회 회원, 마포문인협회 부회장, 윌리트레이딩상사(Willy Trading Co.) 대표

선상의 이별

뱃고동에 사연 담고 철편(鐵片)에 몸을 실어
파도 타던 그를 보고 아낙 아이 함께 우네!
갈매기야 물어보자 뱃고동에 담은 사연
너만은 알고 있겠지? 유배 간 지 휴양 간 지

사연 풀고 돌아올 날 하루 이틀 아닐 텐데
아낙 등에 업힌 아이 선상 바닥 뒹굴며
엄마 아빠 불러내고 가시마라 가지마라
울며불며 보채는데 사연 담은 뱃고동은

언제 울며 돌아올지 긴 한숨 내쉰 아낙
오늘도 서산마루 붉은 노을 바라보며
아빠 찾는 보챈 아이 등에 업고 달래며
남몰래 흘린 눈물 살짝 살짝 닦겠구나!

 위무량

2003년 《한국문인》으로 등단
저서 『석춘여정』 『내 마음 나도 몰라라』 『다함께 노래 불러요 늘 푸른 세상』 등
광주시문학상, 하이네탄신212주년기념문학대상 등 수상

오월새

오월이 되면 슬피 우는 새야
장미넝쿨 우거진 담장 아래
피 묻은 처녀 머리카락을 물고
울어 대는 새야
무참하게 군화 발에 짓밟혀 죽은
처절한 젊은 주검 앞에 무등산도 살 떨던
우울한 그날 밤 못 잊어 찾아온 새야
날뛰던 지휘봉 정수리 꽂혀
피 흘려 죽은 그대 잊지 못해 찾아온 새야
영산강이 핏빛으로 물든 그날 밤
피 끓던 청춘 싸늘한 시체 되어
줄줄이 굴비처럼 엮여 실려 가던
서슬 퍼런 금남로 한 모퉁이
겁에 질려 숨어 있다
총알이 눈에 박혀 새가 되어 버린 영혼아
오월이 되면 잊지 않고 찾아와
슬피 울어대는 새야
올해도 잊지 않고 찾아온 오월새

 유병기

1997년 《천리안문단》으로 등단
시집 「하늘에서 흐르는 샘」 외 5권, 수필집 「설거지하는 남자」 외 2권
부산시인협회 우수상 수상
한국문인협회 회원, 부산시인협회 이사, 부산시인협회 사무국장역임
부산광역교회 담임목사

산부인과병원엔 영안실이 없다

첫사랑의 이별문자 안에서 톡톡 떨어지기도 한다는
엄지 크기의 죄의식, 그러니까 실수 크기의
태아혼령들, 하늘자리 더듬어 이따금씩 데려오면
제 이름이 갖고 싶은지
인형 같은 눈 글썽거린다 저승 꽃밭 위를
투명한 날갯짓으로 날아다닌다는, 그렇게 또렷한 이야기 들어줄
페미돔 닮은 귀 하나가 주변엔 없는 것이다

딩동
딩동
몸 뜨거워진 남녀들이 눌러대는 초인종소리를 들으며
배웅 없이 이승을 떠날 때
배내옷 없어 걸치는 햇빛이 너무나 헐겁다는 것을
용서하고 싶어
이승을 방문할 때 걸치는 달빛이 그리움만큼 차갑다는 것을
산부인과병원 밖
서리꽃 반짝이는 그 밤에 알았다

 유병만

2009년 〈경인일보〉 신춘문예 당선
경기문학공로상 수상
만인보아카데미 운영위원

시심(詩心)

강물을 바라봅니다. 참 조용합니다.

절벽을 만나 몸을 던지며 소리치고,

바위를 만나 몸을 깨치며 울던 아픔을,

다 모아 가슴속에 물고기를 키웁니다.

몸을 던지고 깨치는 아픔을 겪지 않고,

풋풋한 생명이 헤엄 치고, 숨을 쉬는

맑은 물이 어떻게 가슴에 고이겠습니까.

 유승우

《현대문학》으로 등단. 본명 유윤식
시집 『바람변주곡』 『물에는 뼈가 없습니다』 외 7권. 저서 『몸의 시학』 외 3권.
경희문학상. 후광문학상. 한국기독교문화예술대상 등 수상
전)한국기독교문인협회 회장, 한국현대시인협회 이사장. 인천대학교 교수(현 명예교수)
현) 한국문협과 국제펜한국본부 자문위원.

다보탑을 줍다

고개 떨구고 걷다가 다보탑을 주웠다
국보 제 20호를 줍는 횡재를 했다
석존이 영취산에서 법화경을 설하실 때
땅 속에서 솟아나 찬탄했다는 다보탑(多寶塔)을

두발 닿은 여기가 영취산 어디인가
어깨 치고 지나간 행인 중에 석존이 계셨는가
고개만 떨구면 세상은 아무데나 불국정토 되는가

정신 차려 다시 보니 빼알간 구리동전
꺾어진 목고개로 주저앉고 싶은 때는
쓸모 있는 듯 별 쓸모없는 10원짜리
그렇게 살아왔다는가 그렇게 살아가라는가

 유안진

1965년 《현대문학》으로 등단
시집 『구름의 딸이요 바람의 연인이어라』, 『다보탑을 줍다』
『거짓말로 참말하기』 등 16권.
산문집 『지란지교를 꿈꾸며』 등 다수.
장편서사시집(소설) 『바람꽃은 시들지 않는다』 등 다수.

학문연구서 『한국전통사회의 아동심리요법』, 『한국전통사
회의 육아방식』 등.
한국시협상, 정지용문학상, 목월문학상, 소월문학상특별
상, 월탄문학상 외 다수 수상
현)서울대 명예교수, 대한민국예술원 회원

시래기

껍데기라고 얕보지 말라
함부로 얕보지 말라
정월이라 대보름날 오곡밥에
아홉 가지 묵은 나물 중에
시래기가 으뜸 아니던가

대관령 맑은 바람, 햇살이 키워온
고운 속살 다 내어주고
남겨진 푸른 자락
헛간에 걸려서 찬바람 맞다가
된장과 눈 맞은
속 깊은 사랑이라

푹 삶아야 한다
잘 우려내야 한다
널부러진 무청등짝
뒤척이어 행궈 낸 잎사귀
어머니의 허기진 삶처럼
눈물같이 달라붙은 시래기 한줌
질긴 껍데기 벗겨내고 갖은 양념 더하여
아침상에 내놓으며
여보, 한 번 잡숴 봐 얼매나 맛있는디

모진 세월 지내면서
어머니의 주름 같이
굵게 패여 출렁이는
고향의 푸른 맛이여

 유영애

1998년 《교단문학》으로 등단
에피포도문학대상, 허난설헌문학상, 교육인적자원부총리상 등 수상
한국문인협회 회원, 에피포도예술인협회 한국지회 회장
시외문학포럼 사무총장, 갯벌문학, 한국가곡작사가협회 이사
인천화전유치원 원감

나무 되신 아버지

햇빛 가득한 거실 창가
흔들의자에 앉은 아버지는
군복에 총을 잡고 잠이 드셨다
몇 년 전 정신줄을 놓으시고는
현재와 과거를 넘나들더니
언제부턴가 한국전쟁을 지휘하신다
아버지의 손톱을 깎아드렸다
기억은 오래 전에 토막이나
거미줄처럼 흔들리는데
더 키워야 할 게 아직 남았는지
턱수염과 머리카락은
겨울나무가지처럼 무성했다
어설픈 솜씨로 머릴 자르고
면도를 해드리니 눈을 뜨셨다
거울을 보여 드리자
아이처럼 하얗게 웃으셨다
내려다보이는 놀이터 은행나무에
새싹이 돋기를 기다리던 아버지
추위가 뼛속까지 쑤셔대던 날
야윈 몸을 의자에 심으시고
스스로 나무가 되셨다
해마다 이맘때가 되면
바람은 창밖으로 부서지는데
아버지, 내 안에서 흔들리신다

 유영호

2009년 《문학저널》로 등단
시집 『혼자 밥상을 받는 것은 슬픈 일』 『바람의 푸념』 외
만다라문학상, 가오(佳梧)문학상 등 수상
'주변인과 문학' 편집위원

욕심낸 사랑

괜스레
미운 모습만 떠올라
원망만 했어 당신

좀만 더
너그러우면 될
마음 열지 못했지

그 미움의 싹이
멈추질 않아
고통의 연속이었어.

문득 어느 날
욕심낸 사랑
집착임을 알았지

욕심을 내리니
환한 당신 모습 보여
날 보고 웃고 있어.

 유옥경

2010년 《한울문학》으로 등단
시집 『그 이름 하나로』
한울문학회작가상 수상
한국한울문학문인협회 중앙지회 수석부지회장 역임
한국문인협회 회원, 한국문협 광진구지부 상임이사

떠나가는 실바람에

울창한 편백나무 숲을 거닐면
상쾌한 피톤치드향이 폐부를 찌르고
등꽃 위로 떨어지는 빗방울이
쌓인 먼지를 씻어내린다

한껏 멋을 부리고
해후를 기다리는
봄꽃과 초록 나뭇잎들의 나들이가
텅 빈 가슴을 채워준다

그리움이 살그머니
고개 들어도
아쉬운 듯
살그머니 떠나가는 실바람에 사랑의 열차 타고
소망의 꿈 알알이 키울 때
그대 초록별 하나
살포시 내려놓고

노란 수선화 꽃잎에
계절 따라 아롱이는
눈물의 의미를
떠나가는 실바람에
담아 보내련다

 유진숙

2013년 《청옥문학》으로 등단
시집 「내 가슴에 머문 그대」

산다는 것은

산다는 것은
깊은 외로움과 친해지는 일

살아간다는 것은
울화가 치미는 일이 있어도
허허 웃으며 지나치는 것

살아내는 것은
방안 가득한 쓸쓸함에
익숙해지는 것

살아 있다는 것은
자식들을 떠올리며
전화기를 힐끗힐끗
쳐다보는 것

 유후남

2007년 《문학공간》으로 등단
중랑문인협회 총무국장
한국문인협회 회원
시마을3050 동인

차라리 침묵하고

비운 듯 했는데 목마름은 여전하고
아는 듯 했는데 아는 것이 없으니
허공에 맴도는 아련한 이 마음

뜬구름 덧없다 말은 했지만
내가 저 구름인 줄 어찌 알겠소
선천초목 바라보니 바로 나인 것을

산이 높으니 골도 깊어라
높은 님 섬기니 외로움만 가득하고
그리움만 강물 되어 무심하게 흐르네

시시비비 가려본들
가소롭기 그지없어
차라리
침묵하고 고독을 벗하리라

 윤경숙

1992년 〈농민문학〉으로 등단
시집 『차라리 침묵하고』 『가슴에 있는 사람』 등 5권
한국문인협회 회원
서울시모범자원봉사자 표창
서울구치소 불교종교위원, 서울시자원봉사 교육전문 강사

달팽이의 꿈

세상 무게를
온몸에 싣고
달리는
오직 달리는
달팽이 한 마리

고놈의 집 속에는

세상 온갖
무지개들의
가볍고
오직 가벼운
천 근 만 근
바위 하나

 윤고방

1978년 《현대문학》 초회 추천, 1982년 《한국문학》으로 등단
시집 『하늘 가리고 사는 뜻은』 『바람 앞에 서라』 『낙타와 모래꽃』 등
경기문학상, 한국문학인상 등 수상
한국문협, 국제PEN한국본부 운영위원, 미네르바문학회 회장
한국미협 회원, 한국시서화연구원 대표, 예총시서화 명인

내가 너를 잊어도 우주는 변하지 않는다

내가 너를 잊는 건 시간문제다
봄날에 들판을 지나가는 바람처럼
한번 지나간 자리에 그 바람은
다시 오지를 않는다

청청한 하늘에 퍼져있는 나의 생각이
언제라고 정하지 못한 시간에
불현듯 너를 그리워할지 몰라도
햇살이 햇살을 베어 먹는다든지
아니면 아기의 손바닥 같은
나무랄 데 없는 그런 순수에 치여
생각은 생각으로만 그칠 뿐이다

내가 너를 잊는 건 시간문제다
기차를 타고 먼 길을 떠날 때처럼
눈앞에 들어오는 아름다운 순간도
지나고 나면 잠깐
다시는 돌아오지 않는다

복잡한 일상에 깊숙이 발을 담그고
삶의 질과 양을 저울질해 보기도 하지만
살아가는 몇 날의 가닥을 짚어보면
어두우면 가려지는 먼지처럼
참으로 부질없는 눈 떠 있는 바보가 되고
그러한 모순의 논리 뭉테기로 모아보면
내가 너를 잊어도 우주는 변하지 않는다

 윤고영

1968년 〈솔뫼〉로 작품활동
1995년 〈조선문학〉으로 등단
시집 『내가 너를 잊어도 우주는 변하지 않는다』 외
한국문협 회원, 예도시 동인 회장
서울·경기지역 시동인연합 대표

어머니

하늘가에 목화밭
저기가 고향인데 갈 수 없구나

거기 보이는 초가삼간
대문 방문 다 열어놓고

물레 돌려 고치타래 짓고
베틀에 올라 세월을 엮어 짜시며

아비 새 어깨 타고 떠난 어린 새
춘하추동 문 못 닫고 기다리시는 어머니

목 놓아 불러도 너무나 먼
하늘가 목화밭

기어서라도 생전에 가야할 곳
기다린 66년 타버린 새가슴

아버지는 도롱이 어깨에 걸치고
삽 들고 물꼬 트러 산으로 가셨다

 윤만영

2012년 《신문예》로 등단
시집 『계절의 길목』 『가을이 들길을 가네』
한국문인협회 회원, 양평문인협회 회원

인생역

아름다움은 이내 피었다가
이내 지는 저 꽃은
구황시절
어머니 눈물처럼
혹독한 삶 깊고 맑은 사랑
숨어 있을 것이다

구름 속에 갇힌 햇볕
만남 속에 헤어짐이 있음을……
바람소리 천둥소리
촘촘히 박힌 은하수처럼
그 역에 닿기도 전에
눈 덩어리처럼 그리움을 낳고 있다

등짐 속에 삶의 버거움
그림 속의 넋인 삶은
회귀심의 종착역에 잦아지는 것을

인생을 쟁기에 갈고
세월은 양푼이에 비벼 먹고
인연의 강을 건너오는
외로운 물살에
그리움을 더없이 보 낸 다

인생은 한 정거장 속에 승객인 것을

 윤명학

2010년 《좋은문학》으로 등단
시집 『고향의 섬』 외 다수
한비작가상 등 수상

수박

나는 성질이
둥글둥글하다는 소리를 자주 듣는다
허리가 없는 나는 그래도
줄무늬 비단옷만 골라 입는다
마음속은 언제나 뜨겁고
붉은 속살은 달콤하지만
책임져 주지 않는 사람에게는
절대로 배꼽을 보여 주지 않는다
목말라하는 사람을 보면
가슴이 아파 견딜 수가 없다
겉모양하고는 다르게
관능적이다
나를 알아주는 사람을 만나면
오장육부를 다 빼 주고도
살 속에 뼛속에 묻어 두었던
보석까지 내 놓는다

 윤문자

1995년 《문학과의식》으로 등단
시집 『하늘계곡』『분홍장갑』『소금꽃』 등
충남문학대상, 충남예술대상 등 수상
한국문인협회, 한국시인협회, 한국기독교문인협회 회원

설중매

잔설 덮인 뒤뜰에 매화나무
설한에 묻어둔 절절한 그리움

겨울의 껍질을 벗고
눈 속에 홀로 신비를 뽐내며
세상 향해 피어 있네

하늬바람에도 흔들림 없이
달밤에 반짝 빛나는 매화

따사로운 햇살에 눈 녹이며
꽃잎을 촉촉히 적시네

고귀한 정렬로 긴 겨울을
이겨낸 우아하고 그윽한 향기

마음에 고향으로 눈꽃 헤집고
봄 기운 찾아드니

영롱한 이슬 머금고
살포시 미소 짓는 매화의 자태여

 윤영석

2013년 《국보문학》으로 등단
'시' 본상 수상
한국문인협회 회원, 종로문협 이사, 계간문예 이사, 국보문학 이사
소월시문학회 이사, 청계문학 부회장

막걸리

막걸리가 뭔지 아나?
막,
걸러낸 술이기에
막,
출출할 때
막,
취하고 싶을 때
막,
그리울 때
막,
노래를 부르고 싶을 때
막사발에 따라먹는 좋은 술이여
어설픈 사랑을 구걸하지 않는
열정의 유통기간을 간직한 술이여
이 세상에서 보기 드문 지조 있는 술이여

 윤인환

2003년 《문학사랑》으로 등단
시집 『길을 걸으라 길 위에 서 보라』
화성문인시협회장 역임
한국문인협회 회원

피뢰침에 찔린 둥근 달

젊은 베르테르의 슬픔이련가!
123층 롯데월드 피뢰침에 찔려
파르르 떨고 있는 십오야(十五夜)둥근 달~

그 옛날 서라벌 솔숲
빙그레 떠오르던 달빛 아래
젊은 화랑들이 무술을 연마하며
나라사랑의 기풍을 진작하던 애국충정과
달빛 아래 시·서·화를 논하던 옛 선비들의 풍류는
이제 어디에서도 찾아볼 수 없는 세상이 되었단 말인가?

 윤재학

2008년 《문학사계》로 등단
시집 「내가 쏘아올린 화살」 등
한국문인협회 회원

손금

내가
태어난 날
신이
휘갈겨 써준
축하 메시지

난해한
천서(天書) 몇 줄
손에 펴들고
끙 끙
일생을 해독한다

 윤하섭

2010년 《아시아서석문학》 으로 등단
북방문학흑토문학상, 한울문학작가상, 동포문학대상 수상
연변작가협회, 흑룡강북방시인협회, 한국문인협회 회원
한국현대시인협회 중앙위원
중국에서 한의사로 31년 재직, 2009년 한국국적 회복

오늘 하루

으레 퇴근길은 버스에 흔들린다
중앙통에 내려
서점에서 몇 권의 시집을 산다
인생만큼이나 추하게
삶의 꿈을 가꾸자고

책 내용들은 모두가 오장육부를 흔드는데
도시 속의 하루는
동성로의 사람만큼이나
지루하다

붉은 저녁노을은
동인로터리 분수대를 핏물로 솟아오르게 하고
인간들의 걸음을 빨라지게 한다

대포 한 잔에
흔들리며 돌아오는 나
그래도 시를 쓰겠노라고
시집 몇 권 옆구리에 끼고
대중가요 같은 삶의 피로함에 젖는다

내일이 오늘과 같으랴
동인로터리 핏빛 분수대야

 松菴 윤한걸(尹韓杰)

1993년 《죽순문학》으로 등단
시집 「人生 나그네」
한국문인협회, 한국시인연대, 대구문인협회, 국제PEN한국본부 회원
죽순문학, 합천문학회, 남명학회, 홍도학회 회원

탱자나무

너는 언제나 내 고향이었다

질퍽질퍽한 흙길
소탈하게 걸어가다 보면
만나게 되던 울타리

보듬어 어깨 위만큼 들어올리면
마을사람들이 챙겨주던
인정의 보따리
보름달로 떠올라
모서리 없던 풍요, 가슴 젖게 하더니

단 한 번도 네 몸 그 가시 일으켜
너를 말하지 않던 네가

도시된 땅, 아파트 세워지고 있는
모퉁이 등 돌려 앉아
하염없이 나를 할퀴어대고 있구나

오, 네 몸, 그 가시는 접고
그리움으로 서자

너를 향기 나게 하던 열매도
내 몸은 가지고 있지 않았느냐

 윤희자

1989년 《시대문학》으로 등단
시집 『너를 만났으면 좋겠다』『지워지는 말』 등
교육부장관 모범봉사상 수상
한국문인협회 회원. 원광문인협회 회원

강골떡

봄 여름 가을 용달차 실려나가
하루 이만 원

토마토 따고 오이 순 집고 복분자 따면
고추 딸 차례라나
밤이면 아이고 다리야 허리야.
빈주머니 만져 보고
"남일 엄마, 나 오만 원만 꿔줘
닷샛날이 손주 생일이랑께"

육 남매 두고 일직 가버린 강골양반
"겨울이면 머슴살이 선새경⁽¹⁾ 받아
내 치마폭에 던지고
일하고 술밖에 모르는 양반이라우"

자식들 고이 길러 시집장가 보내
"아들 시청에 근무해요" 어제 와서 자랑하고
오늘은 자가용차 샀노라고 자랑한다.
차 산다고 구계배미 서 마지기 팔아주고
오늘도 용달차 타고 일하고 오느라고
절룩이며 걸어간다.

"강골떡⁽²⁾, 정말 강골이여 강골"
돌아보고 웃고 있다.

*(1) 선새경: 미리 받는 1년 임금
 (2) 강골떡: 강고리에서 시집와 부르는 댁의 사투리

🌱 은희태

2005년 《문예연구》로 등단
시집 「늦가을 마음속 단풍그림」 「자연의 울음소리」 「추억의 발자국소리」 등
한국농촌문학상, 서포문학상, 현대문학사조 대상 등 수상
한국농촌문학회 회장, 한국문인협회 정읍지부장 역임

그리움 실은 파도

그리움 가득 싣고 일렁이는 그대의 마음
파아란 구름에 실려 흔들 흔들거리네
태양은 불덩이 되어 뜨겁게 타오르고
모래 한줌 움켜쥐고 하염없이 서성이네

길고 긴 여정에 그림자 늘어뜨리고
아득한 수평선 위에 호젓이 기대서서
행여나 살을 에이는 싸늘한 찬바람일까
살며시 품에 안아 출렁이며 달래보네

바위 씻어주던 시원스런 그 소리는
비우고 싶은 마음 또 한번 외면한 채
뱃머리 끝에 힘차게 내리치며
날으는 물새만 바라보고 있네

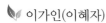 이가인(이혜자)

2010년 《다시올문학》으로 등단
한국예술가곡연합회 작시분과 회원, 한국가곡작사가협회 회원
한국가곡 노래시 11개 작품 발표, IKEN 세계한인교육자연합회 이사
보나기획 대표, Cahuenga Elementary School Music Teacher

씨앗들의 전쟁

저 새파랗게 눈을 뜨는 아우성
씨앗들의 전쟁이 시작되었다
진액을 빨아 한시도 쉬지 않고
박차고 뛰어 싹 틔우려는
경주자들의 손놀림

아직 얼음 밭에선
소리 없는 물소리 새소리 들려와도
터진 옆구리로 새어나온
줄기의 강가엔
들리지 않는 씨앗들의 전쟁
평화의 빛과 바람 몰고 와서
칼바람의 순교한 가지 위에
피돌기로 기둥을 세우고
엄마의 수액을 채우니
물소리 새소리 뿌려놓은
이마에선 실핏줄마다
새봄의 서곡이
아침의 빛을 들고 나온다

 星天 이경

1990년 《심상》으로 등단
시집 『가을사냥꾼』 외 다수
서울문예상, 세익스피어문학상, 경기도문화예술상 등 수상
한국문협 교육위원, 국제펜한국본부, 문학의집 회원
한국문협 평생교육원 시창작 교수

그리움

어젯밤 꿈에
멈출 듯 멈출 듯
내 앞을
스쳐 지나간 사람

언제나
가슴에
파도를 안고 사는 그 사람

하얀 낮에
찾아 왔으면
얼음 동동 띄운
수박화채 한 사발
건네주었을 텐데

슬쩍 나만 보고
지나간 사람

지금도 잊지 못해
그리운 사람

 이금자

1993년 《조선문학》으로 등단
시집 「장미 오월의 하루」 「어느 봄날의 축제」 「이방인의 노래」
한국 문인협회 회원, 수요시 동인
뉴잉글랜드문인협회 회원, 미주 한국문인협회 회원

금강(金剛) 가는 길

1. 문(問)

사람들은 길에게 묻고, 강물에 물어 떠나고
구름에 꽃피우는 바람은
세상을 말하기도 하면서, 잃어버리기도 하는
망각의 나무* 주변을 맴돌고 있었다

시름에 젖은 맑은 물 솟을 때마다
산울림을 안으며 기울어진 문은 흔들린다

생각하는 로댕은 턱을 고이고
원죄 보다 더 깊은
항상 만족하지 못하는 육신을 욕망으로
귀에 거슬리며 소곤대는 말은
미완으로 불가사의한 창세기 일장(一章)

열리지 않는 문을 두드리며
깊은 호흡을 장식하는 찰스 다윈이
닫힌 공간 문설주를 붙잡고
미완으로 남겨놓은 종(種)의 기원

2. 출상(出象)

개밥바라기에 가려진 해가 아침을 여는

온화한 열기의 순환은 따스하다
백년을 더 발버둥치는 정일(靜逸)을 깨우며
열고 나오는 생명은 신비롭다

밀려오는 고통은 파동에 씻겨간다
흐르는 유혈의 통로를 정지시키며, 세상은
먼지가 쌓이기 시작했고 오한이 들기 시작했다

3. 적(寂)

한번 들면 허구가 춤추는 시간
지나온 길 멈추지 않고 가는 미로에
이슬과 번개, 꿈의 환상
형체는 물체를 따라다니는 그림자

통나무바늘귀를 사슬에 메고 멍에를 진
낙타는 큰 눈 껌벅이며
가는 길 사막의 깊은 수렁을
느릿느릿 발자국 모랫발
흙벌레는 밤새워 울리는 모래무덤에

*노예상들은 노예들을 배에 싣기 전에 배냉해변 '망각의 나무'를 돌며 살던 집, 산천, 가족, 두고 온 모두를 잊게 했다.

 이돈배(李敦培)

1994년 《문예시대》로 등단
시집 『황새의 눈』 『궁수가 쏘아내린 소금화살』 『카오스의 나침반』 등.
문학평론집 『자연의 음성과 사물의 감각화』
서은문학상, 문학미디어평론상, 한국문학비평학회학술상 등 수상.
송원대학교 명예교수

배신자

나와 함께 손을 쥐어라
고개는 돌릴지라도

오늘에 이른 꼭대기를 작별하고
무너진 꽃잎으로 장식을 한
여기 층층계를 내려가자꾸나

열 층, 스무 층
칠십 층, 백 층

천천만만처럼 내려앉은
저어 층계 밑창에 고인
맑은 우물 거기에
너와 나의 때 묻은 손발을 씻자

맑은 우물엔 때가 벗기고
반은 검어가는 두 개의 얼굴
우물 속에 얼굴이 비칠 것이다.

산에 들에
휘뿌려진 세월은
참새처럼 나래접고
날아들 것이다.

세월 위에 구름같이

기억들이 고이면

섬섬한 옛 눈짓이
찾아들 것이니

그때 우리는 손을 놓고
돌아서자꾸나

우리는 벌써
서로의 배신자는 아닌 것이다

 이만균

1958년 《현대문학》으로 등단(朴斗鎭 추천)
2007년 시흥자치신문 전문위원(칼럼 집필)
대한일보 부산주재기자
2010년 DMZ기획취재, '20세기 지구가 남긴 냉전유적의 자연, 문화, 예술 전쟁생태계의 가치' 탐사보도

개똥망태

콜록콜록 연륜의 기침 소리가 새벽을 알린다.
차가운 하늘을 수놓으며 눈물을 짜내어
풀잎이슬 만든 무수한 잔별은 지고
은하수만 뽐내는 새벽에
꼬불꼬불 마을 안길 벗어나 논두렁 거니는
솜털누빈 무명바지 저고리 누런 명주수건 두르고
개똥망태 둘러메고 이슬 맺은 풀잎에
하얀 버선발 짚신 적시며 풍성한 가을의 밑거름 줍는다.
동네 개와 닭들도 소리치고 홰치며 부지런을 다툰다.
초가집 가느다란 굴뚝에 하얀 연기 머리 휘저으며
하루의 불운을 쫓아
하루가 시작되고 또 저물면 등잔불 밑에 둘러 앉아
주름살이 고랑처럼 파도쳐간 거칠은 살결이
세월의 영겁으로 서리 맞은 흰머리가
세월을 엮어가듯 개똥망태가 일군 부를
할머니 이야기로 꽃을 피운다.
잊혀져간 부지런함을 찾으라고

 이만수

1997년 《문학21》시 등단
2001년 《서울문학》수필 등단

어머니·112
－우담바라꽃

300년의 침묵
정적을 녹아내린 은혜로움이
하늘빛으로 피는 꽃

불면 날아갈세라 만지면
으스러질세라 곱게 정성들여
시집보내던 날

목화솜 보송보송 신접살이
색동옷에 걸쳐 놓고

바람 앞에 촛불인 듯
애지중지 키워주신 *우담바라
꽃은 나의 어머니
우담바라 꽃은 우리 어머니

*우담바라꽃은 3천년에 한번 핀다는, 낮에는 피지 않고 열매 속에서 피는 상상의 꽃

 이명란

1998년 《문학21》로 등단
시집 『오색찬가』1~4권, 『은발의 향기』 등
한국문인협회, 광주문인협회, 문학춘추작가회 회원
한국동인지아카데미 본부장, 문학전문 강사

산골풍경 325

착각은 아름다워라
하늘을 내 앞으로 등기해 놓고 보니
천하제일 부자도
비렁뱅이로 보입니다

 설야 이명우

1990년 《시와 시론》으로 등단
연작시집 『산골풍경』 11권
저서 『이명우의 시 창작론』 『이명우의 시화 시선집』
경기광주문인협회 초대회장, 경기광주 너른고을문학회 초대회장
경기도문인협회 부회장 역임

385

김장

온몸에 왕소금을
잔뜩 뿌리고 누워 있으면

살을 에는 아픔 뒤에
내 몸은 부드러워진다

내가 죽지 않으면
죽어 부드러워지지 않으면
맛있는 김장김치가
될 수 없다 하네

나를 죽이지 않으면
부드러워지지 않으면
더불어 살아갈 수 없다 하네

 이문조

2006년 〈한비문학〉으로 등단
한국문인협회 회원, 울산문인협회 회원

은퇴

완행열차 탄 줄 알고
60여년 아침저녁 노을 벗 삼아
은퇴 역에 와보니 고속열차였었네

고단했던 현직 떠나
현직을 떠난 자유로운 몸
일자리 없어도 일거리 있어 행복하다

백세시대 평생 현역일 순 없어
은퇴 후의 새일 위하여
병든 세상 탓하지 말고 인생설계사 되라

철 밥통 우그렁쭈그렁
불로초 늙는 길 막을 수 없지만
지는 꽃 지는 꽃의 아름다움 보여주리라

 이병두

2010년 《아시아문예》로 등단
전자시집 『에덴동산의 노래』 외 2권
한국문인협회 회원, 한국문학방송 회원
한국음악저작권협회 회원, 한국문예학술저작권협회원
원주 '시가 흐르는 교회' 목사

옐로카드

푸른 잔디 위로
하얀 공 하나 바람을 가른다
봄의 가슴을 가르는 속도,
계절의 속살이 찢어진다

거리에 오가는 사람들은
모두 시작을 신고 걷는다

돌아보는 얼굴이 노랗다

길을 잃었다
던져진 카드 한 장
어떤 이에게는 희망은 무기력이다
이 어둠의 겹, 무엇을 향해 날아가야
하는가
홀을 향해 명중해야 하는 생,
장애물이 곳곳이다

벼락같은 최후통첩
빨간 불이 몸속에 켜지고
일방적인 경고를 보낸다
이미 전세는 기울고,

창문 너머
천변에 봄물이 번지고 있다
혈관처럼 뻗어가는 눈부신 출산에
눈이 먼 계절
슬며시 커튼을 내린다

마지막이라는 말,

 이복래

2012년 《한맥문학》으로 등단
시집 『에필로그 독백』
한국현대시인협회 이사 및 발전위원
한국문인협회, 국제펜한국본부 회원

나무의 흔적

세월은 길을 닮아 하늘을 향하고
하늘은 풍경처럼 끝이 보이지 않는다
끝과 끝이 닿아 있어서
물도 길이 될 수 없고 하늘도 그런 것일까
거울처럼 같아 보이면서도
같을 수 없는 것들의 일체의 반격
산이 하늘을 쿡쿡 찌르며
무엇인가를 물어보더니 쓸쓸하게 웃는다
가만 보니 산이 제 몸에 나무들을 박고
제 피를 덜어주며 기르고 있었다
그러던 어느 날
산은 알았는지도 모른다
제 키가 한층 더 크게 보이는 건
함께 한 세월만큼 자란 나무 덕이라는 걸
그 때쯤 산은 이미 산이 된 나무를 보고
옹이가 나무가 된 세월을 읽었는지도 모른다
가시로 혹은 못으로 박힌 나무 때문에
산은 숲이 되고 계곡이 되고 뜸을 이룬다는 걸
배우고 있는 중이었는지도 모른다
숲에도 물속처럼 사막이 있다고
우수수 우수수 말하며 선 자연
그 나무들 사이 어떤 나무 한 그루가
문득 말귀를 알아듣고
자신을 더듬어 흔적을 찾는다

 이상아

본명 이경애(李京兒)
1990년 《우리문학》으로 등단
시집 『나무로 된 집』 『그늘에 대하여』외 다수
후광문학상 수상

국제펜한국본부, 한국문인협회 회원
한국현대시인협회 심의위원, 한국크리스천문학가협회
이사

서울

서울은
서쪽에서 떠서 동쪽으로 지는
이상한 태양과 같습니다

웃을 수 없는 것을 웃어야 하고
울어야 할 것을 울지 않는
거꾸로 뒤집어진 동화 같습니다

혼돈된 사회를 살아가는
이상한 사람들이 만들어 놓은 도시

정상인이 이상하게 살고
이상한 사람들이 정상인처럼 살아가는
지구촌에 숨겨진 뒷골목 같습니다

조물주도
서울에 오면 퍼즐게임을 마쳐야
겨우 돌아 갈 수 있는 곳입니다

 주아 이상조

2008년 《창조문예》로 등단
고어헤드 선교회 대표
뉴저지팰팍 한인교회 담임

기찻길 옆

황토벽 사이로 얼기설기 드러나 보이는 수수깡
기찻길 옆 선술집 이층 청파(靑坡)다방

껍질 벗겨진 전깃줄에 널린
실 보푸라기 투성이 빨래
실바람 한번 불면 새까매지는 광산촌
돼지비계로 씻어내던 몸 속 석탄가루

석탄 실린 목청 좋은 화차
역무원 흔드는 파랑색 빨강색 깃발에 맞춰
옆 차와 짝짓기 하듯
삭풍에 문짝 흔들리는 소리를 낸다

이층 푸른 언덕 다방에선
쌍화차 노른자 동동
양귀비거울 호호호
불타는 석탄 난로
이미자의 동백아가씨, 섬마을 선생님……
느릿느릿 부초처럼 흐른다

아, 또 꿈을 꾸었나보다

종소리 되어 울리는 그립고 아린 그 시절
이빨만 하얗게 웃으며 울었던
허파를 삼킨 검은 섬

 이상현(겨레돌)

2007년 《문학바탕》으로 등단
시집『미소짓는 씨알』
한국문인협회 서대문지부 부회장
아세아시멘트(주) 임원

용접

온 몸으로 젖어본 사람은 알 수 있지

보안경 너머로
삼천도 불꽃 물의 길을 터주면
두툼한 방열복 속으로
후끈 스며들던 고열의 마음들

서로 녹아 넘치도록 혼절해야만
한 몸 되는 힘겨운 접목
뼈와 살을 녹여내는 아픔을
나눈 후 태어난 신생

기억을 가로지르는 고압선에서 나온
수많은 불티들을
온 가슴으로 막아내다가
지나온 길을 더듬어 균열을 살핀다

마음과 마음을 묶는 일이
얼마나 뜨거운 일인지
시뻘겋게 달아
온 몸으로 젖어본 사람은 알 수 있지

 이석현

2002년 《작가정신》으로 등단
시집 『둥근소리의 힘』 『문학만 2010년』 등
한국문인협회 포항지회 회원. 시하늘 회원. '시와 시' 편집장 역임
포스코 인재개발원 자문교수. 선린대학교 산학교수
'이에스테크' 대표

겨레의 서시(序詩)

신비로운 사계절의 국토
단군은 마니산 참성단에 향 사르고
천지신명 앞에 정기 모았다
시새움 부리며 훼방 놀던 이웃나라
혈맥 자른 세월 36년
전쟁으로 찢겨 광란하는 민족
방황의 길로 맥은 끊어지고
우리 것 모두 팽개치고
남의 것 몸단장으로 치닫는
혼란스러운 정신……
단군이시여! 천지신명이시여!
광란하는 이 민족 어루어
녹 슬은 혼 사그러들기 전
겨레의 핵(核)을 건지게 하소서
거듭 생멸(生滅)하는 순치(純致) 따르게 하고
풀잎에 스민 이슬도 푸르러
천지인(天地人) 알고 인(仁). 의(義). 예(禮) 되찾으면
기필코 기필코 해 돋음 하리니

 이성남

1990년 《시대문학》으로 등단
시집 『새벽창가에 서다』 『천형의 비밀통로』 등
한국문협 저작권옹호위원. 국제펜한국본부 회원
한국현대시인협회 이사

393

꽃길

꽃잎마다
해맑은 웃음
한 장 사진에 담았습니다

삶이라는
구불구불한 미로
사랑하는 이와 함께 가는 길
어찌 그리 아름다운지요
손에 손을 잡고
그려가는 발자국
목련꽃 그늘 아래 낙관해 놓고

이제는
활짝 핀 꽃잎으로
돌아갑니다

 이소희

1999년 《조선문학》으로 등단
시집『목련이 피는 이유』, 『모스크바의 자작나무추억』, 『땅끝에서 인디아까지』 외 다수
선문학작품상, 한국기독시문학상, 풍시조문학상 등 수상
한국문협, 한국현대시협, 한통문협 회원
한국기독시인협회 이사, 조선문학문인회 회장역임

골짜기의 노래

낮은 산자락
봄눈 녹는 지암계곡
힘주어 숨을 쉴 때
안개마저 품어보네

능금꽃 피는
내 고향 집다리골
송어 떼가
빛나는 맑은 눈물 흘릴 때
한 잔 술 향기에 취한다
돌집 툇마루에서

계곡마다 찰랑이는
은빛 노래 들으며
시린 겨울, 떠나간
네 모습 그려보니
꽃샘추위 맞는 콧잔등에
물기가 고여지네

 雲巖 이수동

2012년 《서라벌문예》로 등단
토지문학회 춘천지회장, 서라벌문학회 강원도지회장
한국문인협회, 한국시인협회, 문학세계, 시세계 회원
한국동시문학회 회원, 문봄문학회 특별회원

월광(月光)

세상은 잠든 듯 고요한데
화분화초들 사이좋게 기대어 소곤소곤 속삭임
베란다 달빛 가득 달빛손님 오시었네

베토벤 월광소나타도 달빛으로 왔지
달그림자 곁으로 조용조용 다가가
고요함 속에 서있네

아~ 이처럼 아름다운 순간을
달빛과 함께하다니 꿈길 같은 환희

밤하늘 독차지하고 당당하게 떠있는 달님
머나 먼 내 집까지 달빛 보내시어
이 얼마나 반갑고 아름답고 고마운 일인가

 이수옥

2014년 《문학세계》로 등단
저서 「은빛 억새처럼」
U.S.A. Western작가협회 초대작가

포도주 너를 마시며

장밋빛 붉은 사랑의 이름
은은히 다가오는 사랑의 향기.

너는 햇볕 한 점 닿지 않은
배불뚝이 나무통 속에서 익어
오랜 인고(忍苦) 끝
세월의 긴 터널 지나 갓 태어나
오늘, 상들리에 불빛 아래서
이윽고 우릴 취하게 하는구나.
향긋이 촉촉이 맘 적셔주는구나.
가슴 불질러주는구나.
사랑이란!

사랑은 포도주처럼
숨어 익는 것이라더라.
오래 참는 것이라더라.
핑크 빛으로 달콤하다더라.
생의 가장 깊은 향이라더라.

빈 가슴 해맑은 유리잔 속에
사랑 한잔 부어 들고
내 오늘
슬프도록 아름다운 노래 부르리라.
포도주, 내 너를 마시며……

 미랑 이수정

2003년 《서울문학》으로 등단
국제PEN한국본부 회원, 한국문인협회 홍보위원
한국현대시인협회 회원, 세종문화회관 시민평가단

단군 흔아버님 전상서

잘못했습니다
우리 겨레 흔아버님을,
고기(古記)에 어두워
어리석은 자들이, 환웅(桓雄)께서
응부족(應部族)의 따님과 혼인해 득남하신
우리 겨레 고조선 첫 임금
단군 흔아버님을
한 마리 곰 즘생(일웅―熊) 아들이라고
기천 년을 즘생 소리로, 지금도
잘못 전하고 있습니다
외래 사고(思考)에 물든
중 일연(一然)이 유사(遺事)에서
일웅일호(一熊一虎)라 한 건
곰 부족 호랭이 부족인 것을,
마치 우리 호국군대(護國軍隊)
백골사단(白骨師團)을, 그 멸사순국의
넋을 기리는 상징적 백골(白骨)에만
어리석음을 가해 일만여수(一萬余首) 백골들이
밥 먹고 총 쏘고 군가 부르는 양
잘못 알고 있습니다
단군 흔아버님이 판다곰한테서
태어났냐구요, 아흐…,
잘못하고 있습니다

 石蘭史 이수화

1962년 《현대문학》으로 등단
방송국 드라마, 시나리오 등 수십 편 집필
고대문화예술교우회 고문, 미국 IAEU 명예문학박사
한국문협·국제펜한국본부 부이사장 역임
한국현대시인협회 고문, 한국문학비평가협회 회장

안나푸르나 베이스캠프에 서서

묵묵히 서서 태고 그 자리
은빛 날개를 펴고
안나푸르나! 안나푸르나!
속울음 참고 서서
삶의 시린 발 녹일 줄도 모르고
눈부신 꿈 버티고 서서
구름인가 눈인가
껴안다 놓치다 홀연히 몸부림친다

결연한 자태로 서서
얼음꽃 피우는
저 만의 삶
얼마나 더 깊고
얼마나 더 고독한
비밀을 간직해야
저토록 장엄한 설산의 자태를 보일 수 있나
안나푸르나 닮은
의지의 내가 될 수 있나

6일 동안, 매일 6~7시간 걸어
4130m 올라와서야 감동의 눈시울 적시는
축복의 시,
안나푸르나 곁에 자란자란 얼어
몸 굳어도 좋으리

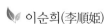 이순희(李順姬)

1996년《문학춘추》로 등단
시집 『아름다운 동행』 『아름다운 여정』 『아름다운 안나푸르나』
전남문학상, 전남시문학상, 삼성출판문화상 등 수상
한국문인협회, 전남문인협회 회원
전남시인협회부회장, 詩流문학회 회장

산 그림자

그는 누구에게도 마음을 열지 않았다
사람들은 그래도 그에게 온갖 이야기를 털어놓고 간다
자신의 비밀과 허물을 뱀처럼 벗어 놓고서
다행히 그에겐 모든 걸 숨겨 줄 깊은 골짜기가 있다
그런 그가 깊고 조용한 그녀를 보는 순간
그동안 가슴에 쌓인 응어리를 다 풀어 놓고 싶어졌다
어머니의 고요한 품을 더듬어 찾듯이
그 응달에 다 풀어내고 싶어졌다

 이순희(서초)

2002년 《심상》으로 등단
시집 『꽃보다 잎으로 남아』
가곡 독집 『어디로 가는가』

미숫가루

여름날 단골메뉴는 단연 미숫가루다
땀이 등골을 차르르 흘러내릴 즘에
차가운 냉수에 미숫가루와 황설탕이나
꿀을 넣고 칵테일처럼 흔들어준다

쭉 들이키면 배부르기를 바라진 않았지만
불룩 배가 불러온다
미숫가루를 먹고 평상에 걸터앉아 있노라면
지나는 바람에 옥수수 푸른 잎이 휘날리는데
마치 여름날의 찬미가를 지휘하는 것 같다

노모는 해마다 미숫가루를 만든다
다섯 묶음을 만들며 한 말씀도 곁들인다
-대여섯 일곱 가지는 넣었으니 몸에도 좋고
 더위 몰아내는 데는 미숫가루만한 게 없다

비가 주룩주룩 오는 날에도 굳이 먹는다
달달하고 고소한 맛에 이끌려 자꾸만 손이 간다

한 생(生) 가운데 허기를 달래며 수도꼭지에 매달려
애원하듯 배를 채운 적이 있다
그랬다 아무리 우겨 넣어도 배는 부르지 않았고
헛배만 불렀다

오늘도 헛배를 채우고 소멸 되어가던 그 때의
시간의 자락을 잡고서 미숫가루 한 그릇을 먹는다

 이승남

2010년 《시산맥》으로 등단
시산맥, 한국문인협회, 경기시인협회, 한국시학 회원
수원시인협회, 가톨릭문인협회 회원, 마음의 행간 동인

슬픔을 위한 네 줄의 시

푸르고 차갑지만
그윽하고 화려한 블랙 사파이어
주름진 그녀 가슴에서 영근 홍보석(紅寶石)
오래 묵을수록, 향기로운 고전(古典)

 이승필

1988년 《문학정신》으로 등단
시집 『불신의 서정』 『흔들며 흔들리며』 『내 사랑은 휴면계좌에
들어 있다』 등 다수
시선집 『향기에 관한 小考』

황금찬시문학상 수상
한국문인협회, 한국시인협회, 한국가톨릭문인협회
회원
한국문인협회 자문위원

향기

한설의 매화 향기
제 아무리 아름다워도
내 가슴에 남몰래 핀
그대 향기만 하오리
봄바람에 핀
황홀한 꽃이라도
사람의 도리를 아는
가지런한 연(緣)꽃만 못하니

사람이 사람에게 주는
향기보다 더 아름다운 건
이 세상에 아무것도 없으리

 이영순 (불광)

시집 『민들레 홀씨 되어』 『詩는 人蓮의 놀음』 『꽃말의
바이러스』 등
문화예술진흥회문학대상, 문예춘추세익스피어문학대상
서울스포츠신문 이노베이션 문학대상 등 수상

담쟁이문학회 회장, 한국현대시인협회, 문예춘추
이사
한국문인협회, 국제PEN클럽 회원
시마을 고문, 계간문예 기획위원

복수초

천 길 낭떠러지
솟아올라
봄을 탄주하는 꽃으로,
속살 노랗게 비치는
연희복(演戱服) 나풀거리며
춤추는 무희 같은 꽃으로,

천년을 하루 같이 가벼이,
꽃망울 머리에 인 채,
불끈 튀어 올라
잃어버린 시간 거슬러
환생하는 꽃으로,

노란 부리 어미 새처럼
두꺼운 겨울 껍질 쪼아내는
생명 탄생 기적 낳는 꽃으로,

그렇게
속마음까지 빤히 드러내,
내게 달려와
한 떨기 복수초(福壽草) 꽃으로 피어나라.

🌿 牽天 이영순(양주)

2010년 《서울문학》으로 등단
저서 『가슴으로 쓰는 사랑의 美學』 『꽃과 詩가 있는 풍경』 등
녹조근조훈장 수훈
한국문인협회 회원, 한국현대시인협회 회원

길을 묻다

강물을 따라 강둑길을 걷는다
강물은 내려가고 나는 올라간다
올라가는 길 어느 지점 돌무덤 아래 멈춰 서서
물소리 듣는다

목숨 가진 것들은 다 울며 가는 것인가

강둑에 엎드려 울던 풀잎도 풀벌레도 모두
제 키 낮춰 제 몸의 계단으로 내려간다

나는 내가 없는 빈 몸으로 간다

날빛이 강물에 누워 어른대듯
내 가는 길 암호로 일렁인다

어느 꼭지점에 이르러야
내 가야 할 길
저 적멸에 드는 물의 길 갈 수 있을까

언뜻 언뜻 무릎 꿇고 앉은 싯다르타의 굽은 등
스쳐간다
강물을 향해 적멸에 든
저 큰 불기둥 얼굴 하나

나는 그 앞에 오래오래 공수(拱手)로 서서
눈 먼 짐승으로 운다

 이영춘

1976년 《월간문학》으로 등단
시집 『시시포스의 돌』, 『슬픈 도시락』, 『시간의 옆구리』, 『노자의 무덤을 가다』 등 다수
시선집 『들풀』, 『오줌발 별꽃무늬』 외 다수
윤동주문학상, 인산문학상, 고산문학대상, 동곡문화예술상 외 다수 수상

토양

끝없는 토양의 베풂
그 넓은 품에 안겨 사는 인류
제 것인 양 끌어들이는 풍경이어

마음 연 채 무엇이나 품어
싹틔우며 꽃 피우고 열매 맺는
토양이 부럽다

추운 겨울 빨갛게 피었던 동백꽃은
토양이 베풀었던 사랑과 희생을
하얗게 잊은 채 저리살고 있겠지

며칠 전 심은 모종 오이
울타리를 꼭꼭 잡고 열린
가시 돋친 오이 내음은
미세먼지도 사를 것 같다

우리 아파트 베란다는 꽃동산
노란 꽃, 빨간 꽃, 연분홍 토끼풀
문주란도 뽀로통 가슴 내밀고 있다

흑갈색 지렁이는 자유로이
양질의 토양을 만들고 있나보다

토양과 꽃들의 세상이면
평화통일도 다가설 것 같지?

 이옥녀

1990년 《우리문학》으로 등단
시집 『멈춰 있는 물레방아』외 7권
문예사조문학상, 한국기독시인협회문학상 등 수상
한국문인협회, 국제펜한국본부 회원, 한국기독시인협회 자문위원
서울대학병원 원목 역임

풀잎색 빗소리 듣는 검은머리물떼새
- 새.2

  검은 머리 물떼새의 그 붉은 눈동자의 슬픔을 보셨습니까. 풀꽃들이 잔잔히 바람에 흔들리고 있는 동안, 갯벌은 밀물에 서서히 잠기어 가고. 무인도의 암초 위에서 아득한 수평선을 응시하던, 새의 연한 발자국도 물살에 지워지고. 날개를 접고 물살을 쳐다보던 새의 눈동자. 썰물과 밀물. 그 물살의 깊이. 사라지는 것과 남는 것의 거리. 그 허망한 면적. 무인도에 둥지 틀고 가슴에 남아 있는 비애의 붉은 열매 하나. 풀잎색 빗소리 들으며 리코더의 울음소리로 쿠릶쿠릶 울어도 보지만, 아무도 귀 기울이지 않았습니다. 우리의 삶 또한 썰물과 밀물 사이로 조금씩 지워져 가고. 지금 내가 남기고 가는 깃털 하나도 썰물에 씻기어 사라질 것입니다. 검은 머리 물떼새의 눈동자는 나날이 붉게 젖어가고 있었습니다.

 이옥진(始園)

1991년 《현대시》로 등단
시집 『새들은 붉은색 빗소리를 듣는다』 『절벽 위의 붉은 흙』 『그 곳에 내 집이 있었네』 등 다수
소설 『나는 내일이면 이 남자를 떠날 것이다』
바움 작품상 수상
한국시인협회, 가톨릭문인회, 이대동창문인회, 여성문학인회 회원

푸른 열매

신록의 벤치에 앉아
만추의 꿈을 꾼다

가을걷이의 량(量)
몇 홉이나 될까
몇 말이나 될까
아니
몇 섬이나 될는지
노적을 그린다

이 신록의 꿈
내일을 엮는 텃밭
작은 푸른 열매
조랑조랑 기른다

 신송 이옥천

2007년《한울문학》으로 등단
시집『별을 찾아서』『석주石柱』『소각장에 핀 부용』등 다수
한국문인협회. 한국현대시협회 이사. 국제펜클럽한국본부. 산림문학 회원
시인시대 회장. 울타리시작아카데미 회장

그늘

산발치에 빈 가을이
수숫대처럼 야윈 얼굴로 걸어가고
바람 속에 모로 눕는 마른 풀
앙상한 손을 들어 누군가 부르고 있다

목 긴 기다림에 허기진 세월
숨 헐떡이며 졸라맨 허리띠
더 조르고 달려보지만
모두가 떠난 늙은 들판 위에
핏발 선 칼바람 목 놓아 울고 있다

흙 위에 뿌린 땀은 거짓이 없다는데
이 땅의 진실들 어디로 흘러가
부끄러운 등으로 어느 진흙 바닥에
얼굴 묻고 죽어 가는가

 이용섭

1991년 《문학세계》로 등단
경상북도문학상 수상
한국문협, 의성문협, 한국문협 경북지회 회원

부처님은 말씀하셨다네

부처님은 말씀하셨다네,
"기도만 한다고 저 물 위의 기름이
물 밑으로 가라앉겠느냐?"고.

부처님은 말씀하셨다네,
"기도만 한다고 저 물 밑의 돌이
물 위로 떠오르겠느냐?"고.

부처님은 말씀하셨다네,
"나를 의지하지 말고
진리에 의지하라"고.

 叡松 이용수

2004년 《전쟁문학》으로 등단
전쟁문학상, 한국문학신문대상, 대통령표창 등 수상
전쟁문학회 부회장, 국보문학회 상임고문역임
육군소장으로 예편, 한국소비자보호원 감사역임

410

불효자의 한탄

따사로운 햇살이
대지를 달구고 싶어도
흰 구름이 가리어
심술부리나니

낮에 나온 하얀 반달이
서광을 비추고 싶어도
높이 솟은 태양이
실눈 감기고

낙락장송이
푸르름을 늘 지키고 싶어도
바람이 그냥 두지 않고
불효자가 효도하고 싶어도
부모님 또한 기다려 주지 않으시니

어이타
세상 모두가 내 맘 같지 않구려
가는 세월 잡지 말고
남은여생 살아가는 그날까지
순리대로 살아가세

 이용호(진주)

2007년《문학21》로 등단
국제 PEN한국본부 및 경남지역위원회 회원
경남시인협회 회원, 산청문인협회 회원
늘푸른문학회 회원
한국문인협회 상벌제도위원

내 곁에 그대가 있어

나는
그대가 있어 좋습니다
무엇을 바래서도
무엇을 기대해서도
아니랍니다
그대를 알게 되어 좋습니다
제 마음을 헤아려 주어서도
제 손을 잡아 주어서도
아니 랍니다
그대와 말할 수 있어 좋습니다
혹여,
저를 힘들게 할지라도
제 마음 아프게 할지라도
내 곁에 그대가 있어 좋습니다
비가 온다 해도
바람 분다 해도
함께 울 수 있고
함께 웃을 수 있고
가슴 열어 마음 줄 곳 있으니
나는
그대가 있어 참, 좋습니다

 이운선

《신문예》로 등단
시집 『먼산바라기』 『해 있어 오늘이 아름답다』 등
환경신문상, 신문예문학상 등 수상
한국문인협회 회원, 한국수필가협회 회원, 환경신문 명예기자

충정의 깃

해와 달이 반도를 비추던 날부터
백성들의 눈자락에 머무는
화려하지도 모나지도 않은 진솔한 당신은
인자하신 어머니의 얼굴이기에
심장 깊은 곳에서 피어 오른 애국의 혼이었네

여타 꽃무리들은 부스러기로 뭉쳐진 이파리들의 맵시라지만
당신은 어느 나무처럼 높거나 무성하지 않고
여느 꽃들과 달리 오장을 꽃받침에 아울러 놓고
허기진 보릿고개를 지나 벼이삭 고개 숙일 때까지
만인과 눈맞춤 하니
맹서를 담은 충정이었네
꽃송이 마다 곱게 여민 무명치마처럼 매무새하고
꽃이 질 때면 피던 날의 봉오리로 다시 돌아가
고요히 지는 법을 가르치는 선비의 의지이기에
꽃이 피면 당신을 눈으로 품고
꽃이 지면 당신을 민족의 가슴에 품고
한민족은 그 향기를 사모하였지

무궁화
당신은 꽃이 아닌 민족의 해와 달을 품은 애국의 마술사
조국의 미래를 외치게 하는 높은음자리

 이원용

《한맥문학》으로 등단
시집 「날지 않는 나비」 「달빛문신」 「섬과 산의 소묘」 등
스토리문학상, 백교문학상, 국무총리표창 등 다수 수상
스토리문학 경기지부장 역임. 월더니스문학 고문

잡초의 생리

내 주변에 어이 이렇게 잡초가 많은지
뽑아도 뽑아도 솟아나기에
나도 잡초가 되어
하루하루를 열심히 성장해 갔다
참 이상한 것은 이 잡초는
온갖 살균제와 독한 약을 뿌려도 살아나고 있었다

나는 잡초들의 모습을 유심히 관찰을 하게 되고
잡초들의 속성을 요리조리 분석을 해 보고자
내 한평생 온갖 정력을 들여 연구해 보았으나
맹탕임을 알게 되었다

결론은
잡초도 살아야하고
잡초도 말을 해야하고
잡초도 새끼를 계속 낳아야하고
잡초도 계속 먹어야하기에
잡초도 생각이 있다는 것을 알았기에
무릎을 탁 치고 내가 바보임을 깨달았을 때에
잡초는 나를 보고 웃고 있었다

 이유식

2007년 《신동아 그랜드 캐논》으로 등단
시집 『멀고 먼 당신』 외 7권
캐나다 동포선정 문화예술 공로상. 경상북도 교육공로상 등 수상
민초해외문학상제정 운영위원장
캐나다 중앙일보 객원논설위원

아나스타시스(부활)

잔인한 사월 햇살
갈보리 언덕에서 가쁜 숨을 몰아 쉴 때
당신은 처절하도록 무기력하게, 처
참하게
십자가에 못 박히셨습니다.
누가, 어느 누가
그런 당신을 하나님의 아들이요,
인류의 메시아라 믿을 수 있었겠습
니까.

죽은 자를 살리고 병든 자를 일으키며
폭풍과 천둥과 파도를 꾸짖던 광휘에
웃음처럼 환한 노래 부르며
환호하고 열광했던 제자들과 군중들,
그들은
비겁한 겁쟁이요, 배반자요, 도망자
가 되었습니다.

그 때 그들의 눈에 비친 당신의 모습은
160cm도 안 되는 왜소하고 깡마른
사나이,
나사렛 촌구석, 말 밥통에서 태어난
형편없는 사나이,
이 마을 저 마을 돌아다니며 부서진
문짝이나 고쳐주던

남루하고 초라한 목수였을 것입니다.

아! 그러나
당신은 사망의 장엄한 침묵을 깨뜨리
셨습니다
아나스타시스!
이 부활은 허황된 신화가 아니었습
니다.
아득한 전설의 메아리는 더욱 아니었
습니다.
당신은 죽음에서 다시 살아나시어
갈릴리, 거기서 제자들을 기다리셨습
니다.

못 자국 선명한 손과 발,
창에 상한 허리 보이시고
부활의 화음을 축포처럼 쏘아 올리며
생명의 메시아로 다시 오시었습니다.
눈을 뜨고 있을 때, 잠이 들었을 때,
언제나 함께 계시고
사랑의 밀도 조인 불멸의 유훈을 남
기셨습니다.

그리하여
하늘에 속한 형상을 입게 된 사도들이

참수형을 당하고, 화형을 당하고,
원형극장에서 맹수의 밥이 되고,
살과 뼈를 톱으로 켜도
담대하게, 장렬하게, 당신의 부활을 증
언했습니다.

이 부활의
생생한 증언의 터 위에서 교회가 세워
지고
이 부활의
생생한 증언의 터 위에서 복음은
순결한 생명을 가진 진리가 되었으며
지상의 어둠 밝히는 사랑과 영생하는
믿음과
소망의 정점이 되었습니다.

주님!
주님의 생명과 사랑의
통로가 되는
부활의 증인되고 싶습니다.
주님!
영원한 사랑의 채무 갚는
부활의 증인이 되고 싶습니다.

 이유진

민족평화협회 이사장. 한·미문화협회 부이사장
한국문협해외교류위원, 기독교시인협회 자문위원
재외동포재단 자문위원, 국제환경문화운동본부 총재 역임

섬초롱꽃 사랑

꽃향기는 아무려면 떨기에서만 맡는 게 아니다

숲과 계곡에서 잠시 쉬는 참에
섬에서 여름의 여백을 즐기는 시간
무심결에 활짝 웃는 꽃들을 만난다
속살까지 드러내 보이지 않는다고
그래서 곧잘 지나치는
꽃술이 보일까 말까 한 초롱꽃
다소곳이 고개 숙인 그 수줍음
그보다 더한 매력은 없다
사람들이 서로에게 몸을 낮추면
그보다 더한 향기는 없다

연꽃에 바람 일고
섬 언덕에 가을이 건너오는데
초롱꽃 향기는 어디쯤에서 또 피어오를까

 이은별

1995년 《에세이포레》로 등단
시집 『내일은 푸른 하늘』 외 에세이집 『섬초롱꽃 사랑』 외
국제PEN문학공로상 수상
한국문인협회·국제PEN한국본부 이사
푸른문학, 푸른문학사 발행인

흑립(黑笠)

갈라진 흙바람벽 사이에 먼지 내려 쌓인다
주저앉은 서까래와 반쯤 열린 대문
더 이상 여닫을 일이 없다는 듯 기우뚱하다
거미줄 자욱하게 처져 있는 텅 빈 부엌
마당엔 낡아 색 바랜 옷가지와
녹슬어 뚝뚝 제 살을 덜어내고 있는 빈 무쇠솥이 쓸쓸하다

듬성듬성 올이 풀린 채 우두커니 시렁에 앉아 있는 흑립
허옇게 마른버짐이 핀 대청마루
덜컹거리는 사첩분합문 사이로 상청과 위패의 한 시절이 지나간다

굴뚝의 저녁연기, 그릇 부딪는 소리, 간간이 사랑채에서 으흠 기침소리
어머니 다듬이질 소리도 이젠 들리지 않는 빈집

컴컴한 새벽 그믐달 잠시 내려와 뒤척이고
아침이 되면 저 지붕 끝도 이마가 시릴 것이다

*흑립黑笠: 말총으로 엮어 검게 옻칠을 한 갓

 이은춘

2015년 《월간문학》으로 등단
한국문인협회 회원, 불이문학 회원

여름, 외가의 추억

낡은 기와지붕엔
초록 박 넝쿨이 곱게 드리워졌던
마당 한 가운데엔
긴 장대 세워 빨랫줄 매달고
초록색 양철 대문엔
진갈색 나무문패가 달렸던

버선발로 외할머니 반겨주시던
그 외가!

그 해 여름 나는
몽고메리의 〈빨강머리 앤〉이 된 것
처럼
그렇게 작은 오솔길을 걸으며
이름 모를 들꽃들을 한 아름 꺾어선
빛바랜 유리병에 꽂아두곤 했었지

엄마가 사주셨던
잔 꽃무늬 연보랏빛 원피스를 입고
하얀 피부를 뽐내며
한없이 우쭐댔던 때가 있었더랬지…….

세상은 온통 초록이었고
할머니 댁 지붕도, 대문도
그렇게 초록이었지

그땐 아마도
내 나이도 꼭 그 초록색만큼만
먹었던 때가 아니었을까?

 이은희

2006년 《문예사조》로 등단

외유내강(外柔內剛)

드센 겨울

쫓는 것이

순둥이 봄이고

거친 불을

잡는 것은

얌전이 물이다

이렇듯

미움도

사랑 앞엔 죄인이다

 이일현

2013년〈국보문학〉으로 등단
한국문학신문문학상, 시조문학작가상, 민들레문학상 등 수상
한국문학신문 정겨운 우리말 연재

수련화

왕방산 중턱
자리한 천년고찰

작고 예쁜 연못
노란 수련화

산바람
아침햇살에 실려와
만지려니
수줍은 듯
몸을 움츠리며

아가의 주먹
흔들어 보이니

심술 난 산바람
법당 뒤
천년된 소나무
잔가지
흔들어본다

 一조 이재옥

1998년 《해동문학》으로 등단
한국문인협회 회원, 경기도 문인협회 이사, 해동문인협회 부회장
한국작가 이사, 한국문인협회 포천지부장 역임

별님

높고 높은 밤하늘
너무 높아 막막한데
영롱한 저 별빛은
내 마음을 밝히는
사랑하는 님의 눈빛

멀고 먼 밤하늘
너무 멀어 캄캄한데
총총한 저 별들은
내 가슴을 태우는
사랑하는 님의 밀어

하도 멀어
애틋한 속삭임만
하도 높아
아련한 그리움만
떨리는 호수에
밤을 새워 담는다

 겸재 이재호

2014년《국보문학》으로 등단
한국문학시조부문대상, 세계시문학우수상 수상
한국시조사랑시인협회 이사, 국보문학회 상임고문
강동문예창작대학원 회장, 강남문인협회 회원

강물

세월의 흔적 담아
도도히 흐르는
생명의 물결

굽이굽이 산천 따라
잔잔히 흐르는
그리움의 물결

서로 다른 곳에서 흘러
하나가 되는
거대한 물결

막으면
넘쳐서 가고
돌아서 가고

언제나
낮은 곳으로 흘러
바다에 이르는 강물

 이제민

2005년 《문학세상》으로 등단
시집 『내 마음속의 작은 병정들』 1, 2권
문학세상 회원, 한국문인협회 회원

후회

내일이 고희임을 의심하며
5월의
싱싱한 햇살이 내려앉은
어버이날 풍경은
몽환으로 보낸 젊을 적 어버이날을
생각하게 한다.

세월을 먹다 보니 자식에게 바라는 것이
한손으론 꼽을 수 없을 만큼 많은데
어머니의 가슴은 얼마나 아팠을까
희멀건 눈으로 나를 바라보시던
마지막 어머니 모습이
가슴을 아프게 하는구나.

무덤가에
잡초 한 뿌리 뽑아 준 것으로
하얀 국화 한 송이 두고 온 것으로
불효를 감추려 해 보지만
멀어져버린
그림자

두 팔 벌려 불러보지만
닿을 수 없는 먼 길임을
고희가 다 되어 깨달았으니
후회해 본들 무슨 소용 있겠는가.

재 넘어 불어온 해풍이
오늘따라
슬픈 변주곡으로
내 가슴을
울리는구나.

 이종철

2009년 《문예시대》로 등단
한국문인협회 회원, 국제펜한국본부 회원
부산시인협회 회원

오륙도 변천사

1
봇짐 내려놓고 보니 부산역
머리 굽혀 반기던 산비탈 십구공탄
솟아오르는 뜨거운 구차(苟且)가 솔솔
물결 따라 흐르는 잿빛 눈물
하얀 소금줄기 그득한 작업복
드넓은 실망 위에 파도치는 절망이
영도다리를 잡고 일어섰다 앉았다
눈만 뜨면 보는 바다엔 먹다버린 주먹밥
국제시장 깡통 속엔 로망 대신 따끔한
허기
시야에 펼친 바다엔 별도 달도 살지 않고
날개 달린 파도 색 바다 새들도
노래라고 부르는 게 눈만 깜작깜작

2
굴뚝 여기저기 기지개켜며 고무 타는
냄새
뭍에서 바다로 쓸어가고
산이 아기집을 낳아 오가는 배들은 뱃사
람을 낳아
잔에다 달 띄우며 밤낮 없이 살찌는 술집
뱃고동으로 귀 뚫어 황금 고리에 물보
라 치고
밀려오는 달라가 여기저기 해파리로 날
개 단다
항구는 날 도깨비가 낮술에 얼굴 불콰
하고
바닷물이 뿜어내는 어린 바위들 하나
둘……
젊은이들의 부푼 가슴으로 내밀고

3
밥상 위 간장그릇 속에 이는 작은 떨림은
밀어내고 다시 받아들이는 밀썰물의 박
동으로 치솟고,
입술마다 자리한 별빛 바다에 드리워지
는 꿈의 그림자는
아기섬들의 발아래 푸른 바다로 드러
눕고
깃털을 매만져 맵시를 내고, 아침 해를
밀어 올린다
별들을 뿌려 별꽃을 가꾸는 바닷새들이
구름을 따먹고
날아가는 해풍에 머리를 감고 우줄우줄
춤추는
갈매기들에 비추는 빛줄기들이 사는 집

 이종호

1992년 시집 『열어 보자, 꽃이 피게』로 등단
동시집 『오아시스속의 한국인 학교』 번역서 『시인들의 노래』
이육사 문학상, 오륙도 문학상 등 수상
부산남구문인협회 회장 역임

봄날은 길지 않다

새 생명 소망의 바람 불어
새싹 돋아 꽃망울 터지며
기묘한 기운 봉화처럼,
정수리에 타오르는 봄

제 계절에,
밭 갈고 씨 뿌리지 못하여
잡초의 들씩임에
밤낮
시름만 자라나는
비옥한 묵정밭,

길게 남지 않는 봄날,
노을이 오기 전에
햇살로 갈고 다듬은 이랑 이랑에
꽃씨를 뿌려야한다

싹 트지 않을까
의심하고 두려움에 망설이는
그대의 간구가 빌미 되어
단비가 부슬 부슬 대지를 적시고 있다

🌿 이주랑(이선호)

2011년 《포이에마창작문학》으로 등단
저서 『말하지 않는 것은』 『그날을 기다리며』
대통령 포상
한국문인협회, 한국기독시인협회 회원
사랑자원봉사단장

늦여름 해바라기

시퍼렇던 자긍심도
안으로 안으로 감추고 있던
그리움도
남몰래 품었었던 비수도
아직도 못 버린 그 미련도
모두 아래도 아래로 접어내리고
산다는 것의
그 적적함.
사랑한다는 것의 그 미망.
그것들을 모두 안으로 접고
모두 내 탓이며,
내 죄라며
고개 숙인 늦여름 해바라기

 이지윤

1987년《문학과 의식》으로 등단
KBS, MBC 아나운서 역임
대전 예림유치원 운영

여운

내 마음 연초록에
풀 향기 묻어오면
싹틔운 눈망울이
구름 되어 흐른다

먼 하늘 달빛구름
빗질한 언덕마다
꽃구름 송이송이
가지마다 하얗게
순백가슴 풀어 내린
젊은이 늙은이여

덧없이 해 기우는
저녁노을에
휘감기는 바람소리
노랫가락 읊으며
잠시라도
한 발자국 다녀갔으면

 文星 이창원

2009년 《문예춘추》로 등단
시집 『검은 태양』 『단비는 밤새 내려라』
서정주 문학상, 윤봉길문학대상 등 수상
한국문인협회 회원

손톱

한 뼘 우주 속의 작은 섬
초대 받지 않았지만 나는 이곳에 있다
내 자리가 없으므로
시간을 긁적거리거나 떠돌아야 했다
꿈이 하나여서 무겁지는 않지만
속이 훤히 보여서
비밀을 넣어두면 많이 뜨끔거렸다
간직해야하는 비밀이 두꺼워질수록
아픔은 무뎌지고 파도는 순해졌지만
섬은 선홍의 피로 물이 들었다
가끔 바다의 호명을 받으면
하나뿐인 불구의 날개로
파도의 현을 타고 날아 다녔다
바다가 내어준 팔을 베고
가난한 꿈을 키우는 나
어느 태양계의 혈통인지
나는 내가 궁금하다

 이채민

2004년 《미네르바》로 등단
시집 『동백을 뒤적이다』 외 1권
미네르바작품상. 시예술상 등 수상
미네르바 주간

종소리

멀리서 그윽한 종소리 들려온다
한 송이 백합이 뿌리는 향그러운 내음처럼
내 가슴에 살그머니 스며들었다

고요한 세상에 잔잔히 퍼지는 종소리
그토록 아름다웠던 먼 훗날의 애잔한 감동이 되고파
저렇게 제 몸을 아낌없이 부수어 아름다운 소리를 만들었구나

종은 제 몸 속을 다 비우고
텅 빈 마음으로 마음을 울린다
비울 줄 아는 지혜와
아픔을 견딜 줄 아는 인내를 가졌기에
이렇게 아름다운 종소리를 만드는가보다

아무것도 가지지 않은 종은
이제 뜨거운 울림으로 온 세상을 울리고
들녘에 핀 나팔꽃 한 무리
들려오는 종소리에 기지개를 켠다

 이청진

본명 이종수
2000년 《문학세계》로 등단
시집 「호수 속에 내 모습 잃어버렸네」
후백문학상, 세계문학상 등 수상

문학세계문인회, 한국문인협회 회원, 문학넷 작가동인
경희대학교 응용물리학과 교수

소쩍새

소싯적
시골 할머니 집 찾을 적에
해가 서산에 기울면
유난히도 골골이 울리던
소쩍새 울음소리가
이별한 임 그리는지
짧은 밤도 긴긴 밤 같아
나의 심금을 울렸는데
먼동이 터 동창이 밝아도
무슨 사연이 그리도 많았는지
밤새워 울었던 소쩍새
쉼 없이 울어대는 그 소리는
변함없이 더욱 낭랑했는데
그래 너는 분명 '울새'였는데
요즘은 들을 수가 없어
만나 곱은 소쩍새

 安山 이학덕

2014년 〈公友〉로 등단
시집 『상사화』 『메아리』 등
한국문인협회, 한국가톨릭문인협회 회원
중등교사 정년퇴임

잃어버린 휘파람을 찾기란
그리 쉬운 일이 아니다

무엇이 떠나고 머무는가
세상 일이 별것 아닌 걸 알게 되면
침몰의 빛이 살아 오르고
떠다니던 고단한 마음이 나부끼고 있다

시간 속 아우성……
소문을 밟고 오는 영원은 살고
헹궈 낸 깨끗함의 아름다움이
이따금 빛나던 잃어버린 추억

산이 품고 사는 소리와
강이 쓰러뜨린 파도가
어우러져 교향악을 이루는데
멀고 먼 곳의 언덕을 달려
눈부신 손짓 못 견딘 울음
아득한 종소리 아픔의 올을 풀어
언제나 알몸으로 파고드는 파도의
아픔을 모른다
헛되이 보낸 시간을 부둥켜안고 파묻
힌 허공 속에
잃어버린 휘파람을 찾기란 그리 쉬운
일이 아니다
파란색 햇살을 퍼서 뜨거운 불길로 삶을
씻어내야 한다
알몸으로 피워 올리는 땀을 캐고 싶다

맑은 온 누리의 울림이 되어
어둠을 깨끗이 털면서
너무도 많이 변해버린
천년의 아침이 보이고
살아 있는 우리들의 얼굴 위에 쏟아지는
가장 깨끗한 빛이
하늘과 땅 사이에서
날마다 새롭게 만나고 있었다

목쉰 두견새 울음
진달래 꽃잎마다 묻어 있다
가슴에 물이 드는 진홍빛 향기
세상에서 가장 아름다운 꽃이 핀다
달려와 부르는 찰랑 찰랑한 어린 시절
자취 없는 바람을 누가 기다리는가

아름답게 머물기 위해 멀어지는 물소
리 같이
항시 기다리는 소리가 꽃대궁을 흔들고
한없는 봄날이 가고
차별 없는 햇빛이 속삭이고 있었다

 이한식

1991년도 《문학공간》으로 등단
시집 『파란 하늘 저 너머』 『먼 훗날의 노래』 『대숲이 사운 대듯』
통일문예상 수상
한국문인협회 회원, 한국문인협회 대전광역시지회 회원

나는 그렇게 계절을 세척한다

파도의 분노는
언제나 그리움이다

하얀 바다 눈꽃을 깔고
연두빛 능선
그 부드러움에 동정을 바친다

하늘 낮은 밀림에서
스콜을 뿜으며

그렇게 타고도
숯이 되고 싶던 자줏빛 연인

관악산 꼭대기 전파탑에
하루를 걸어 두고

네 가지 색소로
변모하는 바다에서

X RAY를 통과하는 섬유로
헤엄치면 일어서는
파도의 성감대

나는
그렇게 계절을 세척하고 있다

 이행자

1994년 《문예한국》으로 등단
시집 『지금은 AM 5:32』 『해를 입은 여자』 『사랑을 위하여』
영랑문학상 수상

물푸레나무 혹은 너도밤나무

여러 가지가 함께 좋을 때
그러나 꼭 하나만 골라야 한다고 할 때
나는 '물푸레나무 혹은 너도밤나무'라고 한다

꼭 하나만 골라야 하므로 무수한 것을 외면해야 할 때
두 길을 동시에 갈 수 없으므로 어중간한 자리에서 길을 잃을 때
나는 '물푸레나무 혹은 너도밤나무'라고 한다

하나의 길을 걸어서 인생을 시작하는 일
한 사람과 눈을 맞춰 살아가는 일
그리하여 세상이 허망하게 달라지는 일
눈 감고 벼랑에 서는 일 두려워 나는
'물푸레나무 혹은 너도밤나무'라고 한다

여럿 가운데 하나만 남겨두고 모두 죽여야 하는 때
물푸레나무 혹은 너도밤나무 길고 낯선 이름
더듬거리는 나를 웃으려는가
잘라낼 수 없는
몰아낼 수 없는
돌아서 등질 수 없는 아픔을
지조 없다 하려는가

물푸레나무 혹은 너도밤나무
나 끝끝내 너 하나를 버리지 않아
이제는 안심하고 잠들 수 있겠다

 이향아

1963년 〈현대문학〉으로 등단
시집 『나무는 숲이 되고 싶다』 등 21권
수필집 『종이배』 등 15권
문학이론서 『창작의 아름다움』, 『삶의 깊이와 표현의 깊이』 등
7권

한국문학상 등 다수 수상
호남대학교 교수역임. 호남대학교 명예교수. 동북아기
독문학인협회 회장

저녁

하루 종일 쫓기다
겨우 다다른 안식처
더는 뒤로 밀리지 않으려고
버얼건 얼굴로 밤의 문을 막고 있다

낮부터 나뒹구는 쓰레기들
범죄와 폭력의 쓰나미에 무너진 제방
갑의 칼춤 아래 스러지는 을의 낙엽
황금만능 신이 배설한 냄새
온몸을 던져 가려준다

그녀가 뱃속에 꿈틀대는 밤에게
오염 안 된 유산을 물려주기 위해
이슬같이 마알간 먹이로 젖줄을 채우려고
지구 밖 구석구석을 헤매고 있다

눈부셨던 젊은 시절 추억
이제 붓으로 덧칠하고
높낮이 없는 세상을 위해
신발을 어둠속에 벗어 놓고
상처 난 육신을 눕힌다

 이현원

2013년 《문예사조》로 등단
한국문인협회 회원, 한국수필작가회 회원
청숫골문학회 회장, 별빛문학회 회원

행복의 계단

창문을 넘어온
손수건 한 장 같은 아침
말간 햇살과의 만남이 첫 계단

작은 식탁에 앉아
아내의 손맛에 취하고
날마다 감개무량하다면 두 번째

누군가의 초대로 길을 나서며
이웃의 온기 머금은
인사를 받는 것은 세 번째

잠시 걸음을 멈추고
살포시 포옹하는 두 나비에게
베시시 웃음 던지면 그건 네 번째

아, 그러나
탱글탱글한 물상 앞에서
소유욕이 돋아나면 그것은 망령

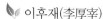 이후재(李厚宰)

2006년 《스토리문학》으로 등단
시집 『새날은 새들이 쫀다』 『거북바위가 묻는다』 『땀 흘리는 산』
전. KBS 아나운서·PD

새벽

아그덜아, 새복 되얐다.
장딱이 목청을 뽑은지가 한참 되얐
당께!
바다랑 하늘이 지끔 쪼개지고 있는
것 잠 봐라.
해님이 바다너머에서 튀어터진다.
햇살이 하늘 사방군데로 화살을 쏘
아뿐께
빛을 몽땅 빨아먹은 바다가
새악씨 볼따구니 맹키로 뽈구작작 허니
연지곤지를 찍어 볼르는구나.
둥근 해가 이마빡을 살짝 내비친께로
어둠이 어느새 내빼부렀다.

아그덜아, 언능 인나그라.
뒤 안 대밭에서는 폴시께 굿 판 났당께!
밤새 뽀시락도 안 허고 잠자던 삐둘
기들이
후다닥 푸드덕 날개춤을 춤시로
뚱실뚱실 얼굴 내미는 햇덩어리 속으
로 날아가뿐다.
감나무 가장구에서는 까치가
어서들 인나서 부지런히 움직끼레 보
라고
새복잠 욻스시던 할아부지 대신

보튼지침을 해쌈시로 깨우쟎느냐?

아그덜아, 싸게 서둘러라.
언능 세수 허고, 밥 먹고, 핵교 가야
쓴당께!
햇님이 벌써 솟뚜껑섬 우게 뽈딱 올
라 서부렀다.
늑아부지 괭이는 폴새 땅을 백번도
더 팠것다.
지 몸땡이는 돌볼 틈도 윦시
아등바등 발싸심 해쌓는 부모 생각
혀서라도
느그덜도 얼렁얼렁 핵교당에 가서
선상님 말씸을 부지런히 주서담어야
지야.
아, 후딱! 후딱!

 이흥규

1992년 《우리문학》으로 등단
시집 「달빛 낚기」 외 4권, 소설집 「도시의 불빛」
사투리시집 「어머니의 편지」, 산문집 「생각나들이」
새싹회 글짓기지도교사상, 광주전남 아동문학상

한국문인협회, 광주광역시문인협회 회원
한강문학 동인회장, 죽란시사회 회장 역임

봄이었나요

밤새
훈풍 다녀가더니
하얀 목련
화알짝 웃고 있어요

창공을 향해 합장하는
순백의 미소

난 알아요

우리는
순간을 지나
영원을 살아요

찻잔에 봄을 타서
세상을 마셔요

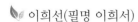 이희선(필명 이희서)

2011년 《문학예술》로 등단
시집 『멈춰선 그리움』
한국문인협회, 국제 펜클럽 한국본부 회원
한국문학예술 경인지역예술인협회 사무차장, 청송시인회 이사
한국음악저작권협회, 한국예술가곡연주회 회원

아직도 못 다한 말

그토록 기나긴 시간
그토록 아련한 세월
밤하늘 달님에게 말하리라

마음 아프도록
가슴 저리도록
슬픈
그대에게 말하리라

하얀 목련화 피고
노란 열매가 맺고
이제는 말하리라 했는데

아직도 못다 한 말
가슴속 묻어둔
그 한마디
목메어 삼켜버린 그 목소리

 임갑빈

2013년 《창조문학》으로 등단
한국문인협회 회원
무역회사 전무

어머니

이른 봄볕 아래
빨래 너는 아내의 뒷모습에서
어머니를 만난다
풀 먹인 호청 매운 시집살이 털어내듯
툭툭 털어 반듯이도 널어놓았다

맑은 하늘이 닿는 빨래처럼
어머니 살 내음 더듬어 유년으로 돌아가면
울렁이는 그리움 하늘가에 널린다

막내둥이 못다 먹인 빈 젖가슴
마른 무릎에 앉혀 이마만 쓸어 넘기시며
곡진한 한숨 눈물 삼키시던 어머니

아지랑이 같은 그리움
침침한 눈가에 이슬이 되어
알알이 배겨 흔들린다

따사로운 봄볕에 눅눅한 마음을 널면
어머니 같은 햇살 나를 보듬어
오후의 한때라도 그리움 가실런지?

이승의 봄볕 따라 하늘을 오르면
그리운 어머니 꿈같이 만나려나

🌿 임광남

2014년 《문학예술》로 등단
한독문학상, 이가탄 한국약사문학대상 등 수상
한국문인협회 회원

모시옷 한 벌

부채 끝에 꽃잎이 펄럭이면
무릎에 비벼 풀실로 짠
모시 베 한 필 바꿔다가 마름질 한다
보일 듯한 속내를 올올이 세어
박아서 자르고 또 꺾어 박아
참새 부리 같은 섶에서 매미소리가 나면
살금살금 뒤축 들고 깃을 세운다
야무진 깨끼옷 곱솔 박음질이
흐트러지지 않는 물길처럼 곱디고울 때
치마 적삼 가지런히
찹쌀 풀 먹인 풀벌레 옷깃
새벽 이슬에 걸어 두었다가
자근자근 밟아 빳숫하게 다린 후
숫눈 같은 동정 달고 나면
한 송이 흰 연꽃이
먼 날의 인연처럼 피어난다

 임미형(광주)

동서문학상 수상
경북일보 문학대전 수상
한국문인협회 회원

화력(花曆)

대한 지나 설을 앞둔 쌀쌀한 날
달력 한 장이 미리 넘어가 있다.
입춘 보내고 삼월에 가 있는 땅
윙윙대는 벌떼 소리 품은 듯하다.
고샅길 오종종 모인 개불알꽃
가녀린 줄기 얼어붙는 겨울 결정을
붉은 불길 담금질로 매단 잎사귀
영하의 추위에 식혀 붉은 듯 푸르다.
하, 그들의 월력은 따로 있었던 것이다.
희미한 햇살 엮어낸 당초무늬
매듭 문자로 날수 헤아리며
해시계 줄기 그림자 손꼽은 날
때맞춰 파란 꽃 터뜨렸다.
길 옆 언 땅에 햇살 병풍 두르고
탱탱한 바람의 날 선 붓끝
건너편 언덕 세한도 걷어 내고서
인동의 불길 수놓아 건너온 한철
땅 아래 잠자는 숨결 속으로
눈부시게 내리는 자리가 있다.

 임백령

본명 임영섭
2016년 《월간문학》으로 등단
시집 「거대한 트리」

천륜의 사랑

길가에 피었죠
아름다운 꽃 하나
아무렇게나 피었어도
소중하게 아름답죠
화단에 옮겨주고 싶은
아름다운 길가의 꽃
꽃밭 화단에
옮겨 드리고 싶은
가슴속 내 어머니
하늘을 떼어다
마련한 우리사랑
아쉬움도 빛 남죠
하늘의 별들 같죠

 임병현

2006년《문학저널》로 등단
천안문화원장 역임
한국문인협회 편찬위원
문학저널문인회 고문

겨울강가에서 봄을 만나다

동지(冬至) 흘러간 겨울강가에서 바라
보면
산간마을 나무들 눈빛이 따스하다
풀뿌리 적시는 연록색 물소리 들린다

하루하루 낮이 길어지면서
보리들이 푸르게 얼굴을 들고
냉이, 씀바귀, 달래들은 귀엣말을 나
눈다

숲속을 나온 작은 멧새들
여기로 저기로 나비처럼 날며
은방울 흔든다, 콧노래 부른다

농부들은 식솔들과 도란도란
잘 생긴 씨앗들을 고르며
흙이 살찌는 내일을 가슴에 품는다

소한(小寒), 대한(大寒) 강 건너에 있지만
언 땅 속에서도 새싹들이 움트듯
새 생명들이 산천초목에서 꿈틀거린다

추억을 남기고 떠나가는 세월 곁에서
의식의 영혼 청청(靑靑)히 일깨워준
유정한 겨울이여, 고맙다

한때 북새풍(北塞風)으로 시름 깊었으나
봄날의 부활을 위하여
뒤돌아서서 붉은 눈물 씻었다

설원 맨 처음 걸어 온 발자국 돌아보면
오늘 출발이 더욱 새롭다, 경건하다
잉태한 꿈 탄생을 위하여 가는 길 아름
답다

긴 어둠 끝에서 뜨겁게 떠오른 새해 아침,
황소 앞세우고 들녘으로 나가는 농부
의 발걸음
힘차다, 바람도 싱그럽다, 까치들이 따
라간다

 임병호

1965년《화홍시단》창간, 1966년 한국문인협회 수원지부 창립회원
시집 『幻生』 『금당리』 『적군묘지』 등 18권
한국예술문화상, 우리문학상, 경기도문화상 등 수상
한국경기시인협회 이사장, 《한국시학》 편집·발행인

국제PEN한국본부 부이사장 겸 경기지역위원회 명
예회장
한국문인협회 자문위원, 한국현대시인협회 지도위원.
수원문학아카데미 원장.

길 없는 길

강물 위에 앉았다가
일제히 하늘을 향해 비상해 오르는
수천 마리 철새 떼들의 일사불란
그들은 길 없는 허공 길을 평화롭게 날아
그들의 고향에 이른다

바다 속을 헤엄쳐 가는
수만 마리의 어군들
어떠한 암초와 수초에도 걸리지 않고
수만 리 길 없는 물길을 거슬러
그들의 모천에 닿는다

그러나
이 지상에 수천만의 길을 만들어 놓고도
제 길을 제대로 찾아가지 못해
좌충우돌 피를 흘리며 주저앉는 사람들
그들은 고향도 모천도 못 찾고 허둥댄다

길이 없으면
세상이 다 길인데
길을 만들어
일만의 길을 다 죽인다

 임 보

1962년 《현대문학》으로 등단
시집 『구름 위의 다락마을』, 『운주천불』, 『아내의 전성시대』 등 다수
시론집 『현대시 운율구조론』, 『엄살의 시학』, 『시와 시인을 위하여』 등 다수
전 충북대 교수. 현 《우리詩》 편집인

445

마음의 꽃

들꽃 지천으로 피어 춤춘다
아름다운 이름으로 치장을 한들
구절초 바람에 노고단 달맞이꽃은
내 꿈속을 파고드는 것

비록,
비바람에 할켜 다 뒤틀린 몸짓이라지만
바위틈의 저 소나무
맑은 강으로 청청 자라 오른다

덩치 높은 벽들 기어올라
내 가슴 아래 멈춤고
낮게 더 낮게
속살 깊은데 긁어모아
온 몸 묻어 놓고 싶다

감당키 어려운 긴 시간
때론 말을 잃어도
때론 노래를 버려도
나만의 그 세상
내 안에 퍼렇게 살아나는
댓이파리 같은 꽃

아,
아파하면서도 상처 보듬고

겪어야 했던 몸짓
나, 울었던가 기억 없지만
작은 토종닭의 그 붉은 벼슬을
나는 떠올린다

 임보선

1991년 《월간문학》으로 등단
시집 「내 사랑은 350℃…」 「솔개여, 나의 솔개여」 「청소년을 위한 사랑시 모음」 외 다수
미래시 동인, 시문회 회장
우신히트텍 회장

황금연못

황금연못에는 황금의 꽃들이 피지
황금연못에는 황금의 물고기들이 살지
하지만 아무도 가보지 못한
높은 산봉우리 안개에 가린 연못이지
황금연못의 전설은 자자손손 전해 오는
꿈같은 이야기지
황금연못 속으로 들어가 길 잃으면
다시는 돌아오지 못하고 인형이 돼 굳어 버리지
황금연못 비밀의 문은 아무도 풀지 못하고
일곱 빛깔 열쇠를 가진 자만이
열 수 있지
하얀 손을 가진 자만 그 열쇠를 받을 수 있지
사람들은 누구나 황금연못의 꿈을
가슴에 품고 살아가지
언젠가 황금연못으로 들어가
눈부신 꽃들을 꺾을 수 있으리라
하지만 들어가 되돌아온 자 없는 그 연못에는
오늘도 황금의 사과가 열리지
오늘도 금빛 사슴이 뛰어다니지

 임봉주

2005년 《자유문학》으로 등단
시집 『꽃화살 바람의 춤』 외 2권
내항문학동인
인천문인협회 회원

억새꽃에 대하여
―어머니

수평선이 가두어 놓은 화산섬 한 켠에
평생 일구어 온 어머니의 작은 양지
봄햇살 겨운 손끝에 윤기 나던 그 들녘

한때는 따뜻한 별들이 지상으로 내려와
팔남매의 어린 꿈들 품어준 적 있었네
청보리 푸른 습성으로 넓어지던 하늘가

우기에도 물이 흐르지 않는 건천을 돌아
젖어있는 모든 것들은 바다로 떠났네
수평선, 그 견고하던 절망의 경계여

이름처럼 억세게 앞만 보고 가던 그길
천형(天刑)의 바람 속에서도 휘지 못한 시간들
초겨울 서리 찬 언덕에 은발로 나부끼네

🍃 임애월

1998년 《한국시학》으로 작품활동 시작
시집 「정박 혹은 출항」, 「사막의 달」 등 3권
경기문학인대상, 경기시인상, 수원시인상 등 수상
계간 《한국시학》 편집주간, 국제PEN한국본부 이사
한국현대시인협회 이사, 경기문학인협회 부회장

오래 된 손

새벽부터 하루 종일
이불 개고
창문열고
밥 해먹고
공부도 하고
……

애오라지
짧고
뭉툭하고
두텁고
거친 손을 보면서
살아 온 전 생애를
위로하고
꾸짖지 아니 하고
다툼질 아니 하고
영혼 없는 영원이 있을 수 없듯이

어쩌면 위대하고
어쩌면 터무니없는 손
천사의 세례명을
지옥의 아수라를 생각하면서

세상의 긴 행렬에 앞장 선
그 손이 거쳐 온

애욕과 존경과 통증의 역사가
쓸쓸하게 다가오는
개미굴 느낌을 지을 수 없지만
뜨거웠던 함성이 묻혀버리고
이슬 빛으로 물러 앉는다

 又敬堂 임정남

2009년 《문파문학》으로 등단
시집 『낮달』
한국문인협회, 국제펜한국본부 회원, 문파문학 운영이사

바다와 새

바다에 다녀온 새는
늘 날개가 아프다
아픈 곳을 조금씩 짚어가면
수평선까지 아득한 눈물
새는 가벼이 나는 것 같아도
가시밭길을 안고 날았다.

파도는 새의 가슴으로 바스라지고
새는 바다에 가서야 비로소
제가 흘려온 눈물의 깊이를 안다.

일어섰다 넘어지는
아픈 꿈만 꾸면서
날지 못하는 바다
해일의 깃발을 세우며
새의 눈빛에 다가서지만
끝내 소리가 되지 못하는 물거품

푸른 한숨이던 바다도
언젠가는 하얗게 몸 바꾸어
훨훨 날아오르는 큰 새가 되리

 임정희(지원)

1991년 《한국시》로 등단
시집 『강물위에 피는 꽃잎』, 『삼월의 바다』
노산문학상 수상
한국문인협회 회원
현)성인대상 양원초등학교 교사

석송령(石松靈)

복스럽게 꾸민 한복 선녀 석송령
바람결에 하늘향 펄럭이며
조용한 미소로 반겨준다

일제 땐 톱 든 순사놈
개골창에 꼬박고
육이오 억센 포격에도
군인들 안고 피했다

육백 년 억센 세월에
산신당 성령으로 주민들
천복으로 다독이고

할배 유산 세금내고
대통령 하사금 보태
장학금으로 아이들 보듬네

싱싱푸른 가슴 온 세상 안고
땡볕 주민들 쉬게 하는 소나무
석송령 영원한 은혜 베풀어

무병장수하라, 성스런 영현이여!
예천군 감천면, 천연기념물 294호
석송령이여, 영원하라!

 임제훈

2001년 《한국시》, 《문학세계》로 등단
시집 『조용한 새벽』 『바람꽃』 『산까치야 울지 말아라』 외
소설집 『아내의 환상』 『안개길』 외
한국문인협회, 한국소설가협회, 대구문인협회, 한국시인연대 회원.

평화시장

나 서둘러야겠다. 평화시장에
신 평화 다 팔려 없으면
구 평화라도 두어 장 사서
피바람 회오리치는 아프가니스탄과
파도에 맡긴 운명 시리아 난민들에게도
보내야겠는데 평화
아무리 헤아려도 없었네.
붕대 나를 비둘기도 없었네.
아— 그것은
강대국이 쥐고 있는 비매품이었네

 임현택

1997년 《창조문학》으로 등단
한국문인협회 문인기념공원설립위원
국제펜한국본부 경기지역위원회 부회장
한국시학 이사

야생화

매서운 칼바람 부는
이른 새벽
누가 지폈는지
허름한 나무들이
얼기설기 얽혀
가난을 훨훨 태운다
난로 인 냥
쪼그리고 둘러앉은
막노동자들
까칠한 곱은 손을 펴본다
삶의 깊이
그들의 미래를 점쳐볼 수 없는
고통으로 주름진 얼굴
근심 걱정 모두 태웠는지
점점 얼굴이 환하게
붉은 열꽃이 핀다
한겨울에
야생화 한 무더기 피어났다

 장문영

2003년 《한국문인》으로 등단
시집 「가을 편지」 「숲 속의 푸른 언어」
동두천문학상, 문학공간문학상 등 수상

행복

해 질 무렵
그대와 초록 숲길을 걷는다
이 길은 언제나 반복되는
오솔길인데도 마치
길고도 먼 사막에서
신기루를 만난 것처럼
황홀감에 젖는다

오늘따라 상처투성이 나뭇가지에
희귀조 한 마리
끼리릭 끼리릭
가슴에 파고드는 맑은 새소리
초록 잎사귀를 흔든다

노랫소리에 반짝이는
그대의 눈빛
행복이 저만치서 속삭이는 소리
그 고운 심성
꽃처럼 아름답다

 장봉천

2011년 《문학세계》로 등단
수필집 『삶의 향기』
부산시장상, 연금수필문학상, 문학세계문학상 등 수상
세계문인협회 이사, 한국문인협회, 부산문인협회, 부산시인협회, 한국수필문학기협회,
수필문학부산작가회 사무국장

조약돌

1
가을강은 꿈꾸듯 고요했다
석양녘의 강은 어느새 깊은 산 그림
자에 묻혀
아스라이 그 모습을 감추고 있었다
나는 보물을 찾듯
아직 온기가 남아 있는 따뜻한 돌들
을 젖혀가며
내 맘에 드는 돌을 고르고 있었다
첫 번째 돌을 매만지다 버린다
두 번째 세 번째도 버리고 네 번째도
내려놓는다
(이게 아닌데……)
그리고 다시 새 것을 찾아 나선다
하지만 좀체 갖고 싶은 게 보이지 않
았다
그때 뒤에서 나지막한 목소리로 속삭
이듯 말했다
"우리 그만 가자 어둡기 전에"
나는 내 뒤를 따라오는 그녀를 깜빡
잊고 있었다
그녀가 아니었으면 나는 더 강변을
헤매었을지도 모른다
까마귀 한 마리가 강을 가로질러 숲
속으로 사라졌다

우리가 돌아섰을 때 여울물 소리가
들리기 시작했고
내 빈 손엔 그녀의 작은 손이 들어와
있었다

2
어느 날 나는 조그마한 택배 상자를
받았다
포장을 뜯자 엽서만한 메모지가 먼저
나왔다
'이삿짐 싸다가 찾아냈어
워낙 오래 돼서 기억할지 모르지만
자기가 평창강에서 제일 먼저 주웠다
버린……'

낯익은 글씨
신문지에 돌돌 말아 싼 물건은
아기주먹만한 까만 조약돌이었다

 장승기

2005년 《시사사》로 등단
시집 「아내의 잠」
동작문인협회 회장역임
도서출판 「뒤돌」대표, 강원일보 기자(전)

첫돌 맞이

촐랑거리는 하늬바람이 계명성 자리로 불 때
는개 속에 있던 태양이 낮달을 연출할 때에
청라언덕으로 울려 퍼지는 작은 고고성이여!
풀 뜯던 양떼들도 일제히 음매 화답하는구나.

천상의 정기들이 동방으로 찬연하게 밀려들고
창문 밖에는 삼라만상이 합창하듯 손뼉 친다.
무지개 꽃길 위에서는 처용의 장단에 맞춰서
6월 18일 11시 55분 을미년이 부채춤을 춘다.

낙동강이 양손을 마주잡고 힘차게 출렁거리고
갈참나무도 두 팔 힘껏 들어서 기쁨을 나눈다.
천지신명께서 감읍하시는 깔 짙은 계절이기에
삼신 할매와 더불어 어화둥둥 내 사랑이로구나.

네가 눈 뜬 곳은 하동 땅 지리산을 넘고 넘어
견훤 장군 깃발이 말 달리던 팔공산 쪽빛 아래
일만의 금빛으로 금호강 엘레지가 울려 퍼지는
삼국통일의 원천을 이뤄낸 달구벌 옛 성터이다.

드높이 솟은 청운을 향해 험한 세파가 몰아쳐도
백두영봉 꼭지에 손닿을 때까지 인내심 노력으로
계절마다 집혀오는 사랑 노래에 발 박자 맞추며
제2의 르네상스를 창조하려무나. 장수현(張洙賢)!

🌿 장영길(張永吉)

2004년《문학저널》로 등단
문학저널문인회 영남지부장
한국문인협회, 대구문인협회, 복현문우회, 시하늘 회원

초승달

눈 감으면 어릴 적 기억 하나
그 아이 지금은 황홀한 노을
이제는
초승달만 뜨면 온밤을 지새운다

엄마,
엄마는 왜 저 달만 좋아하세요?
음, 신이
인간에게 준 것 중에
사람의 마음과 생각을 녹여 온
우주에 있는 최고의 걸작이잖아,
생각해 보아라
그 누가 저리 가슴 찌르듯
허공에 띄울 수 있겠니?
요염한 듯 애처로운 초승달 보면
그때의
어머니 마음을
이제서야 알 것 같다

혹여,
내 가슴에 그 달 뜨면
그 영혼에
쉼표 하나 새겨 놓아야지

 장영준

2007년 《한맥문학》으로 등단
시집 『답을 몰라 술래만 했다』『오로라를 훔치다』 등
한맥문학공로상 수상
한맥문학가협회 부회장 역임, 한국문인협회 남북문학교류중앙위원
국제펜한국본부 이사, 한국현대시인협회 이사

그 겨울 전차의 포신이 느린 그림자

겨우내 자릴 잡았던 강추위
떨어져 간 소택지엔 짙긴 잡풀이 무성
히 펄럭댔다.
영양실조로 누렇게 비틀린 기생물

이 선술집에서 저 포장집, 그 옛날의
사각모와 긴 칼이 날카로운
술잔의 그림자는 도심의 그늘이다, 사
나이의 애환이다

두 다리가 휘청하도록 취한 눈으로 먼
언덕 위 낯익은 성 바오로의 첨탑과
삐끔히 내민 종신(鍾身)을 눈어림으로
출석거리던 나는 왜 죽지 않고 있나
아직, 깃폭은 나부끼는 데, 전쟁과 구
토, 왝왝 소릴 지르곤 했다.

그 겨울,
흰 눈 위에 받혀진 객혈 홍매(紅梅)의
손수건을 갖겠다던 소녀,
아리사의 문
때 아닌 전차가 캐타필라 소리도 요란
하게 지나간 자리,
아스팔트엔 찢긴 나비의 날개가 파닥
거리고 있었다.

겨울은 가고
험상했던 웅덩이엔 봄샘이 한창이지
만 심장 깊숙이 기식(寄植)하여온
은화식물들은 한결같이 손을 흔들고
있었다.

나의 자조적 편력은 흰 쉐타의 소녀
그가 깨끗이 다려주던 손수건
받쳐진 붉은 물에 묻있던 것.
누가 조국을 무연한 하늘이라고 하였
더냐

구름이 머무는 곳에 고향이 있고
마셔버린 의식, 아직 머언 내일을 위해
찬란히 빛을 뿜거니―

 장윤우(張潤宇)

1963년 《서울신문》 신춘문예로 등단
시집 『겨울동양화』 등 13권, 산문집 『화실주변』 『인간박물관』 외
서울시문화상, 황조국민훈장 등
한국문인협회 자문위원(시분과회장, 부이사장, 월간문학발행인역임)
성신여대 명예교수(박물관장, 대학원장, 연구소장 역임)

안테나

유동하는
푸른 이정표를 좇아
허공에서 우쭐거린다

스스로의
피 흘리는 영혼을
외곬으로만 치뽑아 올려

DDT처럼
회색의 눈발이 흩날린다
육신이 허물어져 흩어지는
숨 막히는 세기의
돌개바람 속으로
오로지 한 빛만을 위하여
끝내는 모자라는 육신을
저렇게
짐승같이 울부짖으며

너는 손을 펴는가
불멸의 손을 흔드는가

유동하는
푸른 이정표를 따라
오늘도 허공에는
허허한 젊음이
아슬히 휘청거린다

 장지홍

2007년 시집 『칠석날』로 문예활동을 시작
시집 『칠석날』 『고향의 강』 『풀잎들의 고향』 등
한국문인협회 정읍지부장, 전북문인협회 이사, 「文藝家族」회장
호남고 교장 퇴임

별

유년의 고향 밤은
별들이 초롱초롱 빛나
꽃밭이었어라.
벌들이 잉잉거리고
나비가 나는 꽃밭.

은하수며 꼬리별
그 많은 별자리를 보며
언제나 저 오리온을 따서
반짝반짝 빛나는
목걸이를 만드나 생각했지.

그러나
팔이 짧아 잡을 수 없고
끌어당길 수도 없다는 현실에
미어지는 한숨을 쉬었었지.

그러던 어느 날 밤
공동우물에 내려온다는 사실을 알고
하나하나 조심조심 떠서
그릇그릇 담아놓았지.

수련처럼 뿌리 내려
꽃피기를 기다리며
기다리며.

 장태윤

1990년 《한국시》로 등단
시집 『난꽃 바람꽃 하늘꽃』 외 9권

강가에서

오월의 강가에서 나는
한 그루 나무가 되고 싶다
다정한 바람의 귓속말에 너풀대는 이
파리로
파아란 하늘에 갈채를 보내는
자랑스러운 신록이 되고 싶다

실핏줄 같은 발뿌리들을
강물에 디밀어
상큼한 머리카락 바람에 날리며
밤이면 내려와 강물에 뿌리고 간
별들의 밀어를 줍고 싶다

멈춘 듯이 흐르고
가는 듯이 다시 오는
세월의
발소리를 듣고 싶다

예측할 수 없는 비바람과
천둥 번개의 기슭
거칠어진 강물의 숨결에
휘청이던 불면의 밤은 갔다

잎 잎에 맺힌 눈물 같은 빗방울은
멀리, 더 멀리

흩뿌리며
새아침의 정결한 옷을 입고 싶다

오월의 풍성한 나뭇가지에
고운 새들의 둥지를 짓게 하고
깊디깊은 강물에 치맛자락 드리워
잊었던 노래들을 모으고 싶다

 장하지

1996년 《시문학》으로 등단
시집 『갈대새』
다엽문학, 우송문학 동인
문학의숲 연지당 회원, 한국문인협회 회원

원두막의 추억

기울어진 서까래와
썩은 이엉 사이로
세월은 흐르지만

호시탐탐 피어오르던
곰방대의 눈총은
헤진 가리개에 숨어있고

—익은 것만 따가거라

헛기침 속
할아버지의 큰 사랑은
지금도
마루 틈새에 박혀있다

 장형주

2010년 《한내문학》으로 등단
시집 「울림」
한내문학상 수상
한국문인협회 회원, 한내문학 부회장
장학관 역임

나이테

내 나이 얼마냐고 묻지 마세요
나도 알 수가 없어요
태어난 곳도 어딘지 모르는데
어찌 나이까지 알겠어요 그냥 잊고 살래요

먼 길 돌고 돌아 이곳에 몸 누이고
정착한 지 참 긴 시간이었는데
이제야 느껴보는 성취감은 말로도 표현 못 하리
안으로 쟁이어 숨겨 둘래요

겉으로 드러내 놓고 자랑도 하고픈데
억지로 그렇게 나서지는 않으리
항아리에 된장 담그듯 꾹꾹 눌러서
동그란 증표로 길이 새겨 둘게요

그냥 짐작으로 적어 두세요
설마 살아온 세월 속이겠어요
희로애락 다 겪고 여기까지 온 것도
다 복이라 생각하고 고맙게 받아들이겠어요

깊이 다져 넣은 나이를 시간은 알겠지요

 전병철

1997년도 《문예한국》으로 등단
시집 『제자리 찾기』 『콩 심은 데 콩 나고 팥 심은 데 팥 난다』
한국참여문학상, 전국화학노동조합연맹 위원장상 등 수상
진해문인협회 사무국장 역임

내 이름과 수작을 걸다

어느 노을 아침 어스름 먼동을 헤치고
맨사뎅이 버둥대는 내게로 왔다 너는
그때 비로소 나는 네가 되었다

내 몸짓 걸음걸음 네 살과 뼛속 깊이 스며
서로의 몸속에 집을 짓고
색깔 무늬 옷가지를 걸쳐가면서
빛살과 그늘 무늬를 무시로 드리우더니

너는 언제나 내 낯갖 눈빛을 대신하여
사면팔방 쏘다니며 지금도 내 얼굴을 내민다
크작은 잣대 제 눈높이로만
세상의 치수를 재려드는 둘레 무리를 보아라

너에게 쏘아대는 온갖 화살들은
고스란히 내 가슴속으로 되돌아오고
옹이 그림자로 뿌리 깊이 박혀든다

되돌아 갈 수 없는 먼 운명의 길
바람처럼 나는 가버려도 너, 이름만 홀로 남아
나의 숨결 내쉬려니 또 다른 내 영혼의 분신이여

 전석홍

2006년 《시와시학》으로 등단
시집 『담쟁이 넝쿨의 노래』 『자운영 논둑길을 걸으며』
『내 이름과 수작을 걸다』 등
전라남도 도지사 역임

빛나는 꽃다발

내가 스스로 피어나는 사랑을 간직할 수 있는 내가 되어
행복하기를 소원하고 간직하리
사랑은 분별력과 판단력이 없어라
헌신적인 사랑만이 감동과 행복을 줄 수 있어라
사랑은 세상 그 무엇으로도 평가하거나 비교할 수 없는 내 인생
내 인생은 빛나는 꽃다발
내 삶에 눈물 꽃다발의 시련 이겨내고
가꾸는 것이 행복한 삶이었어라
내 인생은 빛나는 꽃다발 내 인생은 빛나는 꽃다발

욕구와 갈망을 채워주는 당신을 사랑해 속삭임에
마술에 걸린 긴장의 나날로 열심히 살아가는 것
오직 사랑이란 이름으로 울고 웃는 한평생은 애환의 연속이라
내 인생은 빛나는 꽃다발
내 삶에 눈물 꽃다발의 시련 이겨내고
가꾸는 것이 행복한 삶이었어라
내 인생은 빛나는 꽃다발 내 인생은 빛나는 꽃다발

 전세원

2004년 《시인과육필》로 등단
문예춘추문인협회 이사
국제펜클럽 회원, 한국문인협회 회원
한국창작가곡협회 회원, 국제외교안보포럼 상임이사

억새의 울음

깊은 겨울
우이령 옛길
어디선가
서걱거리는 소리 들린다

잘 키운 자식들
모두 떠나보내고
허리 꺾인 깡마른 억새 한 포기
맹풍에
서걱서걱 울고

 전영모

2011년 《한국문인》으로 등단
시집 「제 그림자의 그늘」 외 4권
시조집 「찰나」, 시선집 「옛집」
한국문인협회 회원, 한국현대시인협회 발전위원
서울시인협회 회원

그리움 감나무 심기

그리운 감나무가 시들어 버린 뜰
다시 심는 그리움
다시 심는 그리움

뼈를 달구는 불덩이
새 살을 채우는 담금질
멋진 춤사위 고르는 연습이다

강철 닻을 내리고
차근차근 자갈흙 톱질하는
생수 흐르는 소리 찾는 포복이다

광풍 지진이 흔들지라도
놀라거나 두려워 말 것은 푸른 창공
빛 속으로만 뻗는 촉수가 있기 때문이다

유혹의 검은 혀가 날름거리면
더 낮은 데로만 내려가는 금식은
청결한 나팔 소리에 귀를 세운다

행진곡이 끝나는 날
훈련장 게양대 깃발마다
주렁주렁 날아오르는 황금 날개떼가 펄럭인다

 전우용

1974년 《시문학》으로 등단
시집 『불바다』, 『서울의 천사』, 『꽃보다 더 빛나는 눈빛』 등
수필집 『당신에게 드리는 단풍』
경기도문화상 수상, 교육부장관 표창 등
시문학문인회 회원, 전) 평택교육청 장학사, 원로장학관

우리가 만나서

우리는 만나야 한다
우리가 반만년 뿌리내린 나무의
푸른 수액으로 만나서
줄기와 가지가 되어 뻗쳐오르고
한 하늘을 머리에 이고서 살아가기 위하여
우리는 피톨로 만나야 한다
가까운 산자락엔 어둠이 깃들고
풀벌레 낮은 음으로 울음 우는 밤
어디서 조국의 이름으로
우리들의 부끄럼을 묻는다면
청춘의 갓 스물 이랑을 넘어서
휴전선 철조망을 사이에 두고
더욱 높아만 가는 벽을 바라보며
서로 경계를 늦추지 않는 지금
자랑처럼 가슴에 붙은 계급장은 떼어버리고
줄기로 숨차게 길어 올려 찬란히 뿜어내는
잎새들이 되고 가지가 되어
새 생명의 수액으로 만나고 싶다
뿌리로 만나서 살고 싶다
저 철조망 너머 캄캄한 음모陰謀와도 같이
가로누운 먹빛 산과 하찮은 강을 건너
따뜻한 햇볕과 맑은 물
그리고 자유로운 바람이 일고 있는 곳에서
수액이 되어 피톨이 되어
우리는 만나야 한다

🍃 전재승

1986년 《시문학》으로 등단
시집 『가을詩 겨울 사랑』 『푸른 시절의 노래』 『휴전선 철조망』 등
문학과 비평 편집인 역임, 문학사계 편집위원 역임
한국문인협회, 한국현대시인협회 회원, 미당문학회 이사
고교 『국어』 검토위원

종로3가 꽃집에서

종로3가 1번 출구로 나가
몸 하나 뽀도시* 골목을 빠져나가면
낮별들이 소복이 날아내린 '행성 110-123'이 모습을 드러낸다
아직도 카드가 낯선 이곳에는
날개가 잘린 불긋불긋한 별들과
백발의 선장이 자리를 지키고 있다
파란 지폐 두어 장에 살 수 있는
-대박나세요. 건강과 행운을 빕니다.
-축 발전의 활자들이 별들의 향기 속으로 날아다닌다

햇살 무거운 봄날
종로3가 1번 출구로 빠져나가
낮별들이 모여 앉은 '행성 110-123'을 만나
날개를 주문하는 노부인 곁에 나란히 선다
-사랑합니다란 문자가 기다렸다는 듯이
빨간 색의 날개를 달고 날아오르기 시작한다
일만구백오십 일의 흔적들도 일제히 따라서 날아오른다

결혼기념일이시군요.
장미 한 송이와 안개꽃 한 다발을
빨간 별들의 무리 속으로 더 밀어 넣는
선장의 하얀 어깨가 거대한 우주처럼 빛나고 있다

*뽀도시: 겨우의 영·호남 지방의 방언
*110-123: 종로3가의 구 우편번호

 전정희

시집 『바람이 머문 자리』
국제펜클럽, 한국문인협회, 현대시인협회 회원
계간문예작가회 중앙위원, 담쟁이문학회 이사
'바람 머문 자리' 발행인

식칼

새벽 별빛같이 서늘한
아내의 불면이 날을 세우고

도마 위에 춤추는 사랑의 검법
잠이 들었습니다

물빛 찰랑이던 가슴
꽃 피던 날을 잊은 채 메말라

갱년의 칼집엔
살 내음마저 녹이 슬었습니다

뒤엉킨 실끝을 찾느라
허둥대며

등골에 흐르는 식은땀으로
이 빠진 식칼을 씻어

아내의 늦잠 곁에 가만히
눕힙니다

 전현배

2008년 《문학마을》로 등단
시집 『그 섬으로 가자』, 『가을 나무의 수첩』 등
성남문학상 수상

오월의 축제

아카시아 환희와 축제를 뒤로하고
염문을 피우던 봄꽃들이
저마다 사랑을 잉태하고
오월 가슴에 눕는다

푸른 물결처럼
녹녹한 앞산 이파리들이
날개를 달고 푸드득 푸드득
하늘로 날아오른다

산딸기 지천에 뿌려놓고
눈짓 흘리며
얼마나 가슴을 내밀어야
널 붙들 수 있을까

들을 건너오는 트랙터 소리
누런 보릿대 뒤척이는 몸짓
너를 보내고 난 들판에서
가슴 저리게 피워오를 그리움

 여림 정경림

2005년 《글사랑문학》으로 등단
서구문화예술인, 한국문인협회, 인천문인협회 회원
청라문학 편집장, 갯벌문학 재무이사

천사의 눈물
-벚꽃 피는 날

꽃샘바람
옹고집처럼 머물다 간
월드컵 동산에도
눈부신 꽃들이 피어났다.

아기천사라 부르랴?
꽃사슴 눈동자라 부르랴?
불면 터질 것 같은 보드레한 살결
먼 하늘의 봄바람 타고 와
하늘하늘 미소 짓는 순백의 천사들.

긴 겨울
칼날 같은 추위에도
맨몸으로 살을 비비며
봄을 잉태한 너의 모습은
어둠에 지친 사람들에게
희망의 등불로 비추어 주었지.

봄 향기 가득한
따스한 봄 햇살 한 줌에
내밀한 설움이 뭉게구름처럼 솟아
왈칵, 흰 눈물을 쏟고 있구나.

 정경완

2004년 시집 『아버지의 향기』로 작품활동 시작
시집 『별이 뜨는 소나무 숲길』 『천사의 눈물』 외 1권

능소화

떠나간 사람

살아온 날이 소리 없이 떨려온다

산다는 것은 영혼을 깨우는 일

그가 걷는 땅 위에서

없는 것 없는 집을 짓다가

마지막에 가서는 기어이

생각하지 않으리

돌담 올라선 여인

매미 소리에

눈과 눈물이 딸린 방으로 빛나고

담 밑 벗어 놓은 신발에

들리는 발자국 소리가 채워진다.

밤이 오는 시간은

두 볼이 붉다

 정관웅

2007년 《문예사조》, 《시선》으로 등단
시집 「강물이 되고 싶다」 「희망, 너는 어느 별이 되어
숨어 있을까」 「잔꽃풀도 흔들리고」
저서 「삶을 가꾸는 요가 산책」

강진문학상 수상
한국문인협회 강진지부장, 전남문인협회 이사, 전남
시인협회 부회장
전남수필문학, 광주문학 회원, 울림시낭송초대 회장
역임

이 가을 매향리 앞바다 개펄에는…

해수가 썰물 되어 매향리 앞바다 저리로 물러서고
이 가을날 하늘 닿은 먼 수평선 이쪽
드넓은 개펄 따스한 햇살 등에 지고
바지락 찾아 바닥 훑는
구십 고령 할매의 질긴 호미질 끝
마른 삭정이 닮은 손 안에
후벼 파여 올라오는 바지락 알알이
수북수북 빈 바구니에 채워지며
고달픈 삶의 소리 내 지르고 있다.

드넓은 개펄
너부러진 구멍마다 생명들의 생존의 몸짓 담은
또 하나의 색다른 우주가 살아나
금세 터져 솟는 핏줄기의 기세로
치열한 삶의 각축 벌이며
햇볕 아래 눈부시게 명멸하고
갈매기의 수없는 오르내림에 피곤해진
소금기 질척한 들판에는
목숨을 건 더 큰 세계가 살아 숨 쉬고 있다.

개펄의 썰물은 생명의 각축이다
개펄의 밀물은 영혼의 감싸임이다.

 一滴 정광지

2009년 《문학미디어》로 등단.
시집 「슬프지 않은 목가」, 「설원, 이 아름다운 餘白」 등
한국문인협회 회원. 청주문인협회 회원
문학미디어 충북지회장(전). 화숲 동인 고문

11월, 고향으로

할매 셋이서 정류장 대합실 나무의자에
기대어 조용히 버스를 기다리고 있능기라
엿듣지 못한 할매들의 질펀한 사투리
왠지 그리움에 쪼끔 서운했능기라

나는 홀로 속리(俗離)를 뒤로 하고
49번 도로를 걸었다
11월 하오, 파란 하늘
바람이 지나면 마른 풀 냄새가 났다
감 건조장에 매달린 볼그레한 알몸들이
걸음을 멈추게 하고
빨강 초록 지붕, 이층집 태양열판도 보이고
저 외딴 마을 너머 뿌옇게 산 빛도 들어오는
가을이 지나는 고향 길은 순수가 가득했다
걸어온 두 시간 동안 아무도 마주치지 않았다
면소재지 삼거리, 닷새장이 섰던 곳
파스텔 톤 그림 간판이 가게마다 붙어 있고

내 고향 상주 화동(化東)은 포도로 유명한 곳
먼 집안의 형과 동생 두 분뿐
얼싸안을 벗들은 없다
밤엔 뒷산에 멧돼지가 가끔 찾아온다고
장승의 마중을 받으며 마을에 들어서자
제실이 반겨주고

 정구조

2003년 《농민문학》으로 등단
시집 『연리근』 『어찌 이리 좋은가』 등
국민훈장목련장 수훈
한국문인협회 회원

기다림

계절 따라 출렁이는 설레임
뭉뚱그려 기다림으로
정성을 몰아넣는다

봄이 오는 소리
만물이 소생하는 소리

하나로 줄을 서서
소용돌이치는 소망은

만나지는 기쁨으로
부풀어 뜬 가슴 되어

긴 호흡으로
인내하는 외로움

하나 둘 셋

흘러 스치고 돌아
다가오는 시간

불어오라 바람아

마주 앉아 한가로이
미소 짓는 흐뭇함

외로움이
빚어놓은 행복

굴러 굴러 찾아드는
꽃 피우는 마음 밭에

등 밀어 몰아몰아
불어오라 바람아

고운 마음
기다림의 길로

 정귀봉

2013년 《순수문학》으로 등단
한국문인협회 회원
문창 회원

봉사자의 기도

사랑의 주님!
오늘도 주님을 만나 사랑을 꽃피우게 하시고
받는 사랑도 소중하지만 주는 사랑으로
더욱 큰 귀중함을 알게 하소서!

즐겁고 기쁠 때 함께 하는 사랑도 좋지만
힘들고 어려울 때 더욱 큰 힘이 되게 하시고
필요이상의 욕심을 부리지 않는 사랑
비우고 나누는 사랑으로 풍요를 얻게 하소서!

내 방식대로의 삶을 타인에게 고집하기보다는
자신 나름의 방이 정해져 있음을 깨닫게 하시고
조급함과 서두름을 내려놓음으로써
분노의 질주를 멈추게 하소서!

거짓된 말과 악한 말은 되새김질하여
곱고 부드러운 언어로 채워지게 하시고
오래 참음과 온유의 옷을 입혀 주시사
기쁨과 감사로 사랑하게 하소서! 아멘.

 정다겸

2012년 《국보문학》으로 등단
한국문인협회 회원, 수원문인협회 회원
한국웃음심리연구소 소장, 리더스원격평생교육원 교수

꽃

집안내력이 주는 편안함
치열한 노력일성을 통해
한국어와 한국문화 익히고 이해해
톱스타신드롬 매력이 중요한 요소
다양한 사회적 배려심 드러냈다

마음 깊숙이 파고들은 색의 매력
광고계가 가장 먼저 알아봐
방송가와 연예계 가는 곳곳
그 둘러싼 이야기 흘러나오고
내부에서 나오는 말 모두 칭찬일색

뒤에는 배려심 깊은 이야기
말 본색 행동거지
허탕 끼로 배꼽 잡다
울컥한 감동 전하며
대중들의 마음 기분 쥐락펴락하는
사람들 웃음 자아내는 인간미 수북하다

 정도경

2001년 《문학세계》로 등단
시집 『물닭』 『이슬방울』 『바람골의 시』 등
김유정 추모 문예우수상 등 수상
한국문인협회 춘천지부 회원, 한빛동인문인회 회장
한국문예춘추문인협회 회장역임

시간이 가네 시간이 오네

시간이 가네.
시간이 가네.
햇빛 쏟아지는
세상의 들판에도
바람결에 흔들리는 나뭇가지에도
하늘을 떠도는 흰 구름에도
시간이 가네.

시간이 오네.
시간이 오네.
산 넘고 물 건너
산골짜기 언덕에
새 싹이 돋아나서
푸른 생명을 태어나게 하는
시간이 오네.

시간이 가네, 시간이 오네.

 정득복(鄭得福)

1960년 《自由文學》으로 등단
저서 『뿌리 내리는 땅』 『바람부는 언덕에 생명의 불 댕기려』 외 다수.
사랑시 모음집 『첫사랑』 『河東浦口』 『보이는 것과 안 보이는 것』 외
성호문학상, 한국농민문학상, 내무부장관상 외 다수 수상.

어느 시인의 묘비

이 세상 왔다 가는데
무슨 묘비가 필요한가,

봄에는 진달래 산천
그것이면 족하지 않니?

여름에는 흰 구름 산을 넘고
그 하늘만 바라보면 그것으로 족하지

가을에 단풍 들어 나뭇잎 지면
산들바람 불어 먼 산을 돌아 나가고,

겨울엔 흰 눈 내려 가지마다 꽃인데
그 꽃만 바라보면 되는 것을,

돌에 새겨둔 몇 자의 글귀가
영원히 잠자는 시인에게 무슨 소용 있으랴

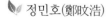 정민호(鄭旼浩)

1966년《사상계》로 등단
경북문화상, 한국문학상, PEN문학상, 한국예총예술대상 등 수상
예총경주지부장, 한국문협경주지부장, 경북문협 회장 등 역임
경주문예대학 원장

행복을 위하여

행복하다고 생각하는 사람만큼
행복한 사람 없고
불행하다고 생각하는 사람만큼
불행한 사람 없다

있다고 행복한 것도 아니요
없다고 불행한 법(法)은 없는 법
모든 것 행복과 불행이
마음속에 있나니

모든 사람에게는
하나의 장점과 단점을 주었거늘
자만할 일도 없고
자학할 일도 없는 법

인간고중(人間苦中)
베풀고, 사랑하고
깨달음만큼
큰 행복은 없다

 정삼일

1969년 《팟빛》으로 작품 활동 시작
시집 『바람도 깨지 않게』 『고독한 날개』 『혼자라는 것이 외로운 건 아니다』 외
한국농민문학상, 다산문학대상, 불교문학대상 등 수상
국제펜한국본부 국제교류위원, 한국문인협회 문단윤리위원, 대구펜사무국장 등 역임
한국현대시인협회 이사, 「코스모스문학」주간 등 역임

한양에서의 나흘

열린 대망의 길이 있었다.
대로의 길목에 따오기 같은 길도
생각만큼 새벽을 도려낸 도성의
함성은 환상이었다.

눈을 부비며 멀리서 금새라도
덤벼들 것처럼 몰려든 도성의 굉음
깨인 가마길은 땅속 깊게 북소리 묻어
두고 전철이 부대끼는 아우성으로
대감 앞에 감히 큰 소리쳤드냐

등잔불이 깜박이가 되어
시류의 탓으로도 멋스럽지 않더냐
갓을 써야 할 저 대한문 앞 북소리
찢어져 벌렁거리는 차림을 보아라.

어가의 길 감히 동창이 밝았느냐
굽어 볼 선인들의 비탄이 없다한들
난 중 난 버티어온 저 남산은 알고 있을
대로의 길이 있었을 옛적

여명은 멀어져간 마지막 국운처럼
뒤돌아 볼 세월 반만년의 역사가
살아생전 모습처럼 뒤척이누나

새록새록 떠오르는 한양성
아름다운 장안 환상의 찬란한 역사가
깊어가는 한양의 밤을 품는다.

 정선수

2008년 《문학춘추》로 등단
한국문인협회, 광주문협회, 광주시인협회, 문학춘추 회원
자유문협 회원 문학의뜰 회원. 시향문학 회원

내 이름은 몽상가

내 이름은 몽상가
하늘보다 드넓은 나의 나라에선
눈물 많은 사람들이 스스로 옷을 벗네

저마다 알몸 속에서 향기가 폭발하는 나라
해 뜨면 무화과 왕관을 쓰고
두 손 모아 바람의 그늘
지우는 나라

모두가 왕인 나라
모두가 신하인 나라

해 지면 등불 아래서
하늘이 쓴 경전을 읽고
보이지 않는 사람에게 기나긴 편지를
쓰는 나라

시나브로 꽃이 지면
시민들이 하나씩 꽃이 되는 나라

청옥의 가슴 속에
물 한 방울 품은 위대한 가족들
마주치면 숨가쁜 포옹
목숨이 끓는 소리
저 눈부신 햇빛의 폭포 속에서
이대로 죽어도 좋아라
사는 일은 더욱 좋아라

🍃 정성수(丁成秀)

1960년 시 동인지《탑》으로 작품 활동, 1979년 《월간문학》신인상
중3 때 낸 시집 『개척자』 이후, 『사람의 향내』 『세상에서 가장 짧은 시』 『기호 여러분』 외 다수
한국문학백년상, 앨트웰PEN문학상, 한국시학상 외 다수 수상
현재 한국문인협회 시분과 회장

점새

집 밖으로 나아가
그림을 그릴 수 없는 날은
네모난 방안에서 꿈을 그린다

창밖의 푸른 풍경 길이들이고
밝고 투명한 햇살도 들여와
방안의 캔버스에 풀어 놓고
점 하나 찍으면
점은 순간 새가 되어 날아오른다

자유를 열망하는 새의 날개에
훨훨 나는 나의 꿈을 덧칠한다
새는 허공에서 퍼덕이다가
곧 주저앉고 만다

끝없는 작업의 외로운 몸짓으로
창밖을 향한 꿈을 접고
나는 점 하나에 내 일생을 바쳐
내 사랑을 생생하게 불어넣기에는
하루는 언제나 너무 짧다

캄캄한 네모난 방안에서 점 하나가
그리움으로 일어설 때마다
눈을 뜨고 캔버스 위를 날아오르는
나의 점새

🍃 정세나

2001년 《생각과 느낌》으로 등단
시집 『기도이게 하소서』 『숲은 한 음절씩 눈을 뜬다』 등
대구문인협회 이사, 국제펜대구지역위원회 자문위원
대구여성문학회 부회장, 한국문학예술가협회 대구·경북 지회장

하늘과 땅

하늘에 많은 근심이 쌓였는가
냉기가 흐르더니
땅에 무서운 동장군이 밀려와
혹한에 휩싸인 땅은 자비를 구하네

하늘에 화기가 도는가
따스한 기운이 소리 없이 퍼지더니
황무한 땅이 만물을 싹 틔우고
영춘화 진노랑 꽃이 향연을 벌리네

하늘에 분기가 충천하였는가
헛기침이라도 하는 날엔
천둥번개가 몰아쳐
땅은 장대비 뭇매를 맞고 상처투성이가 되네

드높은 쪽빛 하늘이 평화로운가
넉넉한 미소를 지으니
황금 들녘으로 출렁이는 땅
머리 숙여 감사의 축제를 펼친다네

날마다 하늘을 우러러야
신바람의 축포를 터뜨리며
산 소망의 삶을 살아가는가 보다
땅은

 정수영

2015년 《상록수문학》으로 등단
한국문인협회 회원
둔산제일감리교회 장로

사랑

너는 꽃이라.
삶을 유혹하는 꽃이라.
새벽에 아린 가슴으로 눈을 뜨는
순수의 꽃이라.
햇빛을 받으면
불이 지펴져
활활 불타는 정열의 꽃이라.
사랑, 너는 꽃이라.
황혼에는
붉은 추억으로 지지 않는 꽃이라.

 정순영

1974년 시전문지 《풀과 별》로 등단
시집 『시는 꽃인가』, 『조선 징소리』, 『사랑』 등 다수
봉생문화상, 세계금관왕관상, 여산문학상 등 다수 수상
국제PEN한국본부 부이사장, 〈흙과 바람〉〈4인시〉 동인

부산시인협회 회장, 한국현대시인협회 중앙위원회 의장,
부산과학기술대학교 총장,
동명대학교 총장, 세종대학교 석좌교수 역임.

홍대 앞거리

웃음이 꽃피는 즐거운 거리
젊음이 넘치는 패기의 거리
먹거리 풍성한 흥겨운 거리
너와 내가 손잡은 정다운 거리
유행이 모여드는 미래의 거리
멋이 넘치는 홍대 앞 정류장
어울려 보고 싶은 탐나는 거리

 소연 정순자

2004년 《문예사조》로 등단
허란설헌 본상, 불교문학대상, 하이네문학상
에피포토문학상, 무원문학상 등 수상

그리움

밖에는 하루종일 비가 내리고
서늘한 바람이 창문을 덜컹이면
양털 같은 따스함을 그리워하네

세상 욕심과 즐거움 부질없어
영원의 뜰에 심은 우리의 꿈

보이지 않아도 느낄 수 있고
멀리 있어도 곁에 있는 평안
그대 없이는 헛것인 나

지울 수 없는 그리움이
핏빛으로 물들면
라일락꽃 한 아름 안고
안개낀 강을 지나고
산그늘진 청산을 돌아
그대에게 향한다

가까이 갈 수도 잊을 수도 없어
나 사는 날까지
벗지 못할 짐이 되어버린 그대여

 정양숙

2000년 《문예사조》로 등단
시집 『그림자 된 그리움』, 『단비를 기다리다』, 『두 번째 풍경』 등 다수
짚신문학상, 한국크리스천문학대상 등 수상
한국문인협회, 국제펜한국본부, 한국현대시인협회, 농민문학, 짚신문학회 회원

소래포구

그리운 고향을 그리다
자못 그립고 그립거든
산이 산을 보듬는 소래산에 올라
그리운 고향을 그리겠네.

그리고 그려도
못내 외롭고 외롭거든
바다가 바달 품는 소래포구에 들어
그리운 고향을 마시겠네.

마시고 마셔도
사뭇 섧고 섧거든
고향 내 물씬 밴 갯골에
코 박고 소래로 살겠네.

*소래(소라)에 흰이빨갯지렁이 홍합 해홍나물 해삼 할미새 피조개 통통마디 칠면초 칠게 천일사
초 참갯지렁이 집게 주꾸미 제물포백금갯지렁이 저어새 아무르불가사리 세모고랭이 불가사리 부
들 보리새우 별불가사리 백합 백로 방게 밤게 바지락 모새달 맹꽁이 망둥어 맛 동죽 도요 농게 낙
지 나문재 꽃게 긴팔거미 금개구리 고막 게새우 검은머리물떼새 검은머리갈매기 갯지렁이 갯는쟁
이 갯개미취 개미자리 강피 갈대 가지게 가재 가시닻 가무락 등이 깃듦

 정연국

1974년《풀과 별》로 작품활동 시작
시집 『꽃등 헤유미』 『살맛나는 세상 만들기』 『침묵의 밀어』 외 다수.
대한민국문학예술대상, 대한민국불후명작상, 세종문화예술대상 등 수상.
국제PEN 회원. 한국문인협회 재정위원. 한국현대시인협회 이사. 건국대학교 행정대학원 총동문회 부회장

489

백제의 아낙·2

바람을 쓸던 부여읍 능산리고분군에 몇은 튀어나와 불꽃같이 타오르고 몇은 안으로 모습 감추고 숨죽이며 수많은 삶의 형상을 향로 속에 묻고 하나씩 하나씩 건져 올리자 용트림을 하다

구덩이엔 시피런 금물이 흐르고 때 아닌 가을 눈보라가 저녁을 삼킬 때 무럭무럭 김나는 시루떡 같은 땅 속에서 황동의 몸매로 아낙은 태어나다

옷고름 풀어내자 재채기를 하다 흡사 열여덟 살 내 어머니 젊었을 적 봉긋한 몸매 그대로의 품새로 아득한 천사백 년 전의 백제금동제향로에 비파를 든 백제의 아낙의 몸매로 태어나 20세기 남자들 정신 잃게 하다

레인코트를 접어 올리고 세상 밖 손길을 응시하며 혜안의 눈으로 살필 때 자태를 드러내며 백제의 아낙은 세월을 넘나들며 한 가닥 한 가닥씩 들썩이며 너절한 순을 자르다 바람의 날개를 쪼끔씩 조금씩 뜯어내다

*금동용봉봉래산향로(金銅龍鳳蓬萊山香爐) : 국보287호로 국립부여박물관에 소장.
백제의 정신세계와 생활상을 밝혀주는 중요유물로, 뚜껑손잡이, 뚜껑, 몸체, 다리 부분 등 4부분으로 나눠있다(높이 64cm, 지름 20cm).

 정연덕

1976년《詩文學》으로 등단
시집 『흘러가는 산』 『사론의 꽃바람』 『곱사등이 춤꾼(The hunchback)(영역시집)』 등 10권
시문학상, 한국예총예술문화상, 오늘의스승상 등 수상
한국시문학문인회 회장, 한국현대시인협회 부이사장
한국문협 사료조사위원, 『詩現場』발행인 겸 주간

전화

꽃향기 살아나는 날
바람결에 꽃잎 흔들리 듯
휴대폰 진동소리

눈개승마나물은 육개장 끓이고
옻 순은 된장에 무쳐라
봄 산을 온통 뒤지다 내려온 듯
헐헐한 목소리

썰물이 밀려나면 동그랗게 눈을 세운
칠게가 볼볼 기는 개펄에 나가
왼 발 뽑으면 오른 발이 묻혀
동죽 고막 한 대야 잡아 이고
철벅이며 돌아오는 어머니 발소리

수고로운 봄날
식탁 위에 향기로 차려진 구수한 밥상
휴대폰에 감겨드는 다정한 모습
귓가에 함박웃음 맴돈다

 정영례

2012년 《시와수상문학》으로 등단
시와수상문학 낭송위원장. 하나예술원꽃뜰 회원

나의 연인 융프라우(Jungfrau)

님 그리워하는 마음
나날이 깊어
백옥장삼을 걸치고
억만년을 기다렸네.

기다리는 세월이 너무 길었다.
서있는 세월이 너무 길었다.
내 너를 찾아
구름으로 외지를 떠돌고
물결로 강산을 굽어 도는 동안
너는
고향마을 알프스 산록에서
주야 사시장철
춘풍추우(春風秋雨) 혹서동설(酷暑冬雪)을
온몸으로 안았구나.

기다림의 세월이 너무 길었다.
서있는 세월이 너무 오랬다.
숱한 세월의 맥박 속에
바람이
구름이
별빛이
눈비가
네 곁을 스쳐 지나가며
마음을 흔들고

가슴을 두드리고
옷소매를 잡아당겨도
곧은 절개로 버티고 서서
처녀의 머리 위에
백발이 서렸구나.

날마다 너를 찾아온다, 온다하면서
고희(古稀)를 넘어 너를 찾아
흰 눈이 펄펄 내리는 3,454미터
알프스 융프라우 산정에 오르니
기다리다 지친 노여움으로
짙은 안개 커튼을 드리우고
얼굴을 숨기는구나.

타는 연정의
불길 같은 사랑을 억누르고
발길 돌려 떠나오는 내 마음 애닳어
따라오며 차창에 부딪치는 눈물방울
차가운 빗소리!
너의 발소리로 믿으련다.

미안하다.
정말 미안하다.
내 너를 일찍 찾지 못하여
네 가슴에

만년설이 덮였구나,
내 너를 사랑하여
네 가슴 위에 소복이 쌓인
흰 눈 위에
다섯 손가락을 펴서
나의 손도장을 찍어
카메라에 담아
울며 떠나가노라.

잘 있어, 또 올께
아! 아!
나의 사랑
나의 연인
융프라우.

*융프라우는 알프스의 영봉으로 처녀라는 뜻임.

 정용진

1981년 시집 『강마을』로 등단
시집 『장미 밭에서』 『빈 가슴은 고요로 채워두고』 『너를 향해 사랑의 연을 띄운다(한영 시집)』 등 다수.
에세이집 『시인과 농부』 등
미주문학상, 한국크리스찬문학대상 수상
한국문협 미주지회 회장 역임. 민족문학작가회의, 한국문협, 행문회 회원

문풍지 우는 집

보리누름 설감기가 하루거리로 이어져
추운 여름을 살던 오두막집
해묵은 추녀를 허기진 구렁이가 더듬으면
살구나무 참새 떼 자지러지게 울던

발가락에 가시 돋던 낡은 자리 흙벽에는
빈대 피로 어룽졌어도
국화꽃잎 창 문풍지가 달빛을 켜던

모시 삼는 할머니 곁에 새우잠이 들면
삼촌이 읽는 천자문이 꿈속까지 따라 와
내 머리 속 알알이 서캐를 슬던

돌림병에 어린 동생들 여우골로 떠난 밤도
베틀에 쓰러진 어머니 무명 한 필
부엉이가 밤새워 짜주던

한 겨울 날 때마다 상여집 닮은 빈집이
독버섯처럼 생겨나던 보릿고개 넘어
그 낡은 오두막을 헐던 날
용마루 썩은 새 속에서
굼벵이가 한말쯤은 나왔다는

 정 원

2003년 《월간문학》으로 등단
시집 「굽은나무도 멍에가 된다」
소설 「돌아오지 않는 메아리」

타향을 떠돌다
－아버지의 육이오

뗏장 이불을 덮고 나서야 총성과 통
증이 멎었다.
하늘을 비상하는 새들과
온종일 비추는 햇살이 정겹다

1. 군번 0176905

폐가 안 좋은 큰형과
연로하신 아버지에게 하직을 고하던 날,
영흥에서 올라탄 철마는 나를 철원역
에 부려 놓았다.
부엉이 우는 38선을 넘어서
지게꾼 왁자한 서울역에 도착하였다.
도동 판자촌에서 열흘 되는 날,
한 해전 월남한 둘째 형이 찾아왔다.
고향사람에게 내 소식을 들었다고 한다.
종로 5가에 일시 취업하고
신당동에 시계점을 여닫다가 육이오
동란이 터졌다.
충남 아산으로 피난 갔으나, 인민군
치하에 숨어 지내다가
9·28 수복 후 서울에서 징집되어
스물다섯 살에 대한민국 육군 이병이
되었다.
춘천전투에서 대승을 거두고

압록강 초산전투에서 중공군에게 대
패를 당해
절반 이상을 신참으로 충원한 부대,
6사단 7연대 국군 최강의 부대에
함경도 젊은 청년이 군번을 받았다.

2. 금성전투

금성천에 달이 떴다.
이젠 담담하다
먼저 간 전우의 웃음소리를 지우기도
지쳤다.
서쪽 험산 너머 궁예성도 어둠일 터,
젓대소리가 그치면 전투가 시작된다.
초산전투에서 살아남은 선임은
꽹과리 소리에 눈빛이 희번덕인다.
연이은 폭격소리
날나리 소리를 신호로 혼전이 시작되
었다.
전우의 철모가 이지러지고
한 길 넘는 포연에 하늘로 치솟았다.
낙엽 지듯이 대대는 전멸하고 둘만
부상으로 살았다.
단풍 고운 때에 후송되어
이듬해 벚꽃 필 즈음에 명예전역하

였다.

3. 상이용사들

다시 종로 거리로 돌아왔고 휴전이 되
었다.
오빠 주유소에 점심을 나르는 소녀,
청주가 고향이라는 어덟 살 아래인
진달래 닮은 또순이 아가씨 머리를 얹
어주고
아들을 둘이나 낳았다.
노량진역 앞에 작은 시계점을 열었다.
야전병원에서 얼굴 익힌 친구들이 찾
아온다.
갈고리 손에 목발 친구들
지폐 한 장 쥐어주고 보낸다
외상은 아물었지만
밤이면 파편이 피를 타고 돌아 온 몸
을 찌른다.
매일 밤 소주병이 넘어지고 나도 따라
자빠지면
그 위로 포성이 자욱하다.
취하면 가끔 앵앵거리는 안사람을 쥐
어박았지만
아이들 앞에서는 가라앉는다.

군대 간 큰 아이 면회를 다녀온 날 밤도
금성천을 싸고돌던 날라리 소리는 여
전히 날카롭다.
체중이 줄고 몸에 힘이 없던 어느 날
부터
아들과 병원에 다녀온 후로
시계점을 접고 그만 누워버렸다.
큰 아들 결혼 시키던 해
나는 가족들의 품을 떠나야 했다.
그제야 야밤의 꽹과리 소리에서 해방
되었다.

저 아래 백운호수에 구름이 한가하다
의왕시 청계산 기슭에 누운 지 30성상,
이제야 편린을 더듬어
아들의 손짓에 입을 연다.

* 군번 0176905 : 정연성, 1950년12월5일入隊.
1951년10월17일 名譽除隊.
1926년8월28일(음.7월21일)生, 1983년10월21일
(음.9월16일)卒
* 6사단7연대 : 한국전쟁 개전초기, 춘천전투에
서 승리하여 적의 수도권 포위 분쇄한 부대, 북
진하여 1950.10.26, 압록강 초산에 제일 먼저 도
착한 부대.

 정원철

2003년 《문학21》로 등단
《꽃눈》 발행인
서해시창작아카데미 원장
시흥문화원장

수련화(睡蓮花)

푸르름으로 바람벽을 만들고
파란 물푸레로 보살을 만들고
수궁의 깃대 따라
외나무 기둥 세우고
천지를 가슴에 안고 수평선 위 암자 빛으로
속살이야 뽀얀 연꽃이요

꽃술이야 칠보화관 자비인 것을
바람 먹은 연잎은
빛살 웃음으로 피어나고
못다 이룬 애증을 그리다가
올올이 맺힌 속내를
누리 잎새에 접어 보시(布施)하나니
금생(今生)이 보이는 도다
만물지장(萬物之長)이 열리는 도다

 물레 정인관

1987년 《예술계》로 등단
시집 『물레야 물레야』외 5권, 수필집 『징검다리 사이
여울목』외 2권
윤동주문학상 외 3회, 녹조근정훈장 등 수상
임실문협, 은평문협 지부장 역임

한국문협 이사, 한국예총 《예술계》 편집·심사
위원
서울시 한강 맑히기 문화시민 회장, 은평 셋이
서 문학관 관장

황혼을 바라보며

사느라 돌아볼 새도 없이 지나친
어릴 적 꿈이
어머니 무덤으로 소복이 돋아난 언덕
벌초도 하고
막걸리 한 잔으로 한 더위 갈증을
뿌려보기도 한다.
자식의 수많은 소망보다
더 소중한 하나의 소망으로
굳어진 비석 앞에서
일러주시는 입김으로 발그레진
둥그런 얼굴이
하늘을 망연히 바라본다

 정일화

1988년 《시와 의식》으로 등단
현재 고교와 대학에서 강의 중

오는 봄을 역으로

계절을 거꾸로 돌려놓고 싶다

오는 봄을 겨울로
겨울을 가을로
가을은 여름으로
여름은 다시 봄……

나는 그것이 순리에 역행되는 줄 안다

따뜻한 양지쪽에 몸을 내어 말리면
(오는 봄을 힘(力)으로 돌려놓고 싶은 충동)
얼었던 텃새 날갯죽지 스르르 햇살 잦아들면
(오는 봄을 향하여 고래고래 소리치고 싶은 충동!)

나는 그것이 순리에 역행되는 줄 잘 안다
나는 그것이 내가 할 수 없는 일인 줄 잘 안다

억울하다

 정종규

1994년 《자유문학》 《문학세계》로 등단
한국문인협회 회원, 한국시인연대 회원
한국내화 재직 중

사모곡, 어머님을 그리워한다

고향 앞 그 논두렁길 위를 걷던
어머니의 모습은 영원히 가버렸는데
당신이 걷던 논두렁길 그 발자국 위에는
흰 눈이 하염없이 계속 내려 쌓인다

당신의 발자국 한층 더 애달프게 묻혀가고
눈은 더욱 더욱 세차게 내린다
논두렁길 바로 뒤편의
고향 초가지붕 위에도
고향마을을 우람하게 싸고 있는 제석봉 정상에도
흰눈이 계속해서 내린다

아 멀어진 고향전체가 흰 눈이다
내 고향, 내 친구의 집 안방에서는
나의 어릴 적 친구들 모여앉아
정다운 옛이야기를 나누고 있겠지
친구들의 흥이 더욱 난로가에 타겠지
눈은 더욱 세차게 내려 자꾸만 쌓이는데
어머님 그 옛날 걷던 시골길 논두렁길 위에
흰 눈은 한없이 쌓여 가는데
구미역을 출발한 내가 탄 기차는 방금
경북 금능군 아포면 제석동 고향마을 앞을 통과한다

 정창운

1990년 《시와시론》으로 등단
저서 『바람의 노래』 외 14권
단테탄신현대시상, 농민문학작가상, 한민족작가상 등 수상
한국시인연대 중앙위원, 한국현대시인협회 지도위원

서울관악문협 자문위원, 연불교문인회 홍보이사
대한민국rotc중앙회부회장 자문위원, 새마을 운동중
앙연수원 교수역임

500

아카시아 꽃

오월,
초록빛 하늘 아래
하얀 웃음
주저리주저리 쏟아내고 있는
아카시아 꽃

초경을 갓 지낸
볼 붉은 소녀 같은
풋풋한 손짓으로
한적한 산길 모퉁이에
오월 이야기
하얗게 피워 놓는
아카시아 꽃

오월
농심(農心)에 젖어드는
때 묻지 않은
순수한 웃음 같은
아카시아 꽃

울타리 낮은
마을 뒷산에
희디 흰
오월의 노래를 쏟아내고 있는 꽃
아카시아 꽃 곁에
오늘따라
바람 같은 노을이 스쳐지나간다

 정태조

2005년 《미래문학》으로 등단
시집 「꽃잎을 깨우는 햇살」
한국문인협회, 경북문인협회 회원
영덕문인협회장 역임, 동산농원 대표

겨울 장미의 꿈

간신히
첫 눈발이 프로포즈로 날리던
지난밤에
시집간다고
다섯 별이나 모자란 신랑나라로
초대한 잔치
울며 읊는 이별사
어릿광대의 눈빛으로
가슴을 후벼 갔구나
밤새 울다가도
손목 잡고 늘어놓는 변명
사랑하노라
치기는 아니었더라

 정태호

1987년 《시와 의식》으로 등단
시집 『겨울 장미의 꿈』 등 3권. 수필집 『무지의 소치로소이다』
한국문인협회, 국제펜한국본부, 한국시인협회, 경기시인협회 회원
MAP네트웍스 대표이사

희망촌, 재개발지구에서

희망이 무엇인지도 모른 채 아버지
따라
아주 어렸을 적
희망촌에 이사를 오면서부터
바람이 숨바꼭질하는
블록, 춥고 건조한 방벽의 옆구리에
희망이란 낙서를 하면서부터
희망이란 막연한 가슴졸임의 빛깔로
해바라기도 그려보고 별도 그려보고
대통령도 에디슨도 그려보고

벽 밑에 아무렇게나 뿌려놓은 꽃씨들이
꽃을 피우고 열매를 맺고
아버지 따라온 집에서 아버지가 된
지금까지
누가 이름 붙였는지도 모르는 희망촌
이란 동네에 살면서
그저 막연히 주민등록증에 이르기까
지 희망이란
지우고 싶지 않아도 지워지고 마는
낙서를 수없이 했으면서도
희망이란 말의 몸을 잡지고 못하고
옷자락 한 번 보지도 못한 채
희망촌에 그대로 발목 묶이어 살면서
벽에 그린 해바라기도 별도 이제는

색 바래 희미해지고
대통령도 에디슨도 지워져 보이지 않
지만
막연히 지금도 희망이란 말을 가슴팍
에 그리고 있는

블록 주워다 허공에 까치집 짓듯이
지었던 집들이
이제는 모두 헐리고, 새로 고층아파
트를 짓기 위해
굵은 쇠뿌리 깊이 박고 있는 거대한
쇠망치 소리
귀 가득 울리고 있는
우리 아이들에게 저처럼 뿌리 깊은,
진실로
또 다른 희망의 튼튼한 집들로 가득한
희망촌이란 동네를 만들어주고 싶은
희망촌, 재개발지구에서
지금까지 살면서 그리도 많이 들먹였던
희망이란 말이 분양이란 말과 함께
선명히 쓰여
플래카드 높이 걸려 바람에 팔랑이고
있음을 본다

 정하선

2002년 《월간문학》으로 등단
시집 『재회』 『한오백년』, 민조시집 『석간송 석간수』
동시집 『도깨비바늘』 『무지개자장면』
방촌문학상, 통일문학상 등 수상

보릿고개, 먹자고개

우리나라 70년대까지 해마다
5, 6월이 되면 먹을 것 없어
굶어 죽지 못해 사는 사람들
슬픈 굶주림의 역사 있었지

해마다 5, 6월이 되면
울 할아버지 할머니들
울 아버지 어머니들
굶주린 배 움켜쥐고
넘어가던 주검의 보릿고개

세월이 흘러 70년대 지나
굶주림의 보릿고개 사라진
풍요 속에 사는 손자 손녀들
지방질 몸조심하며 음식 가려
조심스럽게 넘나드는 먹자고개

보릿고개 시대 살던 구세대들
먹자고개 시대 사는 신세대들
같은 하늘 아래 한 지붕 밑에 살지만
가치관이 상충하는 낯선 이방인들
오늘도 서로 탓하며 고개 흔든다

 정해각

2004년 《맥문학》으로 등단
시집 『바람 꽃』 『산울림』, 수필집 『이 세상 어딜 가든지』
기타 저서 『일본국의 환지제도』 『아름다운 난의 세계』
매월당문학상, 연암문학상 등 수상

농림공무원교육원 초빙교수 역임
한국문인협회 회원, 고양시 문인협회 감사, 맥문학
동인회 부회장

전봉준은 슬프다고 말했다

오척단신 기념관에 가두고
교육관에선 뭘 가르쳤나
터졌다 하면 억(億) 소리니
나는 싫다네 죽은 교육은
가보세 가보세 피를 토하며
죽창으로 총알을 찌르던
그 때가 언제이던가
속이 썩은 번드르한 집에
위장(僞裝) 볼모가 되었구나
인형의 집은 그만 꾸미라
편안한 자리가 심히 역겹다
장태는 어디다 두었는가
오리(汚吏) 우리는 다 터졌으니

 정형석

2007년 《문학세계》로 등단
파블로 네루다 기념문학상 수상
한국문인협회 회원

침묵, 그 순교의 백합을 먹으며

왜 할 말이 없겠니
참고 견디는 게 약이 된다는
조상 대대로의 말씀
그래서 우린
침묵은 금이라면서도
나불대고 나불대다가
화를 만난 적도 부지기수였어.

풀과 나무의 씨는
지상에 묻히면 화려한 꽃
위대한 열매가 되거든
말의 씨는 입 밖에 떨어지면
천 배 만 배의 가시로 꽂히지

그런데도 하물며
무수히 입만 열어젖히면
쏟아내는 말, 말, 말들

침묵, 그 순교의 백합 좀 봐.
몇 번이고 혀를 입 밖으로 냈다가도
침묵으로 거두어들이는 지혜
입술 사이 서슬 푸른 칼을 들이밀어도
지켜야 할 침묵에는 혀가 끊어지고
입이 찢어지고…….
그 허연 순교의 피와 살을 먹으면서도
천 배 만 배의 가시를 키울 것인가

 정형택

1985《월간문학》으로 등단
전남도문화상, 대한민국향토문학상, 대교눈높이교육상 등 수상
전라남도문인협회 회장, 영광실업고 교사

서울의 예수

1

예수가 낚싯대를 드리우고 한강에 앉아 있다. 강변에 모닥불을 피워놓고 예수가 젖은 옷을 말리고 있다. 들풀들이 날마다 인간의 칼에 찔려 쓰러지고 풀의 꽃과 같은 인간의 꽃 한 송이 피었다 지는데, 인간이 아름다워지는 것을 보기 위하여, 예수가 겨울비에 젖으며 서대문 구치소 담벼락에 기대어 울고 있다.

2

술 취한 저녁. 지평선 너머로 예수의 긴 그림자가 넘어간다. 인생의 찬밥 한 그릇 얻어먹은 예수의 등뒤로 재빨리 초승달 하나 떠오른다. 고통 속에 넘치는 평화, 눈물 속에 그리운 자유는 있었을까. 서울의 빵과 사랑과, 서울의 빵과 눈물을 생각하며 예수가 홀로 담배를 피운다. 사람의 이슬로 사라지는 사람을 보며, 사람들이 모래를 씹으며 잠드는 밤. 낙엽들은 떠나기 위하여 서울에 잠시 머물고, 예수는 절망의 끝으로 걸어간다.

3

목이 마르다. 서울이 잠들기 전에 인간의 꿈이 먼저 잠들어 목이 마르다. 등불을 들고 걷는 자는 어디 있느냐. 서울의 들길은 보이지 않고, 밤마다 잿더미에 주저앉아서 겉옷만 찢으며 우는 자여. 총소리가 들리고 눈이 내리더니, 사랑과 믿음의 깊이 사이로 첫눈이 내리더니, 서울에서 잡힌 돌 하나, 그 어디 던질 데가 없도다. 그리운 사람 다시 그리운 그대들은 나와 함께 술잔을 들라. 눈 내리는 서울의 밤하늘 어디에도 내 잠시 머리 둘 곳이 없나니, 그대들은 나와 함께 술잔을 들라. 술잔을 들고 어둠 속으로 이 세상 칼끝을 피해 가다가, 가슴으로 칼끝에 쓰러진 그대들은 눈 그친 서울밤의 눈길을 걸어가라. 아직 악인의 등불은 꺼지지 않고, 서울의 새벽에 귀를 기울이는 고요한 인간의 귀는 풀잎에 젖어, 목이 마르다. 인간이 잠들기 전에 서울의 꿈이 먼저 잠이 들어 아,

목이 마르다.

4

사람의 잔을 마시고 싶다. 추억이 아름다운 사람을 만나, 소주잔을 나누며 눈물의 빈대떡을 나눠먹고 싶다. 꽃잎 하나 칼처럼 떨어지는 봄날에 풀잎을 스치는 사람의 옷자락 소리를 들으며, 마음의 나라보다 사람의 나라에 살고 싶다. 새벽마다 사람의 등불이 꺼지지 않도록 서울의 등잔에 홀로 불을 켜고 가난한 사람의 창에 기대어 서울의 그리움을 그리워하고 싶다.

5

나를 섬기는 자는 슬프고, 나를 슬퍼하는 자는 슬프다. 나를 위하여 기뻐하는 자는 슬프고, 나를 위하여 슬퍼하는 자는 더욱 슬프다. 나는 내 이웃을 위하여 괴로워하지 않았고, 가난한 자의 별들을 바라보지 않았나니, 내 이름을 간절히 부르는 자들은 불행하고, 내 이름을 간절히 사랑하는 자들은 더욱 불행하다.

 정호승

1973년 《대한일보》 신춘문예 시, 1982년 《조선일보》 신춘문예 단편소설 당선
시집 『슬픔이 기쁨에게』 『서울의 예수』 『사랑하다가 죽어버려라』 『외로우니까 사람이다』 등 11권
시선집 『내가 사랑하는 사람』 『수선화에게』 『부치지 않은 편지』 등
소월시문학상, 정지용문학상, 편운문학상, 상화시인상, 공초문학상 등 수상

한강의 밤

낭만이 출렁이고
우정과 사랑이 싹트는
추억을 담기에
밤을 모르는 한강

밤을 깨울까 조심스런 강변
가로등에 기댄 볼그스런 여인의
허공으로 새어나가는
알코올이 묻어있는 이야기들

취기는 겁이 없어
많은 이야기를
실타래처럼 풀어낸다

아름다운 추억은
가슴에 담아두고
못들을 이야기는
강물에 흘러 보내고

돌아와 그 자리에 서니
밤이슬은 고독의 눈시울

 정호영

2004년 《시사문단》으로 등단
전 진주중학교 교장

인생의 가나다라

1.
가 가야 하나 가야 하나 망설이지만
나 나도 가고 너도 가고 세월도 가고
다 다정하던 사람도 사랑하던 사람도
라 라인강물 흐르듯 흐르는 인생
마 마음 두고 정도 두고 사랑도 두고
바 바람처럼 구름처럼 흘러가는 인생아
사 사랑빛 짙어지면 그리움도 짙고
아 아침저녁 피던 꽃도 고운 모습도
자 자고나면 마주치던 고운 얼굴도
차 차디찬 찬바람에 단풍 지듯이
카 카렌다 1 2 3 4 날이 가듯이
타 타는 불길 타고나서 재만 남듯이
파 파란청춘 가고나면 황혼이 와도
하 하늘빛 붉게 타는 노을이 되자

2.
가 가을바람 불고나면 겨울바람 불고
나 나이 들면 쓸쓸하고 외로운 날 많아
다 다정한 벗 절로 생각이 나네
라 라인 따라 돌아가는 인생의 수레바퀴
마 마음이 통하는 너와 난 다정한 친구
바 바쁜 일 다 하고 서로 얼굴 맞대면
사 사랑이 따로 있나 우정이 사랑이지
아 아름다운 산 찾아 물 찾아 여행도 하며

자　자고나면 새록새록 그리워지는 친구
차　차 한 잔에도 구수한 정이 넘치고
카　카나리아는 네가 하고 나는 종달새
타　타향살이 지친 몸을 위로도 하며
파　파릇 파릇 새싹 돋는 봄 동산에서
하　하늘 끝 구름밭에 뜨는 무지개

 정홍성

1996년 《한국시》로 등단
시집 『한강의 꿈』 외 3권
'한하운, 이육사, 박재삼, 정공채, 조지훈, 하이네'
6개 문학상 대상 수상

꽃 숨

가끔씩
물결 일렁이다
춥다

하나의 풍경이
생각으로 떠다니다가
묵은 때로 쌓이면
버겁다

연습할 수 없는 숨결
살아냈다는 이야기
어렵다

🍃 조경화

2008년 《문학저널》로 등단
시집 『시간 속 풍경을 그리다』 『탯줄 마르던 시간으로』 『외발뛰기』
대한민국불후명작상, 한국불교문학작가상 수상
한국문인협회 문학정보화위원, 국제펜클럽한국본부 회원
한국불교문학 이사, 청송시원 운영자

겨울밤을 위하여

잠든 아내의 흐트러진 머리칼을
얼어붙은 달의
하얀 손이 어루만지고 있다

오늘 시장에서는
푸성귀 두어 다발, 망설이며 사 들고
두려움의 거리 건너 왔을 그대여
문득 머물고 간 잠든 얼굴의 미소
그대 꿈속에서나마 영화로운 일상에
예사로이 귀금(貴金)의 흥정이나 하는가
그러나 그대여
섣불리 희망으로 가서는 안 되네

살 속 깊이 스며드는 한기의 실내
보게나, 기침하며 가구들이 날아다니고
나는 끊임없이 원고지를 메우지만
구석구석 목말라 있는 시정(詩情)과
내가 키운
무릎 다친 말(馬)들의 아우성과
적막으로 갈앉은 불면
그러나 그대여
섣불리 실의에 차서 돌아서지 말게나

무릎 다친 말들이 아우성치며 넘어지면
아우성으로 다시 말들은 일어서리라
가난할수록 더욱 견고한 우리의 자산

우리 사랑의 간증처럼
아름다이 꿈속으로 승강하리니
그러나 그대여
또한 섣불리 희망으로 기대지 말자
꿈은 언제나 행방이 묘연하여
내 꿈은 언제나 초조하였다네

누구의 빈 벼루를 적시기 위하여
밤 깊이 이렇게 먹을 갈고 있는가
그대의 두 귀를 덮고 미간을 덮고 창을
덮고
드디어 온 땅을 덮어버린
묵즙(墨汁)
그러나 나는 아직도
잠들 수 없네
문득 보는가
비스듬히 다가오는 듯
총총히 어디론가 사라지는 모습
그 실체를 포착할 때까지
섣불리 희망으로 가서는 안 되네
섣불리 실의의 도리질도 안 되네

온 밤 내내 설레며
헐벗은 이 겨울의 창문을 열고
예사로이 피어오를 시대의 불길
드디어 뚜렷이 보일 때까지

 조광현

2006년 『미네르바』로 등단
시집 『때론 너무 낯설다』, 수필집 『제1수술실』
한국산문문학상, 정경문학상, 에세이스트-올해의 작품상 등 수상
미네르바문학회 부회장, 에세이스트작가회 회장역임
흉부외과 의사, 인제의대 명예교수

청춘이여, 꿈하늘을 노래하라

질풍노도 늪에 빠진 청춘아 탈출하라
난공불락 요새 공략하다가 우울 빠져드는
야심한 밤 목 메이는 홍역 앓다
불치병에 짓밟혀 헛바퀴 술래 속앓이하는 청춘아
긴 장마 고해처럼 쏟아져 할퀴어도
모험과 호기심에 무한도전하며
풀무질로 언제나 떠오르는 태양
꿈하늘을 응시하라

피뢰침 속살속살 세워 꿈하늘을 그려라
세모 네모 마름모 동그라미 꿈을 껴안고
독수리 날개 치며 웅비하는 청춘아
과감히 게으름 박차고
자리바꿈 위해 그렁저렁
잠자는 유년의 몽상 깨운 뮤즈[詩神]에 취해
꿈의 실루엣 마구 붓질한 그림 펼쳐서
미치도록 그리운 청춘을 펼쳐 질주하라

꿈의 깃발 들고 달리는 청춘을 불태워라
천둥 번갯불에 타버린 허깨비 두려워도
상냥한 웃음의 돌풍으로 바위를 뚫어
영감의 선율 감고 고장 난 기억 꿰뚫어
영원한 환희 둥둥 떠도는
높은 음표 흐르는 벽계수 아아 진솔한 참사랑
한번 뿐인 청춘의 꿈하늘에 사랑의 마중물 초대하라

생채기 치유한 사랑의 씨앗 파종하라
맹아 벙어리 헛꿈에 청춘이 흔들리고
설령 지청구에 파열음의 말싸움 반란에도
그리움의 붉은 열기 품은 전율로
행복의 절정 빛나는 발자국 밟는
나눔과 배려와 섬김이 찰찰 넘치는 삶 부르짖어
변화무쌍한 변신으로 오직 꿈하늘 도약하라

허드레 옹알이 딛고 청춘의 절창 부르라
허튼 잠꼬대 가면 벗고
살뜰한 꿈이룸터 희망으로 젖은 나날
상서로운 빛으로 아름다운 혼불 꿈꾸면
축복의 햇발 밀물처럼 밀려오리니
뱃고동에 신실한 천상 풍악 실어서
뻘밭 어혈든 뼈와 살 에돌아 만경창파로 출항한다
물너울에 거꾸로 역류해도 삼각파도 노를 잡아
하늘 맞닿은 새들의 속삭임과 숨찬 날갯짓
하늘곡조 부활하는 청춘의 꿈하늘을 노래하라

 조규화(曺圭和)

월간 조선문학·계간 열린시학 등단.
과천문인협회 회장, 한국현대시인협회·국제펜클럽 이사, 한국문인협회 회원
조선문학작품상, 한국크리스찬문학상, 한국참여문학상, 하인리히 하이네문학상 대상, 율목문학상 등
시집: 『내 시린 샛강에 은하수 흐를까』 『사랑은 승리의 불별이라』 『바람처럼 섬광처럼』 논문:『김현승 시 연구』

어떻게 살고 있나

바위는
바위끼리
굳게 붙어서 산다

바람은
바람들과
한데 섞어지며 산다

산은
죽어도 옆을
넘보지 않는다

물은
서로 만나면
부족한 곳을 채워주며
동화(同化)되며 산다

나는
바위, 바람, 산, 물처럼
살고 있는가

 조남명

2009년《한울문학》으로 등단
시집『사랑하며 살기도 짧다』『그대를 더 사랑하는 것은』『세월을 다 쓰다가』
한울문학상 수상
한울문협 충청지회장 역임

옛 하늘이 그립다

정작, 태고의 하늘은 어땠을까

시나브로 사라진 지 오랜
내 유년의 하늘,
투명한 옛 하늘이 그립다

여울목을 머뭇거리다
지나 온 석양노을은 아직도
오욕을 동여매지 못한 까닭일까

오늘만큼은
오염된 만감도 정갈히 씻어
공해 없는 햇살에 널고
차분히 그리운 하늘을 만나고 싶다

저 태양이
내게 마지막 남은 한 걸음
육중하게 내딛고
덧없이 사라지기 전에, 서둘러
옛 하늘을 만나러 가야겠다

 조덕혜

1996년 《문학공간》으로 등단(조병화, 최광호 추천)
시집 『비밀한 고독』
문학공간상, 한국문학비평가협회작가상, 경기도문학상 등 수상
국제펜클럽한국본부, 한국문인협회 회원
한국현대시인협회 이사, 한국문화예술연대 부이사장, 수지문학회 부회장

동반자

1
군불을 지펴 본 사람은 안다
마른 나무 토막도
혼자서는 불꽃을 내지 않는 걸

잠시 머문 석양도
혼자서는 붉어지지 않는다

지는 해를 바라보는
외로운 가슴들아
그대들이 타오르기 때문에
석양도 저 너머 산이랑을 붉게 걷는다

바람이 언제 소리로 오던가
홀로 저무는 외딴집
우리네 떠나는 한 생이
석양처럼 따뜻함은 안다

2
소한(小寒) 아침
까치들 떼 지어
불을 쬔다

까치들 떠난 자리
전깃줄 가득
길게 따뜻하다

 조두희

1999년 《시인정신》으로 등단
시집 『길에서 쓰는 편지』 외 4권
시인정신작가상, 황조근정훈장 등 수상
한국문인협회 회원, 시인정신작가회 회장역임
전 서울화계초등학교 교장

관계

지구가 나를 버리고 갔다
지구가 나를 밀어냈다
지구가 나로부터 멀어졌다

오만하지 말라고
지구가 내 발밑에서 살짝 비켜서니
나는 영락없는 고슴도치마냥
돌계단을 굴러서 그렇게
자객처럼 주저앉았다

그러다 조금씩 아주 조금씩
지구와 나는 다시 가까워졌지만
그 친밀함을 회복하는 것이
어찌나 더디던지

절룩거리면서
절룩거리다

내게 있을 때 귀한 줄 알지 못한 벌
그동안 다하지 못한 예(禮)
이제라도 갖추라는 말씀 받들어
두 발바닥 위에 조심스럽게
지구를 올려놓고 있다

 조미애

1988년《시문학》으로 등단
시집 『풀대님으로 오신 당신』 『흔들리는 침묵』 『풍경』
칼럼집 『군자오불 학자오불』 등
전북문인협회 부회장, 전북여류문학회 회장
한국문인협회 및 국제펜한국본부 이사. 풍물시동인회 회장역임

낙타

　낙타의 긴 속눈썹 끝에 지평선이 걸린다. 낙타가 지나가면 그리움 냄새가 난다. 낙타는 묵묵히 제 길을 간다. 서걱이는 모래바람에 모래는 태어날 때부터 이미 늙어 눈물이고 황혼이다. 나와 나 아닌 것들의 벽이 무너지고 지도에도 없는 모래 길이 되는 타클라마칸사막. 이미 나는 중심의 시간에서 멀어져 있다. 낡은 흑백 사진 속 부풀었던 사랑이 꺼지듯 눈꺼풀이 자꾸 감긴다. 세상과 접촉이 끊겨 길이 보이지 않는다. 길이 보이지 않아 몇 날 몇 밤을 새운 후에야 소리 없는 유성으로 발을 옮긴다. 그대로 주저앉아 버리고 싶었던 굳은 살 박힌 무릎은 걸음을 포기할 수 없다. 아득한 메아리. 낙타는 터벅터벅 걸음을 뗀다. 목 축일 우물 하나 없이. 초저녁 맑은 허기가 비늘 돋친 혓바닥처럼 핥고 지나간다.

🍃 조서희

1995년 《시대시》로 등단
시집 『소금꽃 피다』 『세계적 한국 시선』
글로벌문학상, 전국지역신문문화예술대상 등 수상
동국대학교 문화예술대학원 주임교수
거창 국제연극제 홍보대사

해바라기

하루 해를
서산에 넘기기 위해
얼마나 많은 아픔 견뎌야 했나
입 밖으로 떨어진 언짢은 말 조각
속으로 삭혀 검은 씨앗으로 잉태하고
전신주만큼 긴 목 추슬러
아무 일 없었던 양
샛별보고 다시 웃어 보이는 그대는
진정
해바라기라

 조성아

1994년《예술세계》로 등단
시집『나만의 시간과 연인이 되어』『할 말이 없소이다』『널 생각하면 눈물이 흐름에』
한국문학비평가협회문학상, 대한문학상 등 수상
한국현대시인협회 부이사장 역임
국제펜한국본부 이사, 계간문단 편집장, 한국미술협회 학술평론이사

들러리

음식 맛을 돋우는
양념은 주된 재료가 아닐지라도
모두에게 알맞게 간이 배도록
자신의 성질을 죽이고 버무려져
오감에 감동을 준다

나도 늘 이웃과 함께하는 생활에서
비록 주체가 아닐지언정
양념처럼 그들과 잘 버무려져
진한 삶의 맛을 우려내고 싶건만
조금씩 비껴가는 이기심에
스스로 그들과 거리를 두곤 한다

아, 나는 정녕
이웃에게 편안한
양념 같은 존재가 될 수는 없을까
비우지 못한 마음
오늘도 후회를 몰고 온다

 조성희(안형)

2012년 《문학세계》로 등단
한국문인협회, 중랑작가협회, 문학세계문인회 회원
소정문학회 이사

시골 풍경

느티나무 가지 사이
간신히 비켜나온 햇살이
개울물 흐름을 재촉하고

굽은 소나무
가지 끝 매달린 솔잎을
바람이 심심한 듯 흔들고 지나간다.

송아지 어미 소 찾는
산골짜기 퍼지는 울음에
봉숭아 씨 터는 소리

잰 걸음 손자 녀석
뒤따라가는 할머니
구름이 먼저 앞장서 간다

 조양호

2011년 《한맥문학》으로 등단
한국창작문학인협회 위원. 참여문학 편집위원
국제PEN한국본부 회원
한국문예학술저작권협회 회원

벼루 아침

창문을 여니
어둠을 품에 안은 물안개
소슬바람 앞에 자욱하다

벼루 위에 둥글게
아침을 간다
온갖 상념들이 검은 먹 속에서 소용돌이친다

그 사이
볼 가득 햇살 머금은 하늘
구름 휘장 살포시 걷어 올린다

붓끝으로 화선지에 길을 여는 시간
가시 돋은 담장 위에
하얀 아침이 수줍게 새날을 열어젖힌다

 조은미

2013년 《한국현대시문학》으로 등단
시집 「억새, 아침을 열다」
한국문인협회 회원, 국제펜클럽 회원
시문회 회원, 계간문예 중앙위원, 광진문협 이사

허기

다 놓고 갈
일인데
알게 모르게 쌓여진
생활의 흔적
아직도 모자라서
늘
목이 마르다
고개가 뻣뻣하도록
올려다보며
허기증을 메우지 못해
허당을 짚고
쉴새없이 찾아도
안개 속
그림자마저 숨어버린
발밑은 어둡기만 하네
먼 산은 부유스름
동터 오는데

 조재화

1996년 《순수문학》으로 등단
개인시집 3권, 부부시집 2권
순수문학상, 농민문학대상 등 수상
한국문인협회, 국제펜한국본부 회원

떨어진 배춧잎 하나

보도 위에 떨어져
알몸으로

눈을 뜬 채
밟히고 있는
배춧잎 하나.

풀 한 포기 없는 거리에
낭자한
피

연기 속의 소음을 헤치다
스러져가는
풋내

아직
살아 꿈틀거리는
만신창이 !

숱한 발들이
그냥 밟고
지나 다닌다

 소암 조춘삼

1983년 《시와 의식》으로 등단
시집 『떨어진 배춧잎 하나』 『그때 그의 눈빛은』 『꿈꾸는 노을』 등 6권.
6.25증언 서사시집 『이제 어찌 해야 하는가』
한국문인협회 은평지부 자문위원, 국제펜클럽 회원, 시촌 동인.
한국참전시인협회 회원, 신문예협회 회원, 한국참여문학인협회 고문

이화세계(理化世界)

푸른 창공에는 은하수
넓은 들녘에는 꽃동산
그 사이사이마다 사람

별은 하늘에서 빛나고
꽃은 땅에서 만발하니
가슴마다 피어난 별꽃

난곳이 생김이 달라도
자신의 자취 바라보며
서로 서로 어우러지다

그 애틋함에 젖어든다

 宋岩 조한석

2007년 《한류문예》로 등단
시집 『순간이 행복으로』 『강물에 흐르는 그믐달』
해설집 『천부경… 천상의 소리』

하얀 목련

햇빛이 피어난다
비쩍 마른 솟대 위에서
오리가 비상하듯
하얗게 깃털을 세운다
옆구리에 창을 찔려
물과 피 다 흘린 채
죽었다가 다시 살아나
봄이게 하는
부활의 생명
그늘진 곳에서는 아직
꽃샘추위의 냉기 가득하지만
앞가슴 단추를 두어 개 풀어낸 듯
하얀 꽃잎은 그렇게
사월의 바람에 비상하는
새들처럼 날아올랐다

 조항춘

1999년 《교단문학》으로 등단
시집 『그냥 볼 수만 있어도』
교단문인협회 회원, 21한국시인회 회원
참여문학 회원, 한국문인협회 회원

바다에 닿을 때까지

등에 짊어진 짐짝
갈수록 힘에 겨워도
털어버리지 못하고
준령의 능선에 서있다

풍우에 찢긴 상처
담기 싫은 아픈 말들
맹감 덤불 속에 묻어두고
골짝에 종이배 띄운다

놓지 못하는 끈
자초한 등짝 흑덩이
지금 이 순간 다 던지고
여울 따라 자적하리라

내 영혼 위해
돌쩌귀 수초 안으며
흐르고 또 흐르리라
저 바다에 닿을 때까지

 애향 조환국

2009년 《한울문학》으로 등단
시집 『바다에 닿을 때까지』 『야생화 편지』
한국문인협회, 국제펜한국본부, 한국현대시인협회 회원
한국 창작문학회 홍보위원장, 계간문학작가회 중앙위원

529

고향

물이랑 헤집고 들어가는
다들 섬이라 하지만
그 섬에 들어가서도

산(山)
고개 넘어 또 넘어서
개울 하나 건너고 오른쪽으로 돌아
산동네 들어서면
풋풋한 산내음
골짝마다 한가득

등성이 넘어오는 갯바람에
개나리 진달래 봄을 타오르면
탱자 꽃 유자꽃 하얗게 피고 지고

녹음방초 우거진 골엔
고랑 고랑 한여름이
해그림자 태우고

억달 잎 가슬가슬
갈바람에 사각댈 젠
낙엽 밟히는 소리가
발자국마다 서벅서벅

태곳적 고요가

백설에 그냥 묻혀도
그리움 하나로 다독여지는

물이랑 헤집고 들어가서도
산(山)
고개고개 넘어
개울 하나 건너서
마음 끝자락이 매달린 곳
아― 그곳이
차마 고향 아니런가

🍃 효산 주광현

2006년 《한국시》로 등단
시집 「세월이 흐르는 소리」 외 2권, 수필집 「꽃그늘 밟은 세월」 외 2권
'한국시'문학상, 영호남수필문학공로상, 전남문학상 등 수상
전남수필문학회 회장, 시류문학회 회장 등 역임
전남문협 이사, 한국문협 회원

설중매(雪中梅)

활짝 핀 매화 위로
눈발이 흩날리니
비단 위에 놓인 꽃이
어디 따로 있으랴

흰 눈이 비단이요
매화가 으뜸이라

그윽한 매화 향기
눈 위로 흩어지니
눈 밑에 숨은 봄빛
어찌 출두(出頭)않으리

매화향기 가득하여
잠 못 들고 일어나니
매화나무 가지 끝에
그대 얼굴 걸려 있네

아, 이 밤 어찌하리
노란 둥근 달이
매화꽃을 품었으니

 주동하

2010년 《대한문학세계》로 등단
시집 『꽃이여』 『멈추지 마라』
소설 『인생 속으로의 여행』

동박새 생각

봄비 내린다
읽던 책 덮고 무심히
창밖을 보니
뜨락의 목련, 꽃잎도 지고
초록 잎 돋는 가지에
동박새 한 마리 앉아 있다

젖은 몸이 추운지
가끔 꽁지깃을 털기도 하면서
고개 갸웃갸웃 쫑긋거리며
맑은 눈빛으로 쳐다보는 모습이
너무 정겹다

이슬비는 내리는데
한참을 책 읽다가
다시 내다보니
새는 어딜 갔는지 보이질 않고
그 자리 물기 젖은 어린잎들만
제 무게에 겨워 떨고 있을 뿐

어느덧 내 가슴에도
봄비 흐르고
동박새는 봄비 속으로
길 떠났나 보다

 주영욱

1976년《시문학》으로 등단
시집 『마른 풀』 『동박새 생각』 『그 겨울의 하늘수박』
산문집 『그리움 속으로 걸어가다』 등
경상북도문학상 수상
한국문협 안동지부장 역임

강나루

그대 길을 가다
혹시 강나루에 섰을 때

물살 버거운 가야할 길목이라도

사공이 보이지 않으면
다행으로 생각하라

건너 산마루 땅거미 위에
찍을 발자국이면

거기서 돌아보면 모두가
그리움이 되기에

건네줄 이를 기다려
잠시 쉬어야할 여유이니

 지인수

2007년 《시사문단》으로 등단
빈여백문학상 수상

부레옥잠

부레옥잠이
아침에 피워낸 꽃잎을 접는다
물비늘 다듬던 바람이 챙겨주는
하루를 물에 띄워 보낸다

우리가 천당보다 높은 첨탑을 짓고 극락보다 환한 회랑을 짓는 동안의 일이다

장엄송은
선도 악도 없는 수경 속 달빛이
함음 처리했다

 진동규

시집 『꿈에 쫓기며』 『민들레야 민들레야』 『일어서는 돌』 등 다수
영랑문학상, 목정문화상 등 수상
한국문인협회 부이사장, 전라북도교육위원회 교육위원, 전주예총 회장, 전북문인협회 회장역임
온가람문화연구원 이사장

가을, 누가 지나갔다

숲을 열고 들어간다
숲을 밀고 걸어간다
숲을 흔들며 서있는 바람
숲의 가슴에는 온전히 숨이다
숲을 가득 들이쉬니 나뭇잎의 숨이 향긋하다
익숙한 냄새, 킁킁거리며 한참 누구였을까 생각하였다
그대 품에서 나던 나뭇잎 냄새가 금세도
이 숲에 스며들었었구나
개똥지빠귀 한 마리 찌이익 울며
숲 위로 하늘을 물고 날아갔다
어떤 손이 저리도 뜨겁게 흔드는지
숲이 메어 출렁, 목울대를 밀고 들어섰다
거미줄을 가르며, 누군가 지나갔다
붉은 것들이 함성을 지르며 화르륵 번졌다
숲을 밀고 누군가, 누가 지나갔다

 진 란

2002년 《주변인과 詩》(현, 포엠포엠)로 등단
시집 『혼자 노는 숲』
'포엠포엠' 편집장 역임
한국여성문학인회 사무차장

동경(銅鏡)

박물관에 진열된
저 청동기시대의 유물
파랗게 녹이 슨
동경(銅鏡)하나 꺼내어
녹슨 세월만큼
반짝반짝 갈고 닦을 수 있다면
그 속에 숨어 있는
지고지순한 옛 삼국유사 적
사랑 이야기 하나
비춰 볼 수 있을지 몰라.

당신과 나
육신의 얼굴은 늙고 병들어
거울에서 사라져도
살아생전 사랑하던 마음하나 그대로
반짝이는 거울 속에 새겨졌다가
다시 녹슬어
천년을 간직하고 갈
그런 동경 하나
가슴에 꼭 품고
살 수 있을지 몰라.

 진명화

1994년 《자유문학》으로 등단
시집 『마주보는 섬』
여수한려문학상, 전남문학상 등 수상
전남문인협회 부회장, 여수문인협회 회장, 한국예총 여수회장 역임

비 오는 날엔

빗줄기마다 장대로 꽂혀
울타리를 치고 나를 가둔다

갇혔다고 깨닫는 순간
탈출을 꿈꾸며 필사의 몸짓으로
문을 열어본다

가슴까지 넘치는
빗줄기

언제 걸어왔는지
젖은 나무들이
장대 뒤로 또 울타리를 치고 있다

빗줄기마다 쇠창살로 내리치는
닫힌 내 마음의 창

이런 날엔
훌훌 옷을 벗고
비를 안고 싶다

말없는 육체와
감미로운 영혼이 함께 뒹굴며

축복의 세례로 목욕하고 싶다

 진명희

2000년 《조선문학》으로 등단
시집 『하얀 침묵이 되어』 『강물은 머문 자리를 돌아보지 않는다』 『달빛, 홀로 서다』 등 4권
충남예술문화상, 조선문학작품상, 매헌문학상 등 수상
국제펜클럽한국본부 회원, 한국문인협회 인문학콘텐츠개발위원,
한국시인협회 회원, 조선문인회 부회장, 충남시인협회 사무국장, 한국문인협회 예산지부 부지부장

시골햇살

1.

오랜만에 서울에서 온 누나. 어머니 눈 안에 도는 시골햇살 보고 글썽이는 눈물 뜨거운 음성으로 돌아와 솔빛이 된 아버지 눈매에 부딪쳐 학이 되어 날은다. 옛날 산채를 캐던 바구니에 움트던 노래의 아픔을 찾아 강나루 건너 미래봉으로 날아간다. 홍갑사 댕기에 자주옷고름 풀고 쏘대던 시골햇살이여. 눈밭에서도 매화가지를 흔들어놓고, 백목련 가지에 앉아서 이슬 받아 무지갯빛 올려놓고 뿌리로 내리는 산하를 주름잡아 손 짚어보며 등배 따스하게 살아온 생명. 생전에 안으로 문고리 없어도 떠나지 못하여 쏟아온 빛 속에 빛이여. 오랜만에 서울에서 온 누나 입술이 미래봉 산딸기로 익는 것일까

2.

유자나무가 있는 타작마당에서 할머니가 깻단을 턴다. 눈짓에 묻은 해묵은 정(情)을 다룬다. 치마폭에 담아 와서 깨베짜기에 쏟아 넣는다. 아름다운 대지의 순교자여. 자갈밭에서도 깨알이 되는 우리들의 외출을 다독이는가. 고향 길에 지극하신 어머님 마중이여. 꽃밭에서 사라져가는 초가지붕을 가리키며, 약단지에 연꽃이슬을 받아 핏줄 하나에도 정을 달여 내는 물바람소리로 안부를 묻는 것인가

3.

아직도 아내는 목화밭에서 산비둘기 떼 날리고 아이들은 해바라기 씨가 되어 봄편지를 쓰고 있네. 순수한 영혼의 골짜기에서 가래질하며 영글어 쏟아놓는 길목에 강강수월래여. 만나서 맺어놓고 헤어져도 매듭을 풀어 산 메아리 되어 사는 사랑의 그림자여. 삼동의 가지 끝에 솔빛이 되네. 청과시장에서 만나보니 볼을 붉히는 과일 빛깔들. 누나 어머니 아내로 뜨겁게 살아가는 시골햇살들이……

 차영한

1978년 《시문학》으로 등단
시집 「시골햇살」 「섬」 「살 속에 박힌 가시들」
비평집 「초현실주의 시와 시론」 「니힐리즘너머 생명시의 미학」 등
경남문학상. 청마문학상 등 수상

서리꽃

누구의 기쁨이 서리꽃 되어
산을 덮었나
누구의 슬픔이 서리꽃 되어
호숫가 숲을 품었나

삶이 죽음을 죽음이 삶을 껴안아
서리꽃 나라 눈부셔라

겨울길만 헤매도
남루하여 자꾸만 몸 가려도
서리꽃 아닌 목숨이 어디 있으랴
서리꽃 아닌 넋이 어디 있으랴

서리꽃이 서리꽃을 부르며 웃고 있구나
서리꽃이 서리꽃을 어루만지며 울고 있구나

 차옥혜

1984년 《한국문학》으로 등단
시집 『깊고 먼 그 이름』, 『바람 바람꽃』
『식물 글자로 시를 쓴다』 등 11권, 시선집 3권
경희문학상, 경기PEN문학대상 등 수상

낙화 유정(有情)

바람에도 아파라 꽃 지는 소리
숨을 곳이 없는 향기는
넋을 잃어 헤매는 일로
황혼은 오려는데

꽃잎에 떨어지는 신음
혼절(昏絶)에 겨운 아득한 멀미
달빛은 마침내 옷을 벗고
가까이 오려는 길이 열리는데

약속을 심어놓고 기다리는 언덕에
다가온 소식들이 머뭇거리는 소문
하릴없이 서성이는 방황을 숨기면서
바람은 여전 꽃잎을 흔드는데

남아 있는 유정에 가슴 아파도
다시 꽃잎이 지는 바람 앞에서는
사랑도 부끄러워 숨을 곳이 없네

❧ 채수영

1978년 《월간문학》으로 등단
시집 『내 그리움은 아직도』 외 22권, 비평집 『시의 이미지구축술』 외 23권
수필집 『정서학사전』 외 6권, 『채수영전집』 1~20권
전국대학문예창작학회 회장역임, 신한대문창과 교수역임
한국문학비평가협회 회장

오늘의 선물인생

인생은
하나님이 주신 고귀한 선물,

바다를 붉게 물들이면서
힘차게 솟아오르는 저 붉은 태양을
보아라!
동서남북으로 경이롭게 펼쳐지는
빛의 아름다운 광채

바람 따라
붉게 물들인 강과 바다는
마음 다해 합창으로 환호한다

역사의 지평선에는 새벽이 밝아오고
있다

그대 귀한 자여,
지금 오늘 힘있게 다시 일어나
희망찬 부활의 생명,
장엄한 부활의 생명,
믿음찬 사랑의 생명을 느껴보라

광활한 힘으로 궤도를 그리려는
저 태양처럼,
그대 위해 예비한 거룩한 길을 찾아

보라

바람을 잡으려 하지 말고
바람과 함께 차라리 생명을 노래하라
도움이 필요한 자에게 따뜻한 도움
이 되며
이해가 필요한 자에게 고마운 이해가
되어 주며
의미가 필요한 자에게 희망의 빛이
되어주어라

그대 위해 예비한 복된 인생을
기도하며 다시금 시작하여라
영원의 길목에서 그대가 항해하는 발
자국은
항해하는 이에게 희망과 용기를 주리라

 채형기

2010년 《백두산문학》으로 등단
안디옥 신학교 선교학 강의, 연세대학교총동문회보건복지분과 상임이사
예수제자연구원·다이나믹 세계선교재단 교수협의회 회원

541

옥셈이라도 하자꾸나

오달진 가을 햇살로 서서
어느 초가 뒤란의 까치 밥 쯤으로
너와 내가 바라보는 그 눈빛만으로도
흐르는 새물내 물줄기 이거나
보조개 발그레한 그리움으로
손을 잡을 수 있었으면 좋겠네.

우리는 지금, 감출 수도 없는
비밀스런 키보드에 거미줄을 치고
깊은 허리춤에 아람치 염낭을 차고
솟구쳐 오르는 하늬바람에
덩달아 춤추는 산불로 서서
누구의 핏줄인지도 모르며
하―얗게 태우려고만 하네.

파초 한 잎의 우산으로
조막손 누룽지 입안에 떼어 주며
빗소리 듣던 그 어린 날. 더러는
되돌아보며 옥셈이라도 하자꾸나
우리들아

 채희인

2000년 《한국시》로 등단
충북우수예술인상 수상
한국문인협회 진천지부장 역임
사과 詩, 소백의 사람들, 진천문학, 공무원문학 동인
충북단양 단산중학교 교장

성묘

대나무 숲 사이로
얼굴 내미는 메마른 바람 소리

지푸라기처럼 누워있던 잔디
초록으로 일어나도 기척 없는 아버지

돌 틈 사이사이 볼 붉히는 영산홍
생전에 약주 드신 아버지 얼굴

바스락 다람쥐 지나는 소리
행여 아버지 기침하셨나

보여지는 이 세상에서 다시는 볼 수 없는
아버지 산소 앞에 엎드린 후회

 최경숙

2014년 《문학세계》로 등단
한국문인협회 회원, 문학세계문인회 회원

창(窓)에게

매운 바람 속에 흔들리고 있는 창(窓)일지라도,
너를 믿고 살아야, 너를 믿고 살아야 한다

흩어진 어젯날의 재회(再會)를 위하여
찢어진 날개로도 날아야 한다

숨결이 가쁜 여기는 아직도 싸늘한 밤
때묻은 전상(戰傷)으로 창은 울고 있고

우주를 다녀온 나의 소녀에게
조국은 그슬린 봉창으로 언제나 어둡다

소녀의 가슴같이 사랑을 길러내는
나에게 열려 있는 창은 없는가

창을 열어야, 창을 열어야 한다
조금은 밝은 곳에서 내 얼굴을 살펴야 한다

역사(歷史)처럼 권태로운 공허(空虛)한 창,
창을 열어서 창을 열어서,

이제는 비둘기라도 날려야 한다

 최광호

1961년 시집 「분노의 영토」와 (서울신문), (한국일보), (경남일보)로 작품 활동
시집 「기상통보」 「꽃으로 피다」 외 다수
칼럼집 「희망의 실마리」
《문학공간》 창간인 및 주간 28년 재직, 사단법인 한국문화예술연대 이사장
한국문인협회 부이사장 역임

눈 내리는 하얀 꽃

하얀 눈꽃이
온 대지를 밝게 비춰주고 있습니다.
빛나는 수정체는
빙 둘러 앉아 대화를 합니다.

눈 내리는 풍경을
행복한 순간으로
회상하며
아련한 추억 속으로 달려갑니다.

햇살이 나오기 전에
예쁜 눈방울과
아름다운 미학으로
이 모든 것을 열매로 맺고 싶어 합니다.

 德明 최대락

2011년 《한비문학》으로 등단
한국문인협회 회원, 한비문학작가협회 회원
한국저작권협회 회원, 시인과 사색 동인

대한민국 민주건국 4·19혁명

누이야! 오빠야!
모진 바람에 꽃잎 지면 그 슬픔 어이하오
울부짖던 그날 1960년 4월 19일
학도들은 무엇을 위해
독재의 총구와 맞서야 했나
어깨동무 물결 달려가네
자유, 민주, 정의의 성터를 향해—

보라! 민주주의의 활화산
용암처럼 터져버린 민초들의 함성
죽음을 불사르며 불의와 맞서니
장하고 거룩하여라 민주건국 4·19혁명
온 누리의 아침햇살 찬란히 빛나네
무궁화꽃이 피네 민주역사 꽃이 피네
대한민국 민주건국 4·19혁명—

 최동화

2015 《한국문인》으로 등단
저서 『여로』 『여의도축제』 『송학의 벗』 등
4·19혁명 국가유공자(건국포장 수훈)
한국문인협회 회원, 한국산업인력공단 상임감사

첫눈

첫눈이
되풀이되듯이
모든 사랑은
첫사랑이다
첫눈이 내리는 날이면
거리가 가늠이 되지 않던
우리 사이에
첫눈이 내리는 날이면
네게 달려가고 싶다
서로를 낯설게 하던
산과 강이 가려져
골짜기에 갇히거나
강물에 휩쓸리더라도
첫눈이 내리는 날이면
두려움 없이
네게 달려가고 싶다
사랑한다고 말하고 싶다

 최명숙

1990년 《동양문학》으로 등단
시집 『내가 그에게 다가갔을 때』, 『천국보다 낯선』
수필집 『함께 걷고 싶은 사람』, 『그대의 꽃을 피우라』
서울 문현고등학교 교사

통일 아리랑

한반도 용틀임 한라에서 백두까지
통일 아리랑 메아리친다
아리랑 쓰리랑 이산의 눈물 강아
역사의 뒤안길로 뱃머리 틀어라

만만 년 유구한 군자의 나라
단군의 후예 팔천만 동족의 한
혈육 갈라놓은 한 맺힌 철책선 너
남과 북 한마음 한뜻으로
가슴, 가슴에 사무친 눈물로 녹이리

녹슨 경원선 이어
서슬 퍼런 작두날 통일 문턱 넘어
겨레여 동포여 얼싸안고 춤도 추고
손에 손잡고 환희의 노래 부르자

동방의 등불 하나 되어
태평성대 자자손손 영원토록
아리랑 아리랑 아라리요
한반도 염원의 꽃 평화 통일이여

 유산 최민석

2013년 《한국시》로 등단
한국시 문학대상, 이은상문학상, 광주시 문화예술유공표창 등 수상
한국문인협 경기광주지부 회원

걸레·3

이 세상과
어떻게 친해야 할지 몰랐다.
하는 수 없이 몸으로 때웠다.
세상을 닦아주고 닦아 주었다.
하얗게 만들어주면 좋아 하겠지 하고,

작은 돌 알갱이들, 알 수 없는 찌꺼기들에
쉼 없이 찔리고 들러붙는 통에
나는
온몸을 요동치며 털어대는 것, 습관이 되었다.
그게 몸서리친다고 하는 말과 같을 지도 모르겠다.

그렇게 곱고 하얗던 나의 몸
이제 온 데 간 데 없다
그냥 까맣다.
씻어도 씻어도 역시 까맣다.
그런데 특이한 것은 아직 난 일터가 많다.

세상살이에서 받은 까만 훈장을 달고
어릴 적 하얗던 나를 되찾으러 떠나고 싶다.
그래도 나는 걸레이겠지.

 최상근

2005년 《대한문학세계》로 등단
시집 『꿈을 하늘에 매달아 놓았다』 『신촌로터리 시계탑의 미션』
한국문인협회 회원. 대한문인협회 회원
한국교육개발원 선임연구원

소나무처럼

바람 불고
눈 내린 날
가지 휘어지는 무거움

지나온 생의 무게인가
내 마음의 무게처럼
세상 모든 무거운 것들

꺾어지는 팔 하나쯤
괜찮다마는

얼마를 더 추워야 하나
얼마를 더 눈이 내려야 하나

찬바람에 몸 맡기고
울며 지나는 바람소리

한겨울을 홀로 서서
유혹에 흔들리지 않고
누구를 탓하지도 않는구나

하염없는 기다림
붉은 나이테 하나

이 추운 겨울

너 추운 줄 안다마는

정말 고고하고
믿음직스럽구나

그 풍상
굳건한 네 모습

2012년 《아람문학》으로 등단
저서 「그대 머문 자리」
한국문인협회 회원, 한국문학발전포럼 회원
청운문학대구시포럼 회장, 아람문학문인협회 회원

지렁이(土龍)

조상이 용(龍)이었다 했지

보기 싫은 것 너무 많아
듣기 싫은 것 너무 많아
눈과 귀 없애고
그것도 부족해
땅속에 살고 있다 했지

어둡고 눅눅한 그곳이지만
살아야 한다는 사명감에
자연의 쟁기 되어
갈아엎고 토해내고
토양을 살찌운다 했지

너이고 싶다

욕심 채우려 싸우는 꼴 보기 싫어
비굴한 웃음소리 듣기 싫어
눈을 감고 귀를 막고
그것도 부족하다면
기면서 살고 싶다

힘없고 빽 없는 자들 모여 살아도
못살고 가난한 자들 모여 살아도
질투와 아첨 없는 곳이라면
참나리와 초롱꽃 가꾸는
정원사 되고 싶다

 최승규 (膏野)

1994년 《한맥문학》으로 등단
시집 『지렁이독백』, 『4중주 하모니』, 칼럼집 『물은 흘러도』 등
문학세계문학상, 칭찬송 금상 등 수상
한국문인협회, 국제펜한국본부 회원, 한국세계작가회 동인

박제

나에게 무심했던 시간을 붙잡아
망각이라는 형틀에 매달고
몸속에 흐르던
수많은 기억을 발라내어
다시는 숨 쉬며
바깥세상을 꿈꾸지 못하게
두 발에 못 박아 박제를 만든다

이제는
날지도 못하고
울지도 못하는 시간에
언어는 말라서 먼지가 되고
미움도 그리움도 멈춘 채
굳어진 세상에 갇혔으니
나도 박제가 되고
내 안의 사랑도 박제가 되었다

 최승옥

2009년 등단
시집 『박제된 언어들』
한국문인협회 회원
연세대 원주세브란스기독병원 부원장 역임
연세대학교 원주의과대학·원주세브란스기독병원 내과학교실 주임교수

돈 안 돼도

밭에 가서 호미로
풀을 캐면
품삯이나 받는다지만

펜대로 글을 캐느라
머리 쥐어짜도
머리털만 희어질 뿐

시인은 배가 고파도
마누라가 바가지 긁어대도
서방 주먹이 들먹여도

손 떨리고
펜대 못 잡을 때까지
가야하지 않겠나

 최승혁

1999년 《시시문단》으로 등단
시집 「개천둥소리」 「부평초 인생」 「밤하늘 별을 세며」
풀잎문학상, 빈여백동인문학상 등 수상

백석산 진달래

봄날이 간다고 서러워하였더니
양구 백석산엔
청명 곡우 지나고서야
진달래 필동 말 동
설핀 꽃봉오리만 곱더이다

산자락
산채 비빔밥집
손님맞이로 서 있는
키가 큰 백석산 진달래
이제 갓 피어나서
초저녁 등불인 양
산골짝을 비추이고

두타연(頭陀淵) 폭포 물소리
놀란 듯이 깨어나는
맑고 고운 봄

파릇파릇 새로 난
찻잎을 딴다는 곡우에도
백석산 진달래
꽃봉오리 다 필 때까지
봄은 아직
조심조심
지뢰밭 사이로 오고 있더이다

 최영희

1991년 《한국시》로 등단
시집 『정오와 날개』 『푸른 스케치북』 『봄낳이』
한국문인협회, 한국현대시인협회, 국제펜클럽, 한국가톨릭문인회 회원
거경문학, 모시올, 화요문학 동인

꽃밭에서

휘돌아온 바람으로 예
비로소 자리하여

하늘 가장 가차이
춤을 추는 몸짓으로

그대는 꽃으로 피고
나는 별빛으로 남아

그대 향기 속에
내 이름 사르려네.

그 무슨 말을 더 하리
굳이 더 해 무엇 하리.

우리 꽃밭 한가운데
혼불의 새여

 최은하

1959년 《自由文學》(金珖燮 선생 추천)으로 등단
시집 『비추사이다, 비추사이다』 『마침내 아득하리라』
『증보판최은하시전집』 등 20권.
수필집 『그래도 마저 못한 말 한 마디』외 1권
한국현대시인상, 한국문학상, 기독교문화대상,
한림문학상 등 수상

한국현대시인협회 회장, 한국기독교문인협회
회장 역임. '믿음의 문학' 발행인
한국문인협회, 한국현대시인협회 고문. 국제
PEN한국본부 자문위원

555

만남

창문 틈새 스미는
가녀린 바람결
뒤척이던 불면의 주검
응고된 영혼이 그대 향하여
분주히 일어선다.

외로워 울며
두려움에 떨며
정지된 여백의 시간들
하얀 부채 햇살에
잔잔히 부서진다.

화들짝 생명의 불꽃들이
춤을 춘다.
한 모금 남은 정갈한 이슬방울에
타다 남은 입술 적시며

이제 말하리라 가슴으로
그대 향한 발걸음
너무 힘들었습니다.
그대 향한 시간들
너무 길었습니다.

 최의용

2003년 《한맥문학》으로 등단
한국문인협회 회원
부산문인협회 회원, 부산시인협회 회원

삼베 홑이불

장롱 속에서 숨을 쉬고 있는
어머니가 덮으셨던 삼베 홑이불
조각보가 다 되도록 덮으셨다

온 종일 돌같이 무거워진 몸과 마음
해 지운 밤 감 나뭇잎 바람이
삼베의 성근 줄 틈새로 들어와
시원한 단잠 이루게 해 주었다네

천상으로 가시던 그 해 여름,
마지막 손질해 놓으신 삼배 홑이불
30년 세월 지났어도
아직도 풀기가 깔깔하게 살아있어

불 볕 더위가 기승을 부릴 때면
삼배 홑이불 꺼내놓고 슬어 만지며
어머니의 그리움에
두 눈꺼풀은 더욱더 뜨거워진다

 德香 최인숙

2008년 《뿌리문학》으로 등단
저서 『봄향기 투수』
불교문학대상, 고양시문인협회 공로상 수상
한국문인협회 홍보위원, 불교문학회 고문, 고양문인협회 이사

더블베이스처럼

인생은 오케스트라의　공연장

저마다의 음색을 가진 악기처럼
나만의 음색과 역할을 생각해 본다

음악의 수평선을 그어대는 악기

있을 때는 잘 모르지만
없으면 금방 허전해지고 마는
더블베이스 같은 음색을 가지고 싶다

첼로처럼 옆자리에 앉지도 못하고
정작 연주회에서는
바쁘게 움직이는　악기들을 쳐다보며
거인처럼 느리게
묵직한 저음으로 음악의 수평선을 그
어대는 악기

있을 때는 잘 모르지만
없으면 금방 허전하고 서운해서
음악이, 그 맛이
살아나지 않는 그런 악기

나의 인생
주목 받지 못해도 좋다

세월의 흐름 속 곰삭은 묵은 지처럼
묵었던 솜을 틀어 다시 만든 명주이불
처럼
오래오래 두들겨 만든 방자유기처럼
은근하고 부드럽고 묵직한 삶을 꿈꾼다

수많은 악기들이 저마다의
음색을 가지고 있듯
사람들도 제각각의 음색과 역할이 있
듯이
바이올린처럼 화려하지 않아도
클라리넷처럼 달콤하지 않아도
트럼펫처럼 씩씩하지 않아도

천천히 우아하게
베이스의 현(絃)에 활을 얹는
연주자처럼
그렇게 그렇게
한 세상을 있는 그대로 연주하고 싶다

 최재열

2013년《문학춘추》로 등단
시집 『저녁노을 한 가운데』 『11월, 그 어느날』 『리더의 자질과 리더십 경영』 외 12권
한국문인협회, 광주문인협회, 한림문학작가협회, 문학춘추작가회, 시류문학회 회원
광주시인협회 이사, 송원대학교 교수역임

상처

별일 좀 있는 듯 하고 없는 듯도 한
사는 일 뭐 별것 아닌데
아무 일 없으면 너무 무료할까 보아 그러시나
그런 생각 아니어도 좋은데
지워져 가는 마음자리에 이따금씩 와 놓여지는
봉선화 꽃 그림자 하나 둘
덜 아문 생채기를 긁어놓고 가네
떨어진 꽃망울 피처럼 붉어
한소절의 시가 될 듯 그려지는 예지의 하늘…… 그러나
인내의 한계가 무너져 내려
내 목숨의 여력 한 줌 없이 소진시켜버렸어
댓잎 위에 후들기는 성긴 빗방울
하일(夏日), 모시(某時)에 다시 내리고

아물어가던 마음자리에
이따금씩 와 놓여지는 봉선화 꽃 그림자
하나, 둘
덜 아문 생채기만 긁어놓고 가네

 최정남

1997년 《자유문학》으로 등단
시집 『숲과 바람과 나목과 유리 안드레이비치의 편지』『寂寞에게 묻다』『無言劇 속의 사랑』
장편소설 『裸像이 있는 거리』
한국문인협회 회원

찻잔

일상의 고뇌를 안고 사는
찻잔에는
곡우 전 어린 싹의 희생도 있고
애틋한 기다림도 있고
엄동설한 동장군의 고백도 있고
늙은 다농(茶農)의 고단함과
가까운 사람의 초상화와
별난 세상의 허물마저 담겨있다.

이렇게
차곡차곡
엄숙히 담긴 모든 것으로부터
찻잔을 비운다.

정진을 거듭하며
작은 존재 큰 희망으로 다가오는 심기(心器)
이윽고 군자의 불기(不器)로 태어난다.

 차샘 최정수

2006년 《문예한국》으로 등단
한국문협·대구문협·일일문학회 회원
한국홍익茶문화원 이사장, 한국차중앙협의회 문화교육위원

그 마음

꽃망울 가만히 터질 때도
그 꽃잎 다시 질 때도
꽃밭에 이는 바람에도 있었어
하늘로 더 높은 하늘로
떨어지던 꽃잎 속에도 있었어
보이지도 만져지지 않아도
그 가운데 있었어
우주를 모두 품은
티끌 속에도

세상에서 가장
귀하디 귀한 그 마음
고요한 섬처럼 떠 있는 듯하여
살며시 부르면
언제라도 다가서는
너와 내 안으로
연연하게 이어져
조용조용하게 웃던 것
그 마음이 있었어

 최정숙

2012년 《한국문학정신》으로 등단
시집 『영혼, 그 아름다운 사랑』 외
한국문인협회, 현대시문학작가회, 서울시인협회, 짚신문학회 회원
법무법인 서울제일 재직, 강북구상공회 이사

흘러가는 저 강물에

흘러가는 저 강물에
작은 종이배 하나
기웃기웃 떠내려갑니다.

제 뜻과는 상관없이
물결 따라 너풀대는
외톨이 나그네로,

기항지(寄港地)
목적지도 모르면서
무작정 떠내려갑니다.

떠가는 종이배 안엔
나약한 나
내 참모습이 타고 있습니다.

출렁이며 흔들흔들
멀미 않는
한살이를,

갈 곳도 모르면서
너울에 휩쓸리며
정처 없이 떠내려갑니다.

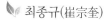 최종규(崔宗奎)

1964년 《現代文學》으로 등단
시집 『初雪』 등 다수
전라북도문화상. 백양촌문학상. 푸쉬킨탄생 209주년기념 시문학대상 등 다수 수상
KT전화국장. 벽성대학교수 역임.

금병산에 올라

금병산에 올라 울울한 나무들 속에서
팔을 뻗쳐 열 손가락을 펴고 한 그루 나무가 되니
온몸에서 풋풋한 나무냄새가 나고
나무와 풀잎과 꽃봉오리에 이어진 명줄이
자벌레와 범아제비와 풀쐐기에 이어진 명줄이
멧새와 다람쥐와 고라니에 이어진 명줄이
내 명줄에 와 닿아서 펄떡거린다.
멀리 한라산 백록담 솜다리꽃 밑을 기어가는 꽃뱀과
오대산 수수꽃다리 아래서 새끼를 치는 오소리와
고창 선운사 꽃무릇 위에 올라앉은 청개구리의 명줄이
내 시퍼런 명줄에 와 닿아서 펄떡거리고
오늘 아침 먹은 무국의 무에 꼭꼭 숨어 있다가
내 입 안에서 나풀나풀 날아 나오는 무꽃나비의 명줄도
내 명줄에 와 닿아서 펄떡거린다.

 최탁환

2001년 《시인정신》으로 등단
한국문인협회 회원
제70사단장(장군) 역임

석류

너는 넘치는 내공으로
주황색 투구를 틔우고
보석을 세상에 내 놓았다.

알알이
너무도 고와
보면 볼수록 황홀한
순정(純情)의 결정(結晶)
보석들이여!

칠십(七十)년 내공의
정심(精心)을 모아
주옥같은 석류 알을
나도
토하고 싶다.

 최해동

2012년 《문예시대》로 등단
한국문인협회 회원
법무부 근무

영흥도 만조(滿潮)

살갗 검게 그을린 알몸으로
개펄이 질펀하게 누워있다
달빛에 빛나는 거웃 사이로
갯골이 질척하게 젖어있다

연꽃을 피운 성스러운 몸매로
사리에 밀물이 들면
꽃잎 속 꽃술이 발그레 물든다
수평선이 파도를 일으켜
들물 날물로 율동하는 애무에
가쁜 숨결로 해무를 피우는 바다
은결로 출렁이는 물살을 따라
은비늘로 발기한 숭어들이
푸른 힘줄을 뻗쳐 유영한다
능쟁이 민챙이 짱뚱어 조가비
제 집 구멍을 활짝 연다
오르가슴으로 차오는 부력에
해안선이 절정에 치달아
입술 벌려 물거품을 토해낸다

만조 때 정사로 연밥을 맺어
생명을 잉태한 영흥도
연뿌리를 뻗어 내린 가계도 속에
좋은 혈통을 대물림하는
거룩한 다산성이 풍요롭다

 태동철

2003년 《문예사조》로 등단
시집 「내 사랑 영흥도」

꽃지

석양에 그을린 꽃지
섬마저 붉게 타면
영경(靈境) 하늘 내린 전설
할미 바위 할아비 바위
그 사랑의 끝은 어디인가

영겁의 세월
다가설 수 없던 인연 탓에
살 찢긴 붉은 피
침묵의 애환으로
할미, 할아비 바위 위에
뿌리 내린 천년송

시공을 되짚어
에돌아 온 그리움은
눈길조차 마주칠 수 없는
사무친 한으로
절연(截然)이 쌓아 올린
질곡의 세월

빈 가슴은 노을이 되고
또 다른 반쪽 가슴엔
성근 바람이 멎는 날
당신과 하나 되는
연리지를 염원한다

 편효성

2008년《모던포엠》으로 등단
불교문학상, 모던포엠문학상, 다산목민문학대상 등 수상
불교문학 편집주간 역임
한국문인협회 회원, 문학박물관 기획실장

별 밭에서 헹구어내는 영혼

겨울 숲
헐벗은 키다리
낙우송 밭에는
밤마다 성탄절 행사가 벌어지고 있다

일천오백 광년 내달려온
오리온성좌며
북극성 북두칠성 카시오페이아
하늘의 성군 다 어우러져
크리스마스트리 만들고 있다

바람이 가지를 집적일 때마다
쟁그랑 쟁그랑
수 억만 캐럿 금강석
나를 흔들어 깨우는 오색 종소리
흐린 눈을 씻어내고
귀를 닦아내고
때 묻은 내 영혼 씻어낸다

밤 어두워 깊을수록
온 몸 시려 아려올수록
헐벗은 낙우송
그 별 밭에 들어

 표영수

2001년 《노천명문학상》 신인상 수상
시집 『새는 자기 길을』 『소나기 덕분에』 등
한국문인협회 거창지회 회장 역임

싱그런 바람아

하얀 물보라를 지나
초록빛 생명을 어루만지며
창공을 비상하는 찰 바람이여
천고의 으슥한 밀림
젊음이 머물던
맑고 푸른 숭고한 생명의
깊은 안섶까지
오염의 베일을 벗기려
풀어헤친 바람의 날개여
오늘을 열고
너를 맞이하는 생명은
무지개 빛 보다 더 고운
꿈을 키우는 선물로
두 팔을 들어 너를 부른다
싱그런 바람아
푸르른 바람아

 표회은

서정주님의 추천('81년 느티나무밑: 범론사)으로 글쓰기 시작. 1990년 신원사의 '푸르른 바람아'로 등단.
한국문협 회원, 국제펜 회원, 자유문학회원, 환경문학 동인
시집 「푸르른 바람아」 「자연 그리고 너의 소리」 「두고 온 날이 그렇게」 외 공저시집 3권
kbs, sbs 詩 방송 및 출연 등, 기타 대통령표창 외 장광표창 4회

풍장(風葬)

빵집이 있는 상가 주차장에 새들이 날아든다
시동 건 자동차가 후진으로 빵조각 쪼던 새를 밟고
빈자리 찾아 들어오던 자동차 그 몸 눌러버리더니
더위로 깃털만 남은 형체 옷 벗고 지상에 누웠다

파열된 내장에 앉아 배 채우기 바쁜 파리 떼, 성큼
다가가자 문상객 대하듯 머뭇머뭇 맴돌다 앉아 이내
육신 더듬거리며 단 벌 새털로 수의(壽衣)를 잰다
놀라 움찔하게 눈에 들어온 것은 다리에 묶인 끈
누군가 어린 시절부터 옭아매 삶을 잡아둔 흔적이다
몸부림으로 다리의 혈관 눌러 얼마나 절뚝거렸을까
흥겹게 들리는 새소리가 통증이라는 걸 몰랐겠지

옆자리 있던 자동차가 빠져나가며 바람이 일자
매캐한 살 냄새가 들숨으로 새(鳥) 영혼이 들어온다
울먹이던 멍은 심장에 닿아 평온한 안식이 된다

시골집 골목에서 들어설 때의 컹컹거리던 황구
어미 밥그릇까지 뺏는 새끼들 목소리 굵어질 때
동네 형들이 질질 끌고 육교 아래 떨어뜨렸던 목줄
흐르는 냇물 이끼 낀 돌 틈에 말라버린 붉은 흔적
순종 끝날 때까지 인간의 배반에 몇 번이고 몸 떨던
그을린 육신 찢으며 개 웃음 흘리던 강인한 치아

악물고 살아도 가난 풀지 못해 욕지거리만 쏟아내고

버들가지 잎처럼 늘어난 빗더미는 여름 찌르는 매미
풍장 바라보는 시베리아 툰드라 원주민의 눈
눈에 눈물도 자라면 넘쳐흐른다는 걸 알지 못했던
끈 묶여 몇 번을 주저앉아 밥그릇 바라보며 떨던 어깨

조문하려고 차들이 파리처럼 달려들어 칼질한다
한 생명 마지막 뜨거움 토하여 세상이 덥다는 것을
파리 떼 달려들어도 지나는 사람들은 손 저을 뿐
빵집 안에 줄 서 재잘거리는 어린애들 입에 핀 꽃

 한길수

2005년〈시와 시학〉으로 등단
시집 『붉은 흉터가 있던 낙타의 생애처럼』
무원문학상, 국제문화예술상 수상
미주문학 편집위원, 미주한국문인협회 이사장 역임
한국문인협회 미주지회 부회장

붉은 치마

귀양길 남편 다산(茶山)을 보낸 십 년
씨삼 심어 6년의 인삼밭 가꾸기
봄가을 40 여일씩의 바쁜 누에치기
대가족 먹이기와 남편 뒷바라지에 지쳐
이제 일하기도 편지쓰기도 너무 어려워
시름시름 아파 사위어가는 몸
외로움과 눈물로 보는 횃대의 붉은 치마
초례청에 입고 나간 녹의홍상(綠衣紅裳)
빛바랜 치마를 남편에게 보냈다
아무 전갈도 없이 전해 받은 다산(茶山)
노을빛 된 치마폭에 떨어지는 눈물
이윽고 붓을 들어 써내려간 하피첩(霞帔帖)*
붓끝에 넘치는 부정(父情), 부정(夫情)
학문에 힘쓰고 효도하라
처음 만났던 두근거림으로
강진과 양평을 이은 붉은 치마의 울림
수없이 오고 간 끝에 풀린 귀양살이
대책 없이 손님 재우고 술 좋아한 남편
실학과 저술의 큰 인물로 우뚝 세운
홍 씨 부인의 붉은 치마

내 발걸음을 멈추게 하는 다산 생가의 하피첩

*하피첩(霞帔帖); 다산 정약용이 귀양길에서 아내 홍 씨로부터 편지 대신 받은 빛이 바래 노을처
럼 된 신혼 때의 치마폭에 붓으로 적어 보낸 자녀 교훈시이다. '병든 아내가 해진 치마를 보내왔네'
로 시작한 5언 율시이다. 다산시문집 14권에 있다.

 한수종

2002년 《문학과 문화》로 등단
시집 『꽃범의 꼬리』, 『갈대, 푸른 하늘을 날다』 등
평론집 『한수종의 문학평론』 1,2권
문학바탕 편집주간 역임. 남원고등학교장 정년퇴임

겨울새, 겨울새야

잿빛 구름 나래 내리며
하늘 빙빙 돌고
강물은 소리 없이
살얼음 언덕 밑에서
우물쭈물 머뭇거리다 잦아진다.

달빛 싸늘한 밤이 밀려오고
나목 가지마다 명당자리 찾지 못해
둥지 틀 곳 없는 겨울새가
텅텅 빈 허공만을 배회하는
이 세상 한 구석

후드득 나래 쳐 어둠을 털어내어도
쉴 곳도 없고 갈 곳도 너무 멀어
가시덤불 영하의 홑이불 덮고
늦은 잠을 청하다가

이른 새벽 눈 비비고 깨어나
어디쯤 봄이 오는 발자국소리
귀 열고
눈 똥그라니 엿듣고 있다.

 한숙자

2010년 《한국생활문인》으로 등단
한국문인협회, 영호남수필문인회, 한국생활문인회, 전북문인협회, 진안문인협회 회원

도시의 마네킹·2

그 사람 사라지고
그 자리
그림 한 장 남았네

그가 뱉은 맨 끝의 날숨
한 마리 나비되어
저기 하늘가 멀어져 가고있네

고개를 돌리고 또 돌려 보아도
마주치게 되는 시선들
아무도 보아주지 않는데

외로움이 지나치면
저렇게 무심한 표정이 되는가
그대는 슬픈 도시의 사람

 한은숙

2012년 《문학시대》로 등단
한국문인협회 회원
한국가곡합창단 단원, 우리가곡운동본부 팀장
투어앙상블 공동대표

깨달음

맑고 밝은 마음은
자연과 우주의 합일을 이루는
영혼의 흐름이 있다

작은 꽃씨가 땅을 뚫고
화려한 생명을 이루듯
깨달음의 씨앗이
중용의 뿌리를 내린다

자신을 태워
어둠을 밝히는 촛불처럼
살신성인의 자세가
수행자의 모습이듯

이름 알아주지 않아도
잔잔하게 피어나는 들꽃 웃음은
바람이 전해 준 비밀부호
눈물 끝에 맺히는 자유이다

 녹파 한희정

2010년 《한울문학》으로 등단
시집 『몽당붓 향기』
부산시인협회 회원, 한국문인협회 회원

선운사 골짜기

국화꽃 향기와 판소리 가락 어디쯤에서
흥 났는지
나는 기차 타고 가다 마음 내키는 역에서 내려
단풍 지는 선운사를 찾았다
그날 밤 미당(未堂)은 물속 걸어가는 그믐달이었다가
기다렸다는 듯이 사라진다
사흘 지나 손톱달 뜨는 날
그물에 걸리지 않는 바람으로
내원궁에서 불경을 읽고 있다
개울가 억새가 하늘을 비질하는 오후
도솔암 마애불 앞에서 손 모으니
이미 마애불과 미당은 참선 중이다
물소리 커지는 선운사 골짜기에
시간이 흐른다는 걸 일깨울 무렵
미당은 그 느리고 굵은 목소리로 말한다
"부인 잘 있구
내년 동백 피거든 '동백연(冬柏燕) 백일장' 심사나 하자구
나 보름달맞이 채비해야 하니
어서 떠나시게"

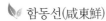 함동선(咸東鮮)

《현대문학》(서정주 추천)으로 등단
시집 『인연설』 『밤섬의 숲』 『연백』 외 다수
한국현대시인상, 대한민국문화예술상, 청마문학상 등 다수 수상
한국현대시인협회 회장, 한국펜 부회장, 한국문인협회 부이사장 역임
중앙대학교 명예교수

선녀의 꿈

봄볕처럼
따뜻하게 살다가

조금은 지치고
가끔씩 서러워도

무지개 넘어 하얀 날개
다시 한번 추스르며

참아 넘긴 세월
눈물로 오르니

은하수 별빛 위로
천상축제 열리고

구름은 피어올라
꽃밭을 이룬다

 김山 함지은

2005년 《서울문학》으로 등단
저서 『고백』
해동문학상. 문학공간상. 전쟁문학상 대상 등 수상
한국문인협회 회원

코스모스

알록달록 펼쳐놓은
노점상 옷들이
장터에 줄지어 피었다
아릿한 시선으로
쩌릿쩌릿한 향수로 끌어 당겨
남폿불처럼 길 밝히는 꽃잎

질척한 들녘 군락지거나
이름 없는 시골길이거나
그들처럼 피어나
웃을 수 있다면야
세상은 온통 꽃길인 것이다

헐렁한 옷 한 벌
꼬깃꼬깃한 지폐와
느린 흥정 바꿔놓고
주름 속 길 환하게 펼쳐놓은
길 위의 길
한 생 먼지 쓰고도
서로 등 기댈 수 있다는
저 낮은 곳의 뿌리들

하양 빨강 분홍 무더기로 피어난
노점상 하루가
줄기 끝에 앉아 흔들린다

 허말임

2005년《문학산책》으로 등단
시집 『따라오는 먼 그림자』, 『저 낮은 곳의 뿌리들』, 『마음에 틈이 있다』 등
수필집 『달팽이집 같은 業을 지고』
불교청소년도서저작상 수상
한국문인협회, 안양문인협회, 문후작가회, 이후문인클럽 회원

먼 먼나무

사랑이
꼭 백설 위에 듣는 핏빛이어야 하는가
찬물 같은 날에도
오종종 빨간 열매
나무 먼나무
눈 속 가득 차오르는
따스한 빛살
가까운 듯 먼 듯 살아온 부부
오누이처럼 닮은 세월로 바라보며
눈치로 대강 짐작하는
믿음의 뿌리가 정이라며
추운 뱃속에
뜨건 국밥 한 그릇으로 푸른 것 같은 것이라고
한 마디
남겨진 그 한마디 받아안아
사랑은 더욱 반짝이는가
가까울수록
먼데 사람 그리워하듯 하라
아우르는 메시지
그 나무 제 이름자 속에
단청처럼 갈무리하고 있다

 허소미

2001년 《한국시》로 등단
한국문협, 전북문협, 전남문협, 광주문협, 문학춘추작가회의 회원

감

이 맑은 가을 햇살 속에선
누구도 어쩔 수 없다
그냥 나이 먹고 철이 들 수밖에는

젊은 날
떫고 비리던 내 피도
저 붉은 단감으로 익을 수밖에는……

 허영자

1962년 《현대문학》으로 등단
시집 『얼음과 불꽃』 외 다수
목월문학상 외 다수 수상
한국시인협회 회장 외, 현재 성신여대 명예교수

미운 아버지

배가 남산만한 아버지
간경화증 말기에다
위장까지 걸레가 되어
얼굴이 흙빛으로 죽어가는
미운 아버지
기차 무늬가 새겨진 환자복을 입고
바퀴달린 침대에 누워
아무나 보고 살려달라는
미운 아버지
한 생을 깡소주를 마시고
줄담배를 피우며
행상하시는 어머니를 울리던
미운 아버지
자식이 귀한 집 딸 데려와
잘 살아 보겠다고 집 나설 때
방 한 칸도 마련해 주지 못한
미운 아버지
내가 몸 다쳐 사경을 헤매일 때
하느님께 무슨 죄가 많아
새끼가 먼저 죽어야 하냐고
울부짖던 속 다르고 겉 다른
미운 아버지
이제 베갯잇을 물어뜯으며
너만은 부디 잘 살라고 통곡하며 가슴
치는

미운 아버지
그건 아무것도 아닌 거야
함박눈 내리는 크리스마스이브에 돌
아가신
미운 아버지

아, 내 심장이 울컥울컥 토해내는
뜨거운 핏속에 숨어 슬피 우는
미운 아버지

 허 전

2013년 《유심》으로 등단
한국문화예술교육진흥원 교정시설 문학강사
국방부 군부대 문학강사

양화진의 봄
−외국인 선교사 묘지에서

하늘 마르고 산도 마르고 강물도 말라
암울한 땅 고집으로 얼룩진
세상의 변방 코리아
헐벗고 굶주려 길 잃어 헤매는 영혼
만리 길 태평양 건너온
낯선 이방인 처음 보는 날
단일 민족 상장(上狀)만이 고집했으랴

박해를 등에 업고
한 알 씨앗 뿌려지는 날 그들의 피 붉
었다
얽힌 타래 풀어날 때 시퍼런 칼날 사
슬 끊었다
무수히 흘린 피
아름다운 소식 전하는 발이여!
이제 열방을 열어 가는 세계로……

학문의 씨앗 이화, 배재학당 초석 되어
메밀꽃 피는 마을에도
풍금 소리 들려오고
고가(古家) 등잔 아래 주경야독
짚신 벗고 청마루 앉혔나니

꽃그늘 아래 자맥질하는 저들 보라
꽃비 맞으며 함박 웃는

실로 얼음 풀리고
한강은 유유히 흘러간다

여기 백년 역사 흘렀다
돌 십자가 아래 잠든 순교자
풀꽃 피워 강변 부는 바람
무덤 위로 흐른다

 허진숙

2010년 《농민문학》으로 등단
시집 『바다로 간 어머니』 『너는 기쁘지 아니한가』
농민문학작가상, 선교문학상 등 수상

수놓은 봉황 한 쌍

화단에 난초
노오란 새순
내밀 적에

여고시절 갓 보낸
두 갈래
머리 소녀

툇마루에
다소곳이 앉아

세(細)바늘
고운 비단실 꿰매어
한 땀 한 땀
수틀을 넘나드니

열흘 지나
오색 깃털 하나
곱게 수놓았네

큰방에 할머니는
무릎 위에
한지(韓紙) 올려

붓글을
줄줄이
써 내려 가시네

뒤뜰에
감꽃이 피니
머리에 금빛 수놓아
빨간 입술 그려졌네

바람결에
아카시아 향기 날아오니
봉황 나래 활개치네

꾀꼬리 노래 따라
비단실로
수놓은 봉황 한 쌍

나래 치네
활개 치네

*소녀시절 수놓은 봉황 한 쌍.

🍃 海印 허혜자

2008년 《시사문단》으로 등단
시집 『푸른나무』 『연분홍 겨울장미』 등
시예술상 수상
한국문인협회 회원, 국제펜클럽 회원
한국문예학술저작권협회 회원

멸치

너울거리는 파도 저 멀리
끝이 보이지 않는다
작은 멸치 한 마리 수평선을 향해
힘껏 헤엄쳐나간다
다시마 숲을 거쳐 미역 그늘을 지나다
붉은 산호에 비늘이 벗겨진다
암초에 부딪치고 가마우지를 만나 죽
을 고비를 넘길 동안
그래도 멸치는 꿈을 꾼다

큰 고래 뱃속에 들어가 다시 태어나
는 거야
지혜로운 연어가, 용감한 송어가 되
는 거야

물살을 거슬러 앞으로 나아간다
헤쳐 가면 갈수록
살이 통통하게 오르면 오를수록
진한 멸치의 비린내가 바다를 적신다

뒤돌아본다
아득히 멀리도 왔다
전환점을 돌아 속도를 조절하던 아침,
햇살이 바다를 그물에 걸고 있다
반짝이는 푸른 빛 멸치 솟구쳐 오른다

노란색 보라색 방수복 입은 어부들
"하나! 둘! 하나! 둘! 영차! 영차!"
고단한 그물이 춤을 춘다
뼈 속까지 바다인 멸치도 춤을 춘다

하늘로 날아오른 등 푸른 은하수 군
무 한바탕이다

정박한 배들도 사라지고
바다마저 점멸할 시각
하늘 문이 닫히기 전
멸치는 세상을 향해 한 마디 외친다
아, 드디어 출가다

 현명숙

2011년 《순수문학》으로 등단
수필집 『연꽃향기 날리는 날에는』
한국문인협회 회원, 수정샘물동인회 회원

달빛바다에서

저무는 가을, 달빛바다에
너를 그리며 섰노라
밀려오는 파도,
귀로를 잃은 바다갈매기 물결에 떠밀려가고

꿈꾸는 소라들의 밀어를
달빛에 풀어놓고
앞서거니 뒤서거니 열 지어 밀려와
바위에 부딪히고 부서지는 파도야

비추어라 달빛아,
저 어둠의 바다에서
진주를 만들어내는 진주조개의 눈물을

허물어가는 젊은 날
아무는 상흔을 꺼내어
청춘의 눈물로
너를 위해 흘릴 수 있도록

너를 그리며
달빛바다에 섰노라

먹구름이 밀려와 달을 삼키고
눈물로 쏟아져
저 바다가 젖을 때까지

 현용식

2004년 《현대문예》로 등단
시집 「남자가 임신을 한다면」 「설문대할망의 오르가즘」 등

촉촉한 지옥에 갇히다

오랜 세월이 흘러도 심장에 불을 지피고 있는 것은 오직 샛별뿐이다. 네가 자취를 감춘 순간부터 새벽은 오지 않았다. 일상의 한 귀퉁이를 지그시 누르고 있는 그 시간은 차츰 증발했다. 햇볕이 꽃수를 놓아도 앳된 눈물이 허공에서 크렁크렁할 뿐이다. 과거로 통하는 길을 분주하게 오가도 합쳐지는 것은 없었고 독(毒)이 온몸에 퍼졌다. 목젖에 달아 놓은 방울조차 어느 틈새로 도망갔는지 소독약 냄새만 나는 얼룩들로 가득했다. 폐기처분 되었다는 것을 그제야 알았다. 제게 어떤 말도 하지 마세요.

 홍경흠

2003년 《현대시문학》으로 등단
홍조근정훈장 수훈
한국창작문학 편집위원, 한국문인협회 해외발전위원
한국시인협회·국제펜클럽 회원

숨겨둔 그리움 하나

영산홍 꽃밭에서
우연히 써 내려간
숨겨둔 그리움 하나
사월마다 병 도지면
그 자리에 서성이지만
꽃잎 정수리에 꽂고
환하게 웃던 당신은
올해도 보이지 않았습니다.

영화 구경 갔나
먼 여행 떠났는가
산모랭이를 돌아서다
발길 돌려 오는 길
산비둘기 울다 그치고
기적에 뒤 돌아보니
새 하얀 산벚꽃잎만
바람에 날리고 있었습니다.

 홍기연

2014년 《문학세계》로 등단
한국문인협회, 광명문인협회, 목란문학회, 광화문사랑방시낭송회 회원
코리아트래블즈 이사, 서울전세버스조합 전무이사

청산

풍금을 잠재운 산록(山麓)
휘어서 굽은 고요한 아침 깨우듯
골짜기마다 맑고 아담한 물소리
하얗게 일어나는 구름 춤 오 봉 감싸안는다

넓고
아득히 높은 공간 찌를 듯이
곧게 뻗은 전나무 숲 사이
물비늘 나타났다 사라지는 오대천
버리고 온 옛이야기만 재잘거린다

첩첩산중
그지없이 펼쳐진 산수(山水) 아래로
뽀얗게 피어나는 운무의 너울
저 힘찬 백두의 정기 받아 나를 키워준 청산이다

오대산 주봉은
내 어미의 젖가슴 닮은
구름 밑 동해를 끌어당기니
그 웅장하고 장엄한 용의(容儀) 잠잠하다

늘 그러하듯
붉은 태양 떠오르며
용솟음치듯 꿈틀거리는 내 가슴은
너의 그 참모습 크게 품어 메아리로 부르고 싶다

🍃 홍대복

2011년 《대한문학세계》로 등단
시집 「초련화」
한국문학예술인 금상, 서울문화대상 등 수상
대한문인협회 경기지회장 역임

꽃 한 송이

그대는 오늘 가슴에 무슨 꽃을 피웠는가

아니 지금까지 살면서
스스로 한 송이 꽃을 피워본 적이 있는가

그윽한 향기로 전해지는
천상의 꽃은 아니더라도
보기만 하여도 마음이 환한 장미는 아니더라도

그대 가슴에 고이 간직하고
살풋 미소 짓는 꽃 한 송이
그대 가슴에 피웠는가
오늘……

🍃 무영 홍성수

2006년 《문예사조》로 등단
시집 「나도 한번 소리 내어 울고 싶다」 「천일의 숨소리」
한국문인협회 문단정화위원회 위원, 한내문학작가회 회장
'글과 나무' 협동조합 이사장

눈꽃의 단상

내 가까이에
계절을 모르고 사는 사철나무
푸른 잎사귀 위에 밤새내린 함박눈
겨울 꽃으로 이 세상 온 누리 피었다
서해바다 태안 꽃 축제에 피었다 진
하얀 백합처럼 소복소복 향기가 쌓인다 해도
한 나절 지나면 상서로운 햇살에 못 이겨
고요의 강물이 되고 말걸
그건 고통이 아니라 눈물이라 말하겠지
그래도 백합꽃이 지닌 여인의 향기와
그 아름다움이 한올한올 보고 싶어
핸드폰에 찰칵찰칵 담아 두었다
언젠가 네 모습이 직녀성처럼 빛나고
눈이 부시다면 되돌아 와줘
소리 없이 노을 속으로 끼어드는 영혼에
네가 보고 싶어서 야심을 비운다면
아름다운 인연을 남기고 떠나리
허기진 물거품처럼 떠오르던 눈꽃
안타까운 자국만 남긴 채 대자연이 안겨준
종착역인 땅에서 온갖 꽃 피울 몸부림이여
허물없이 마냥 분수가 되고 만다면
너의 눈꽃은 시드는 것이 아니라
고독을 거두는 일이네

 홍윤표

1990년 《문학세계》《농민문학》으로 등단
시집 『학마을』 『위대한 외출』외 다수
충남문학대상, 정훈문학상, 한국농민문학상 등 수상
한국문협, 한국시인협회, 한국문예학술저작권협회, 한국음악저작권협회 회원
당진시인협회 회장, 국제펜한국본부 충남지역위원장

가거라, 슬픔아

우리에게 찰싹 들러붙은 슬픔이란
질기고 질긴 거머리 같은 것들이라서
대차게 끊지 못하고 쩔쩔맬 때가 많지

그럴 때면 종종 이런 생각을 하곤 해
오일장 구석진 틈새 허름한 지붕 아래
세련된 모양새라곤 눈곱만큼도 없지만
깐에는 원조 운운하는 자존심 센 그곳에서
무너진 마음을 덩달아 애써 세워가면서
진한 국물의 소머리 국밥을 한 그릇 시켜
호젓하게 먹어보는 건 어떨까 하고

흔한 방석 하나 깔려있지 않은 나무 의자에
아주 익숙한 듯 내 집처럼 털썩 주저앉아서
냄새 배인 단칸 가게 얼룩진 차림표를 훑어
그리 친절해 보이지는 않지만 어디선가 자주
옷깃을 스쳐 지났을 것만 같은 할머니에게
진한 국물의 소머리 국밥을 한 그릇 시켜
별미인 양 먹어보는 건 어떨까 하고

맛이 있는지 없는지 굳이 되새길 필요 없는
그저 국물에 밥을 말은 간편한 그 음식은
약간의 소금만 뿌리고 숟가락을 들면
우리가 뜨거운 눈물을 흘리며 먹고 있건
우리가 먹먹한 가슴을 치며 먹고 있건

주위 어느 누구도 신경 쓸 것 같지 않아서
그래도 질긴 슬픔이 목을 잡아당긴다면
벌건 국물에 몸을 담근, 크기도 제각각인
깍두기를 더 청해 덥석 한 입 베어 물면
우리가 달포해포 방향 없이 헤매고 있는
우리가 시난고난 죽을 것같이 앓고 있는
인간사 무엇에서도 금방 개운해질 것 같아서

그렇게 '슬픔'이라는 우리의 단골 메뉴도 말이지
김 오르는 투박한 뚝배기를 두 손으로 감싸준 후
뽀얀 국물에 밥을 툭툭 섞어 소금을 적당히 치고
송송 썬 파 조각 휘휘 저어 입에 넣기만 하면
식도를 타고 내려가는 뜨거움 속에 비명을 지르며
저 멀리 쫓겨 후퇴하는 적병의 초라한 몰골이었으면 해
저 깊이 형체도 없이 납작 가라앉는 난파선이었으면 해
저 높이 오르다 제풀에 터져버리는 비눗방울이었으면 해

훌훌 말아 쉽게 목으로 넘길 수 있는 국밥처럼
잠깐 꿀꺽하면 바로 목으로 넘어가는 국밥처럼
그렇게 '슬픔'이라는 우리의 묵은 메뉴도 말이지

 홍정희

1997년 《문학공간》으로 등단
시집 『하늘 타는 길』 수필집 『세상이 처음 열리던 날이 이랬을까』 『사랑아, 네가 어찌 그리 아름다운지』
지도서 『신문으로 공부하는 재미있는 English』
청계문학상 수상
한국문인협회 회원, 국제펜한국본부 회원

달구지

덜거덕 덜거덕
달구리에

새벽닭 울음소리와 함께
농부를 태운 달구지는 농터로 향한다

좀 있어
여명과 함께 햇살이 비치운다

들녘은 온통 볏단으로
금빛 물결을 이룬다

털거덕 털거덕
찌그덕 찌그덕

중참을 넘어서야 채워진 달구지

농부는 논두렁에
걸터앉은 채로 허기를 채운다

저녁노을이 다가올 쯤

달구지는 저만치 높아져
뒤에서는 소가 보이지 않는다

만석군의 부농은 내일도 시작된다

소 한 마리가 부자인
그 시절이 그립다

 홍중완

2013년 《문예사조》로 등단
문예사조문학상, 짚신문학상 등 수상
한국문인협회 인성교육개발위원, 문예사조문인협회 부회장
짚신문학회 이사, 계간문예작가회 중앙위원, 국제펜클럽 회원

소나무처럼 살고 싶다

눈, 비, 우박, 찬 서리 몰아쳐 와도
봄여름, 가을, 겨울 똑같은 품위
세상이 변하여도 그대로 푸른 자태
열녀처럼 묵묵히 인내하며 살아간다

깊은 산골, 바닷가에서
푸르름 뽐내지 않는다
폭풍과 해풍이 괴롭혀 와도
외세에 굴복하지 않고
늘 푸른 한마음 늘 푸르게
소나무는 어른답게 말이 없다

씩씩하고 늠름하고 당당한 기상
곧은 절개, 지조, 불변의 고집
수억만 년 제 땅 지키고 서서
충신처럼 세상의 사표로 살고 싶다

 홍춘표

2003년 《공무원문학》으로 등단
시집 『소나무처럼 넝쿨처럼 살고 싶다』 수필집 『현실에 만족하면 행복하다』
동시집 『외롭지 않은 우체통』
한국문인협회 구로지부장, 재경임실군민회 회장, 한국경비지도사협회 회장

가을 들녘에 서서

눈멀면
아름답지 않은 것 없고

귀먹으면
황홀치 않은 소리 있으랴

마음 버리면
모든 것이 가득하니

다 주어버리고
텅 빈 들녘에 서면

눈물겨운 마음자리도
스스로 빛이 나네

홍해리(洪海里)

1969년 시집 『투망도投網圖』로 등단
시집 『투망도投網圖』 『황금감옥』 『바람도 구멍이 있어야 운다』 외 다수
시선집 『洪海里 詩選』 『비타민 詩』 『시인이여 詩人이여』가 있음
우리詩진흥회, 월간 《우리詩》 대표

장모님 영전에

영위 앞에 앉지도 날지도 못하고
죽지 부러진 새처럼
서 있습니다

새라도 날지 못하는 때가 있음을
새라도 공중을 나는 것이 꿈이 되는
때가 있음을
생각하며 서 있습니다

사는 것이 힘들고 아플 때
어른의 눈짓 하나로 기운이 되어 살
아나고
지내는 것이 밀리고 걸리는 때
어른의 말씀 하나가
지렛대로 힘을 솟아오르게 하던 것임을
저려오는 아픔으로 깨닫습니다

비 내리는 날
젖은 날개 미끄러지듯 퍼드덕이고
어디가 어딘지 분간이 되지 않던 벼
랑 아랫길
처가로 가는 길 잃은 꿈꾸고 있을 때
어른의 미소 한 모금 즉시 인자하게
다가오고
밖에는 문득 햇볕이 나고
사람 사는 동네의 도란거리는 소리

들려왔지요

눈 내리는 날
눈에 덮인 날개 죽지 털어내며 날고
있을 때
가도 가도 어둑발 저녁이 오고
등불은 어디에도 기척이 없고, 꿈은
눈처럼 희고
새는 어디쯤 날고 있을까? 더듬거릴 때
어른의 발자국 소리가 들머리 앞개울
건너오고 있었지요

새는 비로소 죽지에 얹힌 눈을 털고
제 길로
비 맞고 눈 맞고
영위 앞에 앉지도 날지도 못하고
죽지 부러진 채로 서 있습니다
바람맞이로 서 있습니다

제 높이로 솟아 올랐지요
장모님!
황서방 저 지금
여기 서 있습니다

 황규홍

2009년 《문학예술》로 등단
시집 『정글에서 책을 읽다』 『사랑도 옥루봉 일출』
수필집 『남산에 눈 내리는 날』
경남시인협회 회원, 한국문인협회 회원, 국제펜한국본부 회원
사천문인협회 회장

별과 고기

밤에 눈을 뜬다
호수 위에 내려앉는다
물고기들이 입을 열고 별을 주워 먹는다

너는 신기한 구슬
고깃배를 뚫고 나와 그 자리에 떠 있다

별을 먹은 고기들은 영광에 취하여 구름을 보고 있다

별이 뜨는 밤이면 언제나 같은 자리에 내려앉는다

고기는 밤마다 별을 주워 먹지만
별은 고기 뱃속에 있지 않고
머언 하늘에 떠 있다

 황금찬

2002년 《문학과 문화》로 등단
시집 『꽃범의 꼬리』 『갈대, 푸른 하늘을 날다』 등
평론집 『한수종의 문학평론』 1,2권
문학바탕 편집주간 역임, 남원고등학교장 정년퇴임

구름은 고통이 없다

이 바보야
생하면 멸한다는 거
누가 모르나

생했으니
생에 집착할 수밖에
멸했으니
집착할 게 없다는 것도
다 아는데

집착하면 할수록
고통이 따르는 건 알고 있니

이 바보야
생멸에 집착이 없는
구름이 고통스러워하는 걸
본적이 있니

 황무룡

1993년 《대구문학》으로 등단
시집 『특별한 별 하나』 『삶의 해답 찾기』 등
한국문인협회 회원, 대구불교문인협회 회장 역임
전. 칠곡부군수

금성 뱃머리

파란 하늘에 들꽃을 피게 하소서
보고 싶은 날
울적함을 느낄 때마다
동백섬이 그립습니다.

홀연히 떠난 낡은 목조가 나였으면
얼굴 보면 한 점 없는
파고 소리에 너 울 거리는
항남 부두는 웃고 있지요.

내가 행복할 때 사랑을 나누게 하소서
두근거리는 가슴 저편에 묻어
눈초리 매서워 파고드는 물길에 물어
봅니다.

안부를 묻고
강 구항에 노를 저어갑니다.

촐촐한 뱃길
사람들은 물길을 비집고
김밥 할머니를 보고

철~썩 거리는 울음
풀어지는 밧줄
개연의 빛이 속으로 떠난 자리입니다.

매표소 문턱에 옷을 벗어
동그란 떠 있는 달빛 속으로
속살 드러내 흔드는 머리카락
초승달 뜨고
부두는 이별합니다.

🌿 祉捧 황주철

2011년 《부산시인》으로 등단
국제PEN한국본부, 한국문인협회, 부산문인협회, 경남시인협회, 남강문학회 회원
부시인협회 이사, 여시골문학회장, 갈렌피겐문예대학 강사

생오지의 봄

풍년새 울어쌓는 생오지마을 층층나무 아래서
늙은 봄바람이 해찰하는 날

휘청거리는 봄의 발자국 따라 들어선 빈집에
고즈넉이 피어있는 모란은
손님 온다는 소식에 얼굴 붉어지고
삽작 옆에 각시붓꽃은 부끄러워 고개 숙이네
주인 잃은 세간들은 하릴없이 자울 자울 졸고 있고

도시에서 시든 봄이 이곳에서 환생했는지
우리라도 안 왔으면 어쩔라고
흐벅진 봄꽃이 시리도록 타고 있을까

문학관 앞마당에 족도리풀 땅싸리꽃은
납작 엎드려 혹세(惑世)를 외면한 채 지력에 젖어있고
네 잎 크로버 찾느라 웅성거리는 흰머리 소녀들을
배웅하는 늙은 소설가의 얼굴은
잿빛으로만 짙어 가는데

터질듯 타오르는 팔천 평 초원의 야청빛 꿈이
떠나는 발길을 붙잡고 늘어지고 있다

 황진화

2010년 《문예시대》로 등단
시집 발간
현 에세이스트 이사, 한국문인협회 회원

한국시인 대표작 1

발행처·한국문인협회 시분과
발행인·문효치
기 획·정성수(한국문인협회 시분과 회장)
편집위원·김창완(편집위원장) | 이향아 | 임애월 | 채수영

제작판매· 한국문인협회 · 청어
대 표·이영철

등 록·1999년 5월 3일
(제321-3210000251001999000063호)

1판 1쇄 인쇄·2016년 10월 20일
1판 1쇄 발행·2016년 10월 30일

주소·서울특별시 서초구 효령로55길 45-8
대표전화·586-0477
팩시밀리·586-0478

홈페이지·www.chungeobook.com
E-mail·ppi20@hanmail.net
ISBN·979-11-5860-433-2(04810)
       979-11-5860-432-5(04810)(세트)